D0838440

TOXINE

Chirurgien de formation, Robin Cook a fait de l'univers médical et hospitalier qu'il connaît parfaitement le cadre et le sujet de ses thrillers. Il est l'auteur notamment de *Fièvre, Vertiges, Manipulations, Avec intention de nuire, Naissances sur ordonnance, Vengeance aveugle, Phase terminale, Cure fatale, Risque mortel* et *Contagion*. Il vit en Floride.

Paru dans Le Livre de Poche :

ROBIN COOK

Toxine

ROMAN TRADUIT DE L'AMÉRICAIN PAR DOMINIQUE PETERS

ALBIN MICHEL

Titre original :

TOXIN

Je dédie ce livre
aux familles qui ont été frappées par
l'Escherichia coli 0157 : H7
ou victimes d'autres formes d'intoxication
alimentaire.

PROLOGUE

9 janvier

Le ciel était un immense chaudron renversé où les nuages gris formaient un arc d'un horizon à l'autre. C'était le genre de ciel que connaît bien le Midwest américain. En été, la terre bruissait, océan de blé et de soja. Mais maintenant, au plus dur de l'hiver, elle était couverte de chaume et de plaques de neige sale entre les rares arbres sans feuilles, pareils à des squelettes.

Toute la journée, le ciel plombé avait laissé suinter un crachin paresseux, quelque chose qui ressemblait plus à la bruine qu'à de la pluie et qui, vers deux heures, avait faibli au point que l'unique essuie-glace en état de marche du vieux camion postal recyclé n'était plus utile, tandis que le véhicule progressait sur un chemin de terre cahoteux.

« Qu'est-ce qu'il a dit, le vieux Oakly ? » demanda Bart Winslow.

Bart conduisait le camion. Comme son voisin, Willy Brown, il avait la cinquantaine, et on aurait pu les prendre pour des frères. Leurs visages burinés témoignaient d'une vie de labeur dans une ferme ; tous deux étaient vêtus de bleus de travail souillés et déchirés par-dessus plusieurs épaisseurs de sweat-shirts, et tous deux chiquaient.

« Benton Oakly a pas dit grand-chose, répondit Willy en s'essuyant le menton du dos de la main. Juste qu'une de ses vaches s'est réveillée malade.

— De quoi ? demanda Bart.

— Assez pour plus se lever, dit Willy. Elle a la chiasse. »

Bart et Willy, jadis simples ouvriers agricoles, allaient à présent prendre dans les fermes les animaux morts, mourants, malades ou blessés, en particulier les vaches, et les emportaient à l'équarrissage. Ce n'était pas un travail prestigieux, mais il leur convenait très bien.

Le camion entama une courbe avec un bruit de boîte aux lettres rouillée et continua sur la route boueuse flanquée de clôtures de barbelés. Un kilomètre plus loin, ils pénétrèrent dans la cour d'une petite ferme. Bart, arrivé devant l'étable, manœuvra le camion pour que l'arrière soit face aux portes ouvertes du bâtiment. Benton Oakly apparut à l'instant où Bart et Willy descendaient du véhicule.

« Salut », dit Benton.

Il était aussi laconique que Bart et Willy. Il y avait quelque chose dans ce paysage qui rendait les gens peu loquaces. Grand et maigre, les dents pourries, Benton resta à une certaine distance, imitant en cela son chien, Shep. Shep avait aboyé jusqu'à ce que Bart et Willy descendent du camion, la truffe frémissant à l'odeur de la mort, puis il s'était réfugié derrière son maître.

« Dans l'étable », dit Benton.

Il fit un geste du bras et entraîna ses visiteurs dans les profondeurs de l'étable sombre. Il s'arrêta devant un box et tendit le bras par-dessus la porte à mi-hauteur.

Bart et Willy s'avancèrent et regardèrent, retenant leur respiration tant l'odeur de bouse fraîche était forte.

Il y avait là une vache visiblement malade couchée dans ses déjections. Elle leva sa tête, qui oscilla un peu, pour regarder Bart et Willy. Une de ses pupilles était comme une bille grise.

« Qu'est-ce qu'elle a à l'œil ? demanda Willy.

— Elle est comme ça depuis qu'elle était qu'un veau, répondit Benton. Elle a dû se piquer, ou je sais pas quoi.

— Elle est malade depuis ce matin seulement ? demanda Bart.

— Oui. Mais elle donne presque plus de lait depuis bientôt un mois. Je veux que vous la sortiez de là avant que mes autres vaches aient la chiasse.

— On va l'emmener, dit Bart.

— Ça fait toujours vingt-cinq dollars pour l'emmener à l'équarrissage ? demanda Benton.

— Ouais, dit Willy. Mais est-ce qu'on peut la laver au jet avant de la faire monter dans le camion ?

— Faites comme chez vous, dit Benton. Il y a un tuyau ici, au mur. »

Willy alla chercher le tuyau. Bart ouvrit le portillon, attentif aux endroits où il marchait et donna à la vache quelques claques sur le dos. À contre-cœur, elle se mit sur ses pieds en titubant.

Willy revint avec le tuyau et aspergea la vache jusqu'à ce qu'elle soit à peu près propre, puis Bart et lui firent sortir l'animal. Benton les aida à le faire monter dans le camion. Willy referma le hayon.

« Qu'est-ce que vous avez, là-dedans ? demanda Benton. Quatre vaches ?

— Ouais, répondit Willy. Mortes toutes les quatre ce matin. Il y a une sorte d'infection chez Silverton.

— Bon Dieu ! s'inquiéta Benton. Emmenez ça loin de chez moi ! »

Il déposa brutalement quelques billets verts dans la paume de Bart.

Bart et Willy crachèrent tous deux en gagnant

leur siège respectif dans le camion. Le moteur poussif émit une fumée noire avant de tirer le véhicule hors de la cour de la ferme.

Comme à leur habitude, Bart et Willy ne reparlèrent pas avant que le camion atteigne la route goudronnée du comté. Alors, Bart accéléra et réussit à passer en quatrième.

« Tu penses ce que je pense ? demanda-t-il.

— Sans doute, dit Willy. Cette vache avait pas l'air si mal, une fois nettoyée. Bien mieux que celle qu'on a vendue à l'abattoir la semaine dernière, en tout cas.

— Et elle peut même se lever et marcher un peu, ajouta Bart.

— Juste à la bonne heure, en plus », dit Willy en regardant sa montre.

Ils ne se parlèrent plus avant de quitter la route pour tourner dans l'allée qui menait à un grand bâtiment industriel bas et presque sans fenêtres. Une pancarte indiquait : HIGGINS & HANCOCK. À l'arrière du bâtiment, un vaste enclos de boue piétinée.

« Attends là », dit Bart.

Il arrêta le camion près de la rampe qui descendait de la cour à l'abattoir.

Bart disparut sur la rampe. Willy alla s'adosser au hayon du camion. Cinq minutes plus tard, Bart reparut avec deux hommes costauds, en longues blouses blanches tachées de sang, casques de chantier en plastique jaune et cuissardes en caoutchouc jaune. Leur nom était inscrit sur une étiquette fixée sur leur poitrine. Celle du plus gros annonçait : JED STREET, SURVEILLANT ; et celle de l'autre : SALVATORE MORANO, CONTRÔLEUR DE LA QUALITÉ. Jed tenait un registre.

Bart fit un signe à Willy, qui ouvrit le hayon. Salvatore et Jed se couvrirent le nez et regardèrent à l'intérieur. La vache malade leva la tête.

« Elle peut se tenir debout ? demanda Jed à Bart.

— Oui. Elle peut même marcher.

— Qu'est-ce que t'en penses, Sal? demanda Jed.

— Où est l'inspecteur? demanda Salvatore.

— Où crois-tu qu'il est? dit Jed. Au vestiaire. Il s'y précipite dès qu'il croit que la dernière bête est arrivée. »

Salvatore leva un pan de son tablier blanc pour décrocher un émetteur-récepteur attaché à sa ceinture. Il l'alluma et le porta à ses lèvres.

« Gary, est-ce que le dernier conteneur de viande pour Mercer Meats est plein?

— Presque, lui répondit-on dans un grésillement.

— D'accord, dit Salvatore dans l'émetteur, on envoie un animal de plus. Ça devrait suffire. »

Salvatore éteignit son appareil et regarda Jed.

« On y va.

— On dirait que l'affaire est conclue, commenta Jed en se tournant vers Bart. Mais comme je l'ai dit, on vous donne que cinquante dollars.

— C'est bon », approuva Bart.

Tandis que Bart et Willy montaient à l'arrière du camion, Salvatore retourna vers la rampe. Il tira de sa poche des cônes en mousse et se les enfonça dans les oreilles. En pénétrant dans l'abattoir, il ne pensait plus à sa vache malade. Il s'inquiétait de la myriade de formulaires qu'il devrait remplir avant de songer même à rentrer chez lui.

Les oreilles bien bouchées, Salvatore traversa la salle d'abattage sans être gêné par le bruit. Il s'approcha de Mark Watson, le surveillant de la chaîne, et attira son attention.

« On a encore une bête qui arrive, cria Salvatore pour surmonter le tumulte. Mais c'est pour du bœuf désossé. Pas de carcasse, compris? »

Mark leva le pouce pour indiquer qu'il avait compris.

Salvatore ouvrit alors la porte insonorisée qui menait à l'administration. En entrant dans ses quartiers, il accrocha son tablier sanglant, son casque de chantier et s'assit à son bureau pour revenir à la paperasserie quotidienne.

Comme il se concentrait sur son travail, Salvatore n'aurait su dire combien de temps après Jed apparut à sa porte.

« On a un petit problème, dit Jed.

— Quoi ? demanda Salvatore.

— La tête de la vache est tombée de la chaîne.

— Est-ce qu'un des inspecteurs l'a vu ?

— Non. Ils sont tous au vestiaire pour leur petite réunion.

— Alors remets la tête sur le tapis et lave-la au jet.

— D'accord, dit Jed. Je voulais juste que tu le saches.

— Très bien. Pour couvrir tes arrières, il va falloir que je remplisse un formulaire de rapport d'incident. Quel est le numéro de la tête ? »

Jed regarda son registre.

« Lot trente-six, tête cinquante-sept, dit-il.

— C'est bon », dit Salvatore.

Jed quitta le bureau de Salvatore et revint dans la salle d'abattage. Il donna une tape sur l'épaule de José. José était un « technicien de surface » dont la tâche consistait à balayer toutes les saletés du sol et à les faire tomber à travers une des nombreuses grilles. José ne travaillait pas là depuis très longtemps. On avait du mal à garder les gens à ce poste.

José parlait mal anglais, et l'espagnol de Jed n'était guère meilleur, si bien qu'ils en étaient réduits à communiquer par gestes. Jed montra qu'il voulait que José aide Manuel, un des écorcheurs, afin de suspendre à nouveau la tête de vache tombée par terre à l'un des crochets de la chaîne qui avançait au-dessus d'eux.

José finit par comprendre. C'était une chance que José et Manuel puissent communiquer sans difficulté, car l'opération demandait de la coordination et beaucoup de force. Il fallait qu'ils soulèvent la tête écorchée de plus de soixante kilos sur le banc de métal, puis, après y être montés eux aussi, ils devaient la hisser assez haut pour la suspendre à un des crochets en mouvement.

Jed félicita d'un pouce levé les deux hommes hors d'haleine qui avaient failli, à la dernière seconde, laisser retomber leur fardeau glissant. Puis il orienta un jet d'eau sur la tête écorchée et souillée tandis qu'elle progressait le long de la chaîne. Jed était blindé, mais l'aspect de l'œil blanc lui donna un frisson de mauvais augure. Il se réjouit pourtant que l'eau sous pression élimine autant de saleté, et avant que la tête disparaisse par l'ouverture pratiquée dans le mur de la salle d'abattage pour gagner la salle de désossage, elle avait l'air assez propre.

1

Le marbre, le cuivre et le bois poli du centre commercial de Sterling Place brillaient de tout le prestige des boutiques de luxe. Tiffany rivalisait avec Cartier, Neiman-Marcus et Saks. Des haut-parleurs discrets diffusaient le *Vingt-troisième concerto pour piano* de Mozart. Des gens chic déambulaient ce vendredi après-midi dans leurs mocassins Gucci et leurs manteaux Armani pour découvrir les soldes d'après les fêtes.

En temps normal, Kelly Anderson aurait bien aimé passer une partie de l'après-midi dans les boutiques. C'était beaucoup mieux que les sordides faits de société sur lesquels on lui demandait en général de faire des reportages dans le cadre de son métier de journaliste de télévision, et qui devaient être intégrés aux journaux de dix-huit ou de vingt-trois heures. Mais ce vendredi-là, le centre commercial n'apportait pas à Kelly ce qu'elle voulait.

« C'est une blague ! » dit-elle d'une voix irritée.

Elle parcourut du regard la galerie rutilante à la recherche de quelqu'un qui se prêterait à une interview, mais elle ne vit personne d'engageant.

« Je crois qu'on a suffisamment de matière », dit Brian.

Brian Washington, un grand Noir aux gestes souples, était le cameraman préféré de Kelly. À son avis, il était le meilleur de leur chaîne, WENE, et Kelly avait intrigué, supplié et même menacé pour qu'on le lui attribue.

Kelly gonfla les joues avant de soupirer, l'air exaspéré.

« Tu parles, qu'on en a suffisamment, dit-elle. On n'a rien du tout. »

À trente-quatre ans, Kelly Anderson, femme intelligente, pragmatique, combative, espérait percer au niveau national. La plupart des gens pensaient qu'elle en avait l'étoffe ; il lui fallait cependant trouver un sujet susceptible de la propulser sous les projecteurs. De plus, on ne pouvait oublier ses traits fermes ni ses yeux vifs sous un casque de boucles blondes. Afin de renforcer son image professionnelle, elle portait des vêtements de goût, mais à la mode, et elle était toujours impeccable.

Kelly prit son micro dans sa main droite pour pouvoir consulter sa montre.

« Pour tout arranger, on n'a plus beaucoup de temps. Il faut que j'aille chercher ma fille. Sa leçon de patinage est terminée.

— Parfait, dit Brian en faisant descendre sa Betacam de son épaule pour débrancher les batteries. Moi aussi, je dois aller prendre ma fille à la crèche. »

Kelly se pencha et glissa son micro dans son sac en bandoulière, puis elle aida Brian à ranger son équipement. Comme un couple de transporteurs chevronnés, ils hissèrent le tout sur leurs épaules et partirent en direction du centre de la galerie.

« Il est de plus en plus évident, dit Kelly, que les gens se moquent de la fusion imposée par Ameri-Care à l'hôpital du Samaritain et au Centre hospitalier universitaire, sauf s'ils ont dû être hospitalisés ces six derniers mois.

— Ce n'est pas un sujet sur lequel les gens s'enflamment facilement, dit Brian. Ce n'est ni sanglant ni sexy ni scandaleux, et cela ne concerne aucune personnalité célèbre.

— Ils devraient pourtant se sentir concernés ! dit Kelly avec dégoût.

— Tu sais bien que ce que les gens devraient faire n'a jamais rien eu à voir avec ce qu'ils font.

— Tout ce que je sais, c'est que je n'aurais pas dû programmer ce sujet pour le journal de vingt-trois heures. C'est désespérant. Dis-moi comment le rendre sexy !

— Si je le savais, je serais auteur, pas cameraman », dit Brian en riant.

En sortant d'une des galeries, Kelly et Brian se trouvèrent au spacieux carrefour où, trois étages sous la verrière, on avait installé une belle patinoire ovale, dont la surface gelée renvoyait la lumière.

Il y avait là une douzaine d'enfants et quelques adultes qui sillonnaient la glace en tout sens. Ce chaos apparent était dû à la fin du cours de niveau moyen et au début imminent du cours de niveau avancé.

Dès qu'elle repéra la tenue rouge de sa fille, Kelly leva la main et appela Caroline. La petite fille de neuf ans lui fit un signe de reconnaissance, mais prit tout son temps pour la rejoindre en patinant. Caroline ressemblait beaucoup à sa mère : intelligente, athlétique et volontaire.

« Agite tes jambes, mon poulet, dit Kelly quand Caroline fut près d'elle. Il faut que je te raccompagne. J'ai un horaire à respecter et un gros problème. »

Caroline sortit de la piste et, perchée sur les lames de ses patins, gagna un banc où elle s'assit.

« Je voudrais aller manger un hamburger. Je meurs de faim.

— Tu verras ça avec ton père, chérie. Allez, dépêche-toi ! »

Kelly se pencha pour sortir les chaussures de Caroline de son sac et les posa sur le banc près de sa fille.

« Oh, ça c'est une patineuse ! s'exclama Brian.

— Où ? demanda Kelly, qui se redressa pour regarder, protégeant ses yeux de la forte luminosité.

— Au centre, dit Brian en tendant le doigt. En rose. »

Kelly comprit immédiatement de qui il parlait. Une petite fille d'environ le même âge que Caroline s'échauffait avec une telle grâce que beaucoup de ceux qui étaient là pour les soldes s'étaient arrêtés pour la regarder.

« Ouah ! s'exclama Kelly. Elle est très bonne. On dirait presque une professionnelle.

— Elle n'est pas si bonne ! dit Caroline entre ses dents serrées par l'effort tandis qu'elle s'escrimait pour retirer un de ses patins.

— Moi je la trouve bonne, dit Kelly. Qui est-ce ?

— Elle s'appelle Becky Reggis », dit Caroline, qui avait renoncé à retirer son patin de force et entreprenait de le délacer convenablement. « Elle était aux championnats juniors de l'État, l'an dernier. »

Comme si elle avait senti qu'on la regardait, la petite fille exécuta alors deux doubles axels enchaînés avant de décrire une courbe au bout de la patinoire, talons serrés. Quelques spectateurs applaudirent spontanément.

« Elle est fantastique ! dit Kelly.

— Ouais... Elle a été invitée à participer au championnat national, cette année, ajouta Caroline à contrecœur.

— Hum, murmura Kelly en regardant Brian. On aurait peut-être quelque chose, là...

— Peut-être pour le dix-huit heures. Pas pour le vingt-trois heures.

— Son nom de famille, c'est Reggis, n'est-ce

pas ? demanda Kelly à sa fille sans lâcher la petite patineuse des yeux.

— Oui, répondit Caroline qui avait réussi à ôter ses deux patins et cherchait ses chaussures dans son sac.

— Est-ce qu'elle pourrait être la fille du Dr Kim Reggis ? demanda Kelly.

— Je sais que son père est médecin, répondit Caroline.

— Comment le sais-tu ?

— Elle est dans mon école. Une classe au-dessus.

— Gagné ! murmura Kelly. Ce doit être un coup du sort.

— Je reconnais ce scintillement dans tes yeux, dit Brian. On dirait un chat prêt à bondir sur une souris. Tu mijotes quelque chose ?

— Je trouve pas mes chaussures ! gémit Caroline.

— Je viens d'avoir une idée ! dit Kelly en prenant les chaussures sur le banc pour les poser sur les genoux de sa fille. Le Dr Kim Reggis serait parfait dans notre sujet sur la fusion. Il dirigeait le service de chirurgie cardiaque au Samaritain avant la fusion, et maintenant, d'un seul coup, il est redevenu un chirurgien parmi d'autres. Je parie qu'il aurait quelque chose de juteux et de sexy à nous dire.

— Aucun doute, dit Brian. Mais est-ce qu'il acceptera de te parler ? Il n'avait pas vraiment le beau rôle dans le sujet sur les "Pauvres petits gosses de riches" que tu as fait.

— Oh, il a coulé de l'eau sous les ponts, depuis, dit Kelly en agitant la main comme si elle chassait une mouche.

— C'est peut-être ton sentiment, dit Brian, mais je doute qu'il soit au diapason.

— Ça lui pendait au nez. Je suis certaine qu'il le savait. Je ne comprendrai jamais pourquoi les chirurgiens comme lui ne se rendent pas compte que leurs jérémiades sur le taux de remboursement de Medicare sonnent creux quand tout le monde sait qu'ils gagnent des centaines de milliers de dollars par an. Ils pourraient se mettre un peu à la place des gens.

— Qu'il l'ait mérité ou non, je suis sûr qu'il a été vexé, dit Brian, et je doute qu'il veuille te parler.

— Tu oublies que les chirurgiens comme Kim Reggis adorent faire leur publicité. Quoi qu'il en soit, je crois que ça vaut la peine de prendre le risque. Qu'est-ce qu'on a à perdre ?

— Du temps.

— Qui nous est compté... Chérie, continua Kelly en se penchant vers Caroline, est-ce que tu sais si la mère de Becky est là ?

— Bien sûr, dit Caroline en tendant le doigt. Là-bas, en pull rouge.

— Comme c'est pratique ! dit Kelly en se redressant pour regarder de l'autre côté de la patinoire. La chance est avec nous. Écoute, mon poulet, finis de mettre tes chaussures, et je reviens. Garde la forteresse, Brian !

— Fonce ! » dit Brian en souriant.

Kelly fit le tour de la patinoire et s'approcha de la mère de Becky, une femme de son âge sans doute, jolie et soignée, même si elle s'habillait de façon un peu trop classique. Kelly n'avait pas vu de pull ras du cou dont sortait le col d'un chemisier blanc depuis le lycée. La mère de Becky était absorbée par la lecture d'un livre qui n'avait sans doute rien d'un roman à succès. Elle en surlignait des passages en jaune.

« Excusez-moi, dit Kelly, j'espère que je ne vous dérange pas trop... »

La mère de Becky leva les yeux. Elle avait des cheveux bruns avec des reflets roux, des traits anguleux, mais une attitude douce et immédiatement attentive.

« Pas du tout, dit-elle. Que puis-je pour vous ?

— Êtes-vous Mme Reggis ? demanda Kelly.

— Je vous en prie, appelez-moi Tracy.

— Merci. On dirait que vous avez des lectures bien sérieuses pour un bord de patinoire !

— Je dois utiliser chaque instant libre.

— On dirait un manuel.

— C'en est un. Je retourne à l'école, à mon âge !

— C'est admirable.

— C'est un défi.

— C'est un manuel de quoi ? »

Tracy referma le livre pour en montrer la couverture.

« *L'Affirmation de la personnalité de l'enfant et de l'adolescent*, lut Kelly. Ouah ! Quel programme !

— Ce n'est pas si terrible. En fait, c'est même très intéressant.

— J'ai une fille de neuf ans. Je devrais probablement lire quelque chose sur les adolescents avant que le ciel ne me tombe sur la tête !

— Ça ne peut pas faire de mal. Les parents ont besoin de toute l'aide possible. L'adolescence peut être une période difficile et, selon mon expérience, quand on s'attend à des difficultés, elles surviennent.

— On dirait que vous en connaissez un bout sur la question !

— Un peu, admit Tracy. On n'en sait jamais assez. Avant de reprendre des cours ce semestre, j'ai participé à des psychothérapies, surtout d'enfants et d'adolescents.

— Vous êtes psychologue ?

— Psychothérapeute.

— Très intéressant, dit Kelly, qui voulait changer de sujet de conversation. En fait, je suis venue me présenter. Je suis Kelly Anderson, journaliste à WENE.

— Je sais qui vous êtes, dit Tracy avec comme un reproche dans la voix.

— Oh... Euh... J'ai l'impression désagréable que ma réputation m'a précédée. J'espère que vous ne me tenez pas rigueur de mon reportage sur la chirurgie cardiaque et Medicare.

— J'ai trouvé ça hypocrite. Quand il a accepté l'interview, Kim avait l'impression que vous sympathisiez avec ses idées.

— C'était le cas, en partie. J'ai présenté les deux points de vue sur le problème.

— Seulement en ce qui concernait la baisse des revenus professionnels, dont vous avez fait le centre du reportage. En fait, ce n'est qu'un des problèmes auxquels sont confrontés les chirurgiens. »

Un nuage rose passa devant Kelly et Tracy, qui attira de nouveau leur attention vers la glace. Becky avait pris de la vitesse et s'élançait à reculons. Puis, pour le plus grand délice de son public improvisé, elle exécuta un triple axel parfait On l'applaudit encore. Kelly émit un petit sifflement.

« Votre fille est une patineuse phénoménale.

— Merci. Nous considérons qu'elle est une personne phénoménale. »

Kelly observa Tracy afin d'interpréter ce commentaire, mais elle ne put déterminer s'il était méprisant ou simplement informatif, car le visage de Tracy ne lui donnait guère d'indices. Elle regardait Kelly avec une expression profonde mais indéchiffrable.

« Tient-elle ce talent de vous ? demanda Kelly.

— Sûrement pas ! dit Tracy dans un éclat de rire d'amusement sincère qui lui fit renverser la tête. Jamais une paire de patins n'a chaussé mes pieds maladroits. On ne sait pas d'où elle tient ce talent. Un jour elle a demandé des patins, et elle s'y est mise.

— Ma fille m'a dit que Becky va au championnat national, cette année. Cela pourrait faire un bon sujet de reportage pour WENE.

— Je ne crois pas. Becky a été invitée, mais elle a décidé de ne pas y aller.

— Je suis désolée... Votre mari et vous devez être affreusement déçus!

— Son père n'en est pas très heureux, mais, honnêtement, je suis soulagée.

— Et pourquoi?

— À ce niveau, la compétition exige beaucoup, surtout d'une pré-adolescente. Et ce n'est pas toujours sain sur le plan mental. C'est prendre beaucoup de risques pour peu de retombées positives.

— Hum... Il faudra que j'y réfléchisse. Cependant, j'ai un problème plus pressant. J'essaie de faire un reportage pour le journal de vingt-trois heures sur les six mois de fusion, imposée par AmeriCare, du Samaritain et du CHU. Je voulais avoir la réaction de la population, mais je n'ai rencontré que beaucoup d'apathie. Alors j'adorerais avoir les sentiments de votre mari sur le problème, car je suis certaine que lui, il a une opinion. Est-ce que par chance il va venir à la patinoire cet après-midi?

— Non! dit Tracy avec un petit gloussement, comme si la suggestion de Kelly était des plus absurdes. Jamais il ne quitte l'hôpital avant dix-huit ou dix-neuf heures en semaine. Jamais.

— Dommage, dit Kelly qui passait en revue dans sa tête les diverses possibilités. Dites-moi, croyez-vous que votre mari accepterait de me parler?

— Je n'en ai pas la moindre idée. Vous voyez, nous avons divorcé il y a quelques mois, alors je ne peux connaître ses sentiments à votre égard à l'heure qu'il est.

— Je suis désolée, dit sincèrement Kelly. Je ne savais pas...

— Inutile d'être désolée. C'est mieux pour tout le monde, j'en ai peur. Nous sommes victimes de notre époque et de l'opposition de nos personnalités.

— Oh, je peux imaginer qu'être mariée à un chirurgien, surtout quand il est cardiologue, ne doit pas toujours être facile. Sans doute pense-t-il que rien n'est jamais aussi important que son travail. »

Tracy émit un petit son indéfinissable pour ne pas s'engager.

« Je sais que je ne pourrais pas le supporter. Les personnes égotistes comme votre ex-mari et comme moi-même ne faisons pas bon ménage.

— C'est assez révélateur de votre personnalité, suggéra Tracy.

— Vraiment ? dit Kelly, qui commençait à comprendre qu'elle avait affaire à une femme gentille, mais à l'esprit vif. Vous avez peut-être raison. Quoi qu'il en soit, dites-moi un peu : sauriez-vous où je pourrais trouver votre ex-mari à cette heure-ci ? J'aimerais vraiment lui parler.

— Probablement au bloc. Avec la guerre des heures d'opération, il a dû faire ses trois interventions de la semaine aujourd'hui vendredi.

— Merci. Je crois que je vais aller tout droit au CHU et tenter de l'intercepter.

— Je vous en prie », dit Tracy.

Elle répondit au signe de la main de Kelly et regarda la jeune femme s'éloigner rapidement le long de la patinoire.

« Bonne chance », murmura Tracy sans que personne l'entende.

2

Vendredi 16 janvier

Les vingt-cinq salles d'opération du CHU étaient identiques. Une récente rénovation les avait dotées d'un équipement à la pointe de la technique. Les sols étaient faits d'un composite blanc qui ressemblait à du granit, les murs carrelés en gris et les lampes, ainsi que les accessoires en inox ou en nickel, rutilaient.

La n° 20 était une des deux salles utilisées pour la chirurgie cardiaque et, à seize heures quinze, elle était encore occupée. Entre ceux qui contrôlaient des perfusions, les anesthésistes, les infirmières aux diverses fonctions, les chirurgiens et tout l'appareillage de haute technologie nécessaire, la salle était assez encombrée. À cet instant, le cœur immobile du malade était encore bien visible, entouré de compresses tachées de sang, de fils de suture, de pinces métalliques et de tissu vert clair.

« Parfait, c'est fini », dit le Dr Kim Reggis en tendant son aiguille à une infirmière et en se redressant pour soulager son dos raidi.

Il opérait depuis sept heures et demie du matin, et c'était là son troisième et dernier malade.

« Arrêtez la solution cardioplégique et faites redémarrer le cœur. »

Les ordres de Kim furent suivis d'un surcroît d'activité autour de la dérivation cardiaque. On bascula des interrupteurs.

« C'est parti ! » dit le responsable à personne en particulier.

L'anesthésiste se leva et regarda l'écran de surveillance.

« Pour combien de temps on en a, à ton avis ? demanda-t-il.

— On referme dans cinq minutes, répondit Kim, à condition que le cœur coopère, ce qui semble devoir être le cas. »

Après quelques battements irréguliers, le cœur reprit son rythme normal.

« Parfait, dit Kim. On arrête l'assistance. »

Pendant les vingt minutes qui suivirent, plus personne ne dit un mot. Chacun connaissait son rôle dans l'équipe, si bien qu'il n'était pas nécessaire de communiquer. Quand le sternum fut refermé avec des broches, Kim et le Dr Tom Bridges s'écartèrent du malade dans ses linges verts et commencèrent à retirer leur tenue stérile, leurs gants, leur visière en plastique. Des internes prirent les places restées vides.

« Je veux une véritable chirurgie esthétique sur cette incision, dit Kim, c'est bien compris ?

— Vous l'aurez, docteur Reggis ! répondit Tom Harkly qui menait l'équipe des internes.

— Mais n'en faites pas votre chef-d'œuvre, plaisanta Kim. Le malade est endormi depuis assez longtemps. »

Kim et Tom sortirent de la salle d'opération et gagnèrent les lavabos pour retirer le talc de leurs mains. Le Dr Tom Bridges était lui aussi chirurgien, et comme Kim spécialiste des problèmes cardiaques. Ils s'assistaient l'un l'autre depuis des années, et ils étaient devenus amis, même si leurs relations restaient essentiellement professionnelles. Il leur arrivait fréquemment de se remplacer, surtout pendant les week-ends.

« Du beau boulot, commenta Tom. Je ne sais pas comment tu arrives à insérer ces valves avec une telle perfection en faisant croire que c'est facile. »

Au fil des années, Kim s'était plus ou moins spécialisé dans le remplacement des valves, alors que Tom s'était plutôt orienté vers les pontages.

« Et moi, je ne sais toujours pas comment tu arrives à coudre ces minuscules artères coronaires ! » répondit Kim.

Kim s'écarta du lavabo, entremêla ses doigts et étira ses bras au-dessus de son mètre quatre-vingt-huit ; puis il se pencha et aplatit ses paumes sur le sol, les jambes bien droites, pour s'étirer les reins. Il avait un corps athlétique, mince et souple, idéal pour jouer au foot, au basket et au base-ball dans l'équipe de son université de Dartmouth, quand il était étudiant. Le temps qu'exigeait maintenant son travail avait réduit son activité sportive à de rares matches de tennis et à quelques heures de vélo d'appartement.

Tom, en revanche, avait renoncé. Lui aussi avait joué au football à l'université, mais après des années sans aucun exercice physique, la graisse avait en grande partie remplacé la masse musculaire. Contrairement à Kim, il avait un ventre de buveur de bière — même s'il en buvait rarement.

Les deux hommes s'éloignèrent dans le couloir carrelé, assez paisible à cette heure du jour. Seules neuf des salles d'opération étaient encore utilisées, deux autres restant prêtes pour les urgences, ce qui était normal pour l'équipe de quinze à vingt-trois heures.

Kim frotta son visage anguleux où les poils de barbe commençaient à se faire un peu trop sentir. Comme chaque jour, il s'était rasé à cinq heures et demie, ce matin-là, et douze heures plus tard, il n'échappait pas à la célèbre ombre de cinq heures. Il passa une main dans ses longs cheveux bruns. Adolescent, au début des années soixante-dix, il avait eu les cheveux aux épaules ; maintenant, à quarante-trois ans, il les portait encore plutôt longs pour quelqu'un jouissant de son statut, même s'il les coupait beaucoup plus court qu'avant

Kim regarda la montre accrochée à son pantalon.

« Bon sang, il est déjà cinq heures, et je n'ai pas fait ma visite. Si seulement je n'étais pas obligé d'opérer le vendredi ! Ça interdit tout projet de week-end.

— Au moins, ça te permet d'avoir tes malades à la suite, dit Tom, mais bien sûr, ce n'est pas comme quand tu dirigeais le service au Samaritain.

— Passons, dit Kim. Avec AmeriCare qui nomme les patrons, et vu le statut actuel de la profession, je me demande si je ferais médecine si je devais recommencer de zéro.

— Je suis bien d'accord. Surtout avec ces nouveaux taux imposés par Medicare. Hier soir, j'ai veillé pour faire les comptes. Je crains bien qu'il ne me reste pas un sou quand j'aurai payé le dépassement de mon cabinet. Je me demande où on va ! C'en est au point que Nancy et moi songeons à revendre notre maison !

— Alors, bonne chance ! dit Kim. La mienne est en vente depuis cinq mois, et je n'ai même pas eu une seule offre sérieuse.

— J'ai déjà dû retirer mes gosses de leur école privée, continua Tom ; mais qu'importe ! Moi, j'ai fait toutes mes études dans le public.

— Comment ça va, entre Nancy et toi ?

— Honnêtement, pas très bien. Il y a beaucoup de tensions.

— J'en suis désolé. Je sympathise d'autant plus que j'ai traversé ça. C'est très éprouvant.

— Je n'imaginais pas en être là à cette étape de ma vie, soupira Tom.

— Moi non plus. »

Les deux hommes s'arrêtèrent au bureau de l'entrée de la salle de réveil.

« Eh, est-ce que tu restes dans le coin ce weekend ? demanda Tom.

— Oui, bien sûr. Pourquoi ? Qu'est-ce qui se passe ?

— Il se pourrait que je doive revenir sur ce cas pour lequel tu m'as aidé mardi. Il y a un saignement résiduel, et à moins que ça ne s'arrête tout seul, j'aurai besoin de ton aide.

— Appelle-moi, je serai libre. Mon ex voulait tout son week-end. Je crois qu'elle fréquente quelqu'un. Quoi qu'il en soit, Becky et moi serons ensemble.

— Comment va Becky, depuis le divorce?

— Formidablement bien. Sûrement mieux que moi. À l'heure actuelle, elle est la seule lumière qui éclaire ma vie.

— Je crois que les gosses sont plus résistants qu'on ne veut bien le reconnaître, dit Tom.

— Apparemment, approuva Kim. Hé, merci de ton aide, aujourd'hui. Désolé que la seconde opération ait pris si longtemps.

— Pas de problème. Tu as réglé ça en virtuose. J'ai beaucoup appris. Je te retrouve au vestiaire. »

Kim entra dans la salle de réveil. Sur le seuil, il s'arrêta pour reconnaître ses malades. Il vit d'abord Sheila Donlon. C'était elle, sa seconde malade de la journée, celle qui lui avait causé des difficultés. Il avait fallu lui poser deux valves et non une seule.

Kim s'approcha de son lit. Une des infirmières s'affairait à changer un flacon de perfusion. D'un œil exercé, Kim regarda d'abord le teint de sa patiente, puis les moniteurs. Le rythme cardiaque était normal, de même que la pression sanguine et l'oxygénation artérielle.

« Tout va bien? demanda Kim en prenant la fiche au pied du lit.

— Pas de problème, répondit l'infirmière sans s'interrompre dans sa tâche. Tous les paramètres sont stables et la patiente calme. »

Kim reposa la fiche et gagna la tête du lit. Il souleva doucement le drap pour regarder le pansement. S'il y avait un saignement intempestif, Kim voulait le savoir tout de suite.

Satisfait, il remit le drap en place avant de se redresser pour chercher son autre patient La moitié seulement des lits étaient occupés, si bien qu'il ne lui fallut pas longtemps pour tous les regarder.

« Où est M. Glick ? » demanda Kim.

Ralph Glick avait été le premier opéré de la journée.

« Demandez à Mme Benson, au bureau », répondit l'infirmière, qui plaçait son stéthoscope dans ses oreilles pour prendre la tension de Sheila Donlon.

Agacé par ce manque de coopération, Kim gagna le bureau où il trouva Mme Benson, la surveillante, occupée, elle aussi, à donner des ordres détaillés à plusieurs employées qui devaient défaire, nettoyer et changer un des lits.

« Excusez-moi, dit Kim, je cherche... »

Mme Benson fit signe à Kim qu'elle était occupée. Kim songea à faire remarquer que son temps à lui était plus précieux que celui des femmes de ménage, mais il n'en fit rien. Il se hissa sur la pointe des pieds dans un dernier espoir de trouver son malade.

« Que puis-je pour vous, docteur Reggis ? demanda Mme Benson dès que l'équipe de nettoyage eut pris la direction du lit récemment libéré.

— Je ne vois pas M. Glick, dit Kim, qui continuait à regarder dans la salle, certain d'avoir raté son malade.

— M. Glick a été renvoyé en salle, répondit laconiquement Mme Benson en ouvrant le registre à la page appropriée.

— Mais j'avais bien spécifié que je voulais qu'il reste là jusqu'à ce que j'aie fini d'opérer ! s'insurgea Kim.

— Le malade était stable, dit Mme Benson. Il n'avait plus besoin de rester ici.

— Mais vous avez des tas de lits vides. C'était une question de...

— Excusez-moi, docteur Reggis, dit Mme Benson. Le fait est que M. Glick était cliniquement prêt à partir.

— Mais j'avais demandé qu'il reste ici. Cela m'aurait fait gagner du temps.

— Docteur Reggis, dit lentement Mme Benson. Avec tout mon respect, le personnel de la salle de réveil ne travaille pas pour vous. Nous avons des règles. Nous travaillons pour AmeriCare. Si cela vous pose un problème, je vous suggère d'en parler à un de ses administrateurs. »

Kim se sentit rougir. Il commença à évoquer le concept de travail d'équipe mais s'arrêta bien vite. Mme Benson avait déjà reporté son attention sur un fichier devant elle.

C'est en murmurant quelques noms d'oiseaux que Kim sortit de la salle de réveil. Comme il regrettait le temps passé, le Samaritain ! Dans le hall, il s'arrêta au bureau des salles d'opération, et par le système de communication interne s'assura que tout allait bien pour son dernier opéré. La voix de Tom Harkly l'assura que tout se passait normalement.

Kim quitta alors le bloc et gagna le salon nouvellement aménagé pour les familles. C'était une des rares innovations d'AmeriCare que Kim trouvait judicieuse. Cela faisait partie de l'attention portée par AmeriCare à l'agrément des lieux. La pièce avait été spécifiquement conçue pour les parents des patients opérés ou des femmes en salle de travail. Avant qu'AmeriCare n'achète le CHU, il n'y avait aucun lieu où les familles pouvaient attendre confortablement.

À cette heure, la pièce n'était pas très fréquentée. Il n'y avait là que les quelques inévitables futurs pères en train de faire les cent pas ou de lire des magazines pendant que leur épouse subissait une césarienne. Au fond, un prêtre assistait un couple en deuil.

Kim chercha des yeux Mme Gertrude Arnold, l'épouse de son dernier patient. Kim n'avait guère envie de lui parler. Il supportait mal sa personnalité emportée et truculente. Mais il savait que c'était son devoir. Il trouva la femme de soixante ans passés aussi loin que possible du couple en deuil, plongée dans la lecture d'un magazine.

« Madame Arnold ! » dit Kim en se forçant à sourire.

Surprise, Gertrude Arnold leva les yeux et, pendant une fraction de seconde, elle eut l'air perdue. Mais dès qu'elle reconnut Kim, elle s'emporta :

« Eh bien, ce n'est pas trop tôt ! Qu'est-il arrivé ? Y a-t-il un problème ?

— Aucun problème, la rassura Kim. Au contraire. Votre mari a très bien supporté l'opération. Il a...

— Mais il est presque six heures ! tonna la femme. Vous aviez dit que ce serait terminé à trois heures !

— Ce n'était qu'une prévision, madame Arnold », dit Kim en contrôlant sa voix pour ne pas laisser paraître son irritation.

Il s'attendait à une réaction inadéquate, mais cela dépassait toutes ses prévisions.

« Malheureusement, expliqua-t-il, le cas précédent a pris plus de temps que prévu.

— Alors, mon mari aurait dû passer le premier, répliqua l'autre. Vous m'avez fait attendre toute la journée sans savoir ce qui se passait. Je suis épuisée. »

Kim perdit tout contrôle et, en dépit de ses vaillants efforts, son visage se tordit en un sourire amer et incrédule.

« Et ne me souriez pas comme ça, jeune homme ! gronda Gertrude Arnold. Si vous voulez mon avis, vous, les docteurs, vous êtes bien prétentieux de faire attendre tout ce temps les petites gens comme moi.

— Je suis désolé si mon emploi du temps vous a causé un problème, dit Kim. Nous faisons de notre mieux.

— Ah oui ? Eh bien, laissez-moi vous dire ce qui est arrivé d'autre : un des administrateurs d'Ameri-Care est venu me voir, et il m'a dit qu'AmeriCare ne paierait pas pour le premier jour d'hospitalisation de mon mari. Il a dit qu'il aurait dû entrer ce matin, le jour de l'opération, pas la veille. Qu'est-ce que vous répondez à ça ?

— C'est un problème habituel qu'on rencontre avec l'administration. Mais quand quelqu'un est aussi malade que votre mari l'était, je ne peux en toute conscience le faire entrer seulement le jour de l'opération.

— Eh bien, il a dit qu'ils ne paieraient pas. Et nous, on ne peut pas payer !

— Si AmeriCare persiste dans cette position, je paierai, dit Kim.

— Vous..., commença Mme Arnold avant que sa mâchoire inférieure s'affaisse de stupéfaction.

— C'est déjà arrivé, et j'ai payé. Quant à votre mari, il sera bientôt en salle de réveil. On l'y gardera jusqu'à ce que son état soit stable ; ensuite on le ramènera dans sa chambre, en cardiologie. Vous pourrez alors aller le voir. »

Kim tourna les talons et sortit de la pièce en faisant mine de ne pas entendre Mme Arnold l'appeler.

Il traversa le hall pour gagner la salle de repos de chirurgie qu'occupaient une poignée d'infirmières prenant leur pause et quelques membres des équipes d'anesthésie. Kim fit un signe de tête à ceux qu'il reconnut. Comme il ne travaillait au CHU que depuis la fusion, six mois plus tôt, il ne connaissait pas tout le personnel, en particulier les équipes du soir et de la nuit.

Il poussa la porte du vestiaire des hommes et retira son haut de pyjama, qu'il jeta rageusement dans la corbeille à linge sale. Puis il s'assit sur le banc devant la rangée de casiers pour décrocher sa montre de la ceinture de son pantalon. Tom, qui avait déjà pris sa douche, enfilait sa chemise.

« Avant, quand j'avais terminé une opération, je ressentais une certaine euphorie, dit Kim. Maintenant, je ressens une vague angoisse très désagréable.

— Je sais ce que tu veux dire, répondit Tom.

— Est-ce que j'ai tort de penser qu'avant tout cela était beaucoup plus amusant ?

— Excuse-moi de rire, dit Tom qui gloussait face au miroir, mais tu dis ça comme si tu venais soudain d'en avoir la révélation !

— Je ne parle pas du côté économique de l'affaire, dit Kim. Je parle de petites choses, comme le respect du personnel, la reconnaissance des malades... Aujourd'hui, rien n'est acquis.

— Les temps changent, dit Tom. Surtout depuis qu'on charge des bureaucrates de décider des soins à administrer et que le gouvernement est bien décidé à martyriser les spécialistes. Il m'arrive de rêver de voir arriver un de ces gestionnaires dans mon service pour y subir une intervention, et de le confier à un généraliste !

— Et le plus triste, dit Kim en se levant pour retirer son pantalon, c'est que cela arrive alors qu'on a de plus en plus à offrir aux malades en chirurgie cardiaque. »

Kim allait lancer son pantalon dans le panier près de la porte quand elle s'ouvrit et qu'une des anesthésistes, le Dr Jane Flanagan, passa la tête dans l'embrasure. À la vue du corps dénudé de Kim, elle émit un sifflement admiratif.

« Tu as failli prendre ce pantalon plein de sueur dans la figure ! dit Kim.

— Le spectacle valait le risque, plaisanta Jane. Enfin bon, je suis là pour t'informer que ton public t'attend au salon. »

La porte se referma sur le visage effronté de Jane.

« Mon public ? s'étonna Kim. De quoi parle-t-elle donc ?

36

— À mon avis, tu as de la visite, dit Tom, et le fait que ce visiteur ne soit pas venu en personne m'amène à croire que ce doit être une femme. »

Kim s'approcha des casiers qui contenaient les tenues propres et en prit une. À la porte, il s'arrêta.

« Si c'est Mme Arnold, la femme de mon dernier opéré, je hurle ! »

Kim passa dans le salon et vit immédiatement qu'il ne s'agissait pas de Gertrude Arnold mais de Kelly Anderson. Elle était en train de se servir une tasse de café. Quelques pas derrière elle, son cameraman tenait sa Betacam sur l'épaule droite.

« Ah, docteur Reggis ! s'exclama Kelly en voyant arriver Kim, surpris et pas très content. Comme c'est gentil de venir nous parler !

— Mais comment êtes-vous entrés ? s'indigna Kim. Comment avez-vous su que j'étais là ? »

Cette salle de repos était une sorte de sanctuaire que même les médecins généralistes hésitaient à violer. Pour Kim, l'idée d'y rencontrer quelqu'un d'autre qu'un collègue, et surtout Kelly Anderson, était plus qu'il ne pouvait en supporter.

« Brian et moi avons appris votre présence ici grâce à votre ex-femme. Quant à la manière dont nous sommes entrés, nous avons eu le plaisir d'être invités et même escortés par M. Lindsey Noyes, dit Kelly en montrant un homme en costume gris qui se tenait à la porte donnant sur le couloir sans oser entrer. Il appartient à l'administration de ce centre hospitalo-universitaire d'AmeriCare.

— Bonsoir, docteur Reggis, dit nerveusement Lindsey. Si vous pouviez nous consacrer juste un instant. Mlle Anderson a fort aimablement décidé de faire un reportage pour commémorer nos six mois de fusion avec votre hôpital. Bien sûr, nous aimerions l'aider de notre mieux. »

Pendant un instant, les yeux sombres de Kim passèrent, furieux, de Kelly à Lindsey. Sur le coup, il ne sut pas qui l'agaçait le plus, la journaliste fouineuse ou l'administrateur mielleux. Il finit par décider qu'il s'en moquait.

« Si vous voulez l'aider, parlez-lui donc ! dit Kim au gratte-papier, avant de tourner les talons pour retourner au vestiaire.

— Docteur Reggis, attendez ! s'écria Kelly. J'ai déjà entendu la version préparée par AmeriCare. Nous aimerions votre opinion personnelle, depuis les tranchées, en quelque sorte. »

Tenant la porte du vestiaire à moitié ouverte, Kim se figea pour réfléchir, puis il se retourna pour regarder Kelly Anderson droit dans les yeux.

« Après ce reportage que vous avez commis sur la chirurgie cardiaque, j'ai fait le vœu de ne plus jamais vous parler.

— Et pourquoi ça ? demanda Kelly. C'était une interview. Je ne vous ai pas mis les mots dans la bouche.

— Vous m'avez cité hors contexte en refaisant le montage de vos questions, fulmina Kim, et vous avez omis presque tous les problèmes dont je vous avais dit qu'ils étaient d'une importance cruciale pour nous.

— Nous faisons toujours un montage de nos interviews, dit Kelly. Ainsi va la vie.

— Trouvez une autre victime. »

Kim avait déjà fait un pas dans le vestiaire quand Kelly l'appela à nouveau.

« Docteur Reggis ! répondez seulement à une question : La fusion a-t-elle été aussi bénéfique pour les malades que l'affirme AmeriCare ? Ils disent qu'ils l'ont faite pour des raisons purement altruistes. Ils insistent sur le fait que c'est ce qui est arrivé de plus positif dans le monde médical de cette ville depuis la découverte de la pénicilline. »

Kim hésita à nouveau. L'absurdité d'une telle déclaration lui imposait de répliquer. Il se retourna à nouveau vers Kelly.

« J'ai du mal à imaginer comment quiconque a pu émettre une opinion aussi ridicule sans en perdre à jamais le sommeil. En vérité, la seule justification de cette fusion était de rapporter des bénéfices à AmeriCare. Toute autre raison qu'ils pourraient donner est pur mensonge. »

La porte se referma derrière Kim. Kelly regarda Brian. Brian sourit et leva le pouce pour féliciter Kelly.

« C'est dans la boîte, dit-il.

— Parfait ! lui dit Kelly avec un sourire. C'est exactement ce qu'a prescrit le médecin.

— À l'évidence, dit Lindsey après une petite toux polie dans son poing fermé, le Dr Reggis n'a donné que son opinion très personnelle, et je peux vous assurer qu'elle n'est partagée par aucun autre membre de notre personnel.

— Oh, vraiment ? s'étonna Kelly en parcourant la pièce des yeux. Quelqu'un voudrait-il ajouter un commentaire à la déclaration du Dr Reggis ? »

Elle attendit un moment ; personne ne bougea.

« Pour ou contre ? » insista Kelly.

Toujours rien. Dans ce silence soudain, la sonorisation de l'hôpital résonna comme un bruit de fond de mélodrame télévisé.

« Très bien, dit Kelly d'un air ravi. Je vous remercie tous pour le temps que vous nous avez consacré. »

Tom enfila sa longue blouse blanche et rangea sa collection de stylos et de crayons, ainsi que sa mini-lampe torche, dans sa poche de poitrine. Kim était revenu dans le vestiaire, et après avoir retiré ses vêtements et les avoir jetés dans un panier, il était allé se doucher, sans un mot.

« Est-ce que tu ne vas pas me dire qui voulait te voir ? demanda Tom.

— Kelly Anderson, la journaliste de WENE, dit Kim sous la douche.

— Dans notre salle de repos de chirurgie?

— Incroyable, non? Un des types de l'administration d'AmeriCare l'y a conduite. Il semble que ce soit mon ex qui lui a dit où me trouver.

— J'espère que tu lui as fait savoir ce que tu penses de son exploit sur la chirurgie cardiaque, dit Tom. Quand mon garagiste l'a vu, je te jure qu'il a augmenté ses tarifs. Et pourtant, mes revenus fondent...

— J'en ai dit aussi peu que possible.

— Eh! À quelle heure étais-tu censé prendre Becky? demanda Tom.

— À six heures. Quelle heure est-il maintenant?

— Tu ferais mieux de te dépêcher, il est déjà presque six heures et demie.

— Merde! Et je n'ai même pas encore fait ma visite. Quelle vie! »

3

Vendredi 16 janvier

Quand Kim eut terminé sa visite et vu M. Arnold en salle de réveil, une heure de plus avait passé. En route vers la maison de son ex-épouse, dans le quartier universitaire, il poussa sa Mercedes vieille de dix ans et arriva en un temps record. Mais il n'en était pas moins presque huit heures quand il s'arrêta juste devant chez Tracy, derrière une Lamborghini jaune.

Kim sauta de la voiture et courut jusqu'à la porte de la modeste maison construite au tout début du siècle avec quelques détails gothiques victoriens, comme des fenêtres en ogive et des chiens-assis dans le toit. Kim monta deux à deux les marches du porche pour passer les colonnes et sonner à la porte. Son haleine flottait dans l'air froid. Pendant qu'il attendait, il fit claquer ses bras contre son torse pour se réchauffer, car il n'avait pas mis de pardessus.

Tracy vint ouvrir et planta ses mains sur ses hanches pour montrer combien elle était en colère... et dissimuler son inquiétude.

« Kim, il est presque huit heures ! Tu avais dit que tu serais là à six heures au plus tard.

— Désolé, je n'ai rien pu faire pour l'éviter. Ma seconde opération a pris plus longtemps que prévu. On a rencontré des problèmes inattendus.

— J'imagine que je devrais y être habituée, après toutes ces années ! » dit Tracy.

Elle s'écarta et le laissa passer dans l'entrée avant de refermer la porte derrière lui.

Dans le salon, Kim aperçut un bel homme, la quarantaine, en tenue décontractée : veste de daim à franges et bottes de cow-boy en autruche. Il était assis sur le canapé, un verre dans une main, un chapeau de cow-boy dans l'autre.

« J'aurais fait dîner Becky si j'avais su que tu serais aussi en retard, dit Tracy. Elle meurt de faim !

— C'est une maladie facile à soigner, dit Kim. On avait prévu d'aller dîner.

— Tu aurais au moins pu téléphoner.

— J'étais en salle d'opération jusqu'à cinq heures et demie, dit Kim, je n'étais pas en pleine partie de golf !

— Je sais, dit Tracy avec résignation. Tout cela est très noble. Le problème, c'est que tu nous imposes ton emploi du temps. Tu n'as aucune considération pour le mien. À chaque seconde, je croyais que tu allais arriver. Heureusement que nous ne prenons pas un vol commercial !

— Un vol ? demanda Kim. Où vas-tu ?

— À Aspen. Becky sait où me joindre.

— À Aspen ! Pour deux jours ?

— J'ai le sentiment qu'il est temps de m'amuser un peu. Mais je sais que tu n'as aucune idée de ce dont il s'agit, sauf dans ta salle d'opération, naturellement.

— Eh bien, puisque nous en sommes aux réflexions sarcastiques, merci de m'avoir envoyé Kelly Anderson. Quelle délicieuse surprise de la trouver dans la salle de repos !

— Je ne l'ai pas envoyée.

— C'est ce qu'elle a dit.

— Je lui ai juste dit que je pensais que tu opérais aujourd'hui.

— Je ne vois pas la différence. »

Par-delà l'épaule de Kim, Tracy vit son invité se lever, visiblement gêné d'entendre cet échange. Pour détendre l'atmosphère, Tracy fit signe à Kim de la suivre au salon.

« Trêve ! dit-elle. Kim, j'aimerais te présenter un ami, Carl Stahl. »

Les deux hommes se serrèrent la main et se regardèrent avec curiosité.

« Faites connaissance, suggéra Tracy. Je monte m'assurer que Becky a tout ce qu'il lui faut. Ensuite, nous pourrons chacun vaquer à nos occupations. »

Kim regarda Tracy disparaître dans l'escalier, puis il reposa les yeux sur celui qui était apparemment le petit ami de son ex-épouse. C'était une situation gênante, et Kim ne put s'empêcher de ressentir une pointe de jalousie. Carl était bien plus petit que lui et il perdait ses cheveux — c'était toujours ça. En revanche, il était bronzé bien qu'on soit au milieu de l'hiver et il semblait en assez grande forme physique.

« Je vous sers un verre ? demanda Carl en s'approchant de la bouteille de bourbon sur la table basse.

— Je ne dis pas non. »

42

Kim n'avait jamais beaucoup bu, mais ces six derniers mois, le cocktail du soir était devenu une habitude.

Carl posa son chapeau et Kim remarqua qu'il se comportait comme s'il était chez lui.

« J'ai vu l'émission où Kelly Anderson vous a interviewé, le mois dernier, dit Carl en mettant des glaçons dans un verre en cristal ciselé.

— J'en suis désolé. J'espérais que la plupart des gens l'avaient ratée. »

Carl versa une dose généreuse d'alcool sur la glace et tendit le verre à Kim. Puis il se rassit sur le canapé près de son chapeau de cow-boy. Kim prit le fauteuil.

« Votre colère est justifiée, admit Carl. C'était un coup bas. Les nouvelles télévisées ont une manière très irritante de déformer les choses.

— C'est tristement vrai. »

Kim prit une gorgée du liquide fort et inhala avant d'avaler. Il sentit la chaleur rassurante de l'alcool progresser dans son corps.

« Je n'ai pas marché dans son jeu, dit Carl. Vous, les chirurgiens, vous gagnez chaque centime qu'on vous donne. Personnellement, j'ai beaucoup de respect pour les médecins.

— Merci. C'est très rassurant.

— C'est vrai. En fait, j'ai même préparé mon entrée à la fac de médecine pendant deux semestres, à l'université.

— Ah oui ! Et qu'est-il arrivé ? Vous n'aimiez pas ça ?

— C'est *ça* qui ne m'aimait pas ! dit Carl avec un rire qui se termina par un curieux ronflement. C'était beaucoup trop prenant, et ça empiétait trop sur ma vie sociale ! » ajouta-t-il en riant à nouveau comme s'il venait de dire une bonne blague.

Kim commençait à se demander ce que Tracy trouvait à ce type.

« Et que faites-vous ? » demanda Kim pour entretenir la conversation, et aussi par curiosité.

Dans ce quartier petit-bourgeois, la Lamborghini jaune ne pouvait appartenir qu'à Carl. Et Tracy avait dit qu'ils prendraient un avion privé. Tout cela devenait inquiétant.

« Je suis président-directeur général de Foodsmart, dit Carl. Je suis sûr que vous avez déjà entendu parler de nous.

— Je ne crois pas.

— C'est une grosse entreprise agricole. En fait, c'est plus une holding. Une des plus grosses du pays.

— Gros ou détail ? demanda Kim pour faire semblant de s'y connaître en affaires.

— Les deux, dit Carl. Surtout exportation en gros de céréales et de bœuf. Mais nous détenons aussi la majorité des actions de la chaîne de restauration rapide Onion Ring.

— Je connais, dit Kim. J'en ai même quelques actions.

— Très bon choix ! dit Carl avant de se pencher en avant et de regarder furtivement autour de lui comme s'il craignait des oreilles indiscrètes. Achetez-en d'autres. L'entreprise est sur le point d'être cotée au marché national. C'est entre nous. Ne dites à personne comment vous le savez !

— Merci, dit Kim avant d'ajouter, ironique : Je me demandais justement que faire de tout l'argent que je gagne.

— Vous me remercierez, ajouta Carl qui n'avait pas compris la plaisanterie. Les actions vont monter en flèche. D'ici moins d'un an, Onion Ring fera concurrence à McDonald's, Burger King ou Wendy's.

— Tracy a dit que vous vous envoliez pour Aspen dans un avion privé, dit Kim pour changer de sujet. Que pilotez-vous ?

— Moi, personnellement ? Je ne pilote pas. Sûrement pas ! Je serais la dernière personne à monter dans un avion avec moi aux commandes ! »

Carl rit à nouveau avec ce grognement particulier qui fit que Kim se demanda s'il ronflait en
dormant.

« Je viens d'acheter un avion à réaction Lear.
Enfin, officiellement, il appartient à Foodsmart —
pour les impôts. Comme vous le savez sûrement,
pour un tel avion, la réglementation exige qu'on ait
deux pilotes hautement qualifiés à bord.

— Bien sûr », dit Kim comme s'il connaissait
intimement toutes les réglementations en matière
de trafic aérien.

Jamais il n'aurait accepté de montrer son igno-
rance en la matière. Il ne voulait pas non plus
montrer à quel point cela le mettait en colère
qu'un homme d'affaires qui ne faisait rien de plus
que brasser de la paperasse ait un tel statut, alors
que lui, qui travaillait douze heures par jour sur le
cœur des gens, avait du mal à conserver en état de
marche une Mercedes vieille de dix ans.

Une cascade de pas dans l'escalier en bois
annonça l'arrivée de Becky. Elle tenait son sac à la
main, et elle avait jeté ses patins sur son épaule,
attachés par les lacets. Elle laissa tomber le tout
sur une chaise dans l'entrée avant de courir au
salon.

Kim n'avait pas vu Becky depuis le dimanche
précédent, qu'ils avaient passé joyeusement dans
une station de ski proche, et Becky agit en conséquence : elle fila droit sur Kim et se jeta à son cou
avec un tel enthousiasme qu'il faillit perdre l'équilibre. Le visage pressé contre la tête de sa fille, Kim
sentit les cheveux bruns encore humides de la
douche. Ce qui restait de l'odeur du shampooing
lui rappela un verger de pommiers en fleur.

Sans lâcher Kim, Becky recula et prit un faux air
de reproche.

« Tu es en retard, papa ! »

Tous les soucis de la journée s'évanouirent
quand Kim contempla sa petite chérie si douée de

dix ans qui, dans son esprit, rayonnait de grâce, de jeunesse et d'énergie. Elle avait une peau parfaite, de grands yeux expressifs...

« Désolé, ma puce, dit Kim. Si j'ai bien compris, tu as faim.

— Je suis affamée, dit Becky, mais regarde! »

Elle tourna la tête de droite et de gauche.

« Tu vois mes nouvelles boucles d'oreilles en diamant? Est-ce qu'elles ne sont pas superbes? C'est Carl qui me les a offertes.

— C'est bien peu de chose, se rengorgea Carl. Un cadeau de Noël en retard, en quelque sorte, histoire qu'elle me laisse lui emprunter sa mère pour le week-end. »

Kim avala péniblement sa salive. Il était pris de court.

« Très impressionnant », réussit-il à articuler.

Becky lâcha Kim et sortit dans le hall prendre ses affaires et son manteau. Kim la suivit et gagna la porte.

« Et je veux que tu sois couchée à l'heure habituelle, jeune fille, ordonna Tracy. Est-ce que tu comprends? La grippe fait des ravages.

— Oh, maman! protesta Becky.

— Je suis très sérieuse, dit Tracy. Je ne veux pas que tu rates l'école.

— Relax, maman! Amuse-toi bien et ne sois pas aussi nerveuse à cause...

— Ce sera formidable, interrompit Tracy avant que sa fille ne dise quelque chose d'embarrassant. Mais je m'amuserai d'autant mieux si je ne me fais pas de souci pour toi. Tu as mon numéro?

— Mais oui! soupira Becky avant de s'exclamer : Fais la piste noire pour moi!

— Promis, dit Tracy en prenant le manteau que sa fille tenait sur son bras. Je veux que tu le mettes.

— Mais on sera en voiture!

— Je m'en moque », dit Tracy en forçant les bras de Becky à entrer dans les manches.

Becky courut vers Carl, qui se tenait dans l'embrasure de la porte du salon, et le serra dans ses bras pour approcher sa bouche de son oreille.

« Elle est vraiment nerveuse, mais tout ira bien. Et merci pour les boudes d'oreilles. Je les adore.

— Ce n'est rien, Becky », dit Carl sans trace d'émotion.

Becky courut vers sa mère et la serra rapidement dans ses bras avant de filer par la porte, que Kim tenait ouverte.

Dehors, Becky dévala les marches et se retourna pour faire signe à Kim de se dépêcher. Kim la rejoignit au pas de course.

« Appelez-moi au moindre problème », cria Tracy depuis le porche.

Kim et Becky lui répondirent par un signe de la main et montèrent dans la voiture.

« Elle est tellement inquiète, dit Becky tandis que Kim lançait le moteur. Ça, dit-elle en pointant son doigt devant elle, c'est une Lamborghini. C'est la voiture de Carl. Impressionnant, non ?

— Sans doute, dit Kim d'un ton qu'il voulait indifférent.

— Tu devrais en acheter une, papa, dit Becky en se retournant pour regarder la voiture qu'ils dépassaient maintenant.

— Parlons du repas, dit Kim. J'avais l'intention d'aller prendre Ginger et de vous emmener toutes les deux Chez Jean.

— Je ne veux pas dîner avec Ginger », dit Becky avec une moue.

Kim tapota le volant du bout des doigts. Le stress de la journée à l'hôpital et la rencontre avec Carl l'avaient mis à cran. Il aurait voulu aller jouer au tennis. Il avait besoin d'un exutoire physique. Et il ne voulait surtout pas d'affrontement entre Becky et Ginger.

« Becky, commença Kim, on en a déjà parlé. Ginger aime être en ta compagnie.

« — Je veux être avec toi, pas avec ta standardiste, protesta Becky.

— Mais tu seras avec moi. Nous serons tous les trois ensemble. Ginger est plus que ma standardiste.

— Et je ne veux pas non plus dîner dans ce vieux restaurant étouffant, dit Becky d'une voix tremblante. Je le déteste.

— D'accord, d'accord, dit Kim qui luttait pour se contrôler. Et si on allait à l'Onion Ring sur Prairie Highway ? Juste toi et moi. C'est à deux pas.

— Fabuleux ! » s'exclama Becky en bondissant sur son siège.

En dépit de la ceinture de sécurité, elle réussit à se pencher suffisamment pour déposer un baiser sur la joue de Kim.

Kim s'émerveilla de l'habileté avec laquelle sa fille le manipulait. Il se sentait mieux maintenant qu'elle était redevenue la petite fille normale et vive qu'il connaissait, mais au bout de quelques kilomètres, les commentaires de Becky le chatouillèrent à nouveau.

« Mais enfin, je ne comprends pas ce que tu as contre Ginger !

— C'est à cause d'elle que maman et toi vous êtes séparés.

— Seigneur ! C'est ça que te dit ta mère ?

— Non. Elle dit qu'elle n'est qu'une partie du problème. Mais moi je crois que c'était de la faute de Ginger. Vous ne vous disputiez presque jamais avant Ginger. »

Kim recommença à frapper le volant des doigts. Bien que Becky l'ait nié, il était certain que Tracy avait dû lui mettre cette idée en tête.

En pénétrant dans le parking de l'Onion Ring, Kim jeta un coup d'œil à Becky. Elle avait le visage illuminé par l'enseigne et elle souriait à l'idée du merveilleux hamburger qu'ils allaient manger.

« Ta mère et moi avons divorcé pour tout un tas

de raisons très compliquées, commença Kim, et Ginger n'était qu'une infime...

— Attention ! » cria Becky.

Kim regarda à nouveau à travers le pare-brise et aperçut la silhouette floue d'un gamin sur un skate-board tout près de son pare-chocs, à droite. Kim écrasa le frein et tourna le volant à gauche. La voiture s'immobilisa, non sans avoir heurté l'arrière d'un véhicule en stationnement. Il y eut un bruit caractéristique de verre cassé.

« Tu as embouti une voiture ! s'écria Becky.

— Je sais !

— Oh, ce n'est pas de ma faute ! s'indigna Becky. Ne crie pas ! »

Le gamin sur son skate, qui s'était arrêté un instant, passa devant la voiture. Kim le regarda, aussi irrévérencieux qu'imprudent, qui lui criait : « Pauvre con ! » Kim ferma un instant les yeux pour se contrôler.

« Je suis désolé, dit-il à Becky. Ce n'était pas de ta faute, bien sûr. J'aurais dû faire plus attention. Et je n'aurais en tout cas pas dû crier contre toi.

— Qu'est-ce qu'on va faire ? » demanda Becky dont les yeux fouillaient le parking avec angoisse.

Elle était terrifiée à l'idée qu'un de ses camarades d'école ait pu être témoin de la maladresse de son père.

« Je vais voir si c'est grave », dit Kim en ouvrant sa porte. Il revint quelques secondes plus tard et demanda à Becky de lui tendre les papiers, qui étaient dans la boîte à gants.

« Qu'est-ce qui est cassé ? demanda Becky en lui tendant les papiers.

— Un de nos phares et un de ses feux arrière. Je vais laisser une carte. »

Une fois dans le restaurant, Becky oublia l'incident. Comme on était vendredi soir, l'Onion Ring était plein, surtout d'adolescents avec leur ridicule tenue trop large et leurs cheveux coupés et teints à la mode punk. Mais il y avait aussi un certain nombre de familles avec de jeunes enfants, des nourrissons, même. Le bruit était considérable à cause surtout des énormes postes à transistors qui tentaient de couvrir les cris des bébés.

Les enfants aimaient tout particulièrement les restaurants Onion Ring parce qu'ils pouvaient créer leur propre « burger du gourmet » avec une incroyable variété de condiments. Ils pouvaient aussi agrémenter leur glace d'un nombre tout aussi considérable de garnitures.

« Est-ce que c'est pas un endroit formidable? claironna Becky en prenant place dans une des queues avec Kim.

— Délicieux, plaisanta Kim, surtout grâce à la douce musique classique en fond sonore.

— Oh, papa! gémit Becky en roulant des yeux.

— Es-tu déjà venue ici avec Carl? demanda Kim, qui ne voulait pas vraiment entendre la réponse parce qu'il subodorait qu'elle serait positive.

— Bien sûr. Il nous a amenées deux ou trois fois ici, maman et moi. C'était bien. C'est à lui, ici.

— Pas vraiment, dit Kim avec une certaine satisfaction. En fait, l'Onion Ring est une société par actions. Tu sais ce que ça veut dire?

— Vaguement.

— Ça veut dire que beaucoup de gens en possèdent une petite partie. Même moi, j'ai des actions d'Onion Ring, alors ça fait aussi de moi un des propriétaires.

— Ah oui? Pourtant, quand je viens avec Carl, on n'a pas à faire la queue.

— Parlons d'autre chose, soupira Kim. As-tu réfléchi à ta participation au championnat national de patinage? Je sais que la date limite d'inscription approche.

— Je n'y vais pas, déclara Becky sans hésitation.

— Vraiment? Et pourquoi pas, chérie? Tu es

une patineuse-née, et tu as gagné le championnat junior avec une grande facilité l'an dernier.

— J'aime patiner, dit Becky, et je ne veux rien gâcher.

— Mais tu pourrais être la meilleure.

— Je ne veux pas être la meilleure en compétition.

— Mais enfin, Becky! Je dois avouer que je suis un peu déçu. J'aurais été si fier de toi.

— Maman m'avait prévenue que tu dirais quelque chose comme ça.

— Formidable! Ta thérapeute-je-sais-tout de mère!

— Elle a aussi dit que je devais faire ce que je pensais être le mieux pour moi. »

Kim et Becky se retrouvèrent devant la caisse, où une adolescente blasée les regarda d'un œil mort et leur demanda ce qu'ils voulaient.

Becky regarda les propositions affichées au-dessus des caisses, tordit la bouche et s'enfonça un doigt dans la joue.

« Euhhhh... Je ne sais pas ce que je veux.

— Prends un hamburger, dit Kim, c'est toujours ce que tu as préféré.

— D'accord. Je vais prendre un hamburger, des frites et un milk-shake vanille.

— Normal ou maxi? demanda la serveuse d'une voix épuisée.

— Normal, dit Becky.

— Et vous, monsieur?

— Oh, voyons un peu..., dit Kim en levant les yeux vers le menu éclairé. Soupe du jour et salade, je crois. Et un thé glacé.

— Ça fait sept dollars quatre-vingt-dix. »

Kim paya et la caissière lui tendit son reçu.

« Vous avez le numéro vingt-sept. »

Kim et Becky quittèrent le comptoir des commandes. Ce ne fut pas facile, mais ils trouvèrent deux sièges vides à une des tables style pique-nique près de la fenêtre. Becky se glissa sur son siège, mais pas Kim. Il lui tendit le reçu et lui dit qu'il devait aller aux toilettes. Becky hocha la tête d'un air absent. Elle avait les yeux fixés sur un des plus jolis garçons de son école, justement assis à la table voisine.

Traverser le restaurant fut pour Kim une sorte de course d'obstacles. Il y avait deux téléphones dans l'antichambre des toilettes, tous deux occupés par des gamines — d'autres adolescents formaient une file d'attente. Kim soupira et sortit de sa poche son téléphone portable. Il composa un numéro et s'adossa au mur avant de porter le combiné à son oreille.

« Ginger, c'est moi, dit Kim.

— Mais où es-tu donc? Est-ce que tu avais oublié nos réservations Chez Jean à sept heures et demie?

— On n'y va pas. J'ai dû changer les projets. Becky et moi avalons un morceau à l'Onion Ring, sur Prairie Highway. »

Ginger ne répondit pas.

« Allô? dit Kim. Tu es toujours là?

— Oui, je suis toujours là, répondit Ginger.

— Est-ce que tu as entendu ce que j'ai dit?

— Bien sûr que j'ai entendu. Je n'ai rien mangé parce que je t'attendais. Tu n'as pas appelé. Et en plus, tu avais promis qu'on dînerait Chez Jean.

— Écoute, grogna Kim, ne me rends pas la vie impossible, toi aussi. Je ne peux pas faire plaisir à tout le monde. J'ai pris Becky en retard et elle mourait de faim.

— Charmant. Je te souhaite un bon dîner en tête à tête avec ta fille.

— Ginger, tu m'agaces!

— Mais que veux-tu que j'éprouve? Pendant un an, tu avais ton épouse comme excuse pratique. Maintenant, je suppose que ça va être ta fille.

— Ça suffit, Ginger, dit Kim d'un ton cassant. Je

n'ai pas l'intention de me battre. Becky et moi mangeons ici, et ensuite nous viendrons te prendre.

— Il est possible que je sois là, mais il est aussi possible que je ne sois pas là. Je commence à en avoir assez d'être toujours à ta disposition.

— Très bien, dit Kim. À toi de décider. »

Il éteignit son portable et le remit dans sa poche en grinçant des dents et en jurant dans sa barbe. La soirée ne se déroulait pas du tout comme prévu. Les yeux de Kim se posèrent involontairement sur le visage d'une adolescente qui attendait qu'un téléphone se libère. Son rouge à lèvre était sombre au point de paraître marron. Cela lui donnait l'air d'un alpiniste qui a succombé aux éléments sur la face nord de l'Everest.

La gamine surprit le regard appuyé de Kim. Elle arrêta de mâcher son chewing-gum d'un air bovin le temps de lui tirer la langue. Kim s'écarta du mur et gagna les toilettes pour s'asperger le visage d'eau et se laver les mains.

Le niveau d'activité dans la cuisine et la zone de service de l'Onion Ring était proportionnel au nombre de clients en salle. C'était un tohu-bohu contrôlé. Roger Polo, le gérant qui assumait couramment deux services le vendredi et le samedi, les deux jours les plus chargés à l'Onion Ring, était un homme nerveux de bientôt quarante ans qui menait son personnel à la baguette, comme lui-même.

Quand le restaurant était aussi plein que ce soir où Kim et Becky attendaient leur repas, Roger s'intégrait à la chaîne. C'est lui qui transmit la commande de hamburger et de frites au chef, Paul, celle de soupe et de salade à Julia et celle des boissons à Claudia. Tout le travail de réapprovisionnement des divers postes de préparation et le nettoyage revenaient à Skip, le « larbin ».

« Pour le vingt-sept, aboya Roger, une soupe et une salade !

— Soupe et salade, répéta Julia.

— Thé glacé et milk-shake vanille! cria Roger.

— Ça marche, dit Claudia.

— Hamburger et frite normale! ordonna Roger.

— C'est bon », dit Paul.

Paul était beaucoup plus âgé que Roger. Il avait le visage tanné et profondément ridé d'un fermier plutôt que d'un cuisinier. Il avait passé vingt ans comme chef d'équipe sur un champ de pétrole dans le Golfe. Sur son bras droit, il avait fait tatouer un puits souligné du mot : *Eurêka!*

Paul officiait au gril implanté comme une île derrière la rangée de caisses. Il avait en permanence un certain nombre de galettes de viande hachée en train de cuire, chacune correspondant à une commande. Il organisait la cuisson par rotation afin que tous les steaks cuisent un temps égal. En réponse à la dernière vague de commandes, Paul alla ouvrir le grand réfrigérateur derrière lui.

« Skip! cria Paul quand il se rendit compte que le carton de viande était vide. Va me chercher une boîte de hamburgers au congélo.

— J'y vais », dit Skip en abandonnant sa serpillière.

Le grand congélateur où attendait le réapprovisionnement se trouvait au fond de la cuisine, près du grand réfrigérateur, en face de l'entrepôt. Skip, qui ne travaillait à l'Onion Ring que depuis une semaine, avait compris qu'une grande partie de son travail consistait à transporter des denrées des lieux de conservation aux lieux de préparation.

Il ouvrit la lourde porte du congélateur, dans lequel il pénétra. La porte, montée sur ressort, se referma derrière lui. L'intérieur, de trois mètres sur six environ, était éclairé par une ampoule unique, que protégeait une grille. Les murs étaient couverts d'un métal qui ressemblait à du papier d'aluminium et le sol en lattes de bois.

Presque tout l'espace était plein de cartons, sauf

l'allée centrale. À gauche, de grands cartons contenaient des galettes de viande hachée. À droite, les cartons étaient pleins de frites, de croquettes de poisson et de beignets de poulet.

Skip se frotta les bras, agressé par le froid glacial. Son haleine se figeait en l'air. Pressé de retourner dans la chaleur de la cuisine, il retira le givre de l'étiquette du premier carton à sa gauche pour s'assurer qu'il s'agissait bien de viande hachée. Il lut : MERCER MEATS, HAMBURGERS NORMAUX DE 60 g, VIANDE MAIGRE, LOT 6, BOÎTES 9-14. FABRICATION : 12/1 ; À CONSOMMER AVANT LE 12/4.

Rassuré, Skip ouvrit le carton et en sortit une des boîtes de quinze douzaines de hamburgers, qu'il alla placer dans le réfrigérateur, derrière Paul.

« Le ravitaillement », dit Skip.

Paul ne répondit pas, trop occupé à dresser la viande cuite sur les pains ronds tout en gardant en mémoire les nouvelles commandes que Roger lui avait transmises. Dès qu'il le put, il se tourna vers le réfrigérateur, ouvrit la boîte qui venait d'y être placée et en sortit le nombre de galettes de viande hachée dont il avait besoin. Mais alors qu'il allait refermer la porte, son regard tomba sur l'étiquette.

« Skip ! cria Paul. Ramène-toi ici !

— Qu'est-ce qui ne va pas ? demanda Skip qui n'était pas loin en train de vider la boîte à ordures du gril.

— T'as pas apporté les bons ! cria Paul. Ceux-là sont arrivés aujourd'hui.

— Et qu'est-ce que ça fait ? demanda Skip.

— Je vais te le montrer, dit-il en se détournant. Roger ! Combien de hamburgers il te faut après la commande vingt-six ?

— Un pour la vingt-sept, répondit Roger en consultant ses fiches, quatre pour la vingt-huit et trois pour la vingt-neuf. Ça fait huit en tout.

— C'est bien ce que j'ai préparé », dit Paul.

Il jeta les huit galettes de viande qu'il avait dans la main sur le gril et se retourna pour sortir la boîte du réfrigérateur. Préoccupé, il ne se rendit pas compte que la première galette se retrouvait à cheval sur une autre déjà cuite.

Paul fit signe à Skip de le suivre et expliqua en marchant :

« On reçoit les hamburgers congelés tous les quinze jours, mais il faut utiliser les plus anciens d'abord. »

Paul ouvrit la porte du congélateur et repéra immédiatement le carton que Skip avait ouvert. Il y replaça la boîte qu'il portait et referma le couvercle.

« Tu vois la date ? demanda Paul en montrant l'étiquette.

— Oui, je la vois, dit Skip.

— Les cartons du fond portent une date plus ancienne, dit Paul, et on doit les utiliser en premier.

— Personne ne me l'avait dit, protesta Skip.

— Eh bien, maintenant, c'est fait. Aide-moi à pousser les nouveaux cartons au fond et à mettre les anciens sur le devant. »

Kim était retourné à la table et avait réussi à glisser sa haute carcasse sur le siège près de Becky. Il y avait six autres personnes à la même table, dont un bébé de deux ans au visage barbouillé de ketchup, très occupé à frapper son hamburger à peine entamé avec une cuiller à soupe en plastique.

« Becky, je voudrais que tu te montres raisonnable, dit Kim en s'efforçant de ne pas voir le bébé. J'ai dit à Ginger que nous viendrions la chercher après le repas. »

Becky soupira en abaissant ses épaules de manière théâtrale. Elle boudait, ce qui n'était pas dans ses habitudes.

« Avoue qu'on a fait ce que tu voulais, dit Kim : on mange ensemble, tous les deux, et pas Chez Jean.

— Mais tu ne m'as pas demandé si je voulais aller chercher Ginger. Quand tu as dis qu'on venait ici, j'ai cru que ça voulait dire qu'on n'aurait pas du tout à la voir. »

Kim détourna le regard et serra les mâchoires. Il adorait sa fille, mais elle pouvait se montrer têtue comme une mule. C'était frustrant pour un grand chirurgien habitué à ce que les gens obéissent à ses ordres.

En revenant du congélateur, Paul trouva Roger exaspéré à son poste de travail.

« Mais où étais-tu passé ? demanda Roger. On a pris du retard.

— T'en fais pas, dit Paul. Je contrôle la situation. »

Paul saisit sa spatule et entreprit de faire glisser les galettes de viande cuite sur leurs petits pains. Il repoussa celle qui s'était mise de guingois pour retirer celle du dessous.

« Commande trente, aboya Roger. Deux hamburgers normaux et un jumbo.

— Ça vient », dit Paul.

Il alla au réfrigérateur pour en sortir la viande, qu'il jeta sur le gril. Puis, de sa spatule, il souleva la galette qui avait reposé sur une autre. En la retournant, il la fit à nouveau atterrir sur une autre, et non pas à plat sur le gril. Paul allait la remettre en place quand Roger l'appela :

« Paul, tu t'es gouré ! Qu'est-ce qui t'arrive, ce soir ? »

Paul leva les yeux, sa spatule en l'air.

« Le vingt-six, c'était deux jumbos, pas deux normaux ! gronda Roger.

— Merde, désolé ! » dit Paul.

Il revint au réfrigérateur pour prendre deux

57

galettes jumbo. Après les avoir jetées sur le gril, il les pressa avec sa spatule. Les jumbos devaient cuire deux fois plus que les normaux.

« Et le numéro vingt-cinq devait être accompagné d'une frite moyenne, aboya Roger en agitant le ticket comme s'il en menaçait Paul.

— Ça marche », dit Paul en remplissant un cornet de papier avec les frites.

Roger prit les frites et les posa sur le plateau vingt-cinq, qu'il fit glisser vers le comptoir de distribution.

« D'accord, dit Roger à Paul. Le numéro vingt-sept est prêt à partir. Il y a un hamburger et des frites ? Allez, Paul, au boulot.

— C'est bon ! »

Paul souleva de sa spatule la galette de viande qui avait passé presque tout son temps de cuisson sur d'autres, la fit glisser sur un petit pain, et plaça le tout sur l'assiette en papier que Roger avait disposée sur le comptoir devant lui. Paul ajouta quelques oignons grillés et un cornet de frites.

Quelques secondes plus tard, le gamin chargé de la distribution se pencha sur le micro et annonça :

« À enlever, les numéros vingt-cinq et vingt-sept. »

Kim se leva.

« C'est pour nous, dit-il. Je vais chercher le plateau. Mais après le repas, on va aller chercher Ginger, un point c'est tout Et je veux que tu te montres aimable, d'accord ?

— Oui, d'accord, gémit Becky en se levant.

— Je m'en occupe, dit Kim. Reste là.

— Mais je voulais me préparer mon hamburger moi-même ! protesta Becky.

— Ah, oui, j'avais oublié », dit Kim.

Tandis que Becky surmontait son hamburger d'une couche impressionnante de divers condiments, Kim choisit ce qu'il espérait être la moins agressive des sauces de salade. Puis père et fille retournèrent à leur table, où Kim fut heureux de constater que le bébé barbouillé de ketchup avait disparu.

Becky se transforma en pile électrique quand le garçon de son école lui demanda quelques frites. Kim allait goûter sa soupe quand son téléphone portable sonna contre sa poitrine. Il mit le combiné à son oreille.

« Dr Reggis à l'appareil, dit-il.

— Docteur, c'est Nancy Warren, dit l'infirmière. Je vous appelle parce que Mme Arnold exige que vous veniez voir son mari.

— Pourquoi ? »

Becky prit son hamburger à deux mains, mais malgré tout quelques rondelles de cornichon tombèrent dans l'assiette. Sans s'en émouvoir, elle ouvrit une bouche énorme et mordit dans le petit pain. Après avoir mâché un moment, elle examina le hamburger à l'endroit où elle avait croqué.

« M. Arnold est très angoissé, expliqua Nancy, et il dit que la douleur ne cède pas aux médicaments. Il a eu aussi deux ou trois extrasystoles. »

Becky tira le bras de son père pour qu'il regarde son hamburger. Kim lui fit signe d'attendre qu'il ait terminé sa conversation au téléphone.

« Est-ce qu'il a eu beaucoup d'extrasystoles ?

— Pas beaucoup, mais assez pour en avoir conscience.

— Faites un dosage du potassium et doublez les analgésiques. Le médecin des soins intensifs est là ?

— Oui, le Dr Silber est de service, mais je crois que vous devriez venir. Mme Arnold insiste beaucoup.

— Je n'en doute pas, ricana Kim. On va d'abord attendre d'avoir le taux de potassium. Assurez-vous aussi qu'il n'y a pas de distension abdominale notable. »

Kim éteignit son portable. Mme Arnold s'avérait plus pénible encore qu'il ne le redoutait.

« Regarde mon hamburger », demanda Becky.

Kim jeta un coup d'œil et vit le ruban saignant au milieu de la galette de viande. Mais il était trop préoccupé et trop irrité par l'appel qu'il venait de recevoir de l'hôpital pour analyser la situation.

« Hummm, dit-il. C'est exactement comme ça que je les voulais, à ton âge.

— Vraiment ? demanda Becky. C'est même pas cuit ! »

Kim décida qu'il valait mieux qu'il parle directement au médecin des soins intensifs, et composa le numéro de l'hôpital.

« C'était comme ça que je mangeais mes hamburgers, dit-il à Becky le temps d'obtenir la ligne. Saignants, avec une tranche d'oignon cru, pas ces oignons reconstitués, et certainement pas avec toutes ces saloperies. »

La standardiste répondit et Kim demanda le Dr Alice Silber. Il dit qu'il attendait.

Becky regarda à nouveau sa viande, haussa les épaules et prit une autre bouchée, plus petite. Elle dut admettre que ce n'était pas mauvais.

4

Samedi 17 janvier

Kim tourna dans la rue de son confortable quartier de banlieue aisée et ralentit devant sa maison, une grande demeure de style Tudor dans un parc boisé. La propriété avait fait l'admiration de tous, mais maintenant elle avait un air négligé. À l'automne, on n'avait pas ramassé les feuilles mortes, qui recouvraient maintenant la pelouse de débris bruns, sales et humides. Les cadres des fenêtres s'écaillaient et auraient bien eu besoin d'un coup de peinture. Certains volets étaient de guingois. Sur le toit, des tuiles avaient glissé jusqu'à la gouttière.

Il était neuf heures en ce samedi matin d'hiver nuageux ; le quartier semblait désert. Aucun signe de vie autour de Kim quand il tourna dans son allée et ouvrit la porte du garage. Même le journal des voisins gisait encore sur leur porche.

L'intérieur de la maison de Kim était le reflet de l'extérieur. On en avait retiré presque tous les tapis, les décorations et les meubles, puisque Tracy avait pris ce qu'elle voulait quand elle était partie. De plus, le ménage n'avait pas été fait depuis des mois. Le salon donnait une impression de salle de danse à l'abandon, avec son unique fauteuil, son petit tapis, sa table basse où était posé le téléphone et son seul lampadaire.

Kim jeta les clés sur la console de l'entrée avant de traverser la salle à manger pour gagner la cuisine, devenue la pièce la plus fréquentée de la maison. Il appela Becky, mais elle ne répondit pas. Kim regarda dans l'évier, où aucune trace n'indiquait qu'elle avait pris un petit déjeuner.

Réveillé peu après cinq heures ce matin, comme à son habitude, Kim s'était levé et il était allé à l'hôpital pour sa visite. Il pensait qu'à son retour Becky serait levée et prête à partir.

« Becky, petite paresseuse, où es-tu ? » appela Kim en montant l'escalier.

Alors qu'il arrivait en haut, il entendit s'ouvrir la porte de la chambre de Becky, et Becky apparut, toujours en chemise de nuit de flanelle, les cheveux emmêlés, les paupières lourdes.

« Qu'est-ce qui se passe ? demanda Kim. Je croyais te retrouver piaffant d'impatience d'aller à ta leçon de patinage. Dépêche-toi !

— Je ne me sens pas bien, dit Becky.

Elle se frotta les yeux de ses poings.

— Ah ? Comment ça ? Qu'est-ce qui ne va pas ?

— J'ai mal au ventre.

— Oh, je suis sûr que ce n'est rien. Est-ce que la douleur va et vient ou est-ce qu'elle est constante ?

— Elle va et elle vient.

— Et où as-tu mal, exactement ? »

Becky fit un mouvement vague de la main autour de son abdomen.

« Des frissons ? » demanda Kim en tendant la main pour la poser sur le front de Becky.

Becky secoua la tête.

« Ah, juste quelques crampes ! dit Kim. C'est sans doute ton pauvre estomac qui se plaint du repas de gourmet d'hier soir. Prends ta douche et habille-toi pendant que je te prépare à déjeuner. Mais dépêche-toi. Je ne veux pas que ta mère me reproche de t'avoir amenée en retard à ta leçon.

— Je n'ai pas faim.

— Je suis sûr que tu auras faim après une bonne douche. On se retrouve en bas. »

Dans la cuisine, Kim sortit les céréales, le lait, le jus d'orange. Puis il alla au pied de l'escalier et reconnut le bruit de la douche. Il retourna dans la cuisine et décrocha le téléphone pour appeler Ginger.

« Tout le monde va bien à l'hôpital, dit Kim dès que Ginger eut décroché. Les trois opérés d'hier se rétablissent, même si les Arnold, et en particulier Gertrude Arnold, me rendent dingue.

— J'en suis ravie, dit froidement Ginger.

— Qu'est-ce qui ne va pas, encore ? »

Kim avait à nouveau subi un bras de fer avec une infirmière lors de sa visite du matin, et il aspirait à une journée sans stress.

« J'avais envie de rester chez toi, cette nuit, dit Ginger. Je ne trouve pas juste de...

— Arrête tout de suite ! la coupa Kim. On ne va

pas encore revenir là-dessus, s'il te plaît. J'en ai assez de ces bêtises. Et puis Becky ne va pas très bien, ce matin.

— Qu'est-ce qu'elle a? demanda Ginger, qui s'inquiétait sincèrement.

— Pas grand-chose. Juste des maux d'estomac. »

Kim allait en dire plus quand il entendit Becky descendre les marches.

« Euh... Oh! La voilà qui arrive. Tu nous retrouves à la patinoire du centre commercial, d'accord? »

Il raccrocha à l'instant où Becky entrait dans la cuisine. Elle portait le peignoir de Kim, si grand qu'il traînait par terre et que les manches lui tombaient aux genoux.

« Il y a des céréales, du lait et du jus de fruits sur la table, dit Kim. Tu te sens mieux? »

Becky secoua la tête.

« Qu'est-ce que tu veux manger?

— Rien.

— Il faut que tu prennes quelque chose. Que dirais-tu d'une grosse cuiller de Pepto-Bismol, pour ton estomac? »

Becky tordit son visage en une expression de pur dégoût.

« Je vais peut-être boire un peu de jus de fruits », suggéra-t-elle.

Les boutiques du centre commercial commençaient juste à ouvrir leurs rideaux quand Kim et Becky gagnèrent la patinoire par les longues galeries. Kim n'avait pas interrogé sa fille à nouveau, mais il était certain que Becky se sentait mieux. Elle avait fini par manger quelques céréales et, dans la voiture, elle s'était montrée aussi joyeuse et bavarde que d'ordinaire.

« Tu vas rester pendant mon cours? demanda Becky.

— C'est ce que j'ai prévu, dit Kim. J'ai hâte de voir ce triple axel dont tu m'as parlé. »

À proximité de la patinoire, Kim tendit ses patins à Becky. Un coup de sifflet indiqua la fin du cours précédent, celui de niveau moyen.

« Coordination parfaite », dit Kim.

Becky s'assit et commença à délacer ses chaussures de sport. Kim regarda les autres parents, surtout des mères, et soudain, il croisa les yeux de Kelly Anderson. En dépit de l'heure matinale, elle était vêtue comme pour un défilé de mode, les cheveux apprêtés par un coiffeur. Elle sourit. Kim détourna le regard.

Une petite fille de l'âge de Becky sortit de la patinoire et vint s'asseoir à côté de Becky pour se changer. Elle dit « Salut ! » et Becky lui répondit.

« Ah, mon cardiologue préféré ! »

Kim se retourna et, à son grand déplaisir, se retrouva face à Kelly.

« Connaissez-vous ma fille ? » demanda Kelly.

Kim secoua la tête.

« Caroline, dis bonjour au Dr Reggis », dit Kelly.

En dépit de son peu d'envie d'entamer une conversation avec Kelly, Kim salua la petite fille et présenta Becky à Kelly.

« Quelle délicieuse coïncidence de vous revoir si vite, dit Kelly à Kim après avoir serré la main de Becky. Avez-vous vu mon reportage, hier soir, aux nouvelles de vingt-trois heures à propos des six mois de fusion de l'hôpital ?

— Non, je ne l'ai pas vu, répondit Kim.

— Dommage. Vous auriez apprécié. On a gardé intégralement votre déclaration et tout le monde dit que vous avez volé la vedette. Le standard téléphonique a sauté, ce qu'adore le directeur de la chaîne.

— Rappelez-moi de ne plus jamais vous parler.

— Attention, docteur Reggis, dit Kelly d'un ton joyeux, vous allez me vexer !

« — Kim! cria une voix fraîche de l'autre côté de la patinoire. Kim, ici! »

Ginger était arrivée et lui faisait de grands signes enthousiastes en contournant la patinoire pour s'approcher du petit groupe. Elle n'avait guère plus de vingt ans, des traits de lutin, de longs cheveux blonds et des jambes interminables. Quand elle n'était pas au bureau, elle s'habillait d'une manière qu'elle trouvait à la fois décontractée et sexy. Ce matin-là, elle portait un jean moulant, un haut coupé qui exposait son estomac musclé, un bandeau dans les cheveux et des bracelets assortis pour bien montrer qu'elle pratiquait l'aérobic. Elle avait des chaussures de course aux pieds et ne portait pas de manteau.

« Oh! là là! murmura Kelly en voyant Ginger approcher. Qu'avons-nous là? Ça sent le magazine à scandale! "Le célèbre cardio-chirurgien et le professeur d'aérobic!"

— C'est ma secrétaire, dit Kim afin de réduire la gravité de la confrontation imminente.

— Je n'en doute pas une minute, dit Kelly, mais regardez ce corps. Et regardez cet enthousiasme juvénile. J'ai bien l'impression qu'elle vous prend pour sa ligne de vie.

— Je vous dis qu'elle travaille pour moi.

— Hé, je vous crois! Et c'est ce qui m'intéresse. Mon généraliste et mon ophtalmologiste ont tous deux divorcé pour épouser leur secrétaire. Je flaire une bonne histoire, ici. Qu'est-ce que vous nous faites? La crise typique du médecin au milieu de sa vie?

— Je ne vous retiens pas, grogna Kim.

— Oh, voyons, docteur Reggis, vous, les chirurgiens, surtout en cardiologie, vous vous prenez pour des célébrités. C'est le genre de chose qui va avec le métier, surtout quand on fréquente une fille qui a la moitié de son âge. »

Becky se pencha vers Caroline et murmura :

« On se reverra plus tard. Voilà la poule de mon père qui arrive. »

Elle se leva, pénétra sur la patinoire et s'éloigna très vite.

Ginger arriva droit sur Kim, et avant qu'il se rende compte de ses intentions, elle lui planta un baiser sur la joue.

« Désolée, chéri, dit-elle. Je sais que j'ai été désagréable ce matin au téléphone. C'est juste que tu me manquais.

— Hum... Pas très professionnel, fit remarquer Kelly. Le rouge à lèvres en est la preuve. »

Kim se frotta la joue du dos de la main.

« Oh ! s'exclama Ginger en voyant l'empreinte de ses lèvres sur la peau de Kim, laisse-moi t'enlever ça. »

Ginger lécha deux de ses doigts, et avant que Kim ait pu s'y opposer, elle frotta le rouge à lèvres.

« C'est parfait », commenta Kelly.

Ginger se tourna vers Kelly, qu'elle reconnut immédiatement.

« Kelly Anderson ! s'exclama-t-elle. C'est formidable. J'adore vos reportages, aux informations.

— Oh, merci ! dit Kelly. Et vous êtes...

— Ginger Powers.

— Ravie de vous rencontrer, Ginger, dit Kelly. Je vais vous donner ma carte. On pourrait peut-être se revoir ?

— Oh, merci ! dit Ginger en prenant la carte avec ravissement. J'adorerais qu'on se revoie.

— Bien, dit Kelly. Je fais quelque chose sur tout ce qui touche à la santé, et ça m'intéresse toujours d'avoir l'opinion de ceux qui gravitent autour de la médecine.

— Vous voulez m'interviewer ? demanda Ginger, aussi surprise que flattée.

— Pourquoi pas ? dit Kelly.

— C'est lui que vous devriez interviewer, dit

Ginger en montrant Kim, pas moi. Il sait tout sur la médecine.

— On dirait que vous avez une très haute opinion de notre bon docteur, dit Kelly. Est-ce bien le reflet de votre pensée ?

— Quelle question ! feignit de s'indigner Ginger. Il est le meilleur du monde en chirurgie cardiaque. Et le plus beau garçon aussi ! ajouta Ginger, qui voulut lui pincer la joue mais Kim réussit cette fois à l'éviter.

— Sur ce, je crois que je vais vous quitter, dit Kelly. Viens, Caroline. On met nos manteaux et on prend la route ! Ginger, appelez-moi, j'étais sérieuse quand j'ai dit que j'aimerais vous parler. Kim, je comprends parfaitement pourquoi vous avez choisi Ginger comme secrétaire et comme compagne. »

Kelly et Caroline s'éloignèrent. Kelly portait les patins et le sac à dos de sa fille. Caroline s'évertuait à enfiler sa longue doudoune.

« Elle est vraiment gentille, dit Ginger en regardant la journaliste s'éloigner.

— C'est un requin, dit Kim, et je ne veux pas que tu lui parles.

— Pourquoi pas ?

— Elle ne m'a causé que des ennuis.

— Mais ce serait drôle, gémit Ginger.

— Écoute, si tu lui parles, tu perds ton boulot et tu sors de ma vie, c'est clair ?

— Oh, d'accord ! rétorqua Ginger. Quel ours tu fais ! Qu'est-ce qui ne va pas ? »

Becky, qui s'était un peu échauffée, s'approcha d'eux.

« Je ne peux pas prendre mon cours, dit-elle en sortant de la patinoire pour s'asseoir et retirer ses patins.

— Pourquoi ? demanda Kim.

— J'ai de plus en plus mal au ventre. Il faut que j'aille aux toilettes — et vite ! »

5

Kim sortit le dossier d'Harvey Arnold et l'ouvrit. Il n'était pas encore huit heures du matin, et l'équipe de jour des infirmières recevait ses ordres. Kim avait donc la salle des infirmières tout à lui, mais sous l'œil vigilant de l'employé de garde. Il lut les notes des infirmières pour savoir ce qui s'était passé la veille et pendant la nuit, et essaya de ne pas sourire. Apparemment, Mme Arnold ennuyait autant le personnel infirmier que lui. Tout aussi apparemment, M. Arnold se remettait très bien. Cette impression était confirmée par les graphiques des signes vitaux, les feuilles de contrôle et les résultats des analyses de laboratoire. Satisfait, Kim replaça le dossier dans le classeur et gagna la chambre de son malade.

M. Arnold était assis dans son lit pour prendre son petit déjeuner en regardant la télévision. Kim s'émerveilla en silence des progrès de la chirurgie cardiaque depuis une vingtaine d'années, progrès dont ce malade était la preuve : cet homme de soixante-dix ans qui, moins de quarante-huit heures plus tôt, était assez gravement malade pour qu'on l'opère, dont le cœur avait été arrêté, ouvert, réparé, cet homme était heureux, ne souffrait pratiquement pas et sûrement ressentait déjà une nette amélioration de sa qualité de vie. Kim regretta amèrement que ce genre de miracle soit dévalué dans l'environnement économique actuel.

« Comment vous sentez-vous, monsieur Arnold ? demanda Kim.

— Très bien », dit M. Arnold.

Il s'essuya la bouche de sa serviette. Seul, M. Arnold était un homme plutôt agréable. C'était l'association mari et femme qui faisait jaillir des étincelles.

Kim interrompit le petit déjeuner de son malade le temps de vérifier les pansements et les drains. Tout évoluait comme prévu.

« Êtes-vous sûr que je pourrai jouer au golf ? demanda M. Arnold.

— Absolument, dit Kim. Vous pourrez faire tout ce que vous voudrez. »

Après quelques minutes de bavardage, Kim prit congé. Malheureusement, en sortant, il tomba sur Gertrude Arnold, qui arrivait.

« Ah, vous voilà, docteur ! s'exclama-t-elle. Je suis bien contente de vous avoir surpris. J'exige qu'une infirmière s'occupe exclusivement de mon mari, vingt-quatre heures sur vingt-quatre, m'entendez-vous ?

— Quel est le problème ? demanda Kim.

— Le problème ? s'insurgea Mme Arnold. Je vais vous dire quel est le problème. Les infirmières de cet étage ne sont jamais disponibles. Il se passe souvent des heures avant qu'on en voie une. Quand Harvey sonne, elles prennent tout leur temps, croyez-moi.

— Je pense que c'est parce qu'elles savent que M. Arnold va bien, expliqua Kim, et qu'elles consacrent leur temps à des malades qui ne vont pas aussi bien.

— Ne commencez pas à leur trouver des excuses ! tonna Mme Arnold. Je veux une infirmière ici à temps complet.

— Je vais vous envoyer quelqu'un à qui vous pourrez en parler », dit Kim.

Temporairement adoucie, Mme Arnold hocha la tête.

« Ne me faites pas attendre trop longtemps, dit-elle.

— Je vais voir ce que je peux faire », promit Kim.

De retour dans la salle des infirmières, Kim dit à la garde d'appeler l'administrateur d'AmeriCare pour qu'il vienne parler à Mme Arnold. Kim ne put s'empêcher de sourire en attendant l'ascenseur. Il aurait adoré entendre la conversation qui allait s'ensuivre. L'idée de causer des ennuis aux administrateurs d'AmeriCare le réjouissait beaucoup.

L'ascenseur arriva et Kim eut de la peine à y entrer. Il était incroyablement bondé pour un dimanche matin. Kim se retrouva écrasé contre un grand médecin tout maigre en blouse blanche dont la plaque disait : DR JOHN MARKHAM, PÉDIATRE.

« Excusez-moi, dit Kim, y aurait-il un virus intestinal qui ferait des ravages parmi les enfants d'âge scolaire, en ce moment ?

— Pas que je sache, dit John. On doit faire face à une vilaine épidémie de grippe, mais elle ne touche que les voies respiratoires. Pourquoi cette question ?

— Ma fille a un problème gastro-intestinal.

— Quels sont les symptômes ?

— Ça a commencé hier matin par des crampes. Puis elle a eu la diarrhée. Je lui ai donné des anti-diarrhéiques courants.

— Ça a marché ?

— Je l'ai cru au début. Mais hier soir, les symptômes sont revenus.

— Nausées, vomissements ?

— De petites nausées, mais pas de vomissements. Du moins pas encore, mais elle n'a guère d'appétit.

— De la fièvre ?

— Aucune.

— Qui est son pédiatre ?

— C'était George Turner. Après la fusion, il a dû quitter la ville.

— Je me souviens du Dr Turner, dit John. J'ai travaillé avec lui au Samaritain. C'est un type bien.

— Sans aucun doute. Il travaille maintenant à l'hôpital pour enfants de Boston.

— Tant pis pour nous... Pour ce qui est de votre

fille, à mon avis, il s'agit d'une intoxication alimentaire, et pas d'un virus.

— Vraiment? Je croyais que les intoxications alimentaires frappaient en masse, vous savez comme ça se passe parfois pour toute une noce!

— Pas nécessairement. Les intoxications alimentaires peuvent se présenter de manières très différentes. Quel que soit l'ensemble des symptômes, si votre fille a commencé par une diarrhée, il s'agit presque certainement d'une intoxication alimentaire. Statistiquement, c'est le plus probable. Pour vous donner une idée de la fréquence de ces problèmes, le Centre national de recherche sur les maladies estime les cas à deux ou trois cents millions chaque année. »

L'ascenseur s'arrêta et John en sortit.

« J'espère que votre fille se rétablira vite », dit John tandis que les portes se refermaient.

Kim secoua la tête. Il se tourna vers un autre médecin.

« Vous avez entendu ça? Deux à trois cents millions de cas d'intoxication alimentaire chaque année. C'est fou!

— Ça veut dire que presque chacun d'entre nous dans ce pays en est victime au moins une fois par an, répondit le collègue.

— C'est impossible! commenta une infirmière.

— Malheureusement si, dit un autre médecin. La plupart des gens attribuent les symptômes à une grippe intestinale — ce qui n'existe pas.

— C'est stupéfiant. On se demande s'il est bien sage de manger hors de chez soi.

— Les gens s'intoxiquent aussi bien chez eux, dit une femme au fond de l'ascenseur. Surtout quand ils finissent les restes, même si une mauvaise manipulation d'un poulet cru est souvent à l'origine des problèmes. »

Kim hocha la tête. Il avait la désagréable impression que tout le monde dans l'ascenseur en savait plus que lui sur cette question.

Quand l'ascenseur arriva au rez-de-chaussée, Kim sortit et quitta l'hôpital. Il continuait à s'étonner du nombre exorbitant de cas d'intoxication alimentaire chaque année aux États-Unis. Si ces chiffres étaient vrais, il lui semblait incroyable de ne jamais les avoir trouvés dans aucune de ses lectures professionnelles.

Kim réfléchissait encore à tout cela quand il franchit le seuil de sa maison et jeta ses clés sur la console de l'entrée. Il se disait qu'il allait chercher sur Internet une confirmation de ces statistiques, quand il entendit le son de la télévision en provenance de la cuisine.

Ginger était en train de se battre avec l'ouvre-boîte fixé au mur. Elle était vêtue d'une combinaison en jersey soyeux et moulant qui ne laissait que peu de travail à l'imagination. Le samedi et le dimanche, elle faisait religieusement de l'aérobic. Becky était vautrée sur le canapé en train de regarder des dessins animés, une couverture tirée jusqu'au menton. Son visage semblait bien pâle au-dessus de la laine vert foncé.

Ils avaient passé la soirée de la veille à la maison à cause de l'état de Becky. Ginger avait fait du poulet, dont Becky n'avait presque pas mangé, et après que Becky se fut couchée, très tôt, Ginger était restée pour la nuit. Kim espérait qu'elles s'étaient bien entendues pendant son absence.

« Bonjour, tout le monde, dit Kim. Je suis de retour à la maison ! »

Ni Becky ni Ginger ne répondirent.

« Merde ! tonna Ginger. Ce truc est impossible !

— Quel est le problème ? demanda Kim en s'approchant pour aider Ginger, qui avait abandonné ses efforts et qui, les mains sur les hanches, regardait l'ouvre-boîte d'un air exaspéré.

— Je n'arrive pas à ouvrir cette boîte, dit-elle.

— Je vais le faire, dit Kim en prenant la boîte.

— Qu'est-ce que c'est ? demanda-t-il en regardant l'étiquette.

— Du bouillon de poulet, comme c'est écrit, dit Ginger.

— Qu'est-ce que tu fais avec du bouillon de poulet à neuf heures du matin ?

— C'est pour Becky, dit Ginger. Ma mère me donnait toujours du bouillon de poulet quand j'avais la diarrhée.

— Je lui ai dit que je n'avais pas faim, dit Becky depuis son canapé.

— Ma mère savait ce qu'elle faisait », insista Ginger.

Kim reposa la boîte de bouillon sur le plan de travail et contourna le plan de cuisson central pour s'approcher du canapé. Il posa la main sur le front de Becky, qui se contorsionna pour ne pas quitter la télévision des yeux.

« Tu te sens mieux ? » demanda Kim.

Elle était chaude, mais il se dit que c'était sans doute parce qu'il avait les mains froides.

« Pareil, dit Becky. Et je ne veux rien manger. Ça aggrave mes crampes.

— Il faut qu'elle mange. Elle n'a presque rien pris au dîner.

— Si son corps lui dit de ne pas manger, il ne faut pas qu'elle mange, dit Kim.

— Mais elle a vomi, insista Ginger.

— C'est vrai, Becky ? demanda Kim, inquiet de ce nouveau symptôme.

— Juste un peu, admit Becky.

— Peut-être devrait-elle voir un médecin, dit Ginger.

— Et qu'est-ce que tu crois que je suis ? demanda Kim.

— Tu sais ce que je veux dire ! Tu es le meilleur chirurgien du cœur au monde, mais tu n'as pas une grande expérience du ventre des enfants.

— Si tu montais me chercher un thermomètre ? demanda Kim.

— Où est-il ?

— Dans ma salle de bains. Dans le tiroir du haut à droite. Et tes crampes ? demanda Kim à Becky.

— J'en ai toujours, admit Becky.

— Ça empire ?

— Non, ça va et ça vient, comme avant.

— Et la diarrhée ?

— Est-ce qu'il faut vraiment qu'on en parle ? Je trouve ça gênant.

— D'accord, ma puce. Je suis certain que tu iras mieux dans quelques heures. Si tu mangeais quelque chose ?

— Je n'ai pas faim.

— D'accord. Dis-moi si tu veux quoi que ce soit. »

Il faisait nuit quand Kim tourna dans la rue de Tracy et se gara en bas de sa pelouse. Il descendit de la voiture et fit le tour pour ouvrir la portière de Becky. Elle était enveloppée d'une couverture qui formait comme une capuche au-dessus de sa tête.

Kim aida sa fille à descendre de voiture et à monter l'allée jusqu'à la porte de la maison de sa mère. Elle avait passé toute la journée sur le canapé devant la télévision. Kim sonna et attendit. Tracy ouvrit la porte et accueillit sa fille, mais au milieu de ses salutations elle s'interrompit et fronça les sourcils.

« Pourquoi cette couverture ? demanda-t-elle en foudroyant Kim du regard avant de reporter les yeux sur Becky. Entre ! »

Becky entra. Kim la suivit. Tracy ferma la porte.

« Que se passe-t-il ? demanda Tracy en écartant la couverture du visage de Becky. Que tu es pâle ! Es-tu malade ? »

Des larmes se rassemblèrent au coin des yeux de Becky. Tracy les vit et serra sa fille contre elle, comme pour la protéger. Ce faisant, elle fixa son regard sur Kim.

« Elle ne se sent pas très bien », admit Kim, sur la défensive.

Tracy écarta Becky d'elle pour la regarder à nouveau. Becky s'essuya les yeux.

« Tu es vraiment très pâle. Qu'est-ce que tu as ?

— Juste un petit problème gastro-intestinal, intervint Kim. Probablement une intoxication alimentaire mineure. C'est du moins l'opinion du pédiatre de l'hôpital à qui j'ai parlé.

— Si c'est un problème mineur, pourquoi est-elle si pâle ? demanda Tracy en posant la main sur le front de sa fille.

— Elle n'a pas de fièvre, dit Kim, juste des crampes d'estomac et la diarrhée.

— Tu lui as donné quelque chose ? demanda Tracy.

— Bien sûr. Du Pepto-Bismol et de l'Imodium quand j'ai vu que la diarrhée ne s'arrêtait pas.

— Et ça lui a fait du bien ?

— Un peu.

— Il faut que j'aille aux toilettes, dit Becky.

— D'accord, chérie, dit Tracy. Monte. Je te rejoins dans une minute. »

Becky souleva le bord de la couverture et monta aussi vite qu'elle put. Tracy se tourna vers Kim, le visage furieux.

« Pour l'amour de Dieu, Kim ! Tu ne l'as eue que moins de quarante-huit heures et elle est malade ! Qu'est-ce que tu lui as fait ?

— Rien de plus que d'ordinaire.

— Je n'aurais jamais dû quitter la ville !

— Arrête ! dit Kim, dont l'humeur s'échauffait aussi. Becky aurait pu tomber malade que tu sois en ville ou non. En fait, si c'est un virus, elle l'a certainement attrapé avant que je vienne la prendre, quand tu étais là.

— Je croyais que c'était une intoxication alimentaire !

— C'est juste une probabilité évoquée par le pédiatre.

— Ginger a fait la cuisine, ce week-end ?

— Justement, oui, elle nous a fait un merveilleux dîner avec du poulet, hier soir.

— Du poulet ! Je l'aurais parié ! C'est ça qui l'a rendue malade.

— Alors c'est à nouveau de la faute de Ginger, hein ? Pourquoi est-ce que tu la détestes à ce point ?

— Je ne la déteste pas. Plus maintenant. Elle m'est devenue tout à fait indifférente. Mais ce qui compte, c'est qu'elle est jeune et ne s'y connaît certainement pas en cuisine. Les maîtresses de maison accomplies savent qu'il faut faire très attention avec le poulet.

— Tu crois tout savoir ! Pour ton information, Becky a à peine touché le poulet, et ce parce qu'elle se sentait mal depuis le samedi matin. Ce qui veut dire que si elle est victime d'une intoxication alimentaire, elle ne peut l'avoir contractée qu'à l'Onion Ring de Prairie Highway, ce haut lieu de la gastronomie dont ton nouveau petit ami se vante d'être propriétaire. »

Tracy alla ouvrir la porte.

« Bonne nuit, Kim, dit-elle froidement.

— J'ai autre chose à te dire, insista Kim. Je n'aime pas beaucoup que tu fasses croire à Becky que je suis une sorte de monstre qui tient absolument à ce qu'elle entre en compétition dans le concours national.

— Je n'ai jamais émis de jugement de valeur sur tes souhaits pour notre fille. Quand Becky m'a informée de ses réserves à l'idée d'affronter ce genre de compétition, je l'ai approuvée. Je lui ai également dit que tu pourrais tenter de la faire changer d'avis. C'est tout ce que j'ai dit. »

Kim fusilla son ex-épouse du regard. L'air de supériorité psychologique qu'elle prenait chaque fois qu'ils discutaient le mettait en rage, surtout, en l'occurrence alors qu'elle avait éprouvé le besoin de mettre leur fille en garde contre ce qu'il risquait de lui dire.

« Bonne nuit, Kim », répéta Tracy.

Kim tourna les talons et sortit.

6

Lundi 19 janvier

Kim avait réglé son réveil sur cinq heures quinze du matin, mais c'était presque inutile. Il se réveillait le plus souvent sans son aide, ce qui lui permettait de le neutraliser avant que la sonnerie ne déchire le silence matinal. Kim se levait avant l'aube depuis sa première année d'internat, et ce matin-là ne fit pas exception. Il sortit de son lit bien chaud dans l'obscurité complète et partit tout nu vers la salle de bains.

Suivant une routine qui ne demandait aucune réflexion, Kim fit glisser la lourde porte vitrée de la douche et ouvrit l'eau à plein. Kim et Tracy avaient toujours préféré la douche au bain, et la salle de bains était la seule pièce qu'ils avaient fait rénover quand ils avaient acheté la maison, dix ans plus tôt. Ils en avaient retiré la baignoire et la minuscule cabine de douche, et ils avaient fait installer à la place une douche d'un mètre cinquante sur deux mètres soixante-dix. Sur trois côtés, les murs étaient couverts de plaques de marbre, et le quatrième était constitué d'une cloison de verre d'un centimètre d'épaisseur avec une porte munie d'une poignée dorée en U. Kim considérait qu'il y avait là un délire digne d'un magazine de décoration d'intérieur.

Pour déjeuner, il prenait un beignet et un gobelet de café au lait achetés au Dunkin'Donuts près de chez lui. Il mangeait en conduisant dans l'obscurité du petit matin, et en profitait pour écouter des cassettes d'informations médicales. À six heures, il était à son cabinet à dicter des lettres et signer des chèques pour diverses dépenses. À six heures quarante-cinq, à l'hôpital, il faisait la visite avec les internes en chirurgie thoracique, ce qui lui permettait de voir ses propres malades. À sept heures et demie, il se retrouvait dans la salle de réunion pour l'inévitable point quotidien sur les problèmes hospitaliers. Ce matin-là, il s'agissait de la réputation de l'hôpital et du choix des admissions.

Après la réunion administrative, Kim retrouvait les chirurgiens dont il supervisait les recherches. Cette dernière étape prit plus longtemps que prévu, ce lundi, si bien qu'il avait déjà quelques minutes de retard à la réunion sur les opérations, où il présenta un cas de triple remplacement valvulaire.

À dix heures, Kim était de retour à son cabinet et déjà en retard, surtout que Ginger avait accepté la venue de malades en urgence pour neuf heures et demie et dix heures moins le quart. Cheryl Constantine, l'infirmière attachée au cabinet de Kim, les faisait attendre dans les deux salles d'examen.

La matinée se passa à voir des malades, sans interruption. Pour tout déjeuner, Kim avala le sandwich que Ginger lui avait fait apporter, et il en profita pour consulter des résultats d'analyses et étudier des radios. Il trouva aussi le temps d'appeler un collègue de Salt Lake City qui avait besoin de le consulter pour un triple remplacement valvulaire.

L'après-midi ressembla au matin, les malades se succédant sans interruption, dont quelques urgences que Ginger avait glissées en supplément. À quatre heures, Kim fit une courte pause pour filer à l'hôpital régler un problème mineur concernant un de ses malades qui venait d'être admis. Il en profita pour passer revoir ses opérés.

De retour au cabinet, Kim tenta en vain de rattraper son retard, mais n'y parvint pas. Plusieurs heures et un certain nombre de malades plus tard, il reprit son souffle un moment avant d'entrer dans ce qu'on appelait la salle d'examen A, le temps de jeter un coup d'œil au dossier du malade glissé dans le panier prévu à cet effet sur la porte, et il fut soulagé de voir qu'il ne s'agissait que d'une vérification postopératoire de routine. La visite serait donc rapide. Quand Kim entra dans la salle, le malade, Phil Norton, était déjà assis sur la table d'examen, torse nu.

« Félicitations, monsieur Norton, dit Kim en quittant le dossier des yeux. Votre test d'effort est normal maintenant.

— Dieu soit loué », dit Phil.

Et louée soit la chirurgie cardiaque moderne, se dit Kim. Il se pencha et examina l'incision verticale au milieu de la poitrine de Phil. Tout doucement, Kim palpa du bout des doigts les bords épais de la plaie en cours de cicatrisation. Par ce simple geste, Kim connaissait précisément l'état interne de la plaie.

« Et l'incision est très belle, ajouta Kim en se redressant. Bien, en ce qui me concerne, vous pouvez commencer votre entraînement pour le Marathon de Boston.

— Je ne crois pas que ce soit dans mes projets, plaisanta Phil, mais au printemps, on me verra sur les parcours de golf. »

Kim lui donna une tape sur l'épaule puis lui serra la main.

« Prenez du bon temps, dit-il, mais n'oubliez pas de poursuivre ce changement que nous avons introduit dans votre style de vie.

— Ne vous en faites pas pour ça, dit Phil. J'ai lu

tout ce que vous m'avez donné en rentrant chez moi. Et j'ai tout pris très au sérieux. Plus une cigarette pour moi.

— Et n'oubliez ni le régime alimentaire ni de prendre de l'exercice, ajouta Kim.

— Ne vous en faites pas. Je ne veux pas repasser par là.

— Ça n'a pas été si terrible.

— Non, mais très effrayant », dit Phil.

Kim donna à Phil une autre tape dans le dos, nota rapidement une observation dans le dossier et quitta la salle d'examen. En traversant le couloir vers la salle d'examen B, il remarqua qu'il n'y avait pas de dossier sur la porte.

« M. Norton était votre dernier malade », dit Cheryl derrière lui.

Kim se retourna et sourit à son infirmière. Il se passa la main dans les cheveux, fatigué.

« Bien, dit-il. Quelle heure est-il ?

— Plus de sept heures.

— Merci d'être restée.

— Je vous en prie.

— J'espère que ces heures supplémentaires chroniques ne vous posent pas de problèmes personnels.

— Mais non, dit Cheryl. Je m'y habitue et mon mari aussi. Il a appris à aller chercher notre fils à la crèche. »

Kim gagna son bureau et s'effondra dans son fauteuil. Son regard tomba sur la pile de messages téléphoniques auxquels il faudrait répondre avant de partir. Il se frotta les yeux. Il était épuisé et pourtant nerveux. Comme de plus en plus fréquemment ces temps derniers, les occasions d'énervement s'étaient accumulées au fil de la journée. Il aurait adoré aller jouer au tennis, et il songea vaguement à s'arrêter au club d'athlétisme sur le chemin du retour. Peut-être pourrait-il au moins utiliser un appareil de musculation.

La porte de son bureau s'ouvrit et Ginger entra.

« Tracy vient d'appeler, dit-elle d'une voix troublée.

— À quel sujet ? demanda Kim.

— Elle n'a rien voulu dire. Elle a seulement dit que je te demande d'appeler.

— Tu as l'air agacée.

— Elle est grossière avec moi, soupira Ginger. J'essaie d'être gentille, je lui ai même demandé comment allait Becky.

— Et qu'a-t-elle répondu ?

— Elle a juste dit que tu rappelles.

— D'accord, merci, dit Kim en décrochant le combiné.

— Je pars à mon cour d'aérobic », dit Ginger.

D'un geste, Kim montra qu'il avait entendu.

« Appelle-moi plus tard », dit Ginger.

Kim hocha la tête. Ginger sortit et referma la porte derrière elle. Tracy répondit.

« Qu'est-ce qu'il y a ? demanda Kim sans préambule.

— Becky va plus mal, dit Tracy.

— Comment ça ?

— Ses crampes sont si douloureuses qu'elle en pleure, et il y a du sang dans sa diarrhée.

— Quelle couleur ?

— Pour l'amour de Dieu, que veux-tu dire, quelle couleur ?

— Rouge vif ou sombre ?

— Vert chartreuse !

— Je suis sérieux ! Rouge vif ou rouge sombre, presque brun ?

— Rouge vif.

— En quelle quantité ?

— Comment est-ce que je le saurais ? C'est du sang, c'est rouge et ça fait peur ! Ça ne te suffit pas ?

— Il n'est pas rare qu'on trouve un peu de sang dans une diarrhée, dit Kim.

— Je n'aime pas ça.

— Qu'est-ce que tu veux faire?

— C'est à moi que tu le demandes? Mais enfin, qui est le médecin de nous deux, toi ou moi?

— Peut-être devrais-je appeler George Turner à Boston, dit Kim.

— Et que va-t-il faire à presque deux mille kilomètres de nous? Je veux qu'elle consulte, ce soir!

— D'accord, d'accord. Calme-toi! »

Kim prit le temps de rassembler ses pensées. George parti, il n'avait aucun contact privilégié avec un pédiatre. Il envisagea de la montrer à un généraliste, mais il hésitait. Il semblait excessif d'appeler quelqu'un le soir pour une petite diarrhée d'à peine deux jours, même s'il y avait un peu de sang rouge.

« Écoute, dit Kim, retrouve-moi aux urgences du CHU.

— Quand?

— En combien de temps peux-tu y être?

— Une demi-heure environ, je crois.

— J'y serai », dit Kim.

Comme il n'était qu'à dix minutes de l'hôpital, maintenant que l'heure de pointe était passée, Kim utilisa les vingt minutes qui lui restaient pour passer autant de coups de téléphone qu'il put. En arrivant aux urgences, il se rendit compte qu'il avait encore devancé Tracy et sortit pour l'attendre. Plusieurs ambulances arrivèrent, le cri de leur sirène venant mourir sous le porche. À toute vitesse l'équipe médicale d'urgence prenait en charge des malades qui exigeaient des soins immédiats. Un d'entre eux recevait même un massage cardiaque. Kim les regarda disparaître à l'intérieur et se souvint avec nostalgie de l'époque où il était interne en chirurgie. Kim avait travaillé dur, et on l'en avait récompensé en lui disant à maintes reprises qu'il était un des meilleurs internes qu'on ait jamais connus dans l'établissement. Difficile, cette époque avait pourtant été beaucoup plus gratifiante que celle qu'il vivait maintenant.

Kim allait prendre son portable pour appeler Tracy quand il vit arriver son break Volvo. Il courut vers la voiture et ouvrit la portière côté passager pour aider Becky.

« Comment tu vas, ma puce ? demanda Kim.

— J'ai de plus en plus mal au ventre.

— Eh bien, on va s'en occuper. »

Kim regarda Tracy faire le tour de la voiture et il remarqua qu'elle semblait aussi irritée que la veille. Il les entraîna vers l'entrée et poussa les portes battantes pour qu'elles passent.

Comme dans tous les services des urgences des grandes villes tentaculaires du Middlewest, le bureau des admissions était si actif qu'on aurait dit une gare à l'heure de pointe. Le lundi soir était souvent particulièrement chargé à cause du contrecoup des excès du week-end.

Entourant les épaules de sa fille de son bras, Kim la guida dans la foule de l'antichambre où se trouvait le bureau des admissions et lui fit traverser la salle d'attente surpeuplée. Il avait presque dépassé le bureau des infirmières quand une énorme femme du genre Brunehilde sortit de derrière son bureau. De son corps massif, elle empêcha Kim d'aller plus loin. Sa plaque disait qu'elle s'appelait Molly McFadden. Elle était si grande qu'elle pouvait regarder Kim dans les yeux.

« Désolée, dit Molly, vous ne pouvez entrer ici de votre propre chef. Vous devez vous faire inscrire à la réception. »

Kim tenta de la pousser de côté, mais elle resta clouée là.

« Excusez-moi, dit Kim. Je suis le Dr Reggis. Je fais partie du personnel, et j'amène ma fille en consultation.

— Je m'en moque quand bien même vous seriez le pape Jean je-ne-sais-quoi, hoqueta Molly. Tout le monde, je veux dire tout le monde, passe par l'admission, à moins d'être amené par l'équipe d'intervention d'urgence. »

Kim était si choqué qu'il resta un instant muet. Il ne pouvait croire que non seulement on ne le respecte pas, mais qu'on le défie ouvertement. Il ficha ses yeux incrédules dans les yeux bleus provocants de l'infirmière. Elle était aussi imposante qu'un Sumo en blouse blanche.

« Plus tôt vous ferez enregistrer votre fille, docteur, ajouta Molly, plus tôt elle sera soignée.

— M'avez-vous entendu ? Je suis chef de service en chirurgie cardiaque !

— Mais oui, docteur, je vous ai entendu. La question est de savoir si vous, vous m'avez entendue. »

Kim foudroya la femme du regard, mais elle ne se laissa pas intimider. Tracy sentit l'impasse. Comme elle ne connaissait que trop bien les réactions possibles de son ex-mari, elle prit sur elle de dénouer la situation.

« Viens, chérie, dit-elle à Becky. On va suivre les ordres et te faire enregistrer. »

Elle entraîna Becky vers le hall. Kim jeta un dernier regard mauvais à Molly, puis fit demi-tour et rattrapa Tracy et Becky. Ensemble, ils se mirent dans la queue des malades souvent en piteux état qui attendaient leur inscription. Kim fulminait.

« Je vais me plaindre de cette femme, dit-il. Elle va payer cher une telle insolence. Quel culot ! Je n'arrive pas à le croire !

— Elle ne fait que son travail, dit Tracy qui voulait qu'on oublie l'incident et qui se réjouissait que Kim n'ait pas fait plus de scandale.

— Oh, vraiment ? Est-ce que tu voudrais la défendre ?

— Calme-toi ! dit Tracy. Elle obéissait à des ordres, c'est évident. Je ne crois pas qu'elle établisse elle-même le règlement. »

Kim secoua la tête. La file d'attente progressait avec une lenteur désespérante. Il n'y avait pour l'instant qu'une employée pour enregistrer les entrants. Il lui fallait remplir une fiche en fournissant toutes les informations pertinentes, y compris les références de la couverture sociale si le malade n'était pas inscrit à AmeriCare.

Soudain, le visage de Becky se tordit de douleur. Elle pressa ses mains contre son ventre et gémit.

« Qu'est-ce qu'il y a ? demanda Kim.

— Qu'est-ce que tu crois ? demanda Tracy. Elle a une autre crampe. »

Le front de Becky se couvrit de sueur et pâlit. Elle leva des yeux suppliants vers sa mère.

« Ça va passer, comme les autres fois, chérie, dit Tracy en caressant la tête de sa fille puis en essuyant la sueur de son visage. Tu veux t'asseoir ? »

Becky hocha la tête.

« Garde notre place dans la queue ! » dit Tracy à Kim.

Kim regarda Tracy conduire Becky vers un des sièges en plastique moulé contre le mur. Becky s'assit. Kim vit que Tracy lui parlait, car Becky hochait la tête. La petite fille reprit des couleurs. Quelques minutes plus tard, Tracy revint.

« Comment va-t-elle ? demanda Kim.

— Mieux, pour l'instant, dit Tracy en remarquant combien la file avait peu avancé depuis son départ. Est-ce qu'il n'y a pas un autre moyen que ça ?

— On est lundi soir. C'est un mauvais moment.

— Combien je regrette le Dr Turner ! » soupira Tracy.

Kim hocha la tête. Il se hissa sur la pointe des pieds pour voir s'il pourrait découvrir la raison de cet immobilisme, mais il n'y parvint pas.

« C'est ridicule ! Je reviens ! »

Les lèvres serrées, Kim dépassa les gens qui

attendaient pour atteindre le bureau, et il vit immédiatement pourquoi ça n'avançait pas. Un homme ivre, en costume trois-pièces sale et froissé, n'arrivait pas à terminer son enregistrement. Toutes ses cartes de crédit étaient tombées de son portefeuille. Au dos de sa tête s'ouvrait une vilaine lacération du cuir chevelu.

« Bonsoir ! cria Kim pour attirer l'attention de l'employée, une femme noire d'environ vingt-cinq ans. Je suis le Dr Reggis. Je fais partie du personnel au service de chirurgie cardiaque. Je suis ici avec ma...

— Excusez-moi, dit la jeune femme. Je ne peux m'occuper que d'une personne à la fois.

— Écoutez ! ordonna Kim. Je fais partie du personnel et...

— C'est sans importance, répliqua la jeune femme. Ici, chacun passe à son tour pour les urgences de routine.

— Les urgences de routine ? »

C'était une ridicule contradiction dans les termes. Tenter de parler à cette employée lui rappela les heures de frustration qu'il avait déjà dû subir en tentant de parler de ses malades à des gens sans aucune formation médicale et pourtant chargés de la gestion des compagnies d'assurances maladie. C'était une corvée de plus en plus exaspérante dans la pratique moderne de la médecine.

« Je vous prie de faire la queue comme tout le monde, dit la femme. Si vous me laissez me concentrer, ce sera plus vite votre tour. »

Elle reporta son attention sur l'ivrogne qui, entre-temps, avait réussi à rassembler ses papiers.

Kim voulut protester, mais il était évident qu'il perdrait son temps à tenter de raisonner cette femme. Il se dit même que, peut-être, elle n'avait pas compris quelle était l'importance de son statut dans l'établissement. De plus en plus frustré, humilié, irrité, Kim revint près de Tracy.

« Je ne sais pas où ils trouvent ces employés, se plaignit-il. On dirait des automates.

— Je suis impressionnée de voir à quel point ta haute position dans cet hôpital facilite les choses pour nous !

— Tes sarcasmes ne sont d'aucune aide. Tout ça, c'est à cause de la fusion. Personne ne me connaît, ici. En fait, je ne me souviens pas d'être jamais descendu aux urgences.

— Si tu avais pris les plaintes de Becky au sérieux pendant le week-end, on n'en serait pas là.

— Je les ai prises au sérieux.

— Oh, bien sûr, en lui donnant des échantillons de médicaments contre la diarrhée ! C'est une approche très dynamique de la situation. Mais tu sais, je ne suis pas surprise que tu n'aies rien fait. Tu n'as jamais pris au sérieux aucun des symptômes de Becky. Ni les miens, d'ailleurs.

— Ce n'est pas vrai !

— Oh, si ! Seule une femme de chirurgien peut me comprendre. De ton point de vue, tout symptôme qui n'entraîne pas une intervention à cœur ouvert en urgence est juste un petit malaise.

— Je ne peux pas accepter ça !

— Justement, moi non plus.

— D'accord, madame Je-sais-tout, qu'aurais-tu voulu que je fasse pour Becky pendant le week-end ?

— Tu aurais dû la montrer à un médecin, à un de tes collègues. Tu dois avoir des milliers d'amis dans le corps médical. Ça n'aurait pas été si difficile d'en consulter un.

— Attends une seconde ! protesta Kim, qui avait du mal à se contrôler. Becky n'avait qu'une simple diarrhée et quelques crampes, rien de spectaculaire, et pour très peu de temps. En plein week-end, je n'allais pas déranger quelqu'un pour des symptômes aussi bénins !

— Maman ! s'écria Becky en courant presque vers eux. Il faut que j'aille aux toilettes ! »

Tracy se retourna et, devant l'état de sa fille, oublia sa colère. Elle l'entoura de son bras.

« Désolée, chérie. Bien sûr. On va trouver les toilettes.

— Attendez! dit Kim. Il serait utile qu'on ait un échantillon. Je vais aller chercher un récipient.

— Tu plaisantes! dit Tracy. Elle ne peut pas attendre!

— Retiens-toi, Becky, dit Kim. Je reviens. »

Kim se dirigea d'un pas décidé et rapide vers les profondeurs des urgences. Sans Becky ni Tracy, personne ne l'empêcha de dépasser le bureau des infirmières, surtout que, pour le moment, le mammouth Molly McFadden n'était pas en vue.

L'intérieur du service était constitué d'une série de vastes pièces divisées en box par des rideaux. Il y avait en plus des salles de traumatologie dotées de tout l'équipement moderne. Les quelques salles d'examen étaient surtout utilisées pour les cas psychiatriques.

Comme la zone d'attente à l'extérieur, les salles des urgences étaient pleines et chaotiques. Toutes les salles de traumatologie étaient occupées et les médecins, les internes, les infirmières et les aides-soignantes tourbillonnaient comme en un mouvement perpétuel.

En marchant, Kim cherchait un visage qu'il aurait reconnu. Malheureusement, il ne vit personne. Il s'adressa à un garçon de salle.

« Excusez-moi, j'ai besoin d'un récipient pour analyse de selles. »

L'homme regarda Kim.

« Qui êtes-vous?

— Le Dr Reggis.

— Vous avez une carte? »

Kim sortit sa carte de membre du personnel de l'hôpital.

« D'accord, dit l'homme. Je reviens tout de suite. »

Kim le regarda disparaître par une porte sans indication qui apparemment menait aux réserves.

« Dégagez le passage ! » cria une voix.

Kim se retourna à l'instant où un appareil de radio portable allait le renverser. Il fit un pas de côté et la machine roula, poussée par un technicien. Un instant plus tard, le garçon de salle revint et tendit à Kim deux sacs en plastique transparent avec des boîtes en plastique à l'intérieur.

« Merci, dit Kim.

— Pas de quoi », dit l'homme.

Kim rebroussa chemin à toute vitesse. Tracy et Becky étaient toujours dans la queue, mais elles avaient avancé de quelques pas. Becky avait les yeux fermés et les joues couvertes de larmes.

Kim tendit un des sacs à Tracy.

« Des crampes ? demanda-t-il.

— Bien sûr, idiot ! » dit Tracy.

Elle prit la main de Becky et l'entraîna vers les toilettes.

Kim resta dans la queue, qui avança d'un malade. Il y avait maintenant deux employées aux admissions.

Apparemment, la seconde venait de reprendre son service après une pause.

À vingt et une heures quinze, la salle d'attente des urgences n'arrivait plus à contenir tous les malades en transit. Tous les sièges en plastique étaient occupés. Beaucoup de gens étaient appuyés aux murs ou étendus par terre. On parlait peu. Dans un coin, un poste de télévision suspendu au plafond diffusait CNN. Un certain nombre de bébés malheureux couvraient la voix du journaliste. Dehors, la pluie avait commencé à tomber et une odeur de laine humide emplissait l'air.

Kim, Tracy et Becky avaient fini par trouver des sièges les uns à côté des autres, et ils n'en avaient pas bougé, sauf Becky qui avait dû aller plusieurs fois aux toilettes. Kim tenait le récipient d'échantillon pour analyse. Si, au départ, il y avait vu des traces de sang rouge, le contenu semblait maintenant uniformément brun clair. Becky était misérable et humiliée, Tracy exaspérée, Kim toujours furieux.

« Je n'arrive pas à le croire, dit soudain Kim. Je n'arrive pas à le croire. Chaque seconde, je pense qu'on va nous appeler, mais rien ne se passe. Nous sommes là depuis une heure et demie, dit-il en consultant sa montre.

— Bienvenue dans le monde réel, dit Tracy.

— C'est sur ça que Kelly Anderson aurait dû faire son reportage, pour les six mois d'anniversaire de la fusion. C'est ridicule. AmeriCare a fermé les urgences au Samaritain pour réduire les coûts et forcer tout le monde à venir ici. Il s'agissait juste d'obtenir un maximum de profits.

— Et un maximum de gêne, ajouta Tracy.

— C'est juste. AmeriCare veut décourager les gens de recourir aux urgences, c'est certain.

— Je ne vois pas comment on pourrait mieux s'y prendre.

— Je n'arrive pas à croire qu'aucun des membres du personnel ne m'ait reconnu, grogna Kim. C'est incroyable. Bon sang, je suis probablement le chirurgien du cœur le plus connu de la ville !

— Est-ce que tu ne peux rien faire ? supplia Tracy. Becky souffre !

— D'accord, dit Kim en se levant. Je vais essayer.

— Mais ne t'énerve pas ! Ça risquerait d'aggraver encore les choses.

— Comment est-ce que ça pourrait être pire ? »

Kim sortit de la salle d'attente et marcha en direction du bureau des infirmières. Il n'avait fait que quelques pas quand le hurlement d'une sirène d'ambulance entra par les portes battantes à sa gauche. Un instant plus tard, la lueur d'un gyrophare rouge traversa les portes vitrées. La sirène se tut et bientôt les portes s'ouvrirent brutalement Plusieurs personnes en sang — des victimes d'un accident de la route, apparemment — furent amenées sur des brancards jusque dans les salles d'intervention des urgences.

Kim ne put s'empêcher de se demander si ces nouvelles arrivées allaient encore allonger l'attente de Becky.

Il s'approcha du bureau des infirmières. À nouveau, il chercha Molly McFadden des yeux, mais ne la trouva pas. Il y avait là une employée qui retranscrivait des résultats d'examens de laboratoire qu'on lui transmettait au téléphone, et une unique infirmière, en pleine paperasse, qui buvait son café. Elle s'appelait Monica Hoskins, d'après sa plaque, infirmière aux urgences.

Avec toute la politesse dont il était encore capable, Kim attira son attention en frappant doucement sur le bureau.

« Bonsoir, dit-il quand elle leva les yeux vers lui. Peut-être me reconnaissez-vous ? »

Monica plissa un peu les yeux en le regardant.

« Non, je ne crois pas, dit-elle. Je devrais ?

— Je suis chirurgien dans cet hôpital. Mais pour l'instant, je suis ici pour ma fille, et cela fait plus d'une heure et demie que nous attendons. Pouvez-vous me dire quand elle sera examinée ?

— C'est une soirée très chargée, surtout avec ce dernier accident de voiture, expliqua Monica. Nom ?

— Dr Reggis, dit Kim en redressant les épaules.

— Non, le nom de la malade, dit Monica.

— Rebecca Reggis. »

Monica prit une pile de fiches d'inscription, et après avoir léché le bout de son index pour faire défiler les feuilles de papier elle en tira une et dit :

« La voilà. »

Elle lut le motif de consultation et leva le visage vers Kim, les sourcils interrogateurs.

« Diarrhée depuis deux jours, commenta-t-elle, ce n'est pas exactement ce que j'appelle une urgence immédiate. »

Kim montra la boîte transparente contenant l'échantillon de selles.

« Elle a du sang dans les selles depuis cet après-midi, dit-il.

— On ne dirait pas du sang, dit Monica en se penchant pour regarder.

— C'est que ça date un peu, dit Kim. Et ça inquiète beaucoup sa mère.

— Eh bien, on va s'occuper d'elle dès qu'on pourra, dit Monica sans s'engager. C'est tout ce que je peux dire. »

Elle replaça la fiche de Becky à son ancien rang dans la pile. Kim eut du mal à contrôler sa voix.

« Écoutez, en tant que membre du personnel, je pense avoir droit à une certaine considération, et après une aussi longue attente, j'aimerais qu'elle soit vue rapidement. J'espère que je suis assez clair. Elle souffre beaucoup.

— Comme je vous l'ai dit il y a un instant, répondit Monica avec un sourire hypocrite, on l'appellera dès que possible. Nos moyens sont limités. Si vous êtes ici depuis plus d'une heure, je suis certaine que vous avez vu entrer les accidentés, et la police vient de nous annoncer l'arrivée imminente d'un blessé par balle. »

À peine ces derniers mots avaient-ils franchi les lèvres de Monica qu'ils entendirent le son familier d'une ambulance.

« En fait, je pense que c'est lui ! » dit Monica.

Elle se leva, pressa le bouton de l'interphone et dit à quelqu'un dans une des salles de traumatologie de se tenir prêt. Puis elle disparut derrière une porte.

Ses derniers efforts n'ayant donné que peu de

résultats, Kim retourna dans la salle d'attente. Devant la double porte d'entrée, il dût s'écarter pour laisser le passage à une équipe qui courait autour du blessé par balle sur un brancard roulant. Le blessé avait un masque à oxygène sur le visage et une perfusion dans le bras. Il avait un teint de cendre.

« Alors ? demanda Tracy dès que Kim se fut rassis.

— Ils disent qu'ils la verront dès qu'ils pourront », répondit Kim.

Il était trop gêné pour rapporter le reste de la conversation. Becky s'était recroquevillée sur son siège, les yeux clos.

« C'est plutôt vague, dit Tracy. Qu'est-ce que ça veut dire ? Un quart d'heure, une heure, demain matin ?

— Ça veut dire exactement ce que ça dit, répondit Kim d'un ton sec. Un blessé par balle vient d'arriver et des victimes d'un accident de la route il y a quelques minutes. C'est une dure soirée. »

Tracy soupira et secoua la tête.

« Comment va Becky ? demanda Kim

— Elle a eu une autre crise de crampes, alors je te laisse deviner... C'est toi, le médecin. »

Kim détourna les yeux en grinçant des dents. Il avait du mal à ne pas perdre son sang-froid. Et par-dessus le marché, il avait faim.

Pendant l'heure qui suivit, Kim resta silencieux, trop occupé à ruminer cette ridicule expérience des urgences et à prévoir la manière dont il s'en plaindrait à ses collègues. Ils comprendraient. Tracy et Becky semblaient plus résignées.

Chaque fois qu'une des infirmières, ou un des internes, venait au seuil de la salle d'attente pour appeler un nom, Kim espérait entendre « Rebecca Reggis ». Mais ce n'était jamais le cas. Kim finit par regarder sa montre.

« Ça fait deux heures et demie ! dit-il en se

levant. Je n'arrive pas à le croire. Si j'étais un tant soit peu paranoïaque, je penserais qu'il y a je ne sais quelle conspiration contre nous. Cette fois, je vais aller faire bouger les choses. Je reviens. »

Tracy leva les yeux vers son ex-mari. Dans d'autres circonstances, elle se serait inquiétée du mauvais caractère de Kim, mais au bout d'une attente aussi longue, elle s'en moquait. Elle voulait qu'on examine Becky. Elle ne répondit rien et Kim s'éloigna.

Il gagna directement le bureau des infirmières. Plusieurs membres du personnel des urgences s'y trouvaient, bavardant et riant entre eux comme s'ils n'avaient rien d'autre à faire.

Kim regarda le groupe pour y reconnaître un visage. Aucun ne lui sembla familier et personne ne sembla le reconnaître. En fait, le seul qui remarqua sa présence fut l'employé au bureau, un jeune homme qui devait très certainement étudier à l'université.

« Je suis le Dr Reggis, dit Kim. Que se passe-t-il ? demanda-t-il en montrant tous ces gens oisifs.

— Ils prennent une pause, répondit le jeune homme. Le blessé par balle et ceux qui ont eu l'accident de voiture viennent de monter en chirurgie.

— Qui dirige le service des urgences, ce soir ? demanda Kim.

— Le Dr David Washington, je pense, dit le jeune homme.

— Est-il là ?

— Non, dit le jeune homme après avoir fouillé la pièce du regard. Je crois qu'il est au fond avec un problème orthopédique.

— Y a-t-il une infirmière en chef, ou une surveillante ?

— C'est Nora Labat, elle est avec un cas psychiatrique.

— Je vois, dit Kim. Merci. »

Kim gagna le centre de la pièce, leva la main et cria :

« Excusez-moi, tout le monde ! Oh ! »

Personne ne sembla voir Kim ni entendre sa voix.

Pendant un instant il regarda autour de lui dans l'espoir de fixer le regard de quelqu'un. Impossible. Il prit alors un panier métallique pour le courrier sur un des bureaux et le leva au-dessus de sa tête, pensant que quelqu'un le remarquerait. Ce ne fut pas le cas.

Kim abattit le panier métallique sur le bureau en formica, et frappa deux fois encore, de plus en plus fort, jusqu'à ce que le panier soit complètement tordu.

Cette fois, les conversations cessèrent, les internes, les infirmières, les garçons et les filles de salle, tous regardèrent Kim. Un agent de sécurité qui se trouvait près des ascenseurs arriva en courant, la main sur le trousseau de clés attaché à sa ceinture.

Maintenant furieux, Kim cria, d'une voix autoritaire bien que tremblante :

« Je sais que vous êtes tous très occupés, mais vous n'en avez certainement pas l'air pour l'instant. J'attends ici depuis deux heures et demie avec ma fille. En tant que collègue, je pourrais passer mon temps de manière beaucoup plus utile.

— Excusez-moi, monsieur ! dit l'agent de sécurité en prenant Kim par le bras.

— Ne me touchez pas ! » cria Kim en se dégageant.

Prudemment l'homme fit un pas en arrière et sortit son talkie-walkie. Non seulement Kim faisait quinze centimètres de plus que lui, mais il semblait beaucoup plus musclé.

« Inutile d'appeler du renfort, dit Kim. Il sortit sa carte de l'hôpital et la brandit devant le visage de l'homme. Je fais partie du personnel, même si personne aux urgences ne semble décidé à l'admettre.

— Désolé, docteur, dit l'homme après avoir regardé la carte de Kim.

— C'est bon », dit Kim d'une voix plus contrôlée.

Il se retourna vers le bureau. Monica Hoskins s'était avancée.

« J'aimerais parler au Dr David Washington, dit Kim.

— Désolée que vous ayez dû attendre, dit Monica. Nous faisons de notre mieux.

— J'aimerais néanmoins parler au directeur de ce service, insista Kim.

— Le Dr Washington est en plein pneumothorax, expliqua Molly.

— Je veux le voir immédiatement, articula Kim. Je suis certain qu'il doit y avoir au moins un interne capable de faire un pneumothorax.

— Un instant », dit Monica.

Elle recula et conféra avec Molly et plusieurs autres personnes de telle manière que Kim ne pouvait les entendre. Moins d'une minute plus tard, elle revint vers Kim. À l'arrière-plan, une des infirmières à laquelle elle avait parlé décrochait un téléphone.

« Une personne responsable va venir vous parler dans un instant, dit Monica.

— Il est temps ! »

Le petit scandale de Kim avait agacé les personnes présentes, qui presque toutes partirent pour les salles de soins. Monica prit le panier métallique que Kim avait abîmé et tenta de le remettre d'aplomb — sans succès.

Le pouls de Kim battait à toute vitesse. Un mouvement derrière lui le fit se retourner. Une adolescente était amenée par une équipe d'intervention. Elle sanglotait. Ses deux poignets étaient bandés de serviettes ensanglantées. Tentative de suicide, à n'en pas douter. On ne pouvait nier qu'elle avait besoin d'une intervention immédiate.

Kim regarda avec anxiété en direction des portes qui s'ouvrirent pour laisser passer l'adolescente. Il espérait voir le médecin responsable arriver. Mais il sentit qu'on lui tapait sur l'épaule. Il se retourna et fut surpris de voir Tracy.

« Où est Becky ? demanda-t-il.

— Aux toilettes, à nouveau. Il faut que je retourne dans la salle d'attente. Je suis seulement venue te supplier de ne pas leur infliger une de tes colères narcissiques. Quand tu t'es levé pour venir ici, je croyais me moquer que tu te mettes en rage ou non, mais c'est faux. Je suis convaincue que cela ne pourra pas améliorer une situation déjà bien mauvaise. En fait, cela risque même de prolonger notre attente.

— Épargne-moi ton psychoblabla ! Je tiens à avoir une conversation raisonnable mais décidée avec l'homme qui dirige cet endroit, parce que c'est inacceptable, tout simplement.

— Essaie seulement de te contrôler, dit Tracy d'une voix glaciale. Quand tu en auras fini, tu sais où nous trouver. »

Elle tourna les talons et regagna la salle d'attente.

Kim tambourinait impatiemment sur le bureau. Au bout d'un moment, il regarda sa montre. Un quart d'heure s'était encore écoulé. Une fois de plus, il tenta de voir, par le couloir, ce qui se passait dans les salles. Le nombreux personnel circulait beaucoup, mais personne ne venait dans sa direction. Dans la salle où il se trouvait, chacun évitait de croiser son regard et s'absorbait dans la paperasse.

Le tintement étouffé d'une cloche annonça l'arrivée d'un ascenseur. En sortit un homme imposant en costume gris strict. À la grande surprise de Kim, l'homme vint droit sur lui.

« Docteur Reggis ? demanda-t-il d'une voix forte et impérieuse.

— En effet, dit Kim.

— Je suis Barclay Bradford, vice-président de l'hôpital et administrateur en chef pour l'équipe du soir.

— Comme c'est commode ! Je vous conseille d'aller dans les salles de soins trouver le connard qui fait figure de chef de ce service et de me l'amener de gré ou de force. Lui et moi avons à parler. Vous voyez, cela fait presque trois heures que j'attends qu'on examine ma fille.

— Docteur Reggis, commença l'administrateur, comme si Kim n'avait pas dit un mot, en tant que membre de notre équipe médicale, en tant que chirurgien en particulier, vous devriez être le premier à savoir qu'on est obligé d'opérer un tri quand les urgences sont surchargées. Les risques vitaux doivent passer avant une simple diarrhée juvénile.

— Bien sûr que je comprends la nécessité d'un tri ! J'ai travaillé aux urgences pendant toute ma formation. Mais laissez-moi vous dire une chose : quand je suis arrivé ici il y a vingt minutes, une douzaine de personnes se délassaient en bavardant, un café à la main.

— Les apparences sont souvent trompeuses, dit M. Bradford d'un ton condescendant. Il est probable qu'ils s'entretenaient de cas particulièrement difficiles. Mais quoi qu'il en soit, votre comportement puéril ne peut être toléré. Un homme adulte ne frappe pas un bureau avec un panier métallique. Quant au fait que vous exigiez un traitement préférentiel, c'est tout à fait déplacé.

— Un traitement préférentiel ! suffoqua Kim. Un comportement puéril ! »

Son visage rougit et ses yeux s'arrondirent. L'administrateur devant lui incarna soudain toutes les frustrations accumulées avec cette expérience des urgences, la fusion de l'hôpital, AmeriCare et la médecine moderne en général. Pris soudainement de fureur, perdant tout contrôle, Kim assena à l'administrateur un formidable coup de poing au menton.

Kim dut secouer sa main et la serrer dans son autre main tant le coup qu'il venait de porter lui avait fait mal à lui aussi. Barclay Bradford perdit l'équilibre et tomba lourdement sur le sol. Kim n'en revenait pas d'avoir eu une réaction aussi violente. Il s'avança d'un pas et regarda l'administrateur, presque prêt à l'aider à se relever.

Le personnel, derrière le bureau, avait cessé de respirer. L'agent de sécurité arriva en courant. Enfin, un employé prit le micro et dit : « On demande des renforts de sécurité au bureau des infirmières ! »

Internes, infirmières et personnel administratif accoururent. Même Tracy arriva après avoir entendu l'annonce. La foule se rassembla autour de Kim et de l'administrateur de l'hôpital, qui avait réussi à s'asseoir. Il pressa de la main sa lèvre fendue qui saignait.

« Bon sang, Kim, dit Tracy, je t'avais prévenu !

— C'est totalement inacceptable, dit Monica avant de se tourner vers le jeune homme au bureau. Appelle la police !

— Stop ! N'appelez personne ! » dit une voix profonde et sonore.

Un grand Noir, très beau, tout en muscles, fendait la foule. D'un geste précis, il retira ses gants en latex et gagna le centre du cercle. Sur sa blouse, on lisait : DR DAVID WASHINGTON, DIRECTEUR EXÉCUTIF DU SERVICE DES URGENCES. Il regarda tour à tour Kim et Barclay.

« Que se passe-t-il, ici ?

— Cet homme a frappé M. Bradford, dit Monica en montrant Kim du doigt. Et ce après avoir détruit une corbeille à courrier en la frappant sur le bureau.

— Aussi incroyable que cela paraisse, ajouta Molly, il est médecin dans cet hôpital. »

David tendit une main et remit Barclay Bradford sur ses pieds. Il regarda la lèvre fendue de l'homme et lui palpa la mâchoire.

« Est-ce que ça va ? demanda-t-il à l'administrateur.

— Je crois, dit Barclay en sortant un mouchoir dont il s'essuya la bouche.

— Emmenez M. Bradford dans une salle de soins, dit David à Monica, et nettoyez sa plaie. Que le Dr Krugger l'examine et décide s'il faut une radio.

— Bien sûr », dit Monica.

Elle prit l'administrateur par le coude pour le guider hors de la foule. Avant de se laisser entraîner, il jeta à Kim un regard noir.

« Tout le monde au travail ! dit David en agitant la main. Quel est votre nom ? demanda-t-il alors à Kim, qui venait de revenir à la réalité.

— Dr Kim Reggis.

— Avez-vous vraiment frappé M. Bradford ? demanda David d'un ton incrédule.

— Je le crains.

— Mais qu'est-ce qui a bien pu provoquer une telle réaction de votre part ?

— Cet hypocrite m'a accusé de demander un traitement spécial, alors que ma fille malade attend depuis près de trois heures ! »

David regarda Kim un instant. Il n'arrivait pas à concevoir une telle attitude de la part d'un collègue.

« Quel est le nom de l'enfant ? demanda-t-il.

— Rebecca Reggis », dit Kim.

David se tourna vers l'employé et demanda la fiche de Rebecca. Pendant qu'il la cherchait, David demanda :

« Êtes-vous vraiment membre du personnel du CHU ?

— Depuis la fusion. Je suis chirurgien, en cardiologie. Il est vrai que personne n'aurait pu le deviner à la manière dont j'ai été traité ici, aux urgences.

— Nous faisons de notre mieux, dit David.

— Oui, j'ai entendu cette excuse plusieurs fois ce soir.

— Vous savez, dit David, vous devriez avoir honte! Lancer des coups de poing, détruire du matériel... Vous vous conduisez comme un adolescent révolté.

— Allez vous faire foutre! dit Kim.

— Je mettrai cette remarque sur le compte du stress, dit David d'une voix calme.

— Je n'ai rien à faire de votre condescendance! rétorqua Kim.

— La voilà, dit l'employé en tendant la fiche à David.

— Au moins, dit David après l'avoir consultée et avoir jeté un coup d'œil à sa montre, vous avez raison pour le temps : vous attendez bien depuis près de trois heures. Cela ne justifie en aucun cas votre comportement, mais c'est une attente trop longue. Êtes-vous Mme Reggis? demanda David en se tournant vers Tracy.

— Je suis la mère de Rebecca, dit Tracy.

— Pourquoi ne pas aller chercher cette jeune fille? Je vais veiller à ce qu'on s'occupe d'elle immédiatement.

— Merci », dit Tracy.

Elle retourna en toute hâte dans la salle d'attente.

David passa derrière le comptoir pour prendre un dossier où insérer la fiche d'inscription. Il demanda aussi dans l'interphone la venue d'une infirmière. C'est alors que Tracy revint avec Becky. Un instant plus tard, une infirmière arriva. Comme le disait son badge, elle s'appelait Nicole Michaels.

« Comment te sens-tu, jeune fille? demanda David à Becky.

— Pas très bien. Je veux rentrer chez moi.

— Je n'en doute pas. Mais d'abord, on va découvrir ce qui ne va pas. Tu devrais suivre Nicole. Elle va t'installer dans une des salles d'examen. »

Tracy et Kim suivirent Becky, mais David retint Kim par le bras.

« Je préfère que vous attendiez ici, si cela ne vous ennuie pas, dit David.

— Je ne quitte pas ma fille !

— Si ! Vous avez manifesté un grand stress émotionnel. Je suis sûr que vous comprendrez. »

Kim hésita. Il ne voulait pas l'admettre, mais David avait raison. Cela n'en restait pas moins irritant et avilissant. Kim regarda Becky et Tracy disparaître, il regarda David, qui n'avait pas l'air intimidable, ni physiquement ni d'aucune autre manière.

« Mais..., commença Kim.

— Pas de mais, dit David. Ne me forcez pas à appeler la police, ce que je ferai si vous ne coopérez pas. »

À contrecœur, Kim tourna les talons et regagna la salle d'attente. Il n'y avait plus de siège libre, si bien qu'il s'adossa au mur, près de l'entrée. Il tenta de regarder la télévision, mais ne put se concentrer. Il leva une main devant ses yeux : il tremblait.

Une demi-heure plus tard, Tracy et Becky sortirent de la zone de soins. C'est par hasard que Kim les vit passer les portes vers l'extérieur, partant sans même tenter de le retrouver.

Kim prit son manteau et ses gants et courut derrière elles. Il les rattrapa à l'instant où Tracy aidait Becky à monter dans la voiture.

« Mais qu'est-ce que tu fais ? Tu veux m'ignorer ? » demanda Kim.

Tracy ne répondit pas. Elle ferma la portière de Becky et fit le tour de la voiture pour s'installer derrière le volant.

Kim la suivit et bloqua l'ouverture de sa portière.

« S'il te plaît, ne fais pas plus d'histoires que tu n'en as déjà fait ! demanda Tracy. Tu nous as déjà suffisamment mis dans l'embarras. »

Pris de court par ce nouvel affront inattendu, Kim retira sa main. Tracy monta dans la voiture. Avant de claquer la portière, elle leva les yeux vers le visage surpris et blessé de Kim.

« Rentre et repose-toi, dit-elle. C'est ce que nous allons faire aussi.

— Mais qu'est-il arrivé, qu'ont-ils dit ?

— Pas grand-chose. Apparemment sa numération globulaire et ses électrolytes — toi, tu dois savoir ce que c'est ? — sont bons. Je dois lui donner du bouillon et beaucoup à boire, et éviter tous les produits laitiers.

— C'est tout ?

— C'est tout. Mais, au fait, ils ont dit que le coupable pourrait très bien avoir été le poulet de Ginger. Ils voient beaucoup d'intoxications alimentaires après ingestion de poulet.

— Ce n'était pas le cas. Impossible ! Demande à Becky ! Elle s'est sentie malade dès le matin du jour où on a eu du poulet à dîner. Hein, ma puce ?

— Je veux rentrer à la maison, dit Becky en regardant à travers le pare-brise.

— Bonne nuit, Kim », dit Tracy.

Elle claqua sa portière et démarra.

Kim regarda la voiture jusqu'à ce qu'elle disparaisse au coin de l'hôpital. Ce n'est qu'alors qu'il se dirigea vers le parking des médecins. Il se sentait immensément seul, plus que jamais dans sa vie.

7

La porte de la salle d'opération n° 20 s'ouvrit brutalement et Kim et Tom passèrent dans la pièce adjacente pour se laver les mains.

« Eh, merci de m'avoir secondé ainsi au pied levé ! dit Tom.

— J'ai été heureux de t'aider », répondit Kim d'une voix neutre.

Les deux hommes prirent le couloir en direction de la salle de réveil.

« Tu as l'air déprimé, dit Tom. Que t'arrive-t-il ? Est-ce que le comptable vient de t'appeler au sujet des nouveaux taux de remboursement de Medi-Care ? »

Kim ne rit pas. Il ne répondit même pas.

« Est-ce que ça va ? demanda Tom d'un ton grave cette fois.

— Je crois, dit Kim sans montrer d'émotion. Juste plein de problèmes. »

Kim raconta alors à Tom ce qui était arrivé aux urgences la veille au soir.

« Ouah ! commenta Tom. Quelle horrible expérience ! Mais ne t'en veux pas d'avoir boxé ce Barclay Bradford. Je me suis déjà heurté à lui, moi aussi. Ces administratifs ! Tu sais, j'ai lu dans un journal, hier soir, qu'aux États-Unis il y a un administratif pour un médecin ou une infirmière et demie. Tu te rends compte ?

— Je m'en rends très bien compte. Et c'est justement ce qui fait grimper si haut les coûts de la santé.

— C'était exactement ce que disait l'article. Quoi qu'il en soit, je comprends parfaitement que tu aies frappé Bradford. À ta place, je sais que j'aurais été fou de rage. Trois heures ! Bon sang, je l'aurais réduit en bouillie !

— Merci, Tom. J'apprécie ton soutien. Mais le pire, c'est qu'après toute cette attente et tous ces problèmes, je n'ai même pas eu l'occasion de parler au médecin qui a examiné Becky.

— Et aujourd'hui, comment va-t-elle ?

— Je n'en sais rien encore. Il était trop tôt pour téléphoner quand je suis parti de chez moi, et Tracy ne m'a pas appelé. Mais elle va sûrement mieux. Sa formule sanguine était bonne et elle n'avait pas de fièvre.

— Docteur Reggis ! » appela une voix.

Kim se retourna et vit Deborah Silverman, l'infirmière en chef du bloc, qui lui faisait signe. Kim s'approcha de son bureau.

« Le Dr Biddle a appelé pendant que vous opériez, dit Deborah. Il a laissé comme message que vous devez passer à son bureau dès votre sortie du bloc. »

Kim prit la fiche. Elle était ornée de bon nombre de points d'exclamation. Apparemment, c'était grave.

« Oh-oh ! commenta Tom. On dirait que le chef a décidé d'aggraver ton cas. »

Kim et Tom se séparèrent dans la salle de repos de chirurgie. En dépit de l'urgence signifiée par le message de Forrester Biddle, Kim passa dans le vestiaire et prit son temps. Il n'avait aucun mal à deviner ce dont son chef de service voulait lui parler. Mais le problème était qu'après avoir passé un certain stade, Kim n'était plus certain de comprendre son propre comportement

Il prit une douche et repassa dans son esprit les événements de la veille, sans trouver d'autre explication qu'un stress trop important. Après avoir enfilé une tenue propre, Kim décrocha le téléphone de la salle de repos pour appeler Ginger au cabinet afin de connaître l'emploi du temps de l'après-midi. Ce n'est qu'ensuite qu'il se dirigea vers l'aile administrative.

Le Dr Forrester Biddle était le prototype même du médecin conservateur de Nouvelle-Angleterre. Il avait l'aspect d'un prédicateur puritain et la personnalité acerbe qui y correspondait. Mais pour se racheter, il était un excellent chirurgien.

« Entrez et fermez la porte, dit le Dr Biddle à Kim quand celui-ci se présenta au petit bureau plein de dossiers. Asseyez-vous. »

Kim s'assit. Biddle termina quelques papiers tandis que Kim regardait la pièce en se disant que son bureau était beaucoup plus beau, au Samaritain, à l'époque où il était lui-même chef de service.

Après avoir apposé quelques signatures, Biddle posa son stylo sur le bureau avec un claquement qui rappela à Kim un coup de feu lointain.

« Je vais aller droit au but, dit-il avec un visage plus grave encore que d'ordinaire. Votre comportement, hier soir aux urgences, embarrasse tout le service, tout le personnel médical.

— Ma fille souffrait », dit simplement Kim.

Il savait que c'était une explication, pas une excuse, mais il n'avait aucune envie de montrer des remords.

« La violence ne s'excuse pas. M. Bradford envisage de vous poursuivre, et je ne l'en blâmerais pas.

— Si quelqu'un mérite d'être poursuivi, c'est AmeriCare, dit Kim. J'ai attendu plus de trois heures, essentiellement pour qu'AmeriCare puisse faire des bénéfices.

— Agresser un administrateur n'est pas une manière d'exposer des revendications. J'ajouterai qu'en appeler directement aux médias n'est pas une bonne méthode non plus. Je n'avais pas l'intention de vous parler de votre apparition aux nouvelles de vendredi soir, au micro de Kelly Anderson, avant d'apprendre cet épisode de violence inexcusable. Dire publiquement que la raison de la fusion entre le CHU et le Samaritain était d'apporter des bénéfices à AmeriCare ne peut que nuire à la réputation de cet hôpital. »

Kim se leva. Cette réunion n'avait aucune chance de se transformer en dialogue, et il n'avait pas l'intention de rester assis sans rien dire sous les réprimandes, comme un écolier délinquant.

« Si c'est tout, il faut que j'aille voir mes malades. »

Le Dr Biddle repoussa son fauteuil et se leva aussi.

« Je crois que vous ne devriez pas oublier, docteur Reggis, dit-il, qu'avant la fusion ce service avait prévu de salarier un chirurgien à temps plein pour prendre en charge votre domaine de prédilection : le remplacement de valves. Votre comportement, ces derniers temps, pourrait nous inciter à réenvisager cette possibilité. »

Kim tourna les talons et sortit sans répondre. Il n'avait aucune intention de discuter de ce genre de menace. Et Forrester Biddle tombait mal : en fait, des chasseurs de tête ne cessaient de démarcher Kim pour qu'il prenne en charge des services prestigieux dans tout le pays. La seule raison qui le faisait rester au CHU était la garde conjointe de Becky : Tracy ne pouvait déménager à cause de ses engagements à l'université.

Mais Kim était à nouveau en colère. Dernièrement, il lui semblait qu'il l'était en permanence. Alors qu'il sortait à grands pas de l'administration, il tomba nez à nez avec Kelly Anderson et Brian, son cameraman.

« Ah ! s'exclama Kelly avec une joie évidente. Docteur Reggis ! Juste l'homme que j'espérais voir ! »

Kim jeta un regard noir à la journaliste et continua son chemin. Kelly fit demi-tour et courut derrière lui, Brian la suivant en dépit du poids de son équipement.

« Seigneur, docteur Reggis! haleta Kelly. Est-ce que vous vous entraînez pour le marathon? Ralentissez. Il faut que je vous parle.

— Je n'ai nulle intention de vous parler, dit Kim.

— Mais je veux entendre votre version de ce qui s'est produit hier soir aux urgences. »

Kim s'arrêta si brusquement que Brian le bouscula. Il s'excusa avec effusion, mais Kim l'ignora, les yeux fixés sur Kelly.

« Et comment savez-vous déjà tout ça?

— Surpris, hein? remarqua Kelly avec un sourire satisfait. Mais je suis certaine que vous comprendrez que je ne peux dévoiler mes sources. Vous voyez, je fais tant de reportages sur les problèmes de santé que j'ai fini par constituer une sorte de cinquième colonne ici, au centre médical. On me confie des choses... Vous n'en reviendriez pas! Malheureusement, c'est souvent assez prosaïque, du genre : qui baise qui. Mais, de temps à autre, j'ai une véritable information, comme le récit de ce qui s'est passé aux urgences hier soir. Un chirurgien en cardiologie qui boxe un administrateur : ça, c'est un scoop!

— Je n'ai rien à vous dire, répondit Kim en repartant.

— Ah, mais je suis d'un avis contraire! dit Kelly qui reprit sa course derrière lui. Attendre trois heures aux urgences avec une enfant malade a dû être une expérience éprouvante dont j'aimerais que nous parlions.

— Dommage, dit Kim. Entre autres, je viens d'être réprimandé pour vous avoir parlé vendredi. Je ne recommencerai pas.

— Alors l'administration refuse la vérité? C'est en soi un élément intéressant.

— Je ne veux pas vous parler, répéta Kim. Vous feriez aussi bien de vous épargner tous ces efforts.

— Oh, voyons! Le fait que vous ayez dû

attendre des heures pour une consultation aux urgences va rappeler bien des choses à mes téléspectateurs, surtout que l'ironie du sort a voulu que ce soit un médecin qui attende. Nous pouvons même ne pas parler de la bagarre, si vous ne le voulez pas.

— Oui, c'est ça, comme si je pouvais vous faire confiance !

— Vous pouvez. Vous voyez, je crois que cette longue attente a un lien avec la fusion. Je crois qu'elle a un lien avec les intérêts et les profits d'AmeriCare. N'est-ce pas votre avis ? »

Kim regarda Kelly sans ralentir le pas. Ses yeux bleu-vert lançaient des étincelles. Kim devait admettre que bien qu'elle fût une emmerdeuse, elle était diablement intelligente et vive comme un coup de fouet.

« C'est vous qui l'avez dit, pas moi, dit Kim. Alors, ne me citez pas. Pour le moment, ma vie est assez compliquée comme ça. Je n'ai aucun besoin que vous aggraviez les choses. Au revoir, mademoiselle Anderson. »

Kim passa les portes battantes qui le ramèneraient dans le service de chirurgie. Kelly s'arrêta, au grand soulagement de Brian. Ils étaient tous deux hors d'haleine.

« Enfin, on a essayé, dit Kelly. Le plus triste, c'est que cette fois, ma sympathie était sincère. Il y a un mois, j'ai dû attendre presque aussi longtemps avec ma propre fille. »

Kim entra dans son cabinet par la porte de service afin de gagner son bureau sans avoir à traverser la salle d'attente. Tout en retirant sa veste, il décrocha le téléphone et appela Ginger à la réception.

« Je suis là », dit-il.

Le téléphone toujours au creux du cou, il gagna

son placard. Le fil du combiné était juste assez long.

« La salle d'attente est pleine, dit Ginger. Grâce à l'opération surprise de Tom, tu as deux heures de retard.

— Des appels importants ? demanda Kim en accrochant sa veste pour prendre sa blouse blanche.

— Rien qui ne puisse attendre.

— Tracy n'a pas appelé ?

— Non.

— D'accord. Que Cheryl commence à installer les malades dans les salles d'examen. »

Après avoir enfilé sa blouse et placé dans la poche de poitrine les stylos et autres ustensiles dont il se servait habituellement, Kim composa le numéro de Tracy. Pendant que le téléphone sonnait, il mit son stéthoscope autour de son cou.

Tracy décrocha très vite, comme si elle attendait près du téléphone.

« Et comment va notre malade ? demanda Kim d'une voix qu'il voulait détendue.

— Pas grand changement, dit Tracy.

— De la fièvre ?

— Non.

— Et les crampes ?

— Elle en a encore, mais j'ai réussi à lui faire avaler du bouillon de poulet. »

Kim fut tenté de lui dire que Ginger avait voulu lui donner du bouillon le dimanche, mais il se ravisa.

« On dirait que tu fais des progrès, dit-il. Je parie que Becky se remettra en un rien de temps.

— Je l'espère.

— Il n'y a aucune raison. Sans fièvre et sans augmentation des globules blancs, il est évident que son corps n'a pas à lutter contre une infection. Mais tiens-moi au courant, d'accord ?

— D'accord... Je suis désolée de m'être montrée méchante hier soir.

— Tu n'as pas à t'excuser.

— J'ai l'impression que j'ai dit des choses graves. J'étais très inquiète.

— Je t'en prie, c'est moi qui suis sorti de mes gonds, pas toi.

— Je t'appelle s'il y a un changement.

— Si je ne suis pas au cabinet, c'est que je serai rentré. »

Kim raccrocha. Pour la première fois de la journée, il se sentit plutôt détendu. Il sortit dans le couloir, sourit à Cheryl et prit le premier dossier.

Dès que Kim éteignit ses phares devant la porte de son garage, il se retrouva dans l'obscurité complète. Il n'était que vingt heures, mais minuit aurait déjà pu avoir sonné. Pas de lune, la seule lumière venait d'une légère traînée sur l'horizon à l'est, où les lumières de la ville se reflétaient dans les nuages bas. La maison était si noire qu'elle lui parut un bloc de rochers.

Kim ouvrit la portière et l'intérieur de la voiture s'éclaira, ce qui lui donna la possibilité de retrouver les cartons du dîner chinois qu'il était passé prendre en chemin. Le dernier malade était parti à dix-neuf heures quinze.

Les bras chargés de cartons et de dossiers qu'il espérait terminer ce soir-là, Kim gagna la porte de la maison. Il dut progresser à tâtons sur le sentier dallé. Il lui semblait presque incroyable qu'à cette heure-là, en été, le soleil fût encore haut dans le ciel.

Kim entendit le téléphone avant même d'arriver à la porte. Il carillonnait dans l'obscurité. Sans savoir pourquoi, Kim ressentit une bouffée de panique. En sortant ses clés, il laissa tomber ses dossiers. Puis il n'arriva pas à trouver la bonne clé, ce qui le força à poser les cartons par terre afin de disposer de ses deux mains. Finalement, il ouvrit la porte et se précipita à l'intérieur.

Grâce à la lampe de l'entrée, Kim s'enfonça dans le salon caverneux et presque vide pour décrocher. Il éprouvait une terreur irrationnelle à l'idée que celui qui appelait allait raccrocher avant qu'il arrive au combiné. Mais ce ne fut pas le cas. C'était Tracy.

« Elle va plus mal ! dit-elle d'une voix désespérée, au bord des larmes.

— Qu'est-il arrivé ? » demanda Kim, et son cœur sembla rater une pulsation.

« Elle fait une hémorragie, les toilettes sont pleines de sang !

— Est-elle consciente ?

— Oui, elle est plus calme que moi. Elle est sur le canapé.

— Est-ce qu'elle peut marcher ? Est-ce qu'elle a des vertiges ?

— Elle peut marcher, dit Tracy en se reprenant. Je suis contente que tu aies répondu. J'étais sur le point d'appeler les secours.

— Ramène-la aux urgences, dit Kim, à condition que tu te sentes capable de conduire. Sinon, on appelle une ambulance.

— Je peux conduire.

— Je te retrouve là-bas. »

Quand il eut raccroché, Kim courut dans la bibliothèque et ouvrit le tiroir central de son bureau dans lequel il fouilla à la recherche d'un carnet d'adresses. Quand il le trouva, il l'ouvrit à T et fit glisser son doigt sur les noms jusqu'à arriver à George Turner. Il composa le numéro sur son portable.

Le téléphone contre l'oreille, Kim revint jusqu'à sa voiture, enjambant repas chinois et dossiers sur son paillasson.

C'est Mme Turner qui répondit comme Kim ouvrait la portière. Sans se répandre en politesses, Kim demanda s'il pouvait parler à George. Quand George vint répondre, Kim reculait déjà dans l'allée.

112

« Désolé de te déranger, dit Kim.

— Je t'en prie. Rien de grave, j'espère ?

— J'ai bien peur que si. Rien d'épouvantable, je crois, mais Becky est malade ; elle a des symptômes de dysenterie : crampes, diarrhée et maintenant des saignements, mais pas de fièvre.

— Désolé de l'apprendre, dit George.

— Je n'ai pas cherché de pédiatre depuis ton départ, expliqua Kim d'un ton un peu piteux, et les rares que je connais sont tous partis, comme toi. Hier soir, je l'ai emmenée aux urgences du CHU et on a attendu trois heures.

— Seigneur ! C'est terrible.

— J'ai honte de dire que j'ai donné un coup de poing à un administrateur d'AmeriCare. Enfin, ils ont renvoyé Becky chez elle sans rien prescrire. Tracy vient de m'appeler pour me dire qu'elle a une hémorragie. Je ne sais pas de quelle importance, mais Tracy s'affole. Je suis en route pour les retrouver aux urgences. Qui est-ce que je dois demander ?

— Euh... Je ne pense pas qu'un pédiatre soit le meilleur choix. Je te recommanderais plutôt un spécialiste des maladies infectieuses ou un gastro-entérologue.

— Alors, qui ? demanda Kim. En général, ils ne reçoivent pas les enfants.

— Il y a plein de gens très compétents... Je crois que j'irais d'abord voir un spécialiste des maladies infectieuses. Essaie de joindre Claude Faraday. Il est le meilleur.

— Merci, George.

— Je t'en prie. Désolé de ne plus être là.

— Et moi donc !

— Tiens-moi au courant.

— D'accord », dit Kim.

Il coupa la ligne et utilisa la mémoire pour appeler l'hôpital. La standardiste lui passa Claude Faraday et, au grand soulagement de Kim, le médecin répondit.

Kim lui expliqua la situation. Claude écouta, posa quelques questions pertinentes et accepta aimablement de les retrouver aux urgences.

Kim entra sur le parking de l'hôpital et cette fois se dirigea directement vers les urgences. Il chercha un instant des yeux la Volvo de Tracy et, ne la voyant pas, il monta les marches du perron et entra dans le service.

L'endroit lui sembla presque aussi chargé que la veille, mais il restait quelques chaises vides dans la salle d'attente. Il passa devant la réception et se dirigea droit vers le bureau des infirmières. Molly et Monica étaient là, et elles échangèrent des regards nerveux.

« Ma fille est-elle arrivée ? demanda Kim.

— Je ne l'ai pas vue ce soir, dit Molly d'un ton indifférent et un peu exaspéré à la fois.

— Moi non plus, dit Monica.

— Est-ce qu'elle doit revenir ? » demanda Molly.

Kim ne prit pas la peine de répondre. Il s'écarta du bureau et entra directement dans la zone de soins.

« Eh ! où allez-vous ? » demanda Molly de sa voix autoritaire.

Elle se leva pour faire le tour du bureau afin de bloquer le passage à Kim comme elle l'avait fait la veille, mais Kim était déjà passé. Molly courut derrière lui.

Monica fit claquer ses doigts pour attirer l'attention de l'agent de sécurité. Quand il se tourna vers elle, elle montra du doigt la silhouette de Kim qui disparaissait derrière les portes. L'homme hocha la tête et partit à sa poursuite. Tandis qu'il courait, il sortit son talkie-walkie de sa poche.

Kim passa dans la première salle, regardant dans chaque lit. Molly le rattrapa.

« Mais qu'est-ce que vous faites ? » demanda-t-elle.

Kim l'ignora. L'agent de sécurité la rejoignit. Ils suivirent Kim.

« Qu'est-ce que je dois faire ? demanda l'homme à Molly. Après tout, c'est un médecin !

— Je n'en ai pas la moindre idée », dit Molly.

Kim avait regardé les lits de tout un côté de la salle et commençait son inspection derrière les rideaux de l'autre côté quand il trouva enfin David Washington en train de suturer la main d'un enfant. Une infirmière l'assistait. David regarda Kim par-dessus ses lunettes à fort grossissement.

« Ma fille arrive, annonça Kim. Il semble maintenant qu'elle fait du sang pur.

— J'en suis désolé, dit David. Quelle est sa pression sanguine ? Et son pouls ?

— Je n'en sais rien. Mon ex-épouse l'amène. Je ne l'ai pas encore vue. »

Ses mains gantées levées en l'air, David se tourna vers Molly et lui demanda de préparer une salle avec une unité de soins intensifs et du plasma, au cas où ils en auraient besoin. Molly hocha la tête et disparut.

« Je veux que ma fille soit examinée immédiatement, et je veux que soit consulté un spécialiste des maladies infectieuses.

— Docteur Reggis, dit David. Essayons d'être amis. Ce serait beaucoup plus facile si vous admettiez que c'est moi le patron, ici.

— J'ai déjà joint le Dr Claude Faraday, dit Kim comme s'il n'avait pas entendu. Il arrive. Vous le connaissez, je pense ?

— Bien sûr que je le connais. La question n'est pas là. La procédure habituelle veut que ce soit nous qui appelions les spécialistes en consultation, AmeriCare est très clair sur ce point.

— Je veux que le Dr Faraday la voie, répéta Kim.

— D'accord. Mais je voudrais au moins que vous compreniez qu'on vous fait une faveur. Ce n'est pas de cette manière que les choses se passent ici, normalement.

— Merci », dit Kim.

Il repartit dans la salle, fouilla des yeux la zone de réception et comme il ne vit pas Tracy ni Becky, il ressortit sur le perron pour les attendre, comme la veille.

Il n'attendit pas longtemps. Le break de Tracy apparut quelques minutes plus tard et s'arrêta presque devant lui. Kim bondit sur la portière arrière à l'instant où Tracy serrait le frein à main.

Il se pencha dans la voiture. Becky était allongée sur le siège arrière, sur le côté. Kim distingua son visage grâce à l'éclairage du perron et, bien qu'il lui parût pâle, il fut soulagé que sa fille ait le courage de lui sourire.

« Comment tu te sens, ma puce ? demanda Kim.

— Mieux. Je n'ai plus de crampes.

— J'en suis ravi. Viens. Je vais te porter.

— Je peux marcher.

— Je vais quand même te porter. »

Il passa son bras droit sous les genoux de la petite fille et la fit glisser vers l'extérieur de façon à pouvoir passer son bras gauche sous ses épaules, et il la souleva. Elle lui entoura le cou de ses bras et posa son visage sous son menton.

« C'est bon, dit Kim d'une voix apaisante. Papa te tient.

— Elle n'est pas trop lourde ? demanda Tracy.

— Pas du tout. »

Kim monta les marches le premier et franchit les portes battantes. Alors qu'il passait devant la réception, Tracy sur ses talons, une des employées l'appela pour lui dire qu'il devait remplir une fiche d'inscription. Il fit comme s'il ne l'entendait pas. Tracy était mal à l'aise, mais elle ne dit rien.

Monica, du bureau des infirmières, entendit l'employée appeler les intrus. Elle leva les yeux et vit Kim. Immédiatement, elle bondit sur ses pieds et lui barra le chemin.

« Non, vous n'entrerez pas avec cette enfant sans une fiche d'inscription ! »

Tracy tira le bras de Kim.

« Ne faisons pas de scandale », dit-elle.

Sans ralentir, comme un rouleau compresseur, Kim continua sa marche. Monica dut s'écarter : elle n'avait pas la carrure de Molly.

« Vous trouverez toutes les informations nécessaires sur la fiche d'hier », dit Kim par-dessus son épaule.

Monica retourna en hâte à son bureau pour appeler David Washington.

Kim déposa Becky sur le premier lit libre. Tracy passa de l'autre côté et caressa la main de sa fille. Kim prenait la tension de Becky quand Monica arriva, décidée à le remplacer pour ces gestes médicaux, mais Kim refusa d'en entendre parler.

Arrivèrent David Washington et Molly McFadden. David avait enfilé une blouse blanche sur sa tenue de chirurgien. Il fit un signe de tête à destination de Tracy et attendit que Kim ait fini de prendre la tension de sa fille. Il fit signe à Monica qu'elle pouvait partir.

« Vous n'avez aucun respect pour le règlement, commenta David alors que Kim retirait le stéthoscope de ses oreilles.

— Sa tension est à neuf-cinq, dit Kim. Mettez en place une perfusion. Je veux un groupage et un test de compatibilité.

— Attendez ! s'écria David en levant une main autoritaire. Docteur Reggis, ajouta-t-il d'une voix plus calme, avec tout le respect qui vous est dû, vous avez déjà oublié que vous ne détenez aucune responsabilité dans ce service.

— Je ne fais que couvrir les besoins de base, dit Kim. Mademoiselle McFadden, si vous m'apportiez un cathéter ? Et j'aurais aussi besoin d'un tourniquet et de sparadrap. »

David fit signe à Molly de ne pas bouger et s'approcha de Kim pour entourer son bras d'une des ses puissantes mains.

« Je ne vous le demanderai qu'une fois, dit David de sa voix impérieuse et calme. Je veux que vous sortiez d'ici et que vous attendiez dehors. C'est dans l'intérêt de votre fille. Je suis certain que si vous prenez le temps de réfléchir une seconde, vous le comprendrez. »

Les yeux de Kim s'étrécirent tandis qu'il fixait David. Lentement, il baissa son regard vers la main du médecin qui lui tenait le bras. Personne ne disait rien. On n'entendait que le moniteur cardiaque d'un malade tout proche.

Tracy sentit l'électricité dans l'air. Pour elle, c'était comme le calme avant la tempête. Afin d'éviter une scène qui ne manquerait pas d'être fort déplaisante, elle fit le tour du lit et enlaça Kim.

« S'il te plaît, Kim ! laissons-les travailler », dit-elle.

Lentement, Kim répondit à la demande de Tracy et se détendit un peu. David le lâcha.

« D'accord ! dit Kim, avant d'ajouter à l'intention de Becky : Papa sera juste derrière la porte, ma puce.

— Je ne veux pas de piqûre, gémit Becky.

— Ils doivent te faire une injection. Mais ça ne durera qu'une seconde. Je sais que ce n'est pas drôle, mais il faut que tu sois courageuse pour guérir. D'accord ?

— D'accord... », dit Becky à contrecœur.

Tracy serra la main de sa fille et lui dit qu'elle serait avec Kim, qu'ils reviendraient la voir dans quelques instants. Becky hocha la tête, mais il était clair qu'elle n'était pas contente ; et elle avait peur.

Tracy suivit Kim par-delà le rideau qui isolait le lit de Becky. Elle sentit sa respiration trop rapide, mais elle ne dit rien avant qu'ils aient dépassé le bureau des infirmières.

« Kim, il faut que tu te calmes, dit-elle en lui posant doucement la main sur le bras. Tu es trop tendu.

— David Washington m'horripile.

— Il fait son boulot. Si la situation était inversée et si c'était toi qui devais soigner son enfant, je suis certaine que tu agirais de la même façon. Tu n'aimerais pas qu'il donne des ordres. »

Kim réfléchit à ce qu'elle venait de dire alors qu'il poussait les portes vers l'extérieur. Il s'arrêta dans l'air froid et inspira profondément, puis expira lentement. Tracy lui tenait toujours le bras.

« Tu dois avoir raison, dit-il enfin. C'est dur pour moi de voir Becky si vulnérable.

— Je le sais, ce doit être très difficile. »

Ils se regardèrent dans les yeux.

« Tu comprends ? demanda Kim. Vraiment ?

— Absolument, dit Tracy. Tu es chirurgien. Tu as été formé pour agir. Et pour qui d'autre voudrais-tu agir davantage que pour ta propre fille ? Pour toi, il n'y a rien de plus difficile que de voir Becky dans le besoin et de ne rien faire.

— Tu as raison.

— Bien sûr que j'ai raison. J'ai toujours raison. »

Kim ne put retenir un sourire.

« Je n'irais pas jusque-là. Très souvent, sans doute, mais pas toujours.

— J'accepterai cette atténuation à condition que nous retournions à l'intérieur, dit Tracy avec un sourire. Je gèle.

— Bien sûr, désolé. J'avais juste besoin de respirer. »

« Est-ce que la perfusion te gêne ? » demanda Kim à Becky.

Becky leva son bras gauche attaché à une planchette. Un tube de plastique transparent entrait sous le sparadrap qui couvrait le dos de sa main.

« Je ne la sens pas du tout, dit-elle.

— C'est comme ça que ça doit être, dit Kim.

— Est-ce que ça fait froid ? demanda Tracy.

C'est ce dont je me souviens quand j'étais à l'hôpital pour te mettre au monde.

— Oui, ça fait froid! dit Becky. Je ne m'en étais pas rendu compte avant que tu le dises. Tout mon bras est froid. »

David avait examiné Becky très soigneusement, et il avait mis en place la perfusion et envoyé au laboratoire les échantillons pour les analyses de sang et d'urine habituelles. Il avait même fait prendre des radios de l'abdomen. Il attendait encore les radios, mais les analyses étaient normales, ce qui laissait entendre que l'enfant n'avait perdu que très peu de sang. Il avait donc fait chercher Kim et Tracy pour qu'ils tiennent compagnie à Becky en attendant l'arrivée du Dr Claude Faraday.

Le spécialiste des maladies infectieuses arriva quelques minutes plus tard et se présenta à Kim et Tracy avant de s'approcher de Becky. C'était un grand homme brun au regard intense. Il écouta le récit des problèmes de Becky, depuis les premiers symptômes le samedi matin jusqu'à l'hémorragie quelques heures plus tôt, hochant la tête de temps à autre, surtout quand Becky elle-même ajouta des précisions.

« Très bien, mademoiselle Reggis, dit-il à Becky. Cela vous ennuierait-il que je vous regarde un peu? »

Becky se tourna vers sa mère comme pour demander la permission.

« Le Dr Faraday te demande si tu veux bien qu'il t'examine, traduisit Tracy à l'intention de sa fille.

— D'accord, dit Becky. Mais je ne veux pas d'autre piqûre.

— Pas d'autre piqûre! » promit Claude.

Il lui prit le pouls et testa l'hydratation de sa peau. Puis il regarda dans sa bouche et ses oreilles et utilisa un ophtalmoscope pour scruter ses yeux. Il l'ausculta et vérifia que sa peau ne portait ni

120

plaies ni boutons. Puis il lui appuya doucement sur le ventre, qui était mou. Il rechercha des ganglions gonflés.

« Il me semble que tu vas bien, jeune fille, sauf que tu as le ventre un peu douloureux. Si tu veux bien, je vais sortir un instant parler à tes parents, d'accord ? »

Becky hocha la tête.

Tracy se pencha pour déposer un baiser sur le front de sa fille avant de suivre Claude et Kim par-delà le rideau. Il y avait beaucoup de monde dans le couloir, si bien que le groupe dut se serrer sur le côté pour dégager le passage. David les vit et s'approcha. Il se présenta à Claude.

« J'allais justement donner mes conclusions aux parents, lui dit Claude.

— Cela vous ennuie-t-il que j'écoute ? » demanda David.

Claude regarda Kim et Tracy.

« Aucun problème, dit Tracy.

— Bien. Dans l'ensemble, elle me semble saine, commença Claude. Elle est un peu pâle, bien sûr, et un peu déshydratée. Il y a aussi une sorte de mollesse générale de l'abdomen. En dehors de cela, son examen physique est normal.

— Mais cette hémorragie ? demanda Tracy qui avait peur que Claude parte et oublie sa fille.

— Laissez-moi terminer, dit Claude. J'ai aussi étudié les résultats du labo. Si l'on compare les analyses avec celles d'hier, il y a une légère chute de l'hémoglobine. Rien de spectaculaire, mais étant donné la déshydratration, cela pourrait avoir son importance, surtout avec cette hémorragie. Ses plaquettes ont chuté aussi. Néanmoins, tous les chiffres restent dans la fourchette normale.

— Quel est votre premier diagnostic ? demanda Kim.

— Je pencherais pour une maladie bactérienne due à un aliment, dit Claude.

— Ce n'est pas viral ? demanda Kim.

— Non, je crois que c'est bactérien, dit Claude en se tournant vers David. Je crois que c'était votre sentiment hier aussi, n'est-ce pas ?

— En effet, dit David.

— Mais pourquoi n'a-t-elle pas de fièvre ? demanda Kim.

— Le fait qu'il n'y ait pas de fièvre me fait penser à une toxémie plutôt qu'à une infection, dit Claude, ce qui va avec la numération normale des globules blancs.

— Et qu'en est-il de la culture d'hier ? demanda Kim. Est-ce que nous avons déjà des résultats à vingt-quatre heures ?

— Je n'ai rien vu concernant une culture, dit Claude en se tournant vers David.

— Nous n'en avons pas fait, dit David.

— Quoi ? s'insurgea Kim. Je vous ai donné l'échantillon moi-même !

— Nous ne faisons pas d'analyses de selles pour une simple diarrhée, aux urgences, dit David.

— Attendez un peu ! dit Kim en se frappant le front de la main. Vous venez de dire que vous avez émis l'hypothèse d'une infection bactérienne et vous n'avez pas fait de culture ? C'est tout à fait illogique ! Comment pouvez-vous espérer trouver le bon traitement ?

— Le règlement d'AmeriCare interdit les cultures systématiques dans ce genre de cas, dit David. Ce n'est pas rentable. »

Le visage de Kim tourna au rouge, mais seule Tracy le remarqua. Elle tendit la main et prit le bras de Kim, qui se dégagea.

« Rentable ! Est-ce que vous trouvez que c'est une excuse ? Quel genre de service dirigez-vous donc, ici ? Vous essayez de me dire que pour économiser quelques misérables dollars vous n'avez pas fait de culture ?

— Écoutez, prima donna, coupa David. Je viens

de vous dire que ce n'est pas la procédure normale. Ni pour vous, ni pour personne. »

Comme la veille, Kim perdit tout contrôle et saisit David par les revers de sa blouse blanche.

« Ah, je suis une prima donna ! Eh bien, laissez-moi vous dire que votre foutue réglementation nous a fait perdre une journée entière !

— Non, Kim, s'écria Tracy en saisissant Kim par le bras. Ne recommence pas !

— Lâchez-moi, fils de pute arrogant, grogna David.

— Calmez-vous, dit Claude en s'interposant entre les deux hommes beaucoup mieux bâtis que lui. C'est bon. Nous allons faire une culture maintenant. Nous n'avons pas perdu grand-chose, parce que je doute que nous ayons à établir un traitement. »

Kim lâcha David, qui lissa sa blouse, sans quitter son adversaire des yeux.

« Qu'attendez-vous de cette culture ? demanda Tracy dans l'espoir de ramener la conversation aux faits. Quel genre de bactérie pourrait causer ces troubles ?

— Probablement une salmonelle, une shigelle ou une des nouvelles mutations d'Escherichia coli, dit Claude. Mais cela pourrait être aussi bien d'autres choses.

— Le sang m'a fait peur, dit Tracy. Je crois qu'il semblait y en avoir plus qu'il n'y en avait en réalité. Est-ce que vous allez l'hospitaliser ?

— Ce n'est pas une mauvaise idée, dit Claude en regardant David, mais ce n'est pas à moi de prendre la décision.

— Je crois aussi que c'est une bonne idée, dit David. Elle a besoin de la perfusion. Ensuite, on pourra évaluer la possibilité d'une anémie et s'assurer qu'elle ne saigne plus.

— Vous lui donnerez des antibiotiques ? demanda Tracy.

— Je ne suis pas pour, dit Claude, pas pour l'instant, pas avant le diagnostic définitif.

— Et c'est pourquoi cette foutue culture aurait dû être faite hier ! grogna Kim.

— Je t'en prie, Kim ! insista Tracy. Nous devons traiter la situation actuelle. Ce serait bien que tu essaies d'être positif.

— D'accord, dit Kim d'un ton résigné. Si on n'a pas de culture, pourquoi ne pas utiliser un antibiotique à spectre large ? On pourra toujours changer quand on saura à quel antibiotique l'organisme est sensible.

— Je ne le recommande pas, répéta Claude. S'il se trouve que l'agent pathogène est une souche mutante d'Escherichia coli, les antibiotiques pourraient aggraver la situation.

— Comment est-ce possible ? demanda Kim. C'est ridicule !

— Je ne le pense pas. Les antibiotiques peuvent décimer la flore normale et laisser à l'agresseur E. coli plus de place pour se développer.

— Allez-vous l'admettre dans votre service ? demanda Tracy à Claude.

— Non, c'est impossible. AmeriCare exige des cloisonnements. Mais je serai heureux de garder un œil sur elle, surtout si ceux qui la soignent ont besoin de consulter un spécialiste des maladies infectieuses.

— Comme Becky n'a pas de pédiatre dans l'hôpital, dit David, nous allons la mettre chez Claire Stevens. Elle est de service. Je peux la joindre.

— Vous ne pouvez trouver mieux que Claire, assura Claude.

— Vous la connaissez ? demanda Tracy.

— Très bien. Vous avez de la chance qu'elle soit de service. C'est à elle que je confie mes gosses.

— Les choses prennent enfin une bonne tournure », dit Kim.

8

Mercredi 21 janvier

Kim s'arrêta sur le parking de l'hôpital peu après
six heures du matin. Il avait renoncé à passer à son
cabinet, comme il le faisait normalement, parce
qu'il avait hâte de voir Becky et de s'assurer que
tout allait bien.

La veille, tout s'était bien passé après le désagréable épisode avec David Washington. Le
Dr Claire Stevens était venue aux urgences dans la
demi-heure, et entre-temps Kim avait appelé
George Turner pour la seconde fois ce soir-là afin
de l'interroger sur la pédiatre. George avait
confirmé l'opinion de Claude, et Kim et Tracy
s'étaient sentis soulagés.

Claire était une femme mince, presque aussi
grande que Kim. Ses traits fermes étaient adoucis
par un comportement calme et rassurant. La
bonne impression personnelle qu'elle fit sur Kim
s'ajouta aux témoignages professionnels. Elle avait
à peu près son âge, ce qui signifiait des années
d'expérience derrière elle. De plus, sa compétence
fut immédiatement évidente et, chose tout aussi
importante, elle établit un bon contact avec Becky.

Kim entra dans la chambre de sa fille. La veilleuse près du sol envoyait au plafond une douce
lueur. Kim avança en silence jusqu'au lit et
regarda l'enfant qui dormait. Le halo de ses cheveux sombres donnait à son visage la couleur de
l'ivoire, mais il était presque translucide et d'aspect
si fragile qu'on aurait dit de la porcelaine.

Kim savait qu'en de telles circonstances, il valait
mieux pour Becky qu'elle soit à l'hôpital. Mais la
savoir là lui causait une profonde angoisse. Sa
grande expérience des hôpitaux lui rappelait qu'il
s'agissait d'un environnement où rôdait l'horreur.

La respiration de Becky était régulière et profonde. Sa perfusion coulait lentement. Heureux de la voir ainsi se reposer, Kim ressortit tout doucement. Il ne voulait pas la déranger.

De retour au bureau des infirmières, Kim prit le dossier de Becky et consulta les indications dictées par Claire, puis celles des infirmières. Il remarqua que Becky s'était levée deux fois dans la nuit à cause d'une diarrhée profuse. Becky avait signalé du sang, mais les infirmières ne l'avaient pas vu.

Kim passa ensuite aux ordres du médecin et fut heureux de constater que Claire avait été fidèle à sa parole : elle avait demandé une consultation de gastro-entérologie pédiatrique pour aujourd'hui.

« C'est une charmante petite fille », dit une voix chantante.

Kim leva les yeux. Une infirmière toute ronde au visage rouge de fatigue regardait par-dessus son épaule. Ses cheveux blonds formaient une multitude de bouclettes et son sourire ponctuait ses joues de fossettes. Sa plaque disait qu'elle s'appelait Janet Emery.

« Est-ce vous qui avez veillé sur elle ? demanda Kim.

— Oui, dit Janet. Sa chambre est dans mon secteur. Mignonne comme tout, celle-là.

— Et comment va-t-elle ?

— Je crois que ça va, dit Janet sans grande conviction.

— Vous n'avez pas un ton très positif », dit Kim.

Il sentit un petit frisson remonter sa colonne vertébrale et il sursauta involontairement.

« La dernière fois qu'elle s'est levée, elle semblait faible, dit Janet. Bien sûr, c'était peut-être parce qu'elle était endormie. Elle a sonné pour que je vienne l'aider à se recoucher.

— D'après le dossier, vous n'avez pas pu voir combien de sang elle a perdu.

— C'est exact. La pauvre chérie est très gênée de

ce qui lui arrive. J'ai essayé de lui expliquer de ne pas tirer la chasse après être allée aux toilettes, mais elle le fait quand même. Je n'y peux rien ! »

Kim se dit qu'il en parlerait à Claire et aussi à Becky. Il serait important de savoir si le sang ne formait que quelques taches ou si c'était pire.

« Avez-vous été appelé en consultation pour elle ? demanda Janet.

— Non, dit Kim, Je suis le Dr Reggis, le père de Becky.

— Oh, mon Dieu ! J'ai cru que vous veniez en consultation. J'espère que je n'ai rien dit qui...

— Pas du tout. J'ai eu le sentiment que vous preniez grand soin d'elle.

— Absolument. J'adore les enfants. C'est pour ça que je travaille dans ce service. »

Kim alla voir ses propres malades puis il assista à une série de réunions prévues pour ce matin-là. Comme les lundis, les mercredis étaient particulièrement chargés en responsabilités administratives. En conséquence, il ne retourna pas voir Becky avant presque dix heures du matin. Quand il arriva, un employé l'informa que Becky était partie pour une radio. Il lui dit aussi que Tracy était avec elle.

« Qu'en est-il de la consultation du gastro-entérologue ? demanda Kim.

— Elle a été demandée, si c'est ce que vous voulez savoir.

— Savez-vous quand elle aura lieu ?

— Dans l'après-midi, je pense.

— Cela vous ennuierait-il de m'appeler quand le médecin arrivera ? demanda Kim en tendant une de ses cartes à l'employé.

— Pas du tout », dit celui-ci.

Kim le remercia et se précipita à son cabinet. Il aurait préféré voir Becky et lui parler, ne fût-ce qu'un instant, mais il n'avait pas le temps d'attendre son retour. Il avait déjà du retard, situation qu'il prenait avec philosophie puisqu'elle était presque quotidienne.

« Eh bien, monsieur Amendola, dit Kim, est-ce que vous avez des questions à me poser ? »

M. Amendola était un plombier de forte corpulence, la soixantaine, intimidé par la médecine moderne et horrifié par le verdict de Kim : il fallait qu'on remplace une valve de son cœur. Quelques semaines plus tôt, il ne savait même pas qu'il avait des valves dans le cœur, et il en était très heureux. Maintenant, après quelques symptômes alarmants, il savait qu'une de ces valves était défectueuse et pourrait le tuer.

Kim passa une main nerveuse dans ses cheveux tandis que M. Amendola réfléchissait à sa question. Il regarda par la fenêtre le pâle ciel d'hiver. Il était préoccupé depuis que Tracy avait appelé une heure plus tôt pour dire qu'elle ne trouvait pas Becky très bien, qu'elle avait les yeux vitreux et aucun ressort.

La salle d'attente étant pleine de malades, Kim n'avait pu que conseiller à Tracy de tenir Claire au courant et de rappeler à l'employé du service de le prévenir à l'arrivée du gastro-entérologue.

« Peut-être devrais-je en parler à mes enfants, dit M. Amendola.

— Excusez-moi ? sursauta Kim, qui avait oublié où il en était avec son malade.

— Mes enfants, dit M. Amendola. Je dois leur demander ce qu'ils pensent que doit faire leur vieux.

— Bonne idée, dit Kim en se levant. Parlez-en avec votre famille. Si vous avez des questions, appelez-moi, conclut-il en reconduisant M. Amendola à la porte.

— Vous êtes sûr que les examens que vous avez faits sont bons ? demanda l'homme. Peut-être que ce n'est pas si grave que ça...

— C'est grave, dit Kim. N'oubliez pas que nous avons un second avis.

— C'est vrai, soupira M. Amendola. D'accord. Je vous rappellerai. »

Kim attendit dans le couloir que M. Amendola soit à la réception, puis il prit le lourd dossier du malade suivant sur la porte de la deuxième salle d'examen.

Avant qu'il ait eu le temps de lire le nom, Ginger arriva de l'autre bout du couloir.

« Je viens d'avoir un appel de l'employé du service de Becky, dit-elle. Il veut que je te dise que le gastro-entérologue est en train d'examiner Becky.

— Alors, je file », dit Kim en reposant le dossier.

Il passa dans son bureau et, tandis qu'il récupérait sa veste de costume dans son placard, Ginger entra.

« Où vas-tu ?

— À l'hôpital.

— Quand reviens-tu ?

— Je n'en sais rien, dit Kim en sortant son manteau. Que Cheryl fasse rhabiller le malade qui m'attend en salle d'examen.

— Et les autres ?

— Dis-leur que j'ai dû partir pour une urgence, que je reviendrai, mais probablement pas avant une heure, ou plus. »

Kim prit ses clés de voiture et ouvrit la porte de service.

Ginger secoua la tête. C'était elle qui devrait affronter les malades. Ses expériences passées lui avaient appris qu'ils seraient très mécontents, surtout ceux qui venaient de loin.

« Fais de ton mieux », dit Kim comme s'il lisait dans son esprit.

Kim sauta dans sa voiture et s'insinua dans le trafic dense de la rue. Il klaxonna et passa d'une file à l'autre, désespéré. Surtout après ce que Tracy lui avait dit, il voulait absolument parler en personne à son collègue.

Dans le hall de l'hôpital, Kim s'acharna sur le bouton de l'ascenseur comme si cela pouvait le faire venir plus vite. Plusieurs visiteurs le regardaient d'un air soupçonneux.

Arrivé dans le service de Becky, Kim courut dans le couloir et entra dans la chambre hors d'haleine. Tracy était debout dans un coin de la chambre en train de parler avec une femme en longue blouse blanche. Au premier regard, il vit que Tracy était bouleversée.

Becky, dans son lit, le haut du corps soulevé par des oreillers, fixait de ses yeux sombres le vide droit devant elle. Sur l'instant, le seul mouvement apparent était celui du goutte-à-goutte.

Kim s'approcha du lit.

« Comment tu vas, ma puce ? demanda-t-il en prenant la petite main qu'il souleva sans presque en sentir le poids.

— Je suis fatiguée, émit Becky.

— Je le vois bien, chérie », dit Kim.

Instinctivement, il lui prit le pouls. Un peu rapide. En relevant doucement une de ses paupières, il vérifia la conjonctive. Elle était pâle mais pas beaucoup plus qu'avant. Il toucha sa peau — pas particulièrement chaude ou humide, et son niveau d'hydratation semblait meilleur que la veille.

Le propre pouls de Kim s'emballa. Il voyait ce que voulait dire Tracy. Il s'était opéré un changement en Becky, et la façon dont Tracy avait décrit son regard et son abattement était exacte. C'était un peu comme si l'incroyable force de vie de Becky était étouffée. Elle était devenue léthargique.

« Je vais parler à maman, dit Kim.

— D'accord », répondit Becky.

Kim s'approcha de Tracy. Il vit qu'elle tremblait imperceptiblement.

« Voici le Dr Kathleen Morgan, dit Tracy.

— Êtes-vous la gastro-entérologue ? demanda Kim.

— C'est exact », dit Kathleen.

Kim regarda la jeune femme. De bien des manières, elle était physiquement à l'opposé de Claire Stevens, même si elles devaient avoir le même âge. Kim se dit qu'elle ne devait guère mesurer plus d'un mètre cinquante, et elle avait un visage rond, aux traits doux. Elle portait des lunettes cerclées de métal qui lui donnaient un air d'assistante maternelle. Ses cheveux noirs étaient prématurément striés de blanc.

« Le Dr Morgan vient de me dire qu'elle trouve le cas de Becky grave, murmura Tracy.

— Oh, comme c'est intéressant, fit remarquer Kim avec une évidente ironie dans la voix. Grave, hein ? Je n'ai besoin de personne pour me dire que c'est grave. Elle ne serait pas dans ce foutu hôpital si ce n'était pas grave. Je veux quelqu'un qui me dise ce qu'elle a et comment la traiter et la guérir.

— Le labo m'appellera dès qu'il y aura un résultat, dit Kathleen d'un air méfiant, tant la réaction de Kim l'avait prise de court. Jusque-là, nous avons les mains liées.

— L'avez-vous examinée ? demanda Kim.

— Oui, je l'ai fait, et j'ai aussi étudié les résultats d'analyses dont nous disposons.

— Alors... ? s'impatienta Kim.

— Jusque-là, je suis d'accord avec le Dr Faraday, dit Kathleen. Invasion bactérienne d'origine alimentaire.

— Elle va de plus en plus mal, dit Kim.

— C'est vrai, insista Tracy. Elle a beaucoup changé depuis hier soir. Elle n'est plus elle-même, elle n'a plus aucune énergie. »

Kathleen jeta un regard gêné vers Becky et fut soulagée de voir que l'enfant ne prêtait aucune attention à leur conversation. Elle n'en suggéra pas moins qu'ils sortent continuer dans le couloir.

« Comme je la vois pour la première fois, je ne peux savoir si elle a changé, dit Kathleen, et rien ne l'indique dans les annotations des infirmières.

— Je veux qu'elle soit suivie de plus près, dit Kim. Et si on la transférait dans le service d'isolement pour maladies infectieuses ?

— Je ne suis que consultante ici, dit Kathleen. Becky est officiellement sous la responsabilité du Dr Claire Stevens, sa pédiatre.

— Pourquoi ne pas la convaincre ? dit Kim. Hier soir, je le lui avais déjà suggéré, mais j'ai eu l'impression qu'elle soutient AmeriCare et son désir d'économies.

— Claire ne m'a jamais donné cette impression, dit Kathleen. Mais en vérité, je ne pense pas que votre fille ait besoin de ce genre de service. Du moins, pas pour le moment.

— C'est très encourageant, dit Kim d'un ton cinglant. En d'autres termes, vous attendez qu'elle aille plus mal sans rien faire.

— Vous êtes injuste, docteur Reggis, s'offusqua Kathleen.

— Pas du tout, docteur Morgan, cracha Kim avec tout le mépris qu'il ressentait. Pas de mon point de vue. En tant que chirurgien, je fais un diagnostic, et puis je répare les dégâts. En d'autres termes, j'agis, alors que pour l'instant j'ai l'impression horrible que ma fille s'enfonce sous mes yeux et que personne ne fait rien.

— Arrête, Kim ! » dit Tracy en refoulant ses larmes.

Elle aussi était angoissée au sujet de Becky, mais elle ne voulait pas avoir à affronter une fois de plus les conséquences d'une scène violente de la part de Kim.

« Arrêter quoi ? lança Kim.

— Arrête tes piques ! bredouilla Tracy. Cette lutte constante que tu mènes contre les infirmières et les médecins ne nous aide en rien. Ça me rend folle. »

Kim regarda Tracy. Il n'arrivait pas à croire qu'elle puisse s'opposer à lui alors qu'il s'agissait des soins à donner à leur fille.

« Docteur Reggis, venez avec moi ! dit soudain Kathleen en montrant le bureau des infirmières.

— Vas-y ! l'encouragea Tracy. Reprends-toi ! »

Tandis que Tracy retournait dans la chambre de Becky, Kim rattrapa Kathleen qui, les lèvres serrées, avançait à une vitesse surprenante sur ses petites jambes.

« Où m'emmenez-vous ? demanda Kim.

— Dans les archives, derrière le bureau des infirmières. Je veux vous montrer quelque chose, et je crois que nous devrions parler, juste vous et moi, de médecin à médecin. »

Le bureau des infirmières bruissait comme une ruche en pleine activité. Les infirmières de jour s'apprêtaient à partir et celles du soir arrivaient pour prendre leur service. Kathleen fendit la foule avec l'aisance d'une vieille habituée et tint ouverte la porte des archives pour que Kim entre.

Une fois la porte refermée derrière eux, ils se retrouvèrent presque au calme. Ils étaient dans un cagibi sans fenêtre avec des tables fixées au sol et des écrans pour lire les radios. La machine à café trônait dans un coin.

Sans un mot, Kathleen sortit quelques radios d'une enveloppe et les plaça contre la lumière. Il s'agissait de l'abdomen d'un enfant.

« C'est Becky ? » demanda Kim.

Kathleen hocha la tête.

Kim s'approcha pour les étudier en détail de son œil entraîné. Il lisait mieux les radios de la poitrine, mais il connaissait les principes de base.

« Il semblerait qu'il y ait un œdème uniforme des intestins, dit-il au bout d'un moment.

— Exactement ! dit Kathleen, plutôt impressionnée, car elle avait craint de devoir lui montrer la pathologie. La muqueuse est enflée sur presque toute la longueur.

— Qu'est-ce que ça veut dire ? » demanda Kim en se reculant.

Il n'aimait pas ce qu'il venait de voir, mais il n'avait aucun moyen de le relier à des symptômes cliniques.

« Cela me fait craindre tout spécialement l'E. coli 0157 : H7, dit Kathleen. On a à peu près les mêmes radios avec la dysenterie due à une shigelle, mais le malade a le plus souvent de la fièvre, ce qui, comme vous le savez, n'est pas le cas de Becky.

— Et si on lui donnait des antibiotiques ? Claude Faraday était contre, de crainte de détruire la flore intestinale normale. Êtes-vous de cet avis ?

— Tout à fait. Non seulement pour ne pas détruire la flore intestinale, mais aussi parce que ce serait inutile. Sans fièvre, il y a de bonnes chances pour que les organismes agresseurs aient déjà quitté le ventre de Becky.

— S'il peut s'agir d'une toxémie, dit Kim, comment faire le diagnostic ?

— Il est possible de faire un test concernant la toxine même, dit Kathleen. Malheureusement, AmeriCare n'autorise pas notre labo à faire ce test.

— Ne me dites pas que c'est pour des raisons économiques !

— Je le crains. C'est le genre de test qu'on n'utilise pas assez souvent pour qu'AmeriCare trouve la dépense justifiée. AmeriCare considère que ce n'est pas rentable.

— Seigneur Jésus ! explosa Kim en abattant ses poings sur une table. Si j'entends cette expression une fois de plus — "pas rentable" — je crois que je vais avoir une attaque. Dès l'instant où Becky est tombée malade, les bénéfices d'AmeriCare m'ont poursuivi.

— Malheureusement, la gestion des soins est une réalité dont nous devons tenir compte, dit Kathleen. Mais dans ce cas précis, j'ai pris sur moi de faire envoyer un échantillon aux laboratoires Sherring. Nous aurons les résultats sous vingt-quatre ou quarante-huit heures.

— Alléluia! Merci, et je vous prie de m'excuser pour avoir dit que vous ne faisiez rien. Je veux dire qu'il ne devrait pas être question d'argent quand la santé de Becky est en jeu.

— Que savez-vous de cet E. coli particulier et de sa toxine? demanda Kathleen. À condition que ce soit vraiment ce qui rend Becky malade.

— Pas grand-chose. Je ne savais même pas que les antibiotiques étaient inefficaces. L'E. coli n'est pas une chose que je rencontre dans ma pratique médicale. En revanche, je connais les entéro-coques résistant à la vancomycine. En cardiologie, ils terrifient les chirurgiens.

— Je comprends. Je ne connais pas bien le pro-blème des entérocoques en cardiologie, mais celui de l'E. coli 0157 : H7, oui. Il m'est même peut-être un peu trop familier. Je crois que votre épouse et vous devriez savoir que c'est une bestiole très nocive.

— À quel point? » demanda Kim nerveusement.

Il n'avait pas aimé le ton de la voix de Kathleen ni ce qu'elle avait laissé entendre. Kim ne pensa même pas à lui faire remarquer que Tracy et lui n'étaient plus mariés.

« Asseyez-vous, docteur! » dit Kathleen pour se donner le temps d'expliquer au mieux ses craintes à ce collègue si déroutant et qui, elle le sentait, avait grand-peine à contrôler ses émotions.

Kim s'assit sagement sur une des chaises.

« S'il s'agit de l'E. coli pour Becky, dit Kathleen, je m'inquiète de la baisse du nombre de plaquettes. Il n'y avait qu'une chute légère hier soir, mais après la réhydratation, la chute est plus sensible et statistiquement interprétable. Cela me fait craindre un SHU.

— SHU? répéta Kim. Qu'est-ce que c'est?

— Le syndrome hémolytique et urémique, dit Kathleen. Il est associé aux toxines de type shigelle que l'E. coli 0157 : H7 peut produire. Vous voyez, ces toxines peuvent causer une coagulation intra-vasculaire des plaquettes ainsi que la destruction des globules rouges. Ensuite, cela peut mener à l'arrêt des fonctions de nombreux organes. Les reins sont le plus souvent affectés, d'où le nom de syndrome urémique. »

La mâchoire inférieure de Kim s'abaissa lente-ment. Il était sous le choc. Pendant un moment, il ne put rien faire d'autre que regarder Kathleen dans le vain espoir qu'elle sourirait soudain et dirait que c'était une mauvaise blague. Mais elle n'en fit rien.

« Vous pensez que Becky fait un SHU? demanda Kim avec un calme qu'il ne ressentait pas.

— Disons plutôt, hésita Kathleen, que c'est ce que je crains. Nous n'en avons encore aucune preuve. Pour le moment, c'est là que me conduit mon intuition clinique.

— Que pouvons-nous faire? demanda Kim d'une voix coassante tant sa bouche était sèche.

— Pas grand-chose, je le crains. J'ai envoyé l'échantillon au labo pour qu'on y cherche la toxine. En attendant, je vais suggérer des consulta-tions d'hématologie et de néphrologie. Je ne crois pas prématuré de demander l'opinion de ces spé-cialistes.

— Allons-y! bafouilla Kim.

— Attendez, docteur Reggis. N'oubliez pas que je ne suis ici qu'en consultation. Toute autre consultation devra passer par Claire Stevens. La décision lui appartient. AmeriCare est très clair sur ce point.

— Alors, appelons-la, pour l'amour de Dieu! Mettons la machine en marche.

— Vous voulez que je l'appelle à l'instant?

— Absolument! »

Kim sortit son téléphone et le posa devant Kath-leen. Pendant qu'elle composait le numéro, Kim se cacha la tête dans les mains. Il se sentait affaibli par une soudaine angoisse. Ce qui avait été un ennui, même très préoccupant, un ennui effrayant parce que Becky souffrait et avait dû venir à l'hôpital, était devenu maintenant tout autre chose. Pour la première fois de sa vie, Kim était du côté du malade présentant un grave problème médical, qui lui était à peu près inconnu. Il allait lui falloir apprendre, et apprendre vite. Il réfléchit rapidement aux moyens qu'ils pourraient utiliser.

« Claire est tout à fait d'accord, annonça Kathleen en lui rendant le téléphone. Vous avez de la chance de l'avoir. Nous avons traité ensemble plusieurs cas de SHU dans le passé.

— Quand les spécialistes viendront-ils voir Becky ? s'impatienta Kim.

— Dès que possible, j'en suis certaine.

— Je veux qu'ils viennent tout de suite, cet après-midi !

— Docteur Reggis, vous devez vous calmer, dit Kathleen. C'est pour cela que je vous ai amené ici, pour que nous puissions parler calmement, entre collègues.

— Je ne peux pas me calmer, avoua Kim qui ne contrôlait même pas sa respiration bruyante. Le SHU, c'est courant ?

— Malheureusement, de plus en plus, dit Kathleen. Il est en général causé par l'E. coli 0157 : H7, et il y a environ vingt mille cas par an. Il est assez fréquent pour constituer la cause principale de destruction des reins chez les enfants.

— Seigneur ! commenta Kim en se massant nerveusement le crâne. Vingt mille cas par an !

— C'est une estimation officielle du Centre de contrôle des maladies, le CCM, sur les malades atteints par l'E. coli 0157 : H7. Il n'y en a qu'une partie qui vont jusqu'au SHU.

— Arrive-t-il que le SHU soit fatal ? articula péniblement Kim.

— Êtes-vous certain de vouloir aborder ce

sujet ? N'oubliez-pas que le diagnostic d'E. coli n'a pas été définitivement établi. Je voulais seulement vous préparer à cette possibilité.

— Répondez à ma question, bon sang ! »

Kathleen soupira avec résignation. Elle avait espéré que Kim serait assez intelligent pour ne pas vouloir entendre les détails les plus horribles. Le fait qu'il le veuille ne lui laissait pas le choix. Elle se racla la gorge.

« Deux cents à cinq cents personnes, en majorité des enfants, meurent du fait de l'E. coli 0157 : H7 chaque année, dit-elle, et c'est généralement à la suite d'un SHU. »

Le front de Kim se couvrit de sueur. Il n'en revenait pas.

« Deux cents à cinq cents morts par an, répétat-il. C'est incroyable... et moi qui n'ai jamais entendu parler du SHU !

— Je vous ai dit que ce sont des statistiques du CCM.

— Avec un tel taux de mortalité, comment se fait-il qu'on n'en entende pas parler ? »

Kim avait toujours eu recours à l'intellectualisation pour supporter le fardeau émotionnel de son métier et de sa vie.

« Je ne peux répondre à cela, dit Kathleen. Il y a eu deux épisodes virulents concernant cette souche d'E. coli : une épidémie fulgurante en 1992 et l'histoire de la viande fournie par Hudson Meat à l'été 1997. Je ne saurais vous dire pourquoi ces crises et d'autres épisodes similaires n'ont pas éveillé la conscience publique. C'est plutôt troublant.

— Pourtant, je me souviens de ces deux événements. Je pense que je me suis dit que le gouvernement et le ministère de l'Agriculture s'étaient chargés du problème. »

Kathleen eut un petit rire cynique.

« Je suis certaine que c'est ce que le ministère de

l'Agriculture et l'industrie du bœuf ont voulu vous faire croire.

— Est-ce un problème qui touche essentiellement la viande rouge?

— La viande hachée, plus précisément. La viande hachée pas assez cuite. Mais dans certains cas, ça a pu venir de jus de pommes, ou de cidre, et même de lait non pasteurisé. Le problème essentiel est le contact avec des déjections de vaches infectées.

— Je ne me souviens d'aucun problème de ce type quand j'étais enfant, dit Kim. Je mangeais toujours mes hamburgers saignants.

— La situation est assez nouvelle, dit Kathleen. On pense qu'elle a débuté à la fin des années soixante-dix, sans doute en Argentine. On croit qu'une bactérie shigelle a donné à la bactérie E. coli l'ADN nécessaire pour fabriquer une toxine de type shigelle.

— Une conjugaison bactérienne, suggéra Kim.

— Précisément, dit Kathleen. La conjugaison est la réponse de la bactérie à la reproduction sexuelle, une méthode d'échange de matériel génétique. Mais, s'il s'agit d'une conjugaison, c'est curieux, parce que ce phénomène ne survient généralement qu'au sein d'une même espèce. L'aspect vraiment surprenant ici est qu'une fois cette nouvelle souche d'E. coli formée, elle s'est diffusée à une vitesse extraordinaire autour du globe. Aujourd'hui, environ trois pour cent des bovins en sont porteurs.

— Les bovins infectés sont-ils malades?

— Pas nécessairement. Même si cela peut entraîner une diarrhée profuse, les vaches semblent en général immunisées contre cette toxine, du moins sur le plan systémique.

— Étrange! dit Kim. Et ironique... À l'époque des tout débuts de la biologie moléculaire, on avait imaginé un scénario catastrophe qui avait terrifié tout le monde : un chercheur aurait donné à une bactérie E. coli la capacité de fabriquer la toxine du botulisme, et cette bactérie aurait par accident été lâchée dans la nature.

— L'analogie est bonne. Surtout si l'on considère la façon dont est apparu l'E. coli 0157 : H7 ; la nature n'a probablement pas grand-chose à y voir. C'est la main de l'homme.

— Comment cela ?

— Je pense que l'E. coli 0157 : H7 vient des techniques d'élevage intensif telles qu'on les pratique aujourd'hui. On a besoin de protéines bon marché pour nourrir les animaux, et on a recours à des solutions répugnantes. On nourrit les vaches de déchets animaux. On utilise même très souvent les fientes de poulet.

— Vous plaisantez !

— J'aimerais bien. Et pour couronner le tout, on donne des antibiotiques aux animaux. Cela crée dans leur intestin une sorte de soupe qui engendre de nouvelles souches. En fait, l'E. coli dont nous parlons a été créé quand l'ADN de la toxine shigelle a été conjugué avec l'ADN nécessaire à une résistance particulière aux antibiotiques. »

Kim secoua la tête, incrédule. On lui parlait d'un problème éminemment intéressant ; mais soudain, il se souvint du but de cet exposé : l'état de Becky. Ce fut comme une douche froide.

« En résumé, il s'agit de matières fécales bovines qui se retrouvent dans le bœuf haché, dit Kim dont la voix avait retrouvé son intensité anxieuse.

— Probablement.

— Alors, je sais comment Becky l'a attrapé, dit Kim avec colère. Elle a mangé un hamburger saignant à l'Onion Ring vendredi soir.

— C'est cohérent, dit Kathleen, même si la période d'incubation pour l'E. coli est ordinairement plus longue ; elle peut durer jusqu'à une semaine. »

La porte des archives s'ouvrit brutalement et

Kim et Kathleen sursautèrent. Une infirmière, toute rouge, entra.

« Docteur Morgan ! haleta-t-elle, il y a une urgence avec votre malade Rebecca Reggis ! »

Kim et Kathleen coururent jusqu'à la chambre.

9

Mercredi après-midi, le 21 janvier

En entrant dans la chambre de Becky, Kim vit une infirmière de chaque côté du lit. L'une prenait la tension de sa fille, l'autre sa température. Becky se tordait de douleur en gémissant. Elle était pâle comme un linge. Tracy était debout un peu à l'écart, le dos contre le mur, les mains pressées contre sa bouche, presque aussi pâle que sa fille.

« Que s'est-il passé ? demanda Kim, suivi de Kathleen.

— Je ne sais pas, pleura Tracy. Nous bavardions toutes les deux quand soudain elle a poussé un cri. Elle a dit qu'elle ressentait une douleur terrible dans le ventre et dans l'épaule gauche, et puis elle a été secouée comme par un frisson. »

L'infirmière, Stéphanie Gragoudos, dit que la tension était à neuf et demi-six.

Kathleen se plaça à gauche du lit et prit le pouls de Becky.

« A-t-on appelé le Dr Stevens ? demanda-t-elle.

— Oui, immédiatement, dit Stéphanie.

— Elle a quarante et cinq dixièmes de fièvre », dit l'infirmière Lorraine Phillips en tremblant.

Kim la poussa pour se placer à droite du lit. Il était affolé. Voir sa fille souffrir, c'était comme si on lui donnait un coup de poignard dans le cœur.

« Becky, qu'est-ce qu'il y a ? demanda Kim.

— J'ai mal au ventre, réussit à articuler Becky entre deux gémissements. Trop mal ! Papa, s'il te plaît ! »

Kim écarta le drap de Becky et vit avec horreur des saignements sous-cutanés mauves sur sa poitrine. Il leva les yeux vers Kathleen.

« Vous connaissez ce purpura ? demanda-t-il.

— Oui, je l'ai déjà observé.

— Elle n'avait rien hier soir. Dis à papa où tu as mal ! » demanda Kim à Becky.

Becky montra son bas-ventre, un peu à droite, sans pourtant prendre le risque de le toucher.

Kim posa doucement le bout de son index, de son majeur et de son annulaire à l'endroit que Becky avait montré et il pressa juste assez pour que la peau forme un léger creux. Becky se tordit de douleur.

« Je t'en prie, ne me touche pas ! » supplia-t-elle.

Kim retira sa main. Becky ouvrit brusquement les yeux et un cri de douleur passa ses lèvres sèches. C'était une réaction que Kim aurait préféré ne pas constater. Il s'agissait d'une douleur à la décompression qui indiquait sans doute possible une péritonite. Il n'y avait qu'une cause à une telle catastrophe.

« Il y a perforation ! » s'écria Kim en se redressant.

Sans hésiter, Kim gagna la tête du lit et retira les freins des roues.

« Dégagez les roues aux pieds, cria-t-il, on va utiliser le lit pour la transporter. Il faut l'emmener en chirurgie.

— Je pense que nous devrions attendre le Dr Stevens, dit calmement Kathleen en faisant signe à Stéphanie de s'éloigner du pied du lit.

— Au diable le Dr Stevens, dit Kim. C'est une urgence chirurgicale. Trêve de tergiversations. C'est le moment d'agir ! »

Kathleen posa la main sur le bras de Kim et ignora le regard de fou qu'il posa sur elle.

« Docteur Reggis, vous n'êtes pas de ce service. Il faut vous calmer... »

Dans son esprit agité, Kim ne perçut plus Kathleen que comme un obstacle, pas comme une collègue. Décidé à emmener Becky en chirurgie aussi vite que possible, il poussa Kathleen pour passer. Fort comme il était contre une si petite femme, il l'envoya heurter la table de chevet. Kathleen s'accrocha à la table dans le vain espoir de garder son équilibre, mais ne réussit qu'à faire tomber tout ce qu'il y avait dessus — le pichet d'eau, le verre, le vase de fleurs, le thermomètre et tout le reste se fracassèrent au sol près d'elle.

Stéphanie sortit en courant pour demander de l'aide, tandis que Lorraine tentait de maintenir le lit à sa place. Bien que les roues n'aient pas été libérées, Kim avait réussi à pousser le lit d'un bon mètre vers la porte.

Tracy se remit de son choc initial et se précipita sur Kim, lui saisissant un bras pour qu'il lâche le lit.

« Kim, arrête ! sanglotait-elle. Je t'en prie ! »

Plusieurs infirmières arrivèrent, dont la surveillante chef et un infirmier très costaud. Tout le monde convergea sur Kim, qui continuait à vouloir pousser le lit dans le couloir. Même Kathleen se releva pour les aider. Enfin, écrasé par le nombre, Kim lâcha le lit, mais il resta furieux. Il cria que tous ceux qui ne voulaient pas comprendre que l'état de Becky nécessitait une intervention chirurgicale d'urgence étaient des incompétents.

« Comment est-ce qu'on va m'endormir ? demanda Becky d'une voix déjà empâtée par le sommeil.

— On va juste introduire un médicament dans

ton goutte-à-goutte. Ne t'en fais pas. Tu ne sentiras rien. Quand tu te réveilleras, tout ira mieux. »

Becky était sur un brancard dans la salle d'anesthésie du service de chirurgie, un bonnet en nontissé bleu sur la tête. Elle avait déjà reçu une prémédication qui avait adouci la douleur et l'inconfort, mais elle était inquiète à l'idée qu'on allait l'opérer.

Kim était près d'elle, entouré d'autres brancards avec d'autres malades qui attendaient qu'on les introduise dans leurs salles d'opération respectives. Il était en pyjama de chirurgien, un calot sur la tête et des housses sur les chaussures. Après la scène, une heure et demie plus tôt, dans la chambre de Becky, il avait retrouvé la raison et s'était longuement excusé auprès de Kathleen. Aimable, elle avait dit qu'elle comprenait. Claire était arrivée peu après et elle avait immédiatement demandé une consultation de chirurgie en urgence.

« Est-ce que je vais guérir, papa? demanda Becky.

— Qu'est-ce que c'est que cette question? demanda Kim comme si c'était tout à fait ridicule. Bien sûr que tu vas guérir! On va juste t'ouvrir comme une fermeture à glissière, réparer l'intérieur, et refermer.

— Peut-être que c'est une punition parce que je n'ai pas voulu aller au championnat national, dit Becky. Maintenant, je regrette de ne pas l'avoir fait. Je sais que tu aurais préféré... »

Kim s'étouffa presque pour retenir ses larmes. Pendant un instant, il se détourna pour se ressaisir et trouver une réponse. Il avait du mal à parler à sa fille de destin alors qu'il n'y comprenait rien luimême. Quelques jours auparavant seulement, Becky était le symbole même de la vigueur juvénile, et maintenant elle se tenait au bord du précipice. Pourquoi?

« Je vais demander à maman de m'inscrire, dit Becky.

— Ne t'en fais pas pour le championnat, dit Kim. Je m'en moque. Tout ce qui compte, c'est toi.

— Et voilà, Becky! claironna une voix joyeuse. C'est l'heure de te réparer. »

Kim leva la tête. Jane Flanagan, l'anesthésiste, et James O'Donnel, le spécialiste en chirurgie gastro-intestinale, venaient d'arriver. Ils approchèrent et Jane libéra les freins à la tête du brancard.

Becky s'accrocha à la main de Kim avec une énergie surprenante étant donné sa faiblesse et les calmants qu'on lui avait administrés.

« Est-ce que ça va faire mal? » demanda-t-elle à son père.

C'est James qui répondit en riant :

« Pas avec Jane pour s'occuper de toi. C'est le meilleur marchand de sable de l'hôpital.

— Je t'ai même commandé de beaux rêves », plaisanta Jane.

Kim connaissait et admirait ses deux collègues. Il avait souvent travaillé avec Jane et avait siégé avec James dans plusieurs commissions de l'hôpital. James était au Samaritain avec Kim, et on disait qu'il était le meilleur spécialiste de chirurgie gastro-intestinale de la ville. Kim avait été soulagé quand il avait accepté de tout laisser tomber cet après-midi-là pour venir opérer Becky.

James prit le pied du brancard de Becky pour le guider et, Jane marchant à reculons, ils dirigèrent Becky vers la double porte du couloir menant à sa salle d'opération. Kim marchait près de sa fille, qui ne lui avait pas lâché la main. Jane ouvrit les portes d'un coup de fesses et tandis que le brancard passait, James posa la main sur le bras de Kim pour l'empêcher de continuer. Les portes se refermèrent sur Becky et Jane.

Kim regarda la main sur son bras, puis le visage de James. James n'était pas aussi grand que Kim, mais plus costaud.

« Qu'est-ce que tu fais ? demanda Kim. Lâche mon bras, James !

— J'ai appris ce qui s'était passé en bas, dit James en levant vers lui son visage parsemé de taches de rousseur. Je crois préférable que tu n'entres pas en salle d'opération.

— Mais je veux entrer !

— Sans doute, mais c'est non.

— C'est ce qu'on va voir ! C'est ma fille, ma fille unique !

— Justement. Tu restes dans le salon, sinon je déclare forfait. C'est aussi simple que ça. »

Kim rougit. La panique l'envahit et il ne parvint pas à décider ce qu'il devait faire. Il voulait désespérément que ce soit James qui opère, mais il était terrifié à l'idée de quitter Becky.

« Tu dois te décider, dit James. Plus tu te tortures et plus Becky souffre. »

Avec rage, Kim libéra son bras et, sans un mot, détourna les yeux et partit vers le vestiaire des chirurgiens.

Kim ne regarda personne dans la salle de repos quand il la traversa. Il était trop bouleversé. Mais il ne passa pas inaperçu.

Dans le vestiaire, Kim gagna directement le lavabo et s'aspergea plusieurs fois le visage d'eau froide avant de se redresser pour se regarder dans le miroir. Derrière lui, il vit alors le visage pincé de Forrester Biddle.

« Je veux vous parler, dit Biddle d'une voix cassante.

— Parlez ! dit Kim en prenant une serviette pour s'essuyer le visage, mais sans se retourner.

— Après vous avoir imploré de ne pas livrer vos réflexions aux médias, j'ai été consterné d'apprendre que Kelly Anderson vous avait à nouveau cité aux nouvelles de vingt-trois heures.

— C'est bizarre, dit Kim avec un petit rire sec, parce que j'ai justement refusé de lui parler.

— Elle a dit que vous pensiez qu'AmeriCare avait fermé les urgences du Samaritain pour réduire les dépenses et augmenter les bénéfices en contraignant tout le monde à utiliser le service surchargé du CHU.

— Ce n'est pas moi qui l'ai dit. C'est elle.

— Elle vous a cité.

— C'est une situation curieuse », dit Kim d'un air indifférent.

Dans son état d'agitation actuel, il éprouvait un plaisir pervers devant la colère de Forrester. Il n'avait en conséquence aucune envie de se défendre — même si l'incident confortait sa résolution de ne plus jamais adresser la parole à la journaliste.

« Je vous mets à nouveau en garde, déclara le Dr Biddle. L'administration et moi-même ne pouvons pas en tolérer davantage.

— Parfait, dit Kim. Considérez que je suis à nouveau prévenu. »

Pendant un instant, la bouche serrée de Biddle ne fut plus qu'une ligne amère, sans lèvres.

« Vous pouvez en être exaspéré, cracha-t-il, mais je dois vous rappeler que le fait que vous étiez à la tête d'un service au Samaritain ne vous octroie ici aucun traitement de faveur.

— Je l'avais remarqué », dit Kim en jetant la serviette dans le panier avant de sortir sans un autre regard à son supérieur.

Pour éviter de prolonger la confrontation, Kim utilisa le téléphone de la cabine et appela Ginger pour lui dire qu'il ne reviendrait pas au cabinet. Elle lui dit que c'était ce qu'elle avait pensé et qu'elle avait renvoyé les malades chez eux.

« Est-ce qu'ils ont été furieux ?

— Faut-il vraiment que tu le demandes ? s'enquit Ginger. Bien sûr qu'ils étaient furieux, mais ils ont compris quand j'ai dit que tu avais eu une urgence. J'espère que ça ne t'ennuie pas que j'aie dit qu'il s'agissait de ta fille. J'étais ainsi certaine de leur sympathie.

— Je ne crois pas que ça pose un problème », dit Kim, alors qu'il n'aimait pourtant guère mêler sa vie privée à sa vie professionnelle.

« Comment va Becky ? » demanda Ginger.

Kim expliqua ce qui était arrivé, et que Becky était en salle d'opération.

« Je suis désolée ! Est-ce que je peux faire quelque chose ?

— Je ne vois pas quoi.

— Appelle-moi. Après l'aérobic, je serai chez moi.

— Très bien. »

Kim raccrocha. Il se connaissait assez bien pour savoir qu'il ne pourrait attendre assis là pendant qu'on opérait Becky, si bien qu'il se rendit à la bibliothèque de l'hôpital. Il avait beaucoup à lire. Il fallait qu'il apprenne tout ce qu'on pouvait savoir sur l'E. coli 0157 : H7 et le SHU.

Kim regarda sa montre. Il était presque minuit. Il reporta ses yeux sur Becky et frissonna. Son image était déformée par un tube de plastique qui sortait d'une de ses narines. Les cheveux noirs de la petite fille auréolaient de douces ondulations son visage angélique et pâle. Tracy les lui avait peignés pendant presque une heure. Becky avait toujours adoré qu'on la peigne, et ça avait marché. Maintenant elle dormait et donnait une image de parfaite tranquillité.

Kim était debout près du lit dans la pièce doucement baignée par la lueur de la veilleuse, comme le matin. Kim était aussi épuisé mentalement que physiquement.

De l'autre côté du lit, Tracy se reposait dans un des deux fauteuils couverts de vinyle. Elle avait les yeux fermés mais Kim savait qu'elle ne dormait pas.

La porte s'ouvrit sur ses gonds silencieux. Janet Emery, la corpulente infirmière de nuit, entra ; ses cheveux blonds permanentés luisaient dans la pénombre. Elle ne dit rien et fit silencieusement le tour du lit sur ses semelles de crêpe. S'éclairant d'une petite lampe torche, elle prit la tension de Becky, son pouls et sa température. Becky bougea un peu mais se rendormit immédiatement.

« Tout est normal », chuchota Janet.

Kim hocha la tête.

« Peut-être devriez-vous songer à rentrer chez vous, ajouta Janet. Je ne quitterai pas votre petit ange des yeux.

— Merci, mais je préfère rester, dit Kim.

— Vous avez pourtant l'air bien fatigué. La journée a été longue.

— Contentez-vous de faire votre travail, grogna Kim.

— Aucun doute à ce sujet », dit Janet d'un air joyeux.

Elle ressortit en silence.

Tracy ouvrit les yeux et regarda Kim. Il avait l'air épuisé et tendu, les cheveux en broussaille, et une barbe lui ombrait le visage. L'unique lampe, à ras du sol, accentuait le creux de ses joues et donnait à ses orbites l'aspect de trous noirs.

« Kim, dit Tracy, est-ce que tu ne peux pas arriver à te contrôler ? Tu n'aides personne, et surtout pas toi-même. »

Elle attendit une réponse, mais il ne dit rien. Il avait l'air d'une sculpture exprimant l'angoisse et la nervosité.

Tracy soupira et s'étira.

« Comment va Becky ? demanda-t-elle.

— Elle tient le coup. La chirurgie a au moins enrayé la crise. »

L'opération avait été rapide. En fait, James avait expliqué à Kim que ce qui avait pris le plus de temps avait été l'irrigation de l'abdomen dans le but de diminuer les risques d'infection. Après l'opération, Becky était brièvement restée en salle de réveil avant qu'on la ramène dans sa chambre. Kim avait à nouveau demandé une chambre d'isolement, mais une fois de plus on l'avait éconduit.

« À propos de sa colostomie, demanda Tracy, tu as dit que ce sera refermé dans deux semaines.

— Environ, soupira Kim. Si tout va bien.

— C'est un grand choc pour Becky, cet anus artificiel, comme ce tube dans son nez. Elle a du mal à l'accepter. Le pire, c'est qu'elle se sent trahie parce que personne ne lui avait dit que ça risquait d'arriver.

— On n'a pas pu l'éviter. »

Kim recula et s'effondra dans le fauteuil jumeau de celui de Tracy. Les coudes sur les bras de bois inconfortables, il enfouit son visage dans ses mains.

Tracy ne voyait plus que le sommet de la tête de Kim au-dessus du lit. Il ne bougeait pas. La statue d'angoisse et de nervosité avait pris une pose plus expressive encore.

Devant l'attitude effondrée de Kim, Tracy ne put éviter de considérer la situation de son point de vue à lui. Grâce à son expérience de thérapeute, elle se rendait compte combien c'était difficile pour lui, non seulement du fait de sa formation de chirurgien, mais surtout à cause de son narcissisme. Toute sa colère contre lui disparut.

« Kim, dit-elle, peut-être devrais-tu rentrer. Je crois que tu as besoin de prendre de la distance autant que du repos. De plus, tu as des malades à voir demain. Moi, je peux rester. Ce n'est pas grave si je rate un cours.

— Je ne pourrais pas dormir même si je rentrais, dit Kim sans lever la tête de ses mains. Maintenant, j'en sais trop. »

Tout le temps où Becky avait été en salle d'opération, Kim avait fait des recherches sur le SHU à la bibliothèque. Ce qu'il avait appris l'avait terrorisé. Tout ce que Kathleen avait dit était vrai. Le SHU pouvait être une maladie horrible, et il ne lui restait plus qu'à espérer que Becky souffrait d'autre chose. Le problème était que tout concordait pour laisser penser qu'il s'agissait bien du SHU.

« Tu sais, je commence à comprendre combien c'est difficile pour toi, surtout avec ta formation de médecin, dit Tracy avec sincérité.

— Je t'en prie, dit Kim en levant la tête pour regarder Tracy, pas de condescendance. Je n'ai aucun besoin de tes élucubrations psychologiques. Pas maintenant !

— Tu peux prendre ça pour des élucubrations, mais je me rends compte que c'est probablement la première fois de ta vie que tu es confronté à un problème crucial que ni ta volonté ni ton savoir ne peuvent modifier. Je crois que ça doit rendre les choses particulièrement difficiles pour toi.

— Oui, et je suppose que ça ne t'affecte pas du tout.

— Bien au contraire. Cela m'affecte terriblement. Mais c'est différent pour toi. Je crois que tu dois affronter bien plus que la maladie de Becky. Tu dois prendre en compte de nouvelles limites, de nouvelles contraintes qui entravent ta capacité d'action en faveur de Becky. Ça te mine. »

Kim ferma les yeux. Il avait toujours détesté les théorisations psychologiques de sa femme, mais, à l'instant, il devait admettre qu'elles étaient assez logiques.

10

Kim finit par rentrer chez lui, mais ainsi qu'il s'y attendait, il ne put guère dormir, et ses rares moments de sommeil furent agités de rêves troublants, dont plusieurs qu'il trouvait incompréhensibles — ceux où l'on se moquait de lui parce qu'il avait raté ses examens de première année d'université par exemple. Mais le plus horrible de ses cauchemars concernait Becky et il le décrypta facilement. Dans son rêve, elle tombait d'une jetée dans la mer déchaînée et, bien que Kim fût sur la jetée, il ne pouvait la rattraper, quels que fussent ses efforts. À son réveil, il était en nage.

Faute d'un véritable repos, ce retour chez lui avait permis de se doucher et de se raser. Et c'est dans un état plus normal, du moins en apparence, qu'il monta dans sa voiture peu après cinq heures du matin et s'engagea dans les rues presque désertes, que la neige tombée pendant la nuit rendait glissantes.

À l'hôpital, il trouva Becky comme il l'avait laissée. Dans son sommeil, elle présentait un calme trompeur. Tracy dormait profondément, recroquevillée dans un des fauteuils et réchauffée par une couverture de l'hôpital.

Il se rendit au bureau des infirmières. Janet Emery travaillait aux dossiers.

« Je suis désolé de m'être montré désagréable cette nuit », dit Kim en s'asseyant lourdement sur une chaise près d'elle.

Il sortit le dossier de Becky.

« Je ne l'ai pas pris personnellement, dit Janet. Je sais combien il est angoissant d'avoir un enfant à l'hôpital. J'en ai fait l'expérience avec mon propre fils.

— Comment Becky a-t-elle passé la nuit ? Quelque chose de spécial ?

— Elle est stable. L'important, c'est que sa température est restée normale.

— Dieu merci », dit Kim.

Il trouva le compte rendu d'opération que James avait dicté et qu'on avait inséré dans le dossier pendant la nuit. Kim n'y apprit rien de nouveau.

Comme il ne pouvait rien faire d'autre, il se rendit à son cabinet et s'occupa de la montagne de paperasses qui s'était accumulée. En travaillant, il surveillait l'horloge. Quand il jugea l'heure correcte, tenant compte du décalage horaire avec la côte Est, il appela George Turner.

George fut sincèrement désolé d'apprendre la perforation de l'intestin et l'opération qui en était résultée. Kim le remercia et en vint rapidement à l'objet de son appel : il voulait l'opinion de George sur ce qu'il faudrait faire si le diagnostic de SHU, conséquence de l'intoxication par l'E. coli 0157 : H7, était confirmé. Kim voulait en particulier savoir s'il vaudrait mieux faire transférer Becky ailleurs.

« Je ne suis pas pour, dit George. Tu as une excellente équipe avec Claire Stevens et Kathleen Morgan. Elles ont une grande expérience de ce syndrome. Sans doute plus que n'importe qui.

— Et toi, as-tu déjà eu affaire au SHU ? demanda Kim.

— Une seule fois.

— Était-ce aussi grave qu'on le dit ? Je viens de lire tout ce que j'ai pu trouver à ce sujet, y compris ce qu'il y a sur Internet. Le problème, c'est qu'il n'y a pas grand-chose.

— Le cas que j'ai eu à traiter fut très éprouvant, admit George.

— Mais encore ?

— C'est un mal impitoyable et imprévisible. J'espère que ce n'est pas ce qui va arriver à Becky.

— Pourrais-tu être plus précis ?

— Il ne vaut mieux pas. C'est un syndrome changeant. Même si Becky en souffre, cela n'aura probablement rien à voir avec ce que j'ai connu. Le cas que j'ai eu à traiter a été très déprimant. »

Quelques minutes plus tard, Kim mit fin à la conversation. Avant de raccrocher, George lui demanda de le tenir au courant de l'évolution de la santé de Becky, et Kim le lui promit.

Kim appela ensuite l'infirmière de garde dans le service de Becky. Quand Janet répondit, il l'interrogea au sujet de Tracy.

« Elle est réveillée. Je l'ai vue la dernière fois que je suis allée voir votre fille.

— Serait-il possible que je lui parle ?

— Bien sûr ! »

Tandis qu'il attendait, Kim pensait aux remarques de George. Il n'aimait pas l'idée d'une maladie « impitoyable et imprévisible », ni le fait que le cas traité par George ait été si déprimant. Cela lui rappela son cauchemar, et il sentit qu'il se remettait à transpirer.

« C'est toi, Kim ? » demanda Tracy au téléphone.

Ils parlèrent quelques minutes de la manière dont ils avaient l'un et l'autre passé les cinq dernières heures, puis ils en vinrent à Becky.

« Elle semble un peu mieux qu'hier soir, dit Tracy. Elle est plus lucide. Je crois que sa nuit de sommeil a fait disparaître toute trace d'anesthésie. Elle se plaint surtout de la sonde gastrique qui entre par son nez. Quand est-ce qu'on pourra la lui enlever ?

— Dès que tout le système gastro-intestinal semblera fonctionner.

— Espérons que ça ne tardera pas trop.

— J'ai appelé George, ce matin.

— Qu'a-t-il dit ?

— Que Claire et Kathleen formaient une bonne équipe, surtout si le diagnostic de SHU est confirmé. Il m'a dit que Becky ne pourrait pas être mieux soignée ailleurs.

— C'est rassurant.

— Écoute, je vais rester au cabinet pour voir quelques malades, y compris ceux que je dois opérer demain. J'espère que ça ne te pose pas de problème.

— Pas du tout. En fait, je crois que c'est une bonne idée.

— J'ai du mal à rester assis sans rien faire.

— Je comprends très bien. Fais ton travail. Je reste là, ne t'inquiète pas.

— Appelle-moi au moindre changement.

— Bien sûr! Tu seras le premier informé. »

Quand Ginger arriva, juste avant neuf heures, Kim lui dit d'annuler tous les rendez-vous non urgents, parce qu'il voulait retourner à l'hôpital dans l'après-midi.

Ginger l'interrogea au sujet de Becky. Elle avait été déçue que Kim ne lui téléphone pas la veille. Elle s'était inquiétée tout la nuit, mais elle n'avait pas osé appeler.

Kim lui dit que Becky allait mieux depuis l'opération. Il n'était rentré qu'après minuit et il avait pensé qu'il était trop tard pour l'appeler.

Au début, Kim ne trouva pas facile de voir ses malades, étant donné les circonstances, mais il se força à se concentrer. Peu à peu, ses efforts payèrent. À midi, il se sentait un peu plus détendu, même si son cœur se déchaînait chaque fois que le téléphone sonnait.

Il n'avait pas faim au déjeuner, et il ne toucha pas au sandwich que Ginger avait acheté. Il préféra s'immerger totalement dans les problèmes de ses malades. De cette manière, il n'avait pas à penser aux siens.

Au milieu de l'après-midi, Kim parlait avec un cardiologue de Chicago quand Ginger passa la tête par la porte. À son expression, Kim comprit que quelque chose n'allait pas. Il couvrit le micro de sa paume.

« Tracy sur l'autre ligne, dit Ginger. Elle est bouleversée. Elle a dit que l'état de Becky s'est soudain aggravé et qu'on l'a emmenée en soins intensifs. »

Le pouls de Kim s'accéléra. Il mit rapidement fin à sa conversation avec son collègue et raccrocha. Il enfila sa veste, prit ses clés de voiture et courut vers la porte.

« Qu'est-ce que je fais des autres malades ? demanda Ginger.

— Renvoie-les chez eux ! » répondit Kim.

Kim roula sans ralentir, montant sur les bas-côtés quand il le fallait. Plus il approchait de l'hôpital, plus il était anxieux. Alors même qu'il avait fait pression pour que Becky soit transférée aux soins intensifs, maintenant qu'elle s'y trouvait, il était terrifié. Ne connaissant que trop bien la politique d'avarice d'AmeriCare, il était certain que ce transfert n'avait rien d'une amabilité ; il avait dû y avoir une urgence extrême.

Dépassant le parking des médecins, Kim s'arrêta juste devant la porte de l'hôpital, descendit de sa voiture et, au pas de course, lança les clés à un agent de sécurité stupéfait.

Kim dansait d'un pied sur l'autre tandis que l'ascenseur montait péniblement jusqu'au service des soins intensifs. Une fois dans le couloir grouillant de visiteurs, il avança aussi vite qu'il le put. Dans une salle d'attente prévue pour les familles, il vit Tracy. Elle se leva dès qu'elle l'aperçut et s'avança vers lui.

Tracy se jeta dans les bras de son ex-mari et le serra si fort qu'il n'aurait pu se dégager. Il finit par s'arracher à cette étreinte angoissée et repoussa doucement Tracy pour la regarder dans les yeux. Ils étaient pleins de larmes.

« Que s'est-il passé ? demanda-t-il, bien qu'il craignît d'entendre la réponse.

156

— Elle va plus mal, bafouilla Tracy, beaucoup plus mal. C'est arrivé si soudainement, comme pour la perforation.

— Et qu'est-ce que c'était ? s'affola Kim.

— C'était sa respiration. Tout d'un coup, elle n'a plus réussi à respirer. »

Kim tenta de se dégager de Tracy, mais elle tenait bon, les mains crispées sur sa veste.

« Kim, promets-moi que tu ne vas pas t'énerver ! Il le faut, pour Becky... »

Kim se libéra et courut vers la salle où se trouvaient les malades.

« Kim, attends ! » l'appela Tracy en courant derrière lui.

Mais il l'ignora et poussa la porte. Une fois dans la salle de soins intensifs, il regarda autour de lui. Presque tous les lits étaient occupés, et tous leurs occupants étaient gravement malades. Des infirmières s'affairaient à côté de chacun d'entre eux ou presque. Partout des écrans de surveillance traçaient leurs lignes et émettaient leurs signaux sonores indiquant les signes vitaux de chaque malade.

On s'affairait surtout autour d'un petit box, sur un côté. Là, plusieurs médecins et infirmières étaient confrontés à une situation d'urgence. Kim s'approcha et s'arrêta à l'entrée. Il vit le respirateur et entendit ses pulsations régulières.

Judy Carlson, une infirmière que Kim connaissait, le vit et l'appela. Tous les autres reculèrent alors en silence pour qu'il puisse voir sa fille. On l'avait intubée. Un gros tube fixé à sa joue par du sparadrap sortait de sa bouche. C'était grâce au respirateur qu'elle était encore en vie.

Kim se précipita à la tête du lit. Becky leva vers lui des yeux terrifiés. On lui avait administré des calmants, mais elle était encore consciente et il avait fallu lui attacher les bras pour qu'elle ne retire pas la sonde endotrachéale.

Kim ressentit une horrible douleur dans la poitrine. Il revivait le cauchemar de la nuit, sauf que cette fois c'était vrai.

« Tout va bien, ma puce, papa est là », dit Kim.

Il avait un mal atroce à contrôler ses émotions, mais il voulait absolument la rassurer. Il lui prit le bras. Elle tenta de parler mais n'y parvint pas, à cause du tube.

Kim regarda le personnel médical qui l'entourait et fixa ses yeux sur Claire Stevens.

« Que s'est-il passé? demanda-t-il d'une voix calme.

— Peut-être devrions-nous en parler dehors », dit Claire.

Kim hocha la tête. Il serra la main de Becky et lui dit qu'il allait revenir tout de suite. Becky, à nouveau, ne réussit pas à parler.

Les médecins sortirent dans l'allée et formèrent un groupe sur le côté. Kim croisa les bras pour dissimuler son tremblement.

« Dites quelque chose! ordonna-t-il.

— D'abord, laissez-moi vous présenter tout le monde, dit Claire. Vous connaissez Kathleen Morgan. Voici le Dr Arthur Horowitz, néphrologue, le Dr Walter Ohanesian, hématologue, et Kevin Blanchard, spécialiste de la respiration artificielle. »

Claire avait désigné chaque personne à son tour et tous hochèrent la tête à l'intention de Kim, qui leur répondit de même.

« Racontez-moi, dit Kim avec impatience.

— Pour commencer, je dois vous dire que nous sommes maintenant certains d'avoir affaire à l'E. coli 0157 : H7, dit Claire. Nous en saurons plus sur cette souche particulière demain, après l'électrophorèse.

— Pourquoi est-elle intubée?

— La toxémie affecte les poumons, dit Claire. Ses gaz du sang se sont soudainement détériorés.

— Ses reins ont aussi cessé de fonctionner

convenablement, dit Arthur, le néphrologue, un chauve à grande barbe. Nous avons mis en place une dialyse péritonéale.

— Pourquoi pas une hémodialyse ? N'est-ce pas plus efficace ?

— La dialyse péritonéale devrait lui convenir, répondit Arthur.

— Mais elle sort de chirurgie pour une perforation ! dit Kim.

— Nous l'avons pris en considération, dit Arthur. Le problème, c'est qu'AmeriCare n'offre d'appareils d'hémodialyse qu'au Suburban Hospital. Il faudrait que nous y transférions la malade, ce que nous ne recommandons sûrement pas.

— L'autre grave problème, ce sont ses plaquettes, dit Walter, un hématologue aux cheveux blancs. Leur nombre a chuté de telle façon que nous pensons qu'on doit lui en redonner en dépit des risques inhérents à l'opération. Sinon, nous risquons de nous retrouver avec un problème de saignement.

— Il y a aussi le problème de son foie, dit Claire. Les enzymes ont augmenté de façon spectaculaire, ce qui laisse entendre... »

L'esprit de Kim était en surcharge. Il était hébété au point de ne plus absorber les informations qu'on lui présentait. Il voyait les médecins qui lui parlaient, mais il n'entendait plus. C'était à nouveau le cauchemar, avec Becky qui basculait dans une mer déchaînée.

Une demi-heure plus tard, Kim tituba hors des soins intensifs pour retrouver Tracy dans la salle d'attente. Elle vit arriver un homme brisé.

Pendant un instant ils se regardèrent. Maintenant c'était à Kim de pleurer. Tracy le prit dans ses bras. Ils étaient unis dans la peur et la douleur.

11

Kim s'arrêta un instant pour reprendre son souffle. Il jeta un coup d'œil à l'horloge sur le mur carrelé de la salle d'opération. Il était près de quatorze heures. Il avançait bien. C'était la dernière de ses trois opérations. Il reporta son regard vers la plaie ouverte qui découvrait le cœur. Il était en train de mettre le malade sur dérivation cardio-pulmonaire. Dès que ce serait terminé, on pourrait arrêter et ouvrir le cœur afin de remplacer la valve endommagée.

L'étape suivante était particulièrement critique : il s'agissait de réaliser un cathétérisme aortique pour perfuser les coronaires. On introduirait ainsi la solution cardioplégique à fort taux de potassium pour arrêter le cœur, le refroidir et le nourrir pendant le processus opératoire. Le problème, c'était qu'il fallait s'occuper de la pression artérielle.

« Bistouri », dit Kim.

L'infirmière déposa fermement dans sa paume ouverte le bistouri approprié.

Kim abaissa l'instrument tranchant dans la plaie et l'orienta vers l'aorte. Le couteau trembla dans sa main, et Kim se demanda si Tom l'avait remarqué.

Kim fit une rapide incision dans l'aorte et la couvrit du bout de son index gauche. Il agit si rapidement qu'il n'y eut presque pas de sang — que Tom aspira néanmoins.

« Canule de perfusion artérielle », dit Kim.

L'instrument fut placé dans sa main tendue. Il l'introduisit dans la plaie et le plaça près de son index, qui refermait l'incision pratiquée dans l'aorte. Puis il fit glisser l'extrémité de la canule sous son doigt et tenta de la pousser dans le vaisseau agité de pulsations. Pour une raison qu'il ne comprit pas, la canule ne voulut pas pénétrer dans le vaisseau ; du sang artériel s'échappait maintenant en quantité.

Curieusement, Kim s'affola. Le sang emplissant l'ouverture, il poussa l'instrument trop fort et déchira l'aorte. Maintenant, l'ouverture était trop large pour se refermer sur l'extrémité bulbeuse de la canule, et le sang jaillissait avec assez de force pour atteindre la visière en plastique de Kim.

Kim se trouvait face à une urgence. Au lieu de s'affoler davantage, il se reprit et fit appel à son expérience. Il enfonça sa main gauche dans la plaie et trouva le trou à l'aveuglette. Il le compressa et réussit à ralentir l'écoulement du sang. Tom aspira assez vite pour que Kim ait une vue partielle.

« Suture ! » aboya Kim.

Un porte-aiguille muni d'une longueur de soie noire arriva dans sa main. Adroitement, il fit passer le bout de l'aiguille dans les parois du vaisseau, à plusieurs reprises, jusqu'à ce que le trou soit refermé.

L'urgence surmontée, Kim et Tom se regardèrent de part et d'autre du malade. Tom fit un signe de tête et Kim opina. À la surprise de l'équipe, Kim et Tom s'éloignèrent de la table d'opération, leurs mains gantées stériles en l'air.

« Kim, et si tu me laissais terminer ? murmura Tom pour que seul Kim l'entende. Ça compenserait la fois où j'ai eu la grippe, il y a deux semaines, tu te souviens ?

— Je me souviens.

— Tu es vanné, et c'est bien compréhensible. »

C'était vrai : Kim était épuisé. Il avait passé presque toute la nuit dans la salle d'attente des soins intensifs avec Tracy. Quand l'état de Becky s'était stabilisé, Tracy avait convaincu Kim d'aller se reposer quelques heures dans les chambres des internes. C'était elle aussi qui l'avait convaincu de respecter son programme d'opérations — ses malades avaient besoin de lui. Elle avait insisté sur le fait qu'il valait mieux que Kim soit occupé, puisqu'ils ne pouvaient rien faire d'autre pour Becky qu'attendre. Ce qui l'avait décidé, c'était qu'il serait dans l'hôpital, disponible à la seconde où l'on aurait besoin de lui.

« Comment y arrivions-nous quand nous étions internes ? demanda Kim. Nous ne dormions jamais.

— Nous étions jeunes, dit Tom. Le problème, c'est que nous ne sommes plus jeunes.

— C'est bien vrai... »

Kim réfléchit un moment. Abandonner un malade à quelqu'un d'autre, même à quelqu'un d'aussi qualifié que Tom, n'était pas une décision facile à prendre.

« D'accord, dit-il enfin. Prends la suite. Mais je vais te surveiller comme un vautour.

— Je n'en attendais pas moins de toi ! » plaisanta Tom, qui connaissait assez bien Kim pour apprécier son sens de l'humour.

Les deux chirurgiens revinrent vers la table d'opération. Cette fois, c'est Tom qui se plaça à la droite du malade.

« Très bien, tout le monde, dit Tom. Faisons entrer cette canule. Bistouri ! »

Tom aux commandes, tout se passa sans accroc. Kim n'était plus que son second, mais c'est lui qui mit la valve en place et fit les premières sutures. Tom fit le reste. Dès que le sternum fut refermé, Tom suggéra à Kim de partir.

« Ça ne t'ennuie pas ? demanda Kim.

— Pas du tout, dit Tom. Va donc voir Becky !

— Merci », dit Kim.

Il s'écarta et retira sa blouse et ses gants.

Tandis que Kim ouvrait la lourde porte de la salle d'opération, Tom lui cria :

« Jane et moi rédigerons les indications postopératoires. Si je peux faire autre chose, appelle-moi !

« — J'apprécie beaucoup », dit Kim.

Il se précipita dans le vestiaire de chirurgie et prit une longue blouse blanche qu'il enfila sur son pyjama. Il avait hâte d'aller aux soins intensifs et ne voulait pas perdre le temps de remettre ses vêtements de ville.

Kim s'était rendu aux soins intensifs avant ses opérations et entre elles. Becky semblait aller mieux, et on parlait d'essayer de lui enlever le respirateur. Kim ne s'était pas laissé aller à trop d'optimisme, car elle n'était là que depuis moins de vingt-quatre heures.

Il avait même trouvé le temps, avant sa première opération, d'appeler George à nouveau, afin de lui demander s'il avait une idée de ce qu'ils pourraient faire d'autre pour Becky. Malheureusement, il n'avait rien pu suggérer, sauf une plasmaphérèse, qu'il ne recommandait pas.

Kim avait lu des choses sur les plasmaphérèses dans les cas de toxémie par l'E. coli 0157 : H7 au cours de ses recherches en bibliothèque, pendant qu'on opérait Becky. Il s'agissait de remplacer le plasma du malade par du plasma frais congelé. Malheureusement, c'était un traitement controversé, considéré encore comme expérimental, et qui faisait courir le risque de transmettre le virus HIV, car le plasma venait de centaines de donneurs différents.

Les portes de l'ascenseur s'ouvrirent et Kim eut le désagrément de se retrouver avec un groupe de joyeux employés quittant l'hôpital à la fin de leur service. Il savait que c'était déraisonnable de sa part, mais leur bavardage insouciant l'irrita.

En sortant de l'ascenseur, il emprunta le couloir. Plus il approchait des soins intensifs, plus il était nerveux. C'était presque comme s'il avait une prémonition.

Il s'arrêta au seuil de la salle d'attente pour chercher Tracy des yeux. Elle avait prévu de rentrer

163

pour faire sa toilette et changer de vêtements, mais Kim la vit sur une chaise près de la fenêtre. Elle l'aperçut presque au même instant et se leva. Tandis qu'elle s'approchait de lui, Kim vit qu'elle avait pleuré récemment; des larmes mouillaient encore ses joues.

« Qu'est-ce qui ne va pas? demanda-t-il d'une voix blanche. Est-ce qu'il y a eu des changements? »

Pendant un moment Tracy ne réussit pas à parler. La question de Kim avait fait remonter des larmes qu'elle dut ravaler.

« Ça empire, réussit-elle à dire. Le Dr Stevens a parlé d'une défaillance en cascade des organes nobles. Je n'ai pas compris grand-chose, mais elle a dit que nous devions nous préparer. Je crois qu'elle a voulu dire que Becky risquait de mourir!

— Becky ne va pas mourir! s'écria Kim d'une voix véhémente proche de la colère. Que s'est-il produit pour qu'elle en arrive à suggérer une chose pareille?

— Becky a eu une attaque d'apoplexie, dit Tracy. Ils pensent qu'elle est aveugle. »

Kim serra ses paupières. L'idée que sa fille de dix ans puisse avoir une attaque d'apoplexie lui semblait au-delà de tout ce qu'il avait pu imaginer. Et pourtant, il comprenait bien que son état clinique descendait en spirale depuis le début, qu'elle avait peut-être atteint un point de non-retour.

Il laissa Tracy dans la salle d'attente et entra aux soins intensifs. Comme la veille, un groupe de médecins se pressaient dans l'alcôve de Becky. Kim s'insinua au milieu d'eux. Il vit un nouveau visage : celui du Dr Sidney Hampton, neurologue.

« Docteur Reggis », appela Claire.

Kim ignora la pédiatre. Il se fraya un chemin jusqu'à la tête du lit et regarda sa fille. Elle n'était plus que l'ombre pitoyable de ce qu'elle avait été, perdue au milieu de fils et de tubes, environnée de technologie. Des écrans à cristaux liquides et des tubes cathodiques déroulaient leurs informations sous formes de chiffres et de graphiques.

Becky, les yeux fermés, avait la peau translucide, d'un blanc bleuté.

« Becky, c'est moi, papa », murmura Kim dans son oreille.

Il étudia son visage impassible et n'y lut aucun signe qu'elle l'ait entendu.

« Malheureusement, elle ne réagit plus aux stimulations », dit Claire.

Kim se redressa, le souffle court et rapide.

« Vous pensez qu'elle a eu une attaque cérébrale ?

— Tout l'indique », répondit Sidney.

Kim dut se rappeler de ne pas en vouloir au porteur de mauvaises nouvelles.

« Le problème, c'est que la toxine semble détruire les plaquettes aussi vite que nous lui en donnons, dit Walter.

— C'est exact, dit Sidney. Nous n'avons aucun moyen de savoir s'il s'agit d'une hémorragie cérébrale ou d'une embolie plaquettaire.

— Ou d'une combinaison des deux, suggéra Walter.

— C'est possible, admit Sidney.

— Quoi qu'il en soit, ajouta Walter, la destruction rapide des plaquettes doit former une bouillie dans les petits vaisseaux. Nous sommes en plein dans la situation de défaillance en cascade des organes nobles que nous détestons tant.

— Les fonctions des reins et du foie ne sont plus opérationnelles et la dialyse péritonéale ne suffit plus. »

Kim dut se faire violence pour contenir sa colère devant cette nouvelle qui n'en était pas une pour lui. Il voulait avant tout aider sa fille et il tenta de réfléchir de manière rationnelle.

« Si la dialyse péritonéale ne suffit pas, dit Kim

d'une voix d'un calme trompeur, peut-être devrions-nous la faire transférer au Suburban pour la mettre sur dialyseur.

— C'est hors de question, dit Claire. Son état est trop critique pour qu'on la transfère.

— Eh bien, il me semble pourtant qu'il faut faire quelque chose, rétorqua Kim dont la colère remontait à la surface.

— Je crois que nous faisons tout ce que nous pouvons, dit Claire. Nous soutenons activement sa respiration et ses reins, nous remplaçons ses plaquettes.

— Et si on tentait une plasmaphérèse ? » demanda Kim.

Claire regarda Walter.

— AmeriCare est peu disposé à l'autoriser, dit Walter.

— Je n'ai rien à foutre d'AmeriCare, cracha Kim. Si vous croyez qu'il y ait une chance pour que ça puisse l'aider, on le fait.

— Attendez, docteur Reggis », dit Walter.

L'homme aux cheveux blancs déplaça son poids sur son autre pied. Il était visiblement gêné par ce problème.

« AmeriCare possède cet hôpital, dit-il. Nous ne pouvons ignorer ses règles. La plasmaphérèse est chère et expérimentale. Je ne suis même pas censé signaler que cela existe aux familles qui n'ont pas de formation médicale.

— Quelle est la procédure pour obtenir l'autorisation ? demanda Kim. Je paierai moi-même, s'il le faut.

— Il faut que j'en parle au Dr Norman Shapiro, dit Walter. Il préside le conseil médical d'Ameri-Care.

— Appelez-le ! aboya Kim. Tout de suite ! »

Walter regarda Claire, qui haussa les épaules.

« Je suppose qu'un coup de téléphone ne peut pas nuire, dit-elle.

166

— D'accord, dit Walter en quittant la pièce pour aller téléphoner dans le bureau des soins intensifs.

— Docteur Reggis, même une plasmaphérèse n'offre que très peu d'espoir. Je crois honnête de vous dire, à vous et à votre ex-femme, que vous devriez vous préparer à toute éventualité. »

Kim vit rouge. Il n'était pas en état de se « préparer » comme le suggérait Claire par cet euphémisme. Il voulait s'attaquer aux personnes responsables du piteux état de Becky et, à cet instant, sa cible la plus accessible était les médecins présents dans cette pièce.

« Comprenez-vous ce que je vous dis? » demanda doucement Claire.

Kim ne lui répondit pas. Dans un sursaut de clairvoyance, il comprit combien il était absurde d'en vouloir à ces médecins de l'état désespéré de Becky, surtout qu'il savait qui était responsable.

Sans rien dire, Kim quitta la pièce et déboucha dans la salle d'attente. Il était hors de lui, malade de colère, de frustration et d'impuissance humiliante. Il était déjà dans le couloir quand Tracy le vit. Dans sa colère, il n'avait même pas songé à lui dire un mot, et il partait. Elle courut après lui, inquiète de ce qu'il pourrait faire.

« Kim, arrête! Où vas-tu? demanda-t-elle en s'accrochant à sa manche.

— Je sors, dit-il en se dégageant.

— Où? »

Tracy devait courir pour suivre le pas décidé de Kim. Il avait un air qui lui faisait peur au point qu'un instant elle en oublia sa propre peine.

« Il faut que je fasse quelque chose, dit-il. Je ne peux pas me contenter de rester assis à me tordre les mains. Pour l'instant, je ne peux rien faire pour Becky sur le plan médical, mais Dieu m'est témoin que je vais trouver comment elle est tombée malade.

— Et comment vas-tu t'y prendre? Kim, tu dois te calmer!

— Kathleen m'a dit que l'E. coli vient surtout de la viande hachée, dit Kim.

— Tout le monde sait ça.

— Ah oui ? Eh bien, il faut croire que moi, non. Tu te souviens qu'il y a une semaine, j'ai emmené Becky à l'Onion Ring de Prairie Highway ? Elle a pris un hamburger, et il était saignant. C'est forcément pour ça qu'elle est tombée malade.

— Tu veux dire que tu vas à l'Onion Ring ? demanda Tracy, incrédule.

— Tout à fait. Si c'est là que Becky est tombée malade, c'est là que je vais.

— Pour l'instant, on se moque de savoir où Becky est tombée malade, dit Tracy, ce qui compte c'est qu'elle est malade. On pourra s'inquiéter des causes plus tard.

— Ça n'a peut-être pas d'importance pour toi, dit Kim, mais pour moi, oui.

— Kim, tu es hors de toi, s'exaspéra Tracy. Est-ce qu'une fois au moins tu ne pourrais pas penser à quelqu'un d'autre qu'à toi ?

— Et qu'est-ce que tu veux dire par là ? rugit Kim.

— C'est pour toi que tu le fais, pas pour Becky. C'est pour toi et ton ego de médecin.

— Tu parles ! Je ne suis pas d'humeur à écouter tes foutaises psychologiques. Pas maintenant !

— Tu n'aides personne en partant comme ça. Tu es une menace même pour toi. Si tu veux y aller, attends au moins de te calmer.

— J'y vais dans l'espoir que ça pourra me calmer, dit Kim, et peut-être même m'apporter un semblant de satisfaction. »

L'ascenseur arriva et Kim y entra.

« Mais tu ne t'es même pas changé ! Tu ne vas pas y aller en tenue de chirurgien ! dit Tracy dans l'espoir de trouver un moyen de le retarder pour son propre bien.

— J'y vais. Tout de suite. Personne ne m'arrêtera ! »

168

Kim s'arrêta sur le parking de l'Onion Ring. Roulant encore assez vite, la voiture mordit sur le trottoir. Il y eut un choc étouffé quand le pneu en retomba et la voiture fut secouée d'un frisson. Kim s'en moquait. Il s'était garé, c'est tout ce qui comptait. Il tira le frein à main et coupa le moteur, puis il resta assis un moment à regarder le restaurant à travers le pare-brise. La foule s'y pressait, comme une semaine plus tôt.

Le trajet depuis l'hôpital avait émoussé sa colère, non sa détermination. Il réfléchit à ce qu'il allait faire à l'intérieur, puis descendit de la voiture. Une fois entré, il se rendit compte que les files d'attente devant les caisses s'allongeaient presque jusqu'à la porte. Pas question d'attendre. Il se fraya un chemin jusqu'aux caisses malgré les récriminations de certains clients.

Une fois au comptoir, Kim attira l'attention d'une caissière qui portait un badge : SALUT ! JE M'APPELLE DEBBIE, une adolescente comme tant d'autres aux cheveux décolorés et à la peau acnéique, une expression de profond ennui figée sur son visage.

« Excusez-moi, dit Kim en s'efforçant de paraître calme. Je voudrais parler au manager.

— Vous devez faire la queue pour commander », dit Debbie.

Elle avait jeté un coup d'œil à Kim, mais n'avait pas du tout compris dans quel état d'esprit il se trouvait.

« Je ne veux pas commander, articula lentement Kim. Je veux parler au manager.

— Il est très occupé pour le moment », dit Debbie.

Elle reporta son attention vers la personne arrivée devant elle et transmit sa commande.

Kim abattit sa paume ouverte sur le comptoir avec une telle force que plusieurs boîtes de serviettes en papier se mirent à vibrer et tombèrent par terre. On aurait dit un coup de feu. En un instant, tout le restaurant tomba dans le silence, comme une image figée à la télévision. Debbie pâlit.

« Je ne veux pas avoir à vous le demander à nouveau, dit Kim. Je veux parler au manager. »

Un homme quitta l'îlot central de cuisson derrière la rangée de caisses et s'avança. Il était vêtu de l'uniforme bicolore de la chaîne et son badge disait : SALUT ! JE M'APPELLE ROGER.

« C'est moi, le manager, dit-il. Quel est le problème ?

— Ma fille, dit Kim. Il se trouve qu'elle est dans le coma, qu'elle lutte pour survivre, et tout ça parce qu'elle a mangé un hamburger ici il y a une semaine ! »

Kim avait parlé assez fort pour que tout le restaurant l'entende. Ceux des clients qui étaient en train de manger regardèrent leur hamburger d'un air soupçonneux.

« Je suis désolé d'apprendre ce qui arrive à votre fille, dit Roger, mais elle n'a pas pu tomber malade à cause de ce qu'elle a mangé ici, surtout pas à cause d'un de nos hamburgers.

— Il n'y a qu'ici qu'elle a mangé de la viande hachée, dit Kim, et elle a attrapé un Escherichia coli qui vient d'un hamburger.

— Je suis désolé, vraiment, insista Roger, mais nos hamburgers sont toujours bien cuits, et nous respectons des règles très strictes concernant la propreté. Nous subissons régulièrement des inspections du ministère de la Santé. »

De manière aussi brutale qu'il avait sombré dans le silence, le restaurant retrouva son niveau élevé de bruit ambiant. Les conversations reprirent comme si, par un jugement collectif, ses clients avaient déterminé que si Kim avait un problème cela ne les concernait pas.

« Son hamburger n'était pas bien cuit, dit Kim, il était saignant.

— Impossible ! affirma Roger.

— Je l'ai vu moi-même. Il était rose au centre. Ce que j'aimerais vous demander...

— Il ne pouvait être rose, interrompit Roger avec un geste d'impatience. C'est hors de question. Maintenant, si vous voulez bien m'excuser, je dois retourner au travail. »

Roger se détourna du comptoir, mais Kim lança un bras et saisit à pleine poignée la chemise Onion Ring de Roger. De toutes ses forces, il attira le manager stupéfait par-dessus le comptoir, jusqu'à ce que son visage ne soit qu'à quelques centimètres du sien. Le visage de Roger s'empourpra tant la poigne d'acier de Kim réduisait l'afflux de sang dans son cou.

« Ce sont des remords que vous devriez exprimer, dit Kim, certainement pas une simple négation. »

Roger gargouilla quelques mots incompréhensibles tout en essayant de desserrer les doigts de Kim.

Kim le repoussa brutalement et le lâcha. Roger tomba par terre. Les caissiers et le personnel en cuisine, de même que les clients qui attendaient restèrent figés sur place.

Kim fit le tour du comptoir, bien décidé à parler directement au chef.

Roger réussit à se lever, et voyant Kim atteindre la zone de cuisson, il voulut s'interposer.

« Vous n'avez pas le droit de venir ici, dit-il d'une voix tremblante. Seuls les employés peuvent... »

Kim ne lui laissa pas le temps de terminer. Il l'écarta d'un geste et l'envoya s'écraser contre le comptoir. La collision renversa une machine de distribution de jus de fruits qui s'écrasa sur le carrelage. Le jus se répandit par terre et les personnes les plus proches durent s'écarter d'un bond. À nouveau, le restaurant tomba dans le silence. Quelques clients s'en allèrent en emportant leur dîner.

« Appelle la police ! » croassa Roger au caissier le plus proche en se remettant debout.

Kim gagnait l'îlot central pour parler à Paul. En voyant le visage buriné et le bras tatoué, il s'interrogea un instant sur l'idée que l'homme, personnellement, se faisait de l'hygiène.

Comme tous les autres à la cuisine, Paul s'était figé depuis l'instant où Kim avait frappé le comptoir. Certains hamburgers commençaient à fumer sur le devant du gril.

« Ma fille a mangé ici un hamburger saignant à peu près à cette heure la semaine dernière, grogna Kim. Je veux savoir comment cela a pu se produire.

— Il va falloir que vous partiez », dit Roger en venant par-derrière taper sur l'épaule de Kim.

Kim se retourna d'un bloc. Il commençait à en avoir assez de ce fichu manager ! Sagement, Roger recula et leva les mains.

« D'accord, d'accord, marmonna-t-il.

— Alors, demanda Kim en se retournant vers Paul, une idée ?

— Non », dit Paul.

Il avait vu des gens devenir fous, sur les champs de pétrole, et le regard de Kim lui rappela ces hommes.

« Voyons, insista Kim. Vous deviez être aux fourneaux. Vous devez bien avoir une petite idée !

— Comme l'a dit Roger, affirma Paul, il n'a pas pu être saignant. Je cuis tous les hamburgers à cœur. C'est la règle.

— Vous commencez tous à vraiment m'énerver, dit Kim. Je vous dis qu'il était saignant. Je ne l'ai pas appris de quelqu'un d'autre. J'étais ici avec ma fille. Je l'ai vu.

— Mais je minute la cuisson ! » dit Paul en montrant de sa spatule les galettes fumantes sur le gril.

Kim prit un des hamburgers dans la douzaine que Paul venait de terminer et qui attendaient que

Roger les emporte. Il l'ouvrit et examina l'intérieur. Il était bien cuit. Il recommença trois fois, jetant ensuite les hamburgers en miettes dans les assiettes.

« Vous voyez, dit Roger, ils sont tous bien cuits. Maintenant, si vous vouliez bien sortir de la cuisine, nous pourrions discuter plus calmement.

— Nous les amenons à une température intérieure plus élevée encore que celle imposée par la FDA, dit Paul.

— Et comment connaissez-vous la température intérieure ? demanda Kim.

— Nous les sondons avec un thermomètre spécial, dit Roger. Nous prenons la température au hasard plusieurs fois par jour, et elle est toujours identique : plus de quatre-vingts degrés. »

Paul posa sa spatule et fouilla dans un tiroir sous le gril avant de produire l'instrument en forme de fourchette qu'il tendit à Kim. Kim ne le prit pas, mais il brisa en deux un autre hamburger — cuit à point lui aussi.

« Où stockez-vous les galettes de viande avant de les faire cuire ? »

Paul se retourna et ouvrit le réfrigérateur. Kim se pencha et regarda à l'intérieur. Il savait qu'il ne voyait là qu'une infime partie de la viande que l'Onion Ring avait en magasin.

« Où est le gros des réserves ? demanda Kim.

— Dans le grand congélateur, dit Paul.

— Montrez-moi ! » ordonna Kim.

Paul regarda Roger.

« Pas question, dit Roger. Le congélateur est inaccessible. »

Kim poussa Paul des deux mains dans le dos, propulsant l'homme vers l'arrière de la cuisine. Paul trébucha puis se mit à marcher. Kim le suivit.

« Pas question ! dit Roger en les rattrapant pour saisir Kim par le bras. Seuls les employés sont autorisés à entrer dans le congélateur. »

Kim voulut libérer son bras, mais Roger tint bon. Frustré, Kim gifla le manager de son autre main avec beaucoup plus de force qu'il ne l'aurait voulu. Le coup fit tourner la tête de Roger, lui fendit la lèvre supérieure et l'envoya au sol pour la seconde fois.

Sans un regard pour sa victime, Kim suivit Paul, qui avait ouvert la porte du congélateur. Il entra. Craignant la taille et l'impulsivité de Kim, Paul lui laissa toute latitude. Il se retourna et regarda son patron maintenant assis par terre et qui essuyait sa lèvre ensanglantée. Il ne savait pas bien ce qu'il fallait faire, mais il décida de suivre Kim dans le congélateur.

Kim regardait les cartons alignés sur la gauche de l'allée. Seul le premier était ouvert. L'étiquette disait : MERCER MEATS ; HAMBURGERS NORMAUX DE 60 G, VIANDE MAIGRE, LOT 2, BOÎTES 1-5. FABRICATION : 29/12, À CONSOMMER AVANT LE 29/3.

« Est-ce que les hamburgers de vendredi dernier provenaient de ces cartons ?

— Ceux-là ou d'autres semblables », dit Paul en haussant les épaules.

Kim s'enfonça dans le congélateur et vit un autre carton ouvert parmi les autres scellés. Il l'ouvrit et regarda à l'intérieur. On avait aussi déchiré l'emballage d'une des boîtes intérieures.

« Comment se fait-il que ce carton soit ouvert ? demanda-t-il.

— C'était une erreur, dit Paul. On est censés utiliser les viandes les plus anciennes en premier pour ne jamais avoir à s'inquiéter de la date limite d'utilisation. »

Kim regarda l'étiquette. Elle était similaire à la précédente, sauf pour la date de fabrication. Celle-ci disait « 12/1 » au lieu de « 29/12. »

« Est-ce qu'une galette de viande a pu venir de ce paquet vendredi dernier ? demanda Kim.

— C'est possible. Je ne me souviens pas du jour où on l'a ouvert par erreur. »

Sortant un stylo et un bout de papier de sa blouse blanche, Kim nota les indications de l'étiquette des deux cartons ouverts, puis il prit une galette dans chacun d'eux. Ce ne fut pas facile, parce que les galettes congelées n'étaient séparées que par des feuilles de papier sulfurisé. Il empocha viande et papier.

Alors qu'il sortait du congélateur, Kim entendit au loin le son de sirènes se rapprochant, mais préoccupé comme il l'était il n'y prit pas garde.

« Mercer Meats, c'est quoi ? demanda-t-il à Paul.

— C'est une entreprise de préparation des viandes qui nous fournit les galettes pour les hamburgers, répondit Paul en refermant le congélateur. En fait, elle fournit toute la chaîne Onion Ring.

— C'est loin ?

— Pas du tout ; à Bartonville.

— Très bien ! » dit Kim.

Tandis qu'il repassait dans la zone de cuisson, les portes du restaurant s'ouvrirent et deux officiers de police en uniforme entrèrent en courant, prêts à dégainer. Ils avaient le visage fermé. Roger les suivait, montrant Kim par des gestes furieux et désordonnés de sa main droite, la gauche pressant contre sa bouche une serviette ensanglantée.

12

Samedi 24 janvier

La faible lueur du soleil matinal pénétrait dans l'air épais du tribunal et projetait des taches de lumière sur le parquet ciré. Kim était debout dans un rayon qui lui faisait cligner des yeux. Devant lui, le juge Harlowe, en toge noire, ses lunettes de lecture posées dangereusement sur la pointe de son nez aquilin, lui rappelait un énorme corbeau.

« En plus de vingt ans de tribunal, disait le juge en toisant Kim par-dessus ses lunettes, je ne devrais plus être surpris de ce que je vois ni de ce que j'entends. Mais là, nous avons une bien étrange histoire.

— C'est à cause de l'état de ma fille », dit Kim.

Il était toujours vêtu de sa longue blouse blanche sur son pyjama vert, son masque toujours attaché autour du cou. Mais sa blouse n'était plus immaculée. Après une nuit en prison, elle était fripée et souillée. Sous la poche gauche, il y avait même une tache brun-rouge.

« Docteur, j'ai beaucoup de sympathie pour vous étant donné la grave maladie dont souffre votre fille, dit le juge Harlowe. Ce que j'ai du mal à comprendre, c'est pourquoi vous n'êtes pas auprès d'elle à l'hôpital.

— Je devrais y être, dit Kim, mais pour le moment, sur le plan médical, je ne peux lui être d'aucun secours. Et je n'avais pas l'intention de la quitter plus d'une petite heure.

— Eh bien, je ne suis pas ici pour porter des jugements de valeur. Je suis ici pour m'intéresser à votre comportement violent envers le manager d'un établissement de restauration rapide, et peut-être surtout pour la manière dont vous avez résisté à votre arrestation en frappant un officier de police. Docteur, c'est un comportement inacceptable, quelles que soient les circonstances.

— Mais, monsieur le juge, je...

— Le fait que vous soupçonniez que la maladie de votre fille soit due à ce qu'elle a mangé à l'Onion Ring de Prairie Highway est sans importance, dit le juge en levant une main pour imposer silence à Kim. Vous plus que tout autre devriez savoir que nous avons un ministère de la Santé chargé d'enquêter sur ce genre d'affaires, et nous avons des tribunaux. Suis-je clair ?

— Oui, monsieur le juge, dit Kim d'un ton résigné.

— J'espère que vous allez vous faire aider, docteur, dit le juge. Je suis tout à fait stupéfait par vos agissements, étant donné la grande renommée dont vous jouissez en tant que chirurgien. En fait, vous avez opéré mon beau-père du cœur, et il chante encore vos louanges. Quoi qu'il en soit, je vous libère en attendant votre procès qui se tiendra d'ici quatre semaines. Voyez l'huissier. »

Le juge Harlowe frappa un coup de son marteau et appela l'affaire suivante.

En sortant du tribunal, Kim vit un téléphone public. Il hésita un moment à appeler ou non l'hôpital. La veille, il avait tenté de joindre Tracy, mais il n'y était pas parvenu à cause du nombre limité d'appels auquel il avait droit. Et maintenant qu'il avait un téléphone à sa disposition, il hésitait, honteux d'avoir été loin si longtemps, gêné de ce qui s'était produit. Il avait peur aussi de ce qu'il pourrait apprendre au sujet de Becky. Il décida d'aller à l'hôpital plutôt que d'appeler.

Devant le tribunal, Kim prit un taxi jusqu'à l'Onion Ring. Le restaurant désert lui sembla très différent le matin avant l'ouverture. La vieille voiture de Kim était la seule sur le parking et il n'y avait pas âme qui vive.

Kim monta dans sa voiture et, en route pour l'hôpital, fit un détour par les laboratoires Sherring.

À la réception, il sonna et une femme en blouse de laborantine apparut.

Kim sortit les deux galettes de viande maintenant décongelées de sa poche et les tendit à la femme.

« J'aimerais que vous testiez ces hamburgers pour l'E. coli 0157 : H7, dit-il. Recherchez aussi la toxine. »

La technicienne regarda la viande décolorée d'un air soupçonneux.

« Je crois qu'il aurait mieux valu réfrigérer ces échantillons, dit-elle. Quand la viande reste à température ambiante pendant plus de quelques heures, elle grouille forcément de bactéries.

— Je comprends bien, dit Kim, mais je me moque des autres bactéries. Je ne m'intéresse qu'à la présence de l'E. coli 0157 : H7. »

La femme disparut un instant et revint avec des gants en latex. Elle prit la viande et plaça chaque échantillon dans un sac distinct. Puis elle établit la facture. Kim utilisa la carte de crédit de son cabinet.

« Combien de temps cela prendra-t-il ?

— Nous n'aurons les résultats définitifs que dans quarante-huit heures », répondit la laborantine.

Kim la remercia, se lava les mains aux toilettes et remonta dans sa voiture.

Alors qu'il approchait de l'hôpital, Kim se sentit de plus en plus angoissé. En garant la voiture, il tremblait, et ses tremblements empirèrent dans l'ascenseur. Préférant rechercher Tracy après avoir vu Becky, il gagna les soins intensifs par l'arrière afin d'éviter la salle d'attente. Dans les couloirs, les gens le regardaient avec curiosité. Kim le comprenait bien, étant donné son aspect. Outre que ses vêtements étaient sales, il aurait eu besoin d'une douche, d'un bon rasage et d'un coup de peigne.

Aux soins intensifs, Kim fit un signe de tête à la garde sans proposer d'explication. En approchant du box de Becky, il se surprit à faire un pacte avec Dieu : Si Becky pouvait être épargnée...

Il se glissa près du lit. Une infirmière changeait le goutte-à-goutte. Elle lui tournait le dos. Kim regarda sa fille. Le faible espoir d'amélioration qu'il avait nourri disparut sur l'instant. À l'évidence, Becky était toujours dans le coma. On lui avait fermé les paupières avec du sparadrap et elle était toujours intubée et sous respirateur. La nouveauté, c'étaient ces larges taches violettes d'hémorragies sous-cutanées sur son visage, qui lui donnaient l'air d'un cadavre.

« Oh, mon Dieu, vous m'avez fait peur! dit l'infirmière en voyant Kim. Je ne vous avais pas entendu.

— Elle n'a pas l'air bien, dit Kim d'une voix posée pour dissimuler sa peine, sa colère et son humiliante impuissance.

— J'ai peur que non, dit l'infirmière en regardant Kim avec une certaine crainte. Le pauvre petit ange a beaucoup souffert. »

L'oreille entraînée de Kim attira son regard vers le moniteur cardiaque. Les pulsations étaient irrégulières, et le tracé aussi.

« Elle est en arythmie! Depuis quand?

— Très peu de temps. C'est cette nuit qu'elle a eu un épanchement péricardiaque qui a rapidement abouti aux symptômes d'une tamponnade. Alors il a fallu drainer l'épanchement.

— Quand? »

Kim se sentait d'autant plus coupable de ne pas avoir été là que les épanchements péricardiaques étaient son domaine.

« Peu après quatre heures ce matin, répondit l'infirmière.

— Y avait-il encore des médecins sur place?

— Je crois. Je pense qu'ils sont justement en train de parler à la mère de la malade dans la salle d'attente. »

Kim s'enfuit. Il ne pouvait supporter de voir sa fille dans cet état. Dans le couloir, il s'arrêta pour reprendre son souffle et se ressaisir un peu, puis il gagna la salle d'attente. Tracy parlait avec Claire Stevens et Kathleen Morgan. Dès qu'elles virent Kim, elles cessèrent leur conversation.

Pendant un instant, ce fut le silence.

Kim voyait bien que Tracy était bouleversée. Blême, elle était assise, les genoux serrés, les mains comme en prière. Elle regarda Kim avec une expression triste et perdue qui reflétait à la fois son inquiétude et son mépris. Elle secoua la tête.

« Tu as les mêmes vêtements. Tu es dans un état lamentable. Mais où étais-tu donc ?

— Ma visite à l'Onion Ring a pris plus longtemps que prévu. Alors, dit-il à Claire, Becky a une péricardite ?

— Je le crains.

— Seigneur ! s'exclama Kim. Et que va-t-il y avoir d'autre ?

— À ce stade, n'importe quoi, dit Kathleen. Nous avons la confirmation qu'il s'agit d'une souche particulièrement pathogène d'E. coli qui produit non pas une mais deux toxines extraordinairement puissantes. Nous sommes en présence d'un SHU en plein développement.

— Et la plasmaphérèse ? demanda Kim.

— Le Dr Ohanesian a plaidé notre cause avec passion auprès du président du conseil médical d'AmeriCare, dit Claire. Mais nous craignons toujours que le conseil ne donne pas son accord.

— Pourquoi pas ? demanda Kim. Il faut qu'on fasse quelque chose, et j'ai dit que j'étais prêt à payer !

— Le fait que vous soyez prêt à payer ne compte pas, dit Claire. De leur point de vue, cela établirait un précédent dangereux. Ils risqueraient par la suite d'être contraints de proposer le traitement à des familles qui ne pourraient ou ne voudraient pas payer.

— Alors emmenons Becky dans un établissement où on pourra le faire.

— Docteur Reggis, dit Claire d'une voix triste, Becky est dans un état plus grave encore qu'hier, et hier déjà, elle n'était pas en état de supporter un transfert. Mais on peut encore espérer une plasma-phérèse. On peut encore espérer qu'ils donneront le feu vert. Il ne nous reste qu'à attendre.

— Attendre et ne rien faire.

— C'est faux! » dit Claire avant de se reprendre et de soupirer. Parler à Kim n'était pas son activité préférée. « Nous la soutenons de toutes les manières possibles.

— Vous voulez dire que vous attendez d'avoir à traiter les complications!

— Je crois qu'il est temps pour moi d'aller voir mes autres malades, dit Claire en se levant. Mais je serai toujours disponible en cas de besoin. »

Tracy lui fit un signe de tête. Kathleen répondit qu'elle allait faire la même chose dans quelques minutes. Claire partit et Kim s'effondra sur la chaise qu'elle avait laissée libre. Il enfouit sa tête dans ses mains. Il luttait contre des vagues d'émotions successives : la peur, la tristesse, la peur à nouveau. Maintenant, c'était la tristesse qui submergeait tout. Il refoulait ses larmes. Il savait que lui aussi devrait aller voir ses propres malades, mais pour l'instant, il en était incapable.

« Pourquoi ta visite à l'Onion Ring a-t-elle pris si longtemps? » demanda Tracy.

Son comportement la rendait furieuse, mais elle ne pouvait s'empêcher d'être inquiète pour lui tant il était pitoyable.

« En fait, je me suis retrouvé en prison, avoua Kim.

— En prison!

— Si tu veux me dire que tu avais raison, je l'admets : tu avais raison, dit Kim. J'aurais dû me calmer avant d'y aller.

— Pourquoi t'es-tu retrouvé en prison?

— Je me suis énervé. J'y étais allé pour découvrir s'il était possible que la viande ait été mauvaise. Les dénégations pures et simples du manager m'ont rendu fou.

— Je ne crois pas que ce soit la faute de l'industrie de la restauration rapide, tenta Kathleen. Avec ce problème d'E. coli, les restaurants sont autant victimes que les clients infectés. Ils reçoivent de la viande contaminée.

— C'est ce que j'ai compris, dit Kim en se cachant le visage dans les mains. Ma prochaine visite sera pour Mercer Meats.

— Vu l'état de Becky, j'ai du mal à réfléchir, dit Tracy, mais comment peut-il y avoir de la viande contaminée ? Ces lieux ne sont-ils pas continuellement inspectés ? Je veux dire : est-ce que le ministère de l'Agriculture ne certifie pas la qualité de la viande ?

— En effet, dit Kathleen, mais à l'époque où nous vivons, on se montre bien optimiste en pensant que tout risque est exclu.

— Comment cela peut-il se faire ? demanda Tracy.

— Les raisons sont nombreuses, dit Kathleen, la principale étant que le ministère de l'Agriculture est en proie à un conflit d'intérêts.

— Que voulez-vous dire ? demanda Kim en levant la tête de ses mains.

— C'est à cause du mandat du ministère, expliqua Kathleen. D'un côté, il est l'avocat officiel de l'agriculture américaine, ce qui inclut la puissante industrie du bœuf. C'est en fait son travail principal. De l'autre côté, il a des obligations d'inspection. À l'évidence, ces deux rôles sont incompatibles. C'est tout à fait comme de demander au renard de surveiller le poulailler.

— C'est incroyable, dit Kim. Est-ce quelque chose dont vous avez la preuve directe, ou bien l'avez-vous entendu dire et vous contentez-vous de nous le répéter ?

— Je crains bien de l'avoir appris de première main, dit Kathleen. Je me penche sur le problème des contaminations alimentaires depuis plus d'un an. Je me suis engagée dans deux groupes de consommateurs qui mènent une bataille désespérée pour changer les choses.

— Comment vous êtes-vous engagée? demanda Tracy.

— Il aurait été difficile pour moi de ne pas le faire, dit Kathleen. La contamination alimentaire et les maladies qu'elle cause sont devenues une partie importante de ma pratique médicale. En général, les gens semblent préférer jouer les autruches. Mais le problème empire de jour en jour.

— C'est incroyable! s'exclama Kim dont la colère prenait le pas sur la tristesse.

— Ce n'est pas tout, continua Kathleen. Non seulement il y a conflit d'intérêts au sein du ministère de l'Agriculture, mais d'après ce que j'ai constaté, le ministère et l'industrie du bœuf sont beaucoup trop proches.

— Que sous-entendez-vous? demanda Kim.

— Exactement ce que j'ai dit. En particulier au niveau des fonctionnaires de niveau intermédiaire; il se pratique une sorte de jeu de chaises musicales entre des gens qui vont de l'un à l'autre pour s'assurer que l'État interfère le moins possible dans l'industrie.

— Et tout cela pour l'argent, sans aucun doute, dit Kim.

— C'est certain. L'industrie du bœuf est une affaire brassant des milliards de dollars. La maximisation des profits en est le but, pas le bien public.

— Attendez une seconde! dit Tracy. Comment tout cela pourrait-il être vrai? Dans le passé, le ministère de l'Agriculture a mis au jour des problèmes et les a réglés. Je veux parler, par exemple, il n'y a pas si longtemps, du problème des aliments Hudson...

— Excusez-moi, interrompit Kathleen. Ce n'est

pas le ministère de l'Agriculture qui a découvert la contamination par l'E. coli dont Hudson était responsable. C'est un fonctionnaire attentif. En règle générale, il se trouve que le ministère de l'Agriculture est contraint de se montrer sous son meilleur jour après une épidémie majeure. Il fait beaucoup de bruit dans les médias pour donner l'impression que son travail est de protéger le public mais, malheureusement, rien n'est jamais réglé en profondeur. Vous apprécierez l'humour de la situation quand je vous apprendrai que le ministère américain de l'Agriculture n'a même pas le pouvoir d'interdire une viande qu'il trouve contaminée. Il ne peut énoncer que des recommandations. Rien de ce qu'il détermine n'a force de loi.

— Vous voulez dire, comme avec Hudson ? demanda Tracy. Au début, il a recommandé qu'on ne retire de la consommation que quinze tonnes de viande.

— Exactement. Ce sont les groupes de consommateurs qui ont forcé le ministère à augmenter sa recommandation à près de soixante tonnes. Le ministère n'est pas à l'origine de cette mesure.

— Je ne savais rien de tout cela, dit Tracy, et pourtant j'ai l'impression d'être une citoyenne qui se tient assez bien informée.

— Le pire, continua Kathleen, c'est que lorsque le ministère de l'Agriculture parle de contamination dans ses services d'inspection, il parle en général de contamination massive par des déjections visibles. L'industrie se bat contre l'inspection microscopique ou bactériologique depuis des années. Maintenant, il doit y avoir quelques cultures, mais en quantité infime.

— C'est difficile à croire, dit Tracy. J'avais toujours pensé qu'on pouvait manger de la viande en toute sécurité.

— C'est une bien triste situation, conclut Kathleen, avec des conséquences tragiques. »

Pendant quelques instants, personne ne parla.

« Nous le savons, maintenant... », dit Tracy, comme si soudain elle se rendait compte qu'ils ne tenaient pas là une conversation de salon.

Sa fille n'était pas une abstraction. Une larme roula sur sa joue.

« Très bien, le problème est réglé, dit Kim en se levant brusquement.

— Réglé ? bredouilla Tracy. Où est-ce que tu vas, maintenant ?

— À Bartonville, dit Kim. Je vais rendre une petite visite à Mercer Meats.

— Je pense que tu devrais rester ici ! dit Tracy, exaspérée. Tu sais mieux que moi que l'état de Becky est critique. Le Dr Stevens et le Dr Morgan m'ont fait comprendre que nous risquions d'avoir à prendre des décisions difficiles.

— Bien sûr que je sais à quel point l'état de Becky est critique ! dit Kim. C'est pour cela que j'ai tant de mal à rester assis sans rien faire. Ça me rend fou. J'ai même du mal à regarder Becky parce que je sais que je ne peux rien faire pour l'aider sur le plan médical. Et puis avoir appris tout ça sur l'industrie du bœuf et le ministère de l'Agriculture me rend furieux. J'ai dit que j'allais trouver comment elle était tombée malade, et je vais suivre cette piste de l'E. coli où qu'elle m'entraîne. Je peux au moins faire ça pour Becky.

— Et si on a besoin de toi ? demanda Tracy.

— J'ai mon portable dans la voiture. Tu peux m'appeler. De toute façon, je ne serai pas parti très longtemps.

— Oui, comme hier soir, persifla Tracy.

— J'ai compris la leçon. Je ne vais pas m'emporter. »

Tracy n'avait pas l'air bien convaincue.

« Vas-y, si tu en as besoin », dit-elle d'un ton furieux.

Kim sortit de la salle d'attente des soins intensifs. L'état de Becky, qui s'aggravait inéluctablement, pesait lourdement sur lui, mais l'hostilité de Tracy n'arrangeait rien. La veille, elle avait prétendu comprendre ses frustrations, et maintenant c'était comme si elle avait oublié tout ce qu'elle lui avait dit.

Une fois sur la route, Kim prit son téléphone pour appeler Tom. Il essaya plusieurs numéros avant de le trouver dans son laboratoire à l'hôpital.

« J'ai un autre service à te demander, dit Kim.

— Comment va Becky?

— Pour être honnête, elle va très mal. J'ai voulu nier la gravité de son état, mais ce n'est plus possible. Les choses se présentent mal. Je ne savais pas que l'E. coli était si pathogène, et quasi incurable une fois la toxine dans l'organisme. Enfin, je ne suis guère optimiste. »

Kim s'interrompit pour ravaler les larmes qui lui serraient la gorge.

« Je suis désolé, dit Tom. C'est une tragédie. Que puis-je faire pour t'aider?

— Pourrais-tu suivre mes malades un ou deux jours? Je suis coincé.

— Aucun problème, dit gentiment Tom. Je vais faire ma visite dès que j'ai terminé ici, dans quelques minutes, et j'ajouterai tes malades aux miens. Je vais prévenir les infirmières pour qu'elles m'appellent moi en cas de problème.

— Merci, Tom. Je te revaudrai ça.

— J'aimerais pouvoir faire davantage.

— Moi aussi. »

Bartonville était à quarante minutes de là. Kim emprunta la rue principale, puis il suivit la direction indiquée par un employé d'une station-service à la sortie de l'autoroute. Il trouva Mercer Meats sans problème.

C'était une entreprise beaucoup plus importante qu'il ne s'y attendait Le bâtiment tout blanc avait un aspect moderne mais anonyme. Les alentours, paysagers, étaient impeccablement entretenus, avec des allées bordées de granite et des îlots d'arbres sur l'aire de stationnement. L'ensemble donnait une impression de grande prospérité.

Kim se gara assez près de la porte principale sur un des emplacements réservés aux visiteurs. En marchant vers la porte, il se répéta de ne pas perdre son sang-froid. Après son expérience à l'Onion Ring, il savait que dans le cas contraire, cela ne pourrait que lui nuire.

La réception semblait celle d'une compagnie d'assurances plutôt que d'une entreprise de conditionnement de viande. Une épaisse moquette couvrait le sol, les fauteuils étaient richement capitonnés et des tableaux ornaient les murs. Seul le sujet des tableaux indiquait la nature de l'entreprise : ils représentaient diverses races de bovins.

Une sorte de matrone coiffée d'un casque sans fil de standardiste trônait au milieu du bureau circulaire central.

« Puis-je vous aider ? demanda-t-elle.

— Je l'espère. Quel est le nom du président de Mercer Meats ?

— C'est M. Everett Sorenson, dit la femme.

— Voudriez-vous appeler M. Sorenson et lui dire que le Dr Kim Reggis veut le voir ?

— Puis-je dire à M. Sorenson de quoi il s'agit ? demanda la femme en regardant Kim d'un œil sceptique parce qu'il avait plus l'air d'un sans-abri que d'un médecin.

— Est-ce nécessaire ?

— M. Sorenson est très occupé.

— Dans ce cas, dites-lui qu'il s'agit de la vente, à la chaîne de restaurants Onion Ring, par Mercer Meats, de galettes pour hamburgers contaminées.

— Excusez-moi ? demanda la femme qui n'arrivait pas à croire ce qu'elle venait d'entendre.

— Mieux encore ! dit Kim, qui commençait à oublier sa promesse de ne pas se laisser emporter.

Dites-lui que j'aimerais parler avec lui du fait que ma fille lutte contre la mort après avoir consommé un hamburger sorti des chaînes de Mercer Meats.

— Si vous voulez bien vous asseoir, dit la femme d'une voix nerveuse, je vais transmettre votre message au président.

— Merci », dit Kim, penché sur le comptoir, appuyé sur ses poings.

Il fit un sourire forcé et alla s'asseoir dans un des canapés.

La femme dit quelques mots dans son micro tout en jetant des regards nerveux en direction de Kim. Il lui sourit à nouveau. Il ne pouvait entendre ce qu'elle disait, mais rien qu'à la regarder, il savait qu'il s'agissait de lui.

Kim avait les jambes croisées et il faisait rebondir son pied. Cinq minutes passèrent. Plus il attendait, plus la colère l'envahissait. Juste alors qu'il décidait de ne pas rester assis plus longtemps, un homme apparut en longue blouse blanche assez semblable à celle de Kim, sauf qu'elle était propre et repassée. Il avait sur la tête une casquette de base-ball où était écrit MERCER MEATS au-dessus de la visière. Il tenait un dossier à la main.

Il vint droit sur Kim et lui tendit la main. Kim se leva et serra la main de l'homme — alors qu'il n'en avait pas du tout l'intention.

« Docteur Reggis, je suis Jack Cartwright. Très heureux de vous rencontrer.

— Où est le président ? demanda Kim.

— Il est retenu pour l'instant, mais il m'a demandé de venir vous parler. Je suis un des vice-présidents, chargé entre autres choses des relations publiques. »

Jack était un homme à la puissante carrure et au visage mou avec un nez relevé légèrement porcin. Il avait un sourire servile.

« C'est au président que je veux parler, dit Kim.

— Écoutez, je suis tout à fait désolé d'apprendre que votre fille est malade.

— Elle est plus que malade, dit Kim, elle est au seuil de la mort en train de lutter contre une bactérie appelée E. coli 0157 : H7. J'imagine que c'est une bestiole dont vous avez déjà entendu parler?

— Malheureusement, oui, dit Jack dont le sourire disparut. Tout le monde dans l'industrie de la viande la connaît, surtout depuis l'affaire de la viande de chez Hudson. En fait, elle nous a rendus paranoïaques au point que nous dépassons de loin toutes les recommandations du ministère de l'Agriculture. Pour preuve de nos efforts, il suffit de dire que jamais nous n'avons été impliqués dans le moindre manquement aux règles.

— Je veux visiter votre zone de production de galettes de viande pour hamburgers, dit Kim, qui se moquait du discours tout préparé de Jack.

— C'est tout à fait impossible. Vous comprendrez que pour éviter toute contamination, justement, nous limitons l'accès à...

— Stop! intervint Kim dont le visage rougissait. Je suis médecin. Je sais tout ce qu'il y a à savoir sur la contamination. Je suis prêt à me plier à toutes les règles d'hygiène de cette zone. Mais je ne me contenterai pas de votre refus.

— Eh, calmez-vous, dit Jack d'un air bonhomme. Vous ne m'avez pas laissé terminer. Vous ne pouvez vous rendre dans la salle de production, mais nous avons une galerie d'observation vitrée d'où vous pouvez voir tout le processus. Comme ça, vous n'aurez même pas à revêtir de tenue spéciale.

— Je suppose que c'est un début, dit Kim.

— Formidable! Suivez-moi. »

Jack entraîna Kim dans un long couloir.

« Est-ce que seule la production des hamburgers vous intéresse, demanda Jack, ou bien voulez-vous voir aussi d'autres produits, comme les saucisses?

— Seulement les hamburgers, dit Kim.

— Ça roule! » claironna Jack.

Ils montèrent un escalier.

« Je tiens à souligner que nous sommes féroces en matière de propreté, ici, chez Mercer Meats, roucoula Jack. Toute la zone de production de viande est nettoyée chaque jour, d'abord au jet à haute pression, puis avec des ammoniums quaternaires. On pourrait manger par terre.

— Hum, émit Kim.

— Toute la zone de production est maintenue entre un et deux degrés », dit Jack alors qu'ils atteignaient le haut des marches.

Il saisit la poignée d'une porte coupe-feu.

« C'est dur pour les ouvriers, mais plus dur encore pour les bactéries ! continua-t-il en riant. Vous voyez ce que je veux dire ? »

Kim resta silencieux. Par-delà la porte, ils entrèrent dans un couloir aux parois vitrées surplombant la zone de production sur toute la longueur du bâtiment.

« Plutôt impressionnant, vous ne trouvez pas ? dit fièrement Jack.

— Où est la zone des galettes de viande hachée ?

— Nous allons y arriver, mais laissez-moi d'abord vous expliquer à quoi servent toutes ces machines. »

Kim voyait des hommes qui vaquaient à leurs activités, tous vêtus de blanc, du bonnet aux pieds, et munis de gants. Kim dut admettre que l'atelier avait l'air moderne et propre. Il en fut surpris. Il s'attendait à quelque chose de beaucoup moins impressionnant.

Jack devait parler fort à cause du bruit des machines qui passait la vitre.

« Je ne sais pas si vous savez que les hamburgers sont en général un mélange de viande fraîche et de viande congelée. Le hachage se fait séparément par là, et bien sûr, la viande congelée est d'abord décongelée. »

Kim hocha la tête.

« Après le hachage, la viande fraîche et la viande congelée sont mises dans le mélangeur, là-bas, pour former une seule masse, qui est ensuite plus finement hachée dans les gros hachoirs, là. »

Jack montrait du doigt, Kim hochait la tête.

« Nous faisons cinq machines à l'heure, et leur contenu constitue ensuite un lot. »

Kim montra un des grands conteneurs sur roulettes.

« Est-ce que la viande fraîche arrive dans ces conteneurs ? demanda-t-il.

— Oui. Ils contiennent une tonne. Nous sommes très exigeants pour notre viande fraîche. Elle doit être conditionnée sous cinq jours, et elle doit rester en dessous de deux degrés. Je suis certain que vous savez que c'est plus froid que dans un réfrigérateur domestique.

— Que deviennent les lots ?

— Dès qu'ils sortent du hachoir, ils vont, sur ce tapis roulant en dessous, jusqu'à la machine à former des galettes, là-bas. »

Kim hocha la tête. La machine se trouvait dans une autre salle, isolée du reste de la zone de production. Ils continuèrent leur chemin dans le couloir vitré jusqu'à se trouver juste au-dessus.

« Une machine impressionnante, vous ne trouvez pas ? demanda Jack.

— Pourquoi se trouve-t-elle dans une pièce distincte ? demanda Kim.

— Pour en assurer la propreté totale et la protéger. C'est la machine la plus chère de toute l'usine. Ce bébé sort des galettes de soixante grammes ou de cent cinquante grammes, au choix.

— Que deviennent les galettes quand elles sortent de cette machine ?

— Un tapis roulant les emporte directement dans le tunnel de congélation à l'azote. Ensuite, elles sont mises manuellement dans des boîtes et les boîtes dans des cartons.

— Pouvez-vous retrouver l'origine de la viande ? demanda Kim. Je veux dire, si vous avez le numéro de lot et de boîtes ainsi que la date de production.

— Bien sûr. Tout est conservé dans nos registres. »

Kim sortit de sa poche le bout de papier sur lequel il avait écrit les informations figurant sur les étiquettes des cartons dans le congélateur de l'Onion Ring. Il le déplia et le montra à Jack.

« Je voudrais trouver d'où venait la viande de ces deux lots », dit-il.

Jack regarda le papier, puis secoua la tête.

« Désolé, je ne peux vous donner ce genre d'information.

— Et pourquoi pas ?

— C'est impossible. C'est confidentiel. Ce n'est pas une information que l'on peut rendre publique.

— Quel est le secret à cacher ?

— Il n'y a pas de secret. C'est seulement la politique de l'entreprise.

— Alors, pourquoi conserver des registres ?

— Ils sont exigés par le ministère de l'Agriculture.

— Ça me semble bizarre, dit Kim en pensant aux explications de Kathleen. Une agence gouvernementale exige qu'on tienne des registres dont les informations ne sont pas disponibles pour le public ?

— Ce n'est pas moi qui établis les règles », bafouilla Jack.

Kim regarda à nouveau la salle de fabrication des galettes. Voir ces machines en acier rutilant sur le sol carrelé était très impressionnant. Trois hommes et une femme veillaient au bon fonctionnement de l'ensemble.

Kim remarqua que la femme tenait un dossier sur lequel elle écrivait de temps à autre. Contrairement aux hommes, elle ne touchait pas à la machine.

192

« Qui est cette femme ? demanda Kim.

— Marsha Baldwin, répondit Jack. Beau brin de fille, hein ?

— Que fait-elle ?

— Elle inspecte. C'est l'inspecteur que nous a assigné le ministère de l'Agriculture. Elle s'arrête chez nous trois, quatre, parfois cinq fois par semaine. C'est une dure à cuire. Elle fourre son nez partout.

— Je suppose qu'elle, elle pourrait retrouver l'origine de la viande ?

— Bien sûr. Elle vérifie le registre chaque fois qu'elle vient.

— Que fait-elle en ce moment ? »

Elle était penchée sur la bouche béante de la machine de conditionnement des galettes.

« Je n'en ai pas la moindre idée. Elle s'assure probablement que la machine a été nettoyée selon les règles, ce qui a indubitablement été le cas. Elle s'attache au moindre détail, c'est tout ce que je sais. Au moins, elle nous maintient sur le qui-vive !

— Trois à cinq fois par semaine, répéta Kim, c'est impressionnant

— Venez, dit Jack en faisant signe à Kim de le suivre. La seule chose que vous n'ayez pas encore vue, ce sont les boîtes empaquetées dans les cartons et les cartons mis au froid avant l'expédition. »

Kim savait qu'il avait vu tout ce qu'on lui montrerait. Il était convaincu qu'on ne le laisserait pas parler directement à Everett Sorenson.

« Si vous avez d'autres questions, dit Jack à leur retour dans le hall d'entrée, appelez-moi. »

Il tendit à Kim une carte professionnelle en arborant un sourire de vainqueur. Puis il serra trop fort la main de Kim et lui donna une claque dans le dos en le remerciant pour sa visite.

Kim sortit du bâtiment de Mercer Meats et monta dans sa voiture. Mais au lieu de démarrer, il mit la radio et, après s'être assuré que son portable était allumé, il essaya de se détendre. Au bout de quelques minutes, il descendit en partie la vitre. Il ne voulait pas s'endormir.

Le temps passait très lentement. Plusieurs fois, il faillit abandonner et partir. Il se sentait de plus en plus coupable d'avoir abandonné Tracy dans la salle d'attente des soins intensifs. Mais un peu plus d'une heure plus tard, la patience de Kim fut récompensée : Marsha Baldwin sortit de l'entreprise. Elle était vêtue d'un manteau kaki et portait ce qui ressemblait à un attaché-case officiel.

Affolé à l'idée de ne pas l'intercepter avant qu'elle monte dans sa voiture, Kim se battit avec sa portière. Elle se coinçait de temps à autre, héritage d'une ancienne collision. Plusieurs coups d'épaule plus tard, elle s'ouvrit et il descendit pour courir vers la jeune femme. Quand il la rejoignit, elle avait ouvert la porte arrière de sa Ford jaune et elle se redressait après avoir placé sa mallette par terre devant le siège. Kim fut surpris par sa taille, qu'il estima à plus d'un mètre soixante-quinze.

« Marsha Baldwin ? » demanda Kim.

Un peu surprise qu'on l'accoste en disant son nom, Marsha se retourna vers Kim, qu'elle toisa de ses yeux d'un vert émeraude profond. D'un geste réflexe, elle écarta de son front une boucle de ses cheveux blond foncé et la coinça derrière son oreille. Elle était troublée par l'aspect de Kim, et le ton presque agressif de sa voix l'avait mise immédiatement sur ses gardes.

« Oui, je suis Marsha Baldwin », dit-elle avec quelque hésitation.

Kim tenta d'analyser la situation, incluant aussi bien l'autocollant sur le pare-chocs de la voiture visiblement officielle, qui disait : « Sauvez les lamantins », que la femme qui, comme l'avait si bien dit Jack Cartwright, était « un beau brin de fille ». Kim estima qu'elle ne devait pas avoir plus de vingt-cinq ans, avec une peau de corail et des traits de camée. Elle avait le nez proéminent mais aristocratique, les lèvres bien dessinées.

« Il faut que je vous parle, dit Kim.

— Vraiment ? Et qui êtes-vous, un chirurgien au chômage ou un fêtard qui n'a pas eu le temps d'enlever son déguisement après le bal masqué ?

— Dans d'autres circonstances, je pourrais rire, dit Kim, mais on m'a dit que vous étiez inspecteur du ministère de l'Agriculture.

— Et qui vous a donné cette information ? » demanda Marsha d'un ton méfiant.

Au cours de sa formation, on l'avait mise en garde contre les cinglés qui risquaient d'être agressifs. Kim montra le bâtiment.

« C'est un cadre visqueux de Mercer Meats du nom de Jack Cartwright.

— Et alors, même si c'est le cas ? » demanda Marsha en claquant la portière arrière de sa voiture avant d'ouvrir la portière avant.

Elle n'avait aucune intention de consacrer plus d'une minute à cet homme. De sa poche, Kim sortit le papier où il avait noté les références des cartons de l'Onion Ring. Il le lui montra.

« Je voudrais que vous découvriez d'où venait la viande de ces deux lots.

— Et pourquoi, grands dieux ?

— Parce que je crois qu'un de ces lots a rendu ma fille mortellement malade à cause d'une souche particulièrement virulente d'E. coli, dit Kim. Non seulement je veux savoir d'où venait cette viande, mais il faut aussi que je sache où le reste de ces lots a été envoyé.

— Comment savez-vous qu'il s'agit d'un de ces lots ? demanda Marsha.

— Je n'en suis pas certain. Du moins pas encore.

— Oh, vraiment ?

— Oui, vraiment, dit Kim qui commençait à s'offusquer de son ton supérieur.

— Désolée, je ne peux divulguer ce genre d'information.

— Pourquoi pas ?

— Ce n'est pas mon travail de livrer ces informations au public. Je suis certaine que le règlement s'y oppose. »

Marsha commença à monter dans sa voiture.

L'image de sa fille mourante sur son lit d'hôpital passa devant les yeux de Kim, qui saisit brutalement le bras de Marsha pour l'empêcher de monter dans la voiture.

« Je me fous du règlement, foutue bureaucrate ! C'est de la plus haute importance. Vous êtes censée protéger le public. Vous avez là justement une occasion de le faire. »

Marsha ne s'affola pas. Elle regarda la main qui lui serrait le bras puis le visage indigné de Kim.

« Lâchez-moi ou je hurle à la mort, espèce de cinglé ! »

Certain qu'elle tiendrait parole, Kim la lâcha. Il était décontenancé par l'assurance inattendue de Marsha.

« Soyez gentil, maintenant, dit Marsha comme si elle parlait à un gamin. Je ne vous ai rien fait.

— Vous parlez ! Si vous, les gens du ministère de l'Agriculture, n'étiez pas aussi laxistes, si vous inspectiez vraiment cette viande, ma fille ne serait pas malade, et cinq cents gosses ne mourraient pas chaque année !

— Attendez une minute ! Je travaille dur et je prends mon travail très au sérieux.

— Foutaises ! On m'a dit que chez vous, on cherche surtout l'avancement et que le ministère couche avec l'industrie qu'il est censé inspecter. »

La mâchoire de Marsha tomba littéralement. Elle n'en croyait pas ses oreilles.

« Je n'ai pas l'intention de valider cette remarque par une réponse », dit-elle.

Elle monta derrière le volant et claqua sa portière. Alors qu'elle insérait la clé de contact, Kim frappa à sa vitre.

« Attendez une seconde, cria-t-il. Je suis désolé ! Je vous en prie ! » Il passa une main nerveuse dans ses cheveux en désordre. « J'ai désespérément besoin de votre aide. Je n'ai rien voulu dire contre vous personnellement. Il est évident que je ne vous connais pas. »

Après quelques secondes d'hésitation, Marsha baissa sa vitre et leva les yeux vers Kim. Le visage qu'elle avait pris pour celui d'un vieil excentrique lui semblait maintenant celui d'un homme torturé.

« Êtes-vous vraiment médecin ? demanda-t-elle.

— Oui, cardiologue. Chirurgien, pour être plus précis.

— Et votre fille est vraiment malade ?

— Très, très malade, dit Kim d'une voix qui se brisa. Elle est attaquée par une souche très virulente d'E. coli. Je suis presque certain qu'elle l'a attrapé en mangeant un hamburger mal cuit.

— Je suis désolée de l'apprendre ; mais écoutez, ce n'est pas à moi que vous devez vous adresser. Je ne travaille pour le ministère que depuis très peu de temps, et je suis tout en bas de l'échelle du service d'inspection.

— Qui pensez-vous que je devrais contacter ?

— Le chef du district. Il s'appelle Sterling Henderson. Je peux vous donner son numéro.

— Est-ce qu'il se trouve à ce qu'on pourrait appeler un niveau intermédiaire du ministère ? demanda Kim en se souvenant des paroles de Kathleen.

— Je suppose que oui.

— Alors, il ne m'intéresse pas. On m'a dit qu'il y a de graves problèmes avec les services de l'inspection du ministère de l'Agriculture à cause de conflits d'intérêts, surtout au niveau intermédiaire de la gestion du service. Avez-vous connaissance du problème ?

— Eh bien, je sais qu'il y a des problèmes, admit Marsha. C'est très politique...

— En attendant, une industrie de plusieurs milliards de dollars comme l'industrie du bœuf peut peser de tout son poids.

— Quelque chose comme ça.

— Pour ma fille, est-ce que vous voulez bien m'aider ? Je ne peux rien pour elle sur le plan médical, mais je vais trouver le pourquoi et le comment de sa maladie, et peut-être que ça me permettra d'agir. Je voudrais tant épargner à d'autres enfants ce destin tragique. Je crois qu'un des lots dont j'ai noté la référence a été contaminé par cette souche virulente d'E. coli.

— Seigneur, je ne sais pas quoi dire. »

Marsha tapotait le volant en réfléchissant. Elle était sensible à l'idée de sauver des enfants d'une maladie grave, mais il y avait des risques.

« Je crois que je n'ai aucun moyen d'obtenir ces informations sans votre aide, dit Kim. Du moins pas assez vite pour que cela serve à quelque chose.

— Et si vous appeliez le ministère de la Santé ? suggéra Marsha.

— C'est une bonne idée. J'essaierai ça aussi lundi, mais pour vous dire la vérité, je ne suis pas très optimiste de ce côté-là. J'aurai à nouveau affaire à des bureaucrates, et cela prendra probablement trop longtemps. De plus, j'aimerais assez accomplir ça tout seul. C'est une manière de compenser le fait que je ne peux rien sur le plan médical pour aider ma fille.

— Je risque mon emploi, dit Marsha. Sauf si... Je pense pouvoir obtenir l'aide de mon supérieur immédiat. Le problème, c'est que nous n'avons jamais eu tous les deux ce qu'on appelle des relations de travail cordiales.

— S'agit-il du chef de district dont vous avez parlé ?

— En effet. Sterling Henderson.

— Je préférerais que cela reste entre nous.

— C'est facile à dire pour vous. Le problème, c'est qu'il s'agit de mon emploi, pas du vôtre.

— Dites-moi, dit soudain Kim. Avez-vous déjà vu un enfant souffrant d'une intoxication par E. coli ? Je vous le demande parce que ça ne m'était jamais arrivé, à moi, avant que ma fille tombe malade ; et je suis médecin. J'en avais entendu parler, mais c'était resté une abstraction, une statistique.

— Non je n'ai jamais vu d'enfant malade à cause de l'E. coli, admit Marsha.

— Alors, venez voir ma fille ! Après, vous pourrez décider quoi faire. J'accepterai votre décision, quelle qu'elle soit. Quoi qu'il arrive, cela donnera une autre dimension à votre travail.

— Où est-elle ?

— Au CHU, l'hôpital où je travaille. Appelez l'hôpital, si vous ne me croyez pas, dit Kim en montrant le portable de Marsha entre les deux sièges avant. Je suis le Dr Kim Reggis. Ma fille s'appelle Rebeccca.

— Je vous crois... Quand pensez-vous que je pourrais y aller ?

— Tout de suite. Venez. Ma voiture est juste là. Je peux vous emmener, et ensuite je vous ramènerai ici.

— Je ne peux pas faire ça. Je ne vous connais ni d'Ève ni d'Adam.

— D'accord. Alors, suivez-moi. Je m'inquiétais seulement de l'endroit où vous pourriez vous garer à l'hôpital, mais tant pis. Suivez-moi au parking des médecins. D'accord ?

— Vous êtes très insistant et très persuasif !

— Très bien, on y va !

— D'accord », dit Marsha d'un ton encore méfiant.

Elle ne savait pas dans quoi elle s'engageait.

Jack Cartwright avait gardé le nez pressé contre la fenêtre. Il surveillait Kim et il avait été témoin de son échange avec Marsha Baldwin. Bien sûr, il n'avait pas entendu ce qu'ils disaient, mais il avait vu Marsha suivre la voiture de Kim hors du parking après que tous deux eurent semblé arriver à une sorte d'accord.

Quittant le hall d'accueil, Jack fila dans le couloir central, dépassa l'escalier qu'il avait fait monter à Kim pour gagner le tunnel d'observation et, tout au bout du couloir, il se retrouva dans les bureaux.

« Le patron est là ? demanda-t-il à une des secrétaires.

— Mais bien sûr ! » dit-elle sans cesser de taper sur son traitement de texte.

Jack frappa à la porte fermée du président. Une voix tonitruante lui dit : « Entrez, bon Dieu ! »

Everett Sorenson dirigeait Mercer Meats avec succès depuis près de vingt ans. C'est sous sa direction que l'entreprise avait été rachetée par Foodsmart et que la nouvelle usine avait été construite. Sorenson était un homme grand, plus fort encore que Jack, au teint fleuri et aux oreilles petites pour sa taille, ce qu'on remarquait d'autant plus qu'il était chauve.

« Mais qu'est-ce qui vous excite tous autant ? » demanda Everett quand Jack entra.

Everett avait un sixième sens concernant ses subalternes, qu'il avait tous fait monter personnellement de l'atelier aux bureaux dans la hiérarchie de l'entreprise.

« On a un problème, dit Jack.

— Oh ! dit Everett en penchant son torse massif sur son bureau. Qu'est-ce qui se passe ?

— Tu sais, dit Jack en s'asseyant dans un des deux fauteuils devant le bureau d'Everett, cet article que tu as lu dans le journal ce matin ? Celui à propos d'un docteur fou qui s'intéresse à l'E. coli et qui s'est fait arrêter à l'Onion Ring de Prairie Highway ?

— Bien sûr, et alors ?

— Il sort d'ici.

— Le docteur ? s'étonna Everett.

— Lui-même. C'est le Dr Reggis, et je peux te dire que ce type est dingo. Il est hors de lui, et il est convaincu que sa fille a attrapé l'E. coli par une de nos galettes de viande.

— Merde ! On n'avait pas besoin de ça.

— Il y a pire : je l'ai vu discuter sur le parking avec Marsha Baldwin, et ensuite ils sont repartis l'un derrière l'autre.

— Tu veux dire que tu penses qu'ils sont partis ensemble ?

— On dirait bien. Avant de partir, ils ont discuté un bon moment.

— Seigneur Jésus ! dit Everett en frappant la surface de son bureau d'une de ses mains grande comme une pelle. On n'avait vraiment pas besoin de ça, répéta-t-il en se levant pour marcher de long en large. Surtout pas ! Cette salope de Baldwin est une épine dans mon pied depuis qu'elle nous a été envoyée. Elle n'arrête pas de remplir ces stupides rapports d'incidents. Heureusement que Sterling Henderson les met dans un tiroir !

— Est-ce que Sterling ne peut pas se charger d'elle ? Est-ce qu'il ne pourrait pas la renvoyer ?

— J'aimerais bien. Je m'en suis plaint jusqu'à ne plus avoir de souffle !

— Avec l'argent qu'on lui donne comme s'il travaillait toujours ici, on pourrait au moins obtenir qu'il la fasse muter.

— Pour sa défense, il faut dire que la situation est difficile, dit Everett. Apparemment, le père de Baldwin a des relations à Washington.

— Ce qui nous laisse sans rames au milieu du lac, dit Jack. On se retrouve avec une inspectrice qui fait du zèle et ne respecte pas les règles du jeu d'équipe, associée à un médecin surexcité prêt à se faire arrêter dans un restaurant juste pour marquer un point. J'ai peur que ce type ait tout d'un kamikaze. Il se sacrifiera, mais il n'hésitera pas à nous entraîner avec lui.

— Je n'aime pas ça, dit nerveusement Everett. Un autre épisode d'E. coli serait catastrophique. La direction de Hudson n'a pas survécu à sa lutte contre cette bestiole. Mais qu'est-ce qu'on peut faire ?

— Il faut contrôler la situation, et vite, dit Jack. Il me semble que c'est le moment parfait de faire entrer en jeu notre nouvelle Commission de prévention. C'est exactement pour ce genre de situation qu'on l'a constituée.

— Tu as raison ! Ce serait parfait On ne serait même pas partie prenante.

— Pourquoi ne pas appeler Bobby Bo Mason ?

— C'est ce que je vais faire. »

Everett était radieux. C'était justement parce que Jack était un tacticien et qu'il savait prendre une décision qu'il l'avait promu à la vice-présidence.

« Chaque minute compte, dit Jack.

— Je vais l'appeler tout de suite, dit Everett.

— Peut-être pourrions-nous profiter du dîner qu'organise Bo ce soir, dit Jack. Ça pourrait accélérer les choses. Tout le monde sera là.

— Bonne idée ! » dit Everett en décrochant le téléphone.

Kim se gara vite et descendit de sa voiture pour indiquer à Marsha une des places réservées à des médecins dont il était presque certain qu'ils ne viendraient pas un samedi. Il lui ouvrit sa portière à l'instant où elle coupa le moteur.

« Êtes-vous certain que ce soit une bonne idée ? » demanda Marsha en descendant de voiture.

Elle leva les yeux vers l'imposante façade de

l'hôpital. Elle avait réfléchi pendant qu'elle conduisait, et elle n'était plus très sûre d'avoir eu raison
de venir.

« Je pense que c'est une idée grandiose, dit Kim.
Je me demande pourquoi je n'y ai pas pensé plus
tôt. Venez! »

Kim prit le bras de Marsha et la guida vers
l'entrée. Au début, elle résista pour la forme, puis
elle se résigna à la situation. Elle s'était rarement
rendue dans un hôpital et ne savait pas comment
elle allait réagir. Elle craignait d'être plus bouleversée qu'elle ne l'aurait cru sur le parking de Mercer Meats. Mais, à sa grande surprise, alors qu'ils
attendaient l'ascenseur dans le hall, elle remarqua
que Kim tremblait, pas elle.

« Est-ce que vous allez bien? demanda-t-elle.

— À vrai dire, non, admit Kim. J'ai passé ma vie
dans les hôpitaux depuis le début de mes études, et
ça ne m'a jamais impressionné, même au début.
Mais maintenant que Becky est malade, j'éprouve
une angoisse affreuse chaque fois que je passe la
porte. Je pense que c'est essentiellement pour ça
que je ne suis pas resté ici tout le temps. Ce serait
différent s'il y avait quelque chose que je puisse
faire, mais ce n'est pas le cas.

— Ce doit être un vrai crève-cœur, dit Marsha.

— Vous n'imaginez pas à quel point. »

Ils pénétrèrent dans un ascenseur plein de
monde et ne dirent plus rien avant de se retrouver
dans le couloir menant aux soins intensifs.

« Je ne veux pas avoir l'air curieuse, dit Marsha,
mais comment votre femme tient-elle le coup?

— Nous sommes divorcés, dit Kim, mais nous
sommes unis dans notre inquiétude pour Becky.
Tracy, mon ex-femme, a beaucoup de mal à supporter la situation, pourtant je crois qu'elle s'en
sort mieux que moi. Je suis certain qu'elle est ici.
Je vais vous présenter. »

Marsha frissonna. Devoir partager l'angoisse

d'une mère allait rendre l'expérience plus boule-versante encore. Elle commençait à se demander pourquoi elle s'était laissé entraîner là-dedans. Puis, pour aggraver les choses, Marsha vit les pancartes indiquant qu'ils se dirigeaient vers les soins intensifs.

« Votre fille est en soins intensifs ? demanda-t-elle dans l'espoir d'une réponse négative.

— Malheureusement, oui », répondit Kim.

Marsha soupira. Ce serait pire encore qu'elle ne l'avait craint.

Kim s'arrêta au seuil de la salle d'attente. Il vit Tracy et fit signe à Marsha de le suivre. Quand il arriva près de Tracy, son ex-épouse s'était levée.

« Tracy, je voudrais te présenter Marsha Baldwin. Marsha est inspecteur du ministère de l'Agri-culture et j'espère qu'elle va m'aider à retrouver l'origine de la viande qui a rendu Becky malade. »

Tracy ne répondit pas immédiatement et, en voyant son visage, Kim comprit immédiatement qu'il s'était encore passé quelque chose. Il semblait que, chaque fois qu'il revenait, Becky allait un peu plus mal. C'était comme un mauvais film qu'on rejouait en boucle.

« Qu'est-ce qu'il y a ? demanda Kim.

— Pourquoi est-ce que tu n'as pas répondu au téléphone ? demanda Tracy d'un ton las et exas-péré.

— Il n'a pas sonné.

— J'ai essayé de t'appeler, plusieurs fois. »

Kim se rendit compte qu'il avait laissé son télé-phone dans la voiture pendant sa visite à l'usine et pendant qu'il parlait avec Marsha.

« Je suis là, maintenant, dit Kim pour ne pas avoir à s'expliquer. Que s'est-il passé ?

— Son cœur s'est arrêté, dit Tracy. Mais ils l'ont fait repartir. J'étais près d'elle quand c'est arrivé.

— Peut-être devrais-je partir, dit Marsha.

— Non ! protesta Kim. Restez, je vous en prie ! Je vais aller voir ce qui s'est passé. »

Kim courut hors de la salle d'attente.

Tracy et Marsha se regardèrent, un peu gênées.

« Je suis désolée pour votre fille, dit Marsha.

— Merci », dit Tracy.

Elle se tamponna le coin des yeux de son mouchoir. Elle pleurait tant depuis quarante-huit heures qu'elle n'avait presque plus de larmes.

« C'est une si merveilleuse enfant, murmura-t-elle.

— Je ne m'étais pas rendu compte que votre fille était malade à ce point. Ce doit être terrible.

— C'est inimaginable.

— Je suis très gênée d'arriver à un tel moment, dit Marsha. Je suis vraiment désolée. Peut-être devrais-je vous laisser...

— Ne partez pas à cause de moi, dit Tracy. Kim semblait beaucoup tenir à ce que vous restiez. Je n'arrive pas à comprendre comment il peut même songer à remonter la filière de l'intoxication en un moment pareil. Pour ma part, j'ai déjà du mal à respirer.

— C'est sans doute parce qu'il est médecin, dit Marsha. Il m'a clairement exposé qu'il voulait tenter d'éviter que d'autres enfants rencontrent le même problème.

— Je pense que je n'avais pas vu les choses sous cet angle, dit Tracy. Je ne devrais peut-être pas porter de jugements aussi rapides.

— Il a peur qu'il y ait tout un lot de viande contaminée dans les restaurants, dit Marsha.

— Je pense que c'est très possible, dit Tracy, mais ce que je ne comprends pas, c'est pourquoi il vous a amenée ici. Notez que je n'ai rien contre vous.

— Je comprends. Il m'a demandé de l'aider à retrouver l'origine de certains lots de viande. J'hésitais, parce que ça ne fait pas vraiment partie de mon travail. En fait, divulguer ce genre d'information pourrait me coûter mon emploi si mon patron l'apprenait. Il a pensé que voir votre fille, être témoin de ce que peut faire l'E. coli, pourrait modifier ma conception des choses. Il est certain au moins que la voir donnera un sens nouveau à mon travail d'inspecteur.

— Voir les souffrances de Becky pourrait bien faire de vous l'inspecteur le plus consciencieux du monde. Voulez-vous toujours savoir à quel point elle est malade? Il va vous falloir du courage.

— Je n'en sais rien, avoua Marsha. Et comme je l'ai déjà dit, je ne veux pas m'imposer.

— Vous ne vous imposez pas, décida soudain Tracy. Venez, allons la voir. »

Tracy conduisit Marsha hors de la salle d'attente et s'arrêta devant la porte des soins intensifs.

« Ne me quittez pas, dit Tracy. On n'est pas censé entrer et sortir de cet endroit sans être accompagné. »

Marsha hocha la tête. Son cœur cognait dans sa poitrine et elle transpirait.

Tracy ouvrit la porte et les deux femmes entrèrent. Tracy s'approcha rapidement du box de Becky, Marsha juste derrière elle. Plusieurs infirmières virent les deux femmes, mais ne dirent rien. Tracy était devenue une habituée des soins intensifs, ces dernières quarante-huit heures.

« Je crains qu'il ne soit difficile de voir grand-chose », dit Tracy.

Outre Kim, six médecins et deux infirmières encombraient le petit espace autour du lit. Mais c'était la voix de Kim qu'on entendait.

« Je comprends qu'elle a fait plusieurs arrêts! » criait-il.

Il était furieux de ressentir autant de peur et d'exaspération à la fois. D'après sa grande expérience clinique, il savait sa fille au seuil de la mort, mais personne ne lui donnait de réponse directe, personne ne faisait rien d'autre que rester là à se caresser le menton d'un air pensif.

« Ce que je veux savoir, dit Kim, c'est ce qui se passe. »

Il regarda Jason Zimmerman, le pédiatre cardiologue à qui on venait de le présenter. L'homme détourna le regard, prétendument absorbé par l'étude du moniteur cardiaque qui traçait un rythme erratique. Ça évoluait très mal.

Kim se retourna pour regarder Claire Stevens, et derrière elle, il vit Tracy et Marsha.

« Nous ne savons pas ce qui se passe, admit Claire. Il n'y a pas d'écoulement péricardique, alors il ne s'agit pas d'une tamponnade.

— Il me semble que c'est quelque chose d'inhérent au myocarde même, dit Jason. J'ai besoin d'un véritable électrocardiogramme. »

Ces mots n'étaient pas plutôt sortis de la bouche du cardiologue que le signal d'alarme du moniteur se déclencha. L'écran afficha une ligne plate. Le cœur de Becky s'était à nouveau arrêté.

« Code bleu ! » cria une infirmière pour alerter les autres occupées ailleurs dans la salle.

Jason réagit en écartant Kim du lit et en commençant un massage cardiaque, ses deux mains pressant rythmiquement la frêle poitrine de Becky. Jane Flanagan, l'anesthésiste qui avait répondu à l'appel initial et était toujours là, s'assura que le tube endotrachéal restait à sa place. Elle augmenta aussi le pourcentage d'oxygène offert par le respirateur.

Des infirmières apportèrent si vite le chariot d'urgence cardiaque qu'elles faillirent renverser Tracy et Marsha, qui durent s'écarter d'un bond.

Dans le box, tout le monde s'agitait, les médecins présents faisaient de leur mieux. Il était évident pour tous que non seulement le cœur s'était arrêté de battre, mais que toute activité électrique avait cessé.

Tracy se couvrit le visage d'une main. Elle aurait voulu fuir, mais elle ne le pouvait pas. C'était comme si elle était collée sur place, contrainte de regarder chaque détail qui la torturait.

Marsha ne pouvait que se faire toute petite derrière Tracy, de crainte de gêner.

Kim s'était reculé, recroquevillé sur l'horreur à laquelle il ne voulait pas croire. Ses yeux passaient de l'écran du moniteur au pauvre corps de sa fille brutalisé par le pédiatre cardiologue.

« Épinéphrine ! » cria Jason en continuant ses efforts.

Les infirmières qui s'occupaient du chariot d'urgence répondirent en tendant une seringue contenant le médicament. Elle passa de main en main jusqu'à arriver à Jason, qui arrêta son massage cardiaque le temps de plonger l'aiguille directement dans le cœur de Becky.

Tracy se couvrit les yeux et gémit. Instinctivement, Marsha l'enlaça, mais elle ne pouvait détacher les yeux du drame horrible qui se déroulait devant elle.

Jason revint au massage tout en surveillant le moniteur. Aucun changement dans les lignes droites sur l'écran.

« On va la choquer ! cria Jason. Peut-être l'activité électrique reviendra-t-elle. Si ça ne marche pas, il faudra lui mettre un stimulateur. Préparez-vous. »

Les infirmières avaient déjà chargé le défibrillateur. Elles tendirent les électrodes à Jason, qui cessa son massage pour les prendre.

« On recule ! » cria-t-il en les positionnant.

Quand tout le monde se fut écarté, il pressa le bouton provoquant la décharge électrique.

Le corps pâle de Becky sursauta et ses bras blancs volèrent. Tous les yeux se tournèrent vers le moniteur dans l'espoir d'un changement. Mais le curseur ne voulait pas bouger de son cours rectiligne.

Kim s'avança. Il n'aimait pas la manière dont Jason pratiquait le massage.

« Vous n'obtenez pas assez de pression, dit-il. Je vous relaie.

— Non, dit Claire en tentant de le tirer en arrière. Docteur Reggis, ce n'est pas ainsi qu'il faut procéder. Nous nous occupons de tout. Je crois que vous devriez attendre dehors. »

Kim se débarrassa de la pédiatre d'un coup d'épaule. Il avait les pupilles dilatées et le visage rouge. Rien ne le ferait partir.

Jason comprit la critique de Kim. Homme de petite taille, il avait du mal à donner beaucoup de force parce qu'il ne dominait pas assez la malade. Il monta donc sur le lit et se mit à genoux au-dessus de l'enfant. Maintenant, il pouvait mieux comprimer la poitrine. C'était tellement mieux que toutes les personnes présentes entendirent plusieurs des côtes de Becky casser.

« Plus d'épinéphrine ! aboya Kim.

— Non ! dit Jason entre deux efforts. Je veux du calcium !

— Épinéphrine », répéta Kim dont les yeux étaient collés au curseur du moniteur.

Comme aucune seringue ne venait, il se retourna vers les infirmières autour du plateau. « Où est l'épi ? demanda-t-il.

— Calcium ! répéta Jason. Il faut qu'on retrouve une activité électrique. Il y a forcément un déséquilibre ionique.

— Calcium, dit Claire.

— Non ! » cria Kim en se frayant un chemin jusqu'au chariot.

Il fixa l'infirmière du regard. Les yeux de la pauvre jeune femme passaient du visage furieux de Kim à celui de Claire. Elle ne savait plus ce qu'elle devait faire.

Peu habitué à n'être pas obéi, Kim prit une seringue et la dégagea de son enveloppe. Puis il se saisit de l'ampoule d'épinéphrine et en cassa le sommet. De ses doigts tremblants, il laissa tomber l'aiguille. Il fallut qu'il en prenne une autre.

« Docteur Reggis, non ! » dit Claire en lui saisissant le bras.

Walter Ohanesian, l'hématologue, tenta de l'aider en saisissant l'autre bras de Kim. Mais celui-ci se dégagea facilement et remplit la seringue. Kathleen et Arthur, le néphrologue, vinrent aider Claire et Walter. Il s'ensuivit une lutte où chacun poussait et tirait au milieu des cris et des menaces.

« Oh, Seigneur ! gémit Tracy. Quel cauchemar !

— Arrêtez tous ! » cria Jane de toute la force de ses poumons.

La lutte cessa. Alors Jane ajouta, d'une voix anxieuse mais à un volume plus normal :

« Il se passe quelque chose de très étrange. Jason obtient une bonne réponse de la poitrine et je suis à cent pour cent d'oxygène, et pourtant ses pupilles se dilatent ! Je ne sais pas pourquoi, mais son sang ne circule plus. »

Kim se débarrassa des mains qui le retenaient. Personne ne bougea ni ne parla, à l'exception de Jason qui continuait le massage. Les médecins étaient dans une impasse. Pour l'instant, ils ne savaient pas quelle pourrait être la prochaine étape.

Kim fut le premier à réagir. Sa formation de chirurgien ne lui permettait pas de tergiverser un instant de plus. Il savait ce qu'il fallait faire. Sans circulation en dépit d'un bon massage externe, il n'y avait qu'une chose à faire. Il se retourna vers les infirmières près du plateau et cria :

« Bistouri !

— Oh, non ! cria Claire.

— Bistouri ! répéta Kim d'un ton sans réplique.

— Mais vous ne pouvez pas..., cria Claire.

— Bistouri ! » hurla Kim.

Jetant la seringue d'épinéphrine, il plongea vers le chariot et prit un tube de verre dont il sortit l'instrument stérile. Le tube éclata sur le sol carrelé. Il prit un tampon d'alcool dont il déchira l'enveloppe avec ses dents.

Maintenant, seule Claire semblait prête à tenter de lui barrer le chemin, mais ses efforts furent vains. Il la poussa gentiment mais fermement.

« Non ! » s'écria Tracy.

Elle n'était pas médecin, mais son intuition lui disait ce que Kim allait faire. Elle avança et Marsha la lâcha.

En arrivant près de sa fille, Kim fit littéralement tomber Jason du lit. Il frotta la poitrine de Becky avec le tampon d'alcool et, avant que Tracy ait pu l'atteindre, il ouvrit le thorax de sa fille d'un coup décidé, sans même qu'il y ait de saignement.

Toutes les personnes présentes cessèrent de respirer en même temps, sauf Tracy, qui émit une sorte de long gémissement. Elle tituba en arrière, s'écartant de la scène d'horreur, et elle serait tombée si Arthur, le néphrologue, ne l'avait pas rattrapée.

De l'autre côté du lit, Jason se remettait sur ses pieds. Quand il vit ce qui se passait, lui aussi recula.

Kim ne perdit pas de temps. Oubliant tous les autres dans la pièce minuscule, le chirurgien écarta de ses deux mains les côtes fines de Becky et ne les entendit même pas craquer. Puis il enfonça ses mains nues dans la poitrine ouverte de sa fille et commença à comprimer son cœur rythmiquement.

Les efforts herculéens de Kim furent de courte durée. Après quelques compressions seulement, il sentit que le cœur de Becky était perforé et d'une texture loin de la normale. Il n'avait pas l'impression que c'était un muscle, mais quelque chose de beaucoup plus mou qui s'écrasait entre ses doigts. Stupéfait devant cette situation inattendue, il retira ses mains, qui entraînèrent aussi hors de la cavité thoracique une partie des tissus au toucher si étrange. Ignorant ce que cela pouvait être, il approcha ses mains sanglantes de son visage pour regarder de plus près.

Un cri saccadé s'échappa des lèvres de Kim quand il se rendit compte qu'il tenait des lambeaux nécrosés du cœur et du péricarde de Becky. La toxine n'avait eu aucune pitié. C'était comme si sa fille avait été dévorée de l'intérieur.

La porte des soins intensifs s'ouvrit brutalement et deux agents de sécurité de l'hôpital, en uniforme, entrèrent dans la pièce. L'infirmière en chef les avait appelés au moment de l'échange houleux à propos de l'épinéphrine.

Dès qu'ils virent la scène, ils se figèrent sur place. Becky respirait encore grâce au ventilateur, ses poumons roses se gonflant régulièrement dans l'incision ouverte. Kim était debout près d'elle, les mains couvertes de sang, les yeux fous de douleur. Il essayait tout doucement de remettre dans la poitrine de Becky ses tissus nécrosés. Quand il eut terminé ce geste futile, il renversa la tête en arrière et laissa échapper un gémissement d'angoisse comme on n'en avait encore jamais entendu aux soins intensifs.

Tracy s'était suffisamment reprise pour s'avancer. Le cri d'angoisse de Kim lui transperça le cœur. Elle aurait voulu le consoler, et elle avait besoin de consolation.

Mais Kim ne voyait plus personne. Il se fraya un chemin hors de l'alcôve et sortit des soins intensifs. Avant que quiconque ait pu réagir, il était parti.

Dans le couloir, Kim se mit à courir. Les gens s'écartaient de son chemin, sauf un garçon de salle qui ne fut pas assez rapide et que Kim percuta, l'envoyant par terre avec son chariot de bouteilles d'eau.

Sortant de l'hôpital, Kim courut à sa voiture. Il démarra en trombe et laissa les traces noires de ses pneus sur le macadam jusqu'à la sortie du parking.

Kim roula comme un fou vers Prairie Highway. Heureusement pour lui, il ne croisa pas de voiture de police. Quand il pénétra dans le parking de l'Onion Ring, il allait trop vite pour s'arrêter avant le trottoir, sur lequel il monta d'un bond, ne s'arrêtant qu'à quelques centimètres de la façade du restaurant. Il serra le frein à main et il allait sortir quand il hésita. Un éclair de raison s'insinua dans un coin de son cerveau envahi par les émotions. Le samedi après-midi, la foule de ceux qui venaient manger un hamburger avec des frites et boire à la paille un milk-shake ne pouvait réagir positivement à sa douleur.

Kim avait foncé jusqu'à l'Onion Ring pour s'en prendre à un bouc émissaire. Mais maintenant qu'il était là, devant ce monde qui lui était si extérieur, il décida de ne pas sortir de sa voiture.

Il leva sa main droite et la regarda. La vue du sang sombre et séché de sa fille lui confirma l'horrible réalité : Becky était morte, et il n'avait rien pu faire pour la sauver. Il se mit à sangloter. Il ne pouvait que serrer le volant dans ses bras.

Tracy secouait la tête, incrédule face à tout ce qui venait de se passer. Elle passa la main dans ses cheveux emmêlés tandis que Marsha Baldwin posait une main consolatrice sur son épaule. Voilà que pour couronner le tout, elle se faisait consoler par une étrangère !

Tracy avait réagi à l'opposé de Kim. Au lieu de s'enfuir, aveuglée par la rage, elle s'était retrouvée paralysée, incapable même de pleurer.

Juste après le départ précipité de Kim, Claire et Kathleen avaient raccompagné Tracy dans la salle d'attente. Marsha l'avait suivie, bien qu'à cet instant Tracy n'eût pas conscience de sa présence. Claire et Kathleen étaient restées un moment avec Tracy pour lui exprimer leur sympathie et lui expliquer ce qui était arrivé. Elles ne lui avaient épargné aucun détail en réponse à ses questions, y compris la manière dont la toxine de l'E. coli avait à l'évidence attaqué le muscle cardiaque de Becky et aussi le péricarde.

Claire et Kathleen avaient proposé de raccompagner Tracy chez elle, mais elle leur avait répondu qu'elle avait sa voiture et qu'elle pourrait conduire. Ce n'était qu'après le départ des deux médecins que Tracy s'était rendu compte que Marsha était toujours là, et les deux femmes avaient entamé une longue conversation.

« Je tiens à vous remercier d'être restée tout ce temps. Vous m'avez merveilleusement soutenue. J'espère que je ne vous ai pas trop ennuyée avec toutes mes histoires sur Becky.

— Ce devait vraiment être une enfant merveilleuse.

— La meilleure », dit Tracy d'un air songeur.

Puis elle prit une bouffée d'air et se redressa sur sa chaise. Les deux femmes étaient assises dans un coin de la salle, près de la fenêtre. Dehors, les longues ombres de cette fin d'après-midi d'hiver pointaient vers l'est.

« Je me rends compte, dit Tracy, que pendant toute cette conversation nous n'avons pas dit un mot de mon ex-époux, l'homme qui vous a entraînée dans tout cela. »

Marsha hocha la tête.

« La vie est pleine de surprises, soupira Tracy. Voilà que je perds ma fille chérie, le centre de ma vie, et je me surprends à m'inquiéter pour lui. J'espère seulement que la mort de Becky ne va pas le faire basculer.

— Que voulez-vous dire ? demanda Marsha.

— Je ne sais pas exactement, admit Tracy. Je suis très inquiète à l'idée de ce qu'il pourrait faire. On l'a déjà arrêté pour avoir agressé le manager du restaurant qu'il croit responsable de la maladie de Becky. J'espère seulement qu'il ne va rien faire de vraiment fou et blesser quelqu'un — ou lui-même.

— Il avait l'air très en colère, en effet.

— C'est un euphémisme. Il a toujours été tellement perfectionniste! Il avait l'habitude de retourner sa colère contre lui, c'était comme une stimulation pour se surpasser dans son métier; ces dernières années pourtant, il a changé, et c'est la raison principale de notre divorce.

— J'en suis désolée...

— Au fond, c'est un homme bon. Égoïste et égocentrique, mais très bon médecin. Certainement un des meilleurs dans son domaine en chirurgie.

— Cela ne me surprend pas. Ce qui m'a impressionnée chez lui, c'est la manière dont, au milieu de ce drame, il continuait à penser aux autres enfants.

— Voudriez-vous l'aider après ce que vous avez vu cet après-midi? Ce serait merveilleux qu'il puisse canaliser sa colère dans une direction positive.

— J'aimerais beaucoup l'aider, mais je crois que j'ai peur. Je ne le connais pas aussi bien que vous, et j'ai du mal à comprendre son comportement.

— Je sais. J'espère que vous allez y réfléchir. Je vais vous donner son adresse. Le connaissant comme je le connais, je suis certaine qu'il va s'y terrer jusqu'à ce que sa colère et son horreur de l'injustice le poussent à agir. J'espère seulement qu'avec votre aide son énergie pourra être canalisée vers une action utile. »

Marsha monta dans sa voiture. Elle ne démarra pas immédiatement mais réfléchit aux événements de cette étrange journée. Tout avait commencé quand, sur une impulsion, elle avait décidé de rester quelques heures de plus chez Mercer Meats.

Elle se demanda comment obtenir les informations que voulait Kim. La provenance de la viande des divers lots était consignée dans les registres, mais les consulter n'était pas précisément son domaine habituel. Son travail consistait seulement à vérifier que le registre était bien tenu. Sachant qu'il y avait toujours quelqu'un qui la surveillait du coin de l'œil, elle se demanda comment elle pourrait parvenir à ses fins sans éveiller de soupçons. Le problème, c'était qu'elle ne voulait pas que son propre patron connaisse ses intentions, et ce serait difficile dans la mesure où Mercer Meats entretenait d'étroits contacts avec ses supérieurs concernant tout ce qu'elle faisait.

La réponse était évidente. Elle irait après la fin des heures normales de travail, quand il ne restait plus que l'équipe de nettoyage. En fait, samedi serait le jour idéal pour essayer; ce serait plus calme encore que d'ordinaire.

Marsha sortit de sa poche l'adresse que Tracy lui avait donnée et consulta le plan de la ville qu'elle gardait dans sa voiture. La maison de Kim était assez proche, et elle décida de lui rendre visite pour s'assurer qu'il voulait encore de son aide.

Trouver la propriété ne lui prit pas longtemps, mais en arrivant elle fut étonnée de ne pas voir une seule lumière allumée pour lutter contre l'obscurité grandissante du soir. La maison dressait son énorme silhouette noire au milieu des arbres.

Marsha allait partir quand elle vit la voiture de Kim garée dans l'ombre devant le garage. Elle décida alors de descendre de voiture et d'aller sonner à la porte, au cas où il serait là.

Marsha sonna et fut surprise du tintement fort et clair du carillon. Puis elle se rendit compte que la porte n'était pas vraiment fermée. Comme Kim ne réagissait pas à la cloche, elle sonna à nouveau. Toujours pas de réponse.

Étonnée et rendue inquiète par cette porte ouverte au milieu de l'hiver, Marsha s'arma de courage et la poussa un peu plus pour se pencher dans le hall et appeler Kim. Pas de réponse.

Les yeux de Marsha s'habituèrent peu à peu à la

pénombre et elle vit l'escalier, la salle à manger et jusqu'à la cuisine. Elle appela de nouveau Kim sans qu'il réponde.

Ne sachant que faire, Marsha songea à partir. Mais la phrase de Tracy s'inquiétant à l'idée que Kim puisse se faire du mal lui revint en tête. Elle se demanda si elle devait appeler la police, mais cela lui sembla un acte trop extrême étant donné le peu d'indices inquiétants. Elle décida donc de se renseigner plus avant.

Rassemblant tout son courage, elle entra. Elle n'eut pas à aller bien loin. Au milieu du hall, elle s'arrêta net. Kim était assis dans l'unique fauteuil d'une pièce presque vide, à trois mètres d'elle. Dans la pénombre, il avait l'air d'un spectre, sa blouse blanche de médecin luisant comme les aiguilles d'une montre.

« Seigneur! s'exclama Marsha. Vous m'avez fait peur. »

Kim ne répondit pas. Il ne bougea même pas.

« Docteur Reggis? »

Pendant un court instant, elle se demanda s'il était mort.

« Qu'est-ce que vous voulez? demanda Kim d'une voix rauque et épuisée.

— Je n'aurais peut-être pas dû venir. Je voulais seulement vous proposer mon aide.

— Et comment envisagez-vous de m'aider?

— En faisant ce que vous m'avez demandé cet après-midi. Je sais que cela ne ramènera pas votre fille, mais j'aimerais vous aider à retrouver l'origine de la viande de ces lots que vous croyez contaminés. Bien sûr, ça risque de ne servir à rien. Vous devez comprendre que, de nos jours, la viande d'un seul hamburger peut provenir de cent bovins différents et de dix pays différents. Mais quoi qu'il en soit, je suis prête à essayer, si vous le voulez toujours.

— Pourquoi avez-vous changé d'avis?

— Surtout parce que vous aviez raison quant à l'effet que produirait sur moi le spectacle d'une enfant malade. Mais aussi parce que vous aviez raison, jusqu'à un certain point, à propos du ministère de l'Agriculture. Je ne voulais pas l'admettre, mais je sais que mes supérieurs traînent des pieds et qu'il y a trop de collusion entre les fonctionnaires et l'industrie de la viande. Je me suis rendu compte que tous les rapports que j'ai remplis signalant des manquements aux règles ont été classés sans suite par mon patron direct. Il m'a franchement dit de détourner le regard quand je vois un problème.

— Pourquoi ne me l'avez-vous pas dit plus tôt?

— Je n'en sais rien. Par loyauté envers mon employeur, je pense. Vous comprenez, il me semble que le système pourrait fonctionner. Il faut simplement plus de gens comme moi qui veulent vraiment le rendre efficace.

— Et en attendant, de la viande contaminée rend des gens malades, et des enfants comme Becky meurent.

— C'est tristement vrai. Et nous savons tous où réside le problème : aux abattoirs. Les profits passent avant la viande saine.

— Quand seriez-vous prête à intervenir?

— Quand vous voudrez. Tout de suite, si vous vous en sentez la force. En fait, ce soir, ce serait le bon moment pour essayer, parce qu'il y aurait moins de risques. À l'heure qu'il est, il ne doit plus y avoir chez Mercer Meats que l'équipe de nettoyage. Je ne crois pas que les techniciens de surface s'étonneront de me voir fouiller dans les registres.

— Parfait. On y va. »

13

Tracy était en état de choc. Son divorce avait été dur, surtout à cause de la bataille contre Kim pour la garde de Becky, mais ce n'était rien comparé à ce qu'elle ressentait maintenant. Grâce à son expérience de thérapeute, elle reconnut clairement les symptômes : elle était sur le point de s'enfoncer dans une grave dépression. Après avoir conseillé tant de gens dans des circonstances semblables, elle savait que ce ne serait pas facile, mais elle voulait lutter. Et en même temps, elle savait qu'elle devait se laisser aller à son deuil.

Alors qu'elle tournait dans sa rue, elle vit la Lamborghini jaune de Carl garée devant chez elle. Elle ne savait pas si elle serait contente de le voir ou non.

Elle s'engagea dans son allée et arrêta le moteur. Carl vint à sa rencontre, un bouquet à la main.

Tracy descendit de voiture et tomba dans ses bras. Pendant quelques minutes, ils ne parlèrent pas ; il se contenta de la tenir contre lui dans l'ombre de cette fin d'après-midi.

« Comment le sais-tu ? demanda Tracy sans écarter sa tête de la poitrine de Carl.

— Comme je suis au conseil d'administration de l'hôpital, j'apprends toutes les nouvelles. Je suis désolé.

— Merci. Je suis épuisée.

— Je l'imagine sans peine. Viens, rentrons. »

Ils remontèrent le chemin jusqu'au porche.

« J'ai entendu dire que Kim a perdu la tête. Ça doit être d'autant plus dur pour toi. »

Tracy hocha la tête.

« Ce type n'a vraiment aucun contrôle sur lui-même. Mais pour qui se prend-il donc — Dieu ? Je

dois te dire que tout l'hôpital est en efferves-
cence. »

Tracy ne répondit pas tout de suite. Ils entrèrent
dans la maison.

« Kim souffre beaucoup, dit Tracy.

— Ah! commenta Carl en prenant le manteau
de Tracy pour l'accrocher avec le sien dans le vestiaire de l'entrée. C'est une façon aimable de
décrire la situation. Comme toujours, tu te
montres très généreuse. Je ne serais pas aussi charitable. En fait, je l'assommerais bien pour ce qu'il
a fait à l'Onion Ring l'autre soir, en prétendant que
c'était là que Becky avait attrapé sa maladie. Tu as
vu l'article dans le journal? Ça a eu un gros impact
sur les actions d'Onion Ring. Je ne pourrais même
pas te dire combien je perdrais à cause de sa crise
de folie si je vendais maintenant! »

Tracy passa au salon et s'effondra sur le canapé.
Elle se sentait vidée et pourtant tendue et anxieuse
en même temps. Carl la suivit.

« Est-ce que je peux t'apporter quelque chose?
Un verre? À manger? »

Tracy secoua la tête. Carl s'assit en face d'elle.

« J'ai parlé à d'autres membres du conseil
d'administration de Foodsmart, dit-il. Nous envi-
sageons sérieusement de poursuivre Kim si le
cours des actions continue à chuter.

— Ce n'était pas une accusation sans fonde-
ment, dit Tracy. On a servi à Becky un hamburger
saignant la veille du jour où elle est tombée
malade.

— Voyons! s'insurgea Carl avec un geste agacé
de la main. Ce n'est pas là que Becky est tombée
malade. On a sorti ce jour-là des centaines de milliers de hamburgers de la chaîne. Personne d'autre
n'a été malade. On cuit ces hamburgers à mort. »

Tracy ne commenta pas, et Carl se rendit
compte de ce qu'il venait de dire.

« Je suis désolé. J'ai mal choisi mes mots, en la
circonstance.

— C'est sans importance, Carl, soupira Tracy.

— Ce qui m'ennuie dans tout ça, dit Carl, c'est que tout ce tumulte à propos de l'E. coli a fait une mauvaise publicité au hamburger. Maintenant, on associe comme par réflexe E. coli et hamburger. Pourtant, des gens ont attrapé cet E. coli dans du jus de pommes, dans de la laitue, dans du lait et même en nageant dans des lacs contaminés. Tu ne trouves pas que c'est injuste que le hamburger soit seul montré du doigt ?

— Je n'en sais rien, dit Tracy. Je suis désolée de ne pas participer davantage à la conversation, mais je suis comme engourdie. Il est difficile pour moi de réfléchir.

— Bien sûr, chérie, dit Carl. C'est moi qui devrais être désolé de parler comme ça. Je crois qu'il faut que tu manges. Quand as-tu fait un vrai repas pour la dernière fois ?

— Je ne m'en souviens pas.

— Eh bien, on y va ! On va se trouver un petit restaurant bien calme. »

Tracy leva vers Carl des yeux totalement incrédules.

« Ma fille vient de mourir. Je ne vais pas sortir ! Comment peux-tu même l'envisager une seconde ?

— D'accord, dit Carl en levant les mains comme pour se protéger. C'était juste une idée. Je crois que tu devrais manger. Je pourrais aller chercher quelque chose chez un traiteur, qu'en penses-tu ? »

Tracy enfouit son visage dans ses mains. Carl ne l'aidait pas.

« Je n'ai pas faim. Et puis, il vaudrait peut-être mieux que je sois un peu seule. Je ne suis pas de très bonne compagnie.

— Vraiment ? demanda Carl d'un air vexé.

— Oui, vraiment, dit Tracy en levant la tête. Je suis certaine que tu as autre chose à faire.

— Eh bien, je devais dîner chez Bobby Bo Mason, dit Carl. Tu te souviens, je t'en avais parlé ?

— Pas vraiment, soupira Tracy. Qui est Bobby Bo ?

— C'est un baron du bétail, dans la région. Ce soir, il célèbre sa nomination à la présidence de l'Alliance américaine du bœuf.

— Ça semble très important, dit Tracy pour avoir l'air intéressée.

— Ça l'est. C'est la plus puissante organisation nationale de cette branche.

— Alors je ne veux pas t'en priver.

— Ça ne t'ennuie pas ? J'aurai mon téléphone sur moi. Tu peux m'appeler, et je serai là vingt minutes plus tard.

— Ça ne m'ennuie pas du tout. En fait, ça m'ennuierait que tu rates la fête à cause de moi. »

Le tableau de bord de la voiture éclairait le visage de Kim. Marsha jetait des coups d'œil à son passager tout en conduisant. Maintenant qu'elle avait l'occasion de l'observer, elle devait admettre qu'il était très beau, malgré sa barbe de deux jours.

Ils conduisirent un bon moment en silence avant que Marsha réussisse à faire parler Kim de Becky. Elle sentait qu'il serait bon pour lui de parler de sa fille, et elle avait raison. Kim s'enflamma pour son sujet et régala Marsha d'histoires sur les exploits de Becky en patins à glace, aspect de la vie de la petite fille dont Tracy n'avait rien dit.

Puis Marsha avait un peu parlé d'elle, expliquant qu'elle avait fait l'école vétérinaire et qu'avec une amie elle s'était tournée vers le ministère de l'Agriculture justement pour se rendre utile. Elle dit qu'après l'obtention de leur diplôme, elles s'étaient rendu compte qu'il y avait des obstacles à leur intégration dans le corps des vétérinaires du ministère. Les seuls postes ouverts aux débutants étaient les services d'inspection. Finalement, seule Marsha continua dans cette voie. Son amie décida que l'année qu'il faudrait attendre avant une éventuelle mutation constituait un trop grand sacrifice et se tourna vers la pratique vétérinaire privée.

« Je n'aurais jamais cru que vous étiez passée par l'école vétérinaire, dit Kim.

— Pourquoi pas ?

— Je ne sais pas... Peut-être parce que vous êtes un peu trop... Kim hésita... trop élégante, je crois. Je sais que c'est probablement injuste, mais j'imagine que les vétérinaires sont plus...

— Plus quoi ? » demanda Marsha alors que Kim cherchait à nouveau ses mots — signe de gêne qui la réjouissait assez.

« Je dirais, plus garçon manqué, termina Kim avec un petit rire. Je suppose que c'est une remarque tout à fait stupide. »

Marsha rit aussi. Du moins se rendait-il compte à quel point il était ridicule.

« Est-ce que ça vous ennuierait de me dire votre âge ? demanda Kim. Je sais que c'est une question mal venue, mais à moins que vous ne soyez une sorte d'enfant prodige, je me suis trompé en pensant, quand je vous ai vue, que vous n'aviez guère plus de vingt cinq ans.

— J'ai vingt-neuf ans, dit Marsha. J'en aurai bientôt trente. »

Marsha se pencha en avant et actionna les essuie-glaces. Il commençait à pleuvoir et il faisait déjà nuit noire alors qu'il n'était guère plus de dix-huit heures.

« Comment allons-nous procéder ? demanda Kim.

— C'est-à-dire ?

— Comment vais-je entrer dans l'usine ?

— Je vous ai dit que ça ne poserait pas de problème. L'équipe de jour est partie depuis longtemps, ainsi que les surveillants. Seule l'équipe de nettoyage sera là, avec un unique gardien.

— Est-ce que le gardien ne va pas mal prendre mon arrivée ? Peut-être devrais-je simplement vous attendre dans la voiture.

223

— Non, il ne posera pas de problème. J'ai non seulement ma carte du ministère, mais aussi une carte d'identification de Mercer Meats.

— Très bien pour vous, dit Kim, mais moi?

— Ne vous en faites pas. Ils me connaissent. Jamais ils ne m'ont demandé une seule fois ma carte. Si cela arrive, je dirai que vous êtes mon supérieur qui vient vérifier ma manière de travailler. Ou bien je dirai que j'assure votre formation! suggéra-t-elle en riant.

— Je ne suis pas vêtu comme quelqu'un d'un ministère », dit Kim.

Marsha lui jeta un coup d'œil et pouffa de rire.

« Qu'est-ce qu'en sait un gardien de nuit? Je vous trouve un air assez bizarre pour passer pour n'importe qui.

— Vous prenez ça bien à la légère...

— Eh bien, qu'est-ce qui pourrait arriver de pire? Qu'on n'entre pas.

— Et vous aurez des ennuis.

— J'ai déjà pensé à ça. Ce qui arrivera arrivera. »

Marsha quitta la voie express et entra dans Bartonville. Ils durent s'arrêter au seul feu rouge du lieu, au croisement de Mercer Street et de Main Street.

« Quand je pense aux hamburgers, dit Marsha, je suis surprise que les gens continuent à en manger. J'étais vaguement végétarienne, avant de faire ce travail. Maintenant je suis une végétarienne militante.

— Venant d'une inspectrice des viandes pour le ministère de l'Agriculture, ce n'est guère rassurant.

— Ça me retourne l'estomac, quand je pense à ce qu'il y a dans un hamburger.

— Que voulez-vous dire? C'est du muscle.

— Du muscle et pas mal d'autres trucs. Avez-vous déjà entendu parler du système avancé de récupération de viande?

224

— Je ne crois pas.

— C'est un processus sous haute pression qu'on utilise pour nettoyer les os du moindre bout de viande. Il en ressort une boue grise qu'on teinte en rouge et qu'on ajoute aux hamburgers.

— C'est répugnant.

— Tous les tissus nerveux, comme la moelle épinière, entrent dans la composition des hamburgers.

— Vraiment ?

— Absolument ! Et c'est pire encore que vous ne le croyez. Avez-vous entendu parler de la maladie de la vache folle ?

— Qui n'en a pas entendu parler ? C'est le genre de maladie qui me terrifie. L'idée d'une protéine résistante à la chaleur qu'on ingère en mangeant et qui vous est fatale, c'est l'horreur suprême. Dieu merci, nous n'avons pas ça dans ce pays.

— Pas encore. Du moins on ne l'a pas encore constaté. Mais si vous voulez mon avis, c'est juste une question de temps. Savez-vous ce qu'on accuse d'avoir causé la maladie de la vache folle en Angleterre ?

— On pense que ça vient du fait qu'on a nourri les vaches avec des déchets de moutons, des moutons qui avaient une maladie équivalente, je crois.

— Exactement. Et, dans ce pays, il existe une loi interdisant de nourrir les vaches avec des carcasses de moutons. Mais il faut savoir qu'on ne procède à aucun contrôle, et des gens bien placés m'ont dit qu'un quart des équarrisseurs admettent en privé ne pas s'inquiéter du tout de cette interdiction.

— En d'autres termes, les circonstances qui ont débouché sur la maladie de la vache folle en Angleterre sont présentes ici ?

— Tout à fait. Et avec la moelle et tous les abats qui entrent habituellement dans la composition des hamburgers, le chaînon amenant la maladie à l'homme est en place. C'est pourquoi je dis que nous ne tarderons pas à constater les premiers cas.

— Seigneur! s'exclama Kim. Plus j'entends parler de cette affreuse industrie, plus je suis horrifié. Je ne savais rien de tout cela.

— La majorité des gens l'ignorent. »

La masse blanche du bâtiment de Mercer Meats se profila à l'horizon et Marsha pénétra dans le parking, presque vide cette fois. Elle s'arrêta près de la porte d'entrée, comme le matin, et coupa le moteur.

« Prêt? demanda-t-elle.

— Vous êtes certaine que je dois venir?

— Allons-y! » dit-elle en ouvrant sa portière.

La porte était fermée. Marsha frappa. À l'intérieur, le gardien, assis au bureau de réception rond, lisait un magazine. Il se leva et s'approcha de la porte. C'était un monsieur vieillissant avec une fine moustache. Son uniforme semblait trop grand pour lui de plusieurs tailles.

« Mercer Meats est fermé », dit-il à travers la vitre.

Marsha lui montra sa carte de l'entreprise, que le gardien regarda avant d'ouvrir. Marsha entra.

« Merci », dit-elle simplement.

Kim la suivit. Le gardien le regarda d'un air soupçonneux mais ne dit rien et alla reverrouiller la porte.

Kim dut presque courir pour rattraper Marsha, qui avait déjà atteint le couloir.

« Qu'est-ce que je vous avais dit? se réjouit-elle. Aucun problème! »

Le gardien les suivit de loin et regarda dans le couloir. Quand Marsha et Kim eurent disparu dans le vestiaire menant à la zone de production, il retourna à son bureau et décrocha le téléphone. Le numéro dont il avait besoin était sur une fiche collée au bord du comptoir.

« Monsieur Cartwright, dit le gardien quand on décrocha, il y a la dame du ministère de l'Agriculture, Mlle Baldwin, celle que vous m'avez demandé de surveiller, qui vient d'entrer avec un type.

— Ce type porte-t-il une blouse blanche de laboratoire, comme un médecin ? demanda Jack.

— Ouais.

— Quand ils partiront, faites-leur signer le registre à tous les deux. Je veux une preuve de leur venue.

— Je le ferai, monsieur. »

Jack ne raccrocha même pas avant de presser le bouton d'appel rapide. Il attendit. Un instant plus tard, la voix de stentor d'Everett résonna dans son oreille.

« Marsha Baldwin et le médecin sont revenus à l'usine, dit Jack.

— Bon sang ! cracha Everett. Ce n'est pas ce que je voulais entendre. Comment le sais-tu ?

— J'avais demandé au gardien de m'appeler s'ils se montraient, au cas où.

— Bonne idée. Je me demande ce qu'ils font.

— À mon avis, ils vont essayer de retrouver l'origine d'un lot de viande. C'est ce qu'il m'avait demandé ce matin.

— Pas le temps de jouer aux devinettes ! tonna Everett. Tu files là-bas et tu vois ce qu'ils veulent. Après, tu me rappelles. Je ne veux pas que cette histoire gâche ma soirée. »

Jack raccrocha. Il ne voulait pas non plus que ça gâche sa soirée. Depuis plus d'un mois, il se faisait une joie de se rendre au dîner de Bobby Bo, et il n'avait pas du tout prévu de retourner à l'usine. C'est de très mauvaise humeur qu'il prit son manteau et gagna son garage.

Kim tapait des pieds et se frottait les bras. Il ne comprenait pas pourquoi, mais pour lui, les deux degrés centigrades qui régnaient dans la zone de fabrication semblaient plutôt moins deux, ou même moins douze! Il avait mis une blouse blanche de chez Mercer Meats sur sa propre blouse d'hôpital, mais ce n'était que du coton, et en dessous il n'avait que son pyjama de chirurgien. Les trois couches ne suffisaient pas à l'isoler du froid et le bonnet blanc qu'il avait coiffé n'était d'aucune utilité.

Marsha feuilletait les registres depuis plus d'un quart d'heure. Retrouver les dates précises correspondant aux lots prenait plus longtemps qu'elle ne l'aurait cru. Au début, Kim avait regardé ce qu'elle faisait, mais plus il avait froid, moins il s'y intéressait.

Il y avait dans la salle deux autres personnes, traînant de lourds tuyaux, qui lavaient au jet de vapeur sous pression la machine de haute précision pour les galettes de viande. Elles étaient là quand Marsha et Kim étaient arrivés, mais elles n'avaient pas tenté d'entrer en contact avec eux.

« Ah, voilà! déclara Marsha d'un ton triomphant. 29 décembre », dit-elle en faisant glisser son doigt le long de la colonne jusqu'à repérer le lot 2. Puis elle repartit à l'horizontale et arriva à l'information qu'elle cherchait sur les conteneurs 1 à 5. « Oh ho..., fit-elle.

— Qu'est-ce qui se passe? demanda Kim en la rejoignant.

— Juste ce que je craignais. Les conteneurs de viande 1 à 5 pour ce lot étaient un mélange de bœuf frais sans os en provenance de Higgins & Hancock et de bœuf haché importé congelé. Il est impossible de retrouver l'origine de la viande congelée. Peut-être tout au plus le pays d'origine, ce qui serait inutile pour l'objectif que nous poursuivons.

— Et qu'est-ce que c'est Higgins & Hancock? demanda Kim.

— Un abattoir local. Un des plus gros.

— Et l'autre lot ?

— Je vais voir, dit Marsha en tournant la page. Voilà la date. Quels étaient les numéros de lots et de conteneurs, déjà ?

— Lot 6, conteneurs 9 à 14, dit Kim en consultant son papier.

— D'accord, voilà ! Eh, nous aurons de la chance si la production du 12 janvier est la coupable. Ces conteneurs venaient tous de chez Higgins & Hancock, regardez ! »

Kim regarda ce qu'elle montrait de son index. Tout le lot venait de bœuf frais produit le 9 janvier chez Higgins & Hancock.

« Y aurait-il un moyen de réduire nos recherches à une de ces dates ? demanda Marsha.

— Pas de l'avis du cuisinier de l'Onion Ring, répondit Kim. Mais j'ai laissé des échantillons des deux dates au labo. Ils auront les résultats lundi.

— Jusque-là, nous considérerons que la date de janvier est la bonne, dit Marsha, parce que c'est la seule sur laquelle nous pourrons travailler. Avec un peu de chance, nous remonterons au-delà de Higgins & Hancock.

— Vraiment ? Vous voulez dire que nous pourrions retrouver d'où venaient les bêtcs avant l'abattoir ?

— Le système doit normalement fonctionner ainsi, du moins en théorie. L'ennui, c'est que beaucoup de vaches sont mélangées dans les conteneurs d'une tonne de bœuf sans os. Mais on devrait pouvoir retrouver les animaux par le biais des factures d'achat dans le ranch ou la ferme dont ils proviennent. En tout cas, la prochaine étape, c'est Higgins & Hancock.

— Donnez-moi ces registres ! » hurla Jack Cartwright.

Marsha et Kim sursautèrent de peur tandis que Jack contournait Marsha pour prendre les lourds classeurs. Le bruit des jets sous pression les avait empêchés d'entendre l'homme pénétrer dans la salle et s'approcher d'eux.

« Là, vous avez vraiment dépassé les bornes, mademoiselle Baldwin ! » s'exclama Jack d'un air triomphant.

Il pointait droit sur le visage de Marsha un doigt accusateur. Marsha se redressa et tenta de se ressaisir.

« De quoi parlez-vous ? demanda-t-elle d'une voix qu'elle voulait autoritaire. J'ai parfaitement le droit de vérifier les registres.

— Tu parles ! Vous avez le droit de vous assurer que nous tenons les registres, mais ce qu'ils contiennent est la propriété privée d'une entreprise privée. Plus important encore : vous n'avez pas le droit d'amener une personne extérieure consulter ces registres sous l'autorité du ministère de l'Agriculture.

— Ça suffit, dit Kim en s'interposant. S'il faut rejeter une faute sur quelqu'un, c'est sur moi !

— Je peux vous assurer d'une chose, mademoiselle Baldwin, continua Jack comme si Kim n'avait rien dit, c'est que Sterling Henderson, le directeur du district, va entendre parler de cette violation de propriété perpétrée par une de ses subalternes. »

Kim écarta le doigt brutal de Jack et saisit la blouse blanche de l'homme à pleine poigne.

« Écoutez, salaud visqueux... »

Mais Marsha s'agrippa au bras de Kim.

« Non ! s'écria-t-elle. Laissez-le. On va arranger ça. »

À contrecœur, Kim ouvrit les poings. Jack lissa ses revers.

« Vous allez sortir tous les deux d'ici, ordonna-t-il, avant que j'appelle la police et que je vous fasse arrêter. »

Kim regarda le vice-président de Mercer Meats droit dans les yeux. Pendant un instant, l'homme fut l'incarnation de toute la colère de Kim. Marsha dut le tirer par la manche pour qu'il se décide à partir.

Jack les regarda s'éloigner. Dès que la porte fut fermée, il souleva les registres et les remit sur leurs étagères. Puis il suivit Marsha et Kim dans le vestiaire. Ils étaient déjà partis. Jack arriva juste à temps dans le hall d'entrée pour voir la voiture de Marsha quitter le parking et prendre de la vitesse sur la route.

« Ils ne m'ont pas écouté, dit le gardien. J'ai essayé de leur dire qu'ils devaient signer le registre de sortie...

— Ça n'a pas d'importance », dit Jack.

Il se rendit dans son bureau et appela Everett.

« Alors, qu'est-ce que t'as découvert ? demanda son patron.

— Exactement ce que je soupçonnais, répondit Jack. Ils étaient dans la salle de fabrication des galettes ct consultaient les registres.

— Ils n'ont pas consulté les registres de composition ?

— Le gardien a dit qu'ils n'étaient allés nulle part ailleurs que dans la salle de fabrication des galettes de viande, alors ils n'ont pas pu avoir consulté les registres de composition.

— C'est toujours ça de gagné... Il ne manquerait plus que quelqu'un découvre que nous recyclons des galettes surgelées dont la date de péremption est dépassée ! Et ça pourrait arriver si quelqu'un venait mettre son nez dans les registres de composition.

— On a au moins évité ça ; mais ce qui m'inquiète, c'est qu'ils avaient peut-être déjà trouvé ce qu'ils cherchaient et qu'ils ont pu remonter jusqu'à Higgins & Hancock. Ils ont prononcé les noms avant que je les surprenne. Je crois qu'on devrait prévenir Daryl Webster.

— Excellente idée. On lui en touchera un mot ce

soir. Je vais peut-être même lui passer un petit coup de fil avant de partir.

— Le plus tôt sera le mieux. On peut se demander jusqu'où ces deux-là iront, surtout qu'on ne sait pas à quel point ce médecin est fou.

— On se voit chez Bobby Bo, conclut Everett.

— Je risque d'être un peu en retard. Je dois retourner chez moi me changer avant d'y aller.

— Alors, grouille-toi ! Je veux que tu sois là pour la réunion de la Commission de prévention.

— Je ferai de mon mieux. »

Quand il eut raccroché, Everett chercha le numéro de Daryl Webster. Il se trouvait dans son bureau, à l'étage, près de son placard, à demi habillé. Quand Jack avait appelé, il était en train de se battre avec ses boutons de manchettes. Le smoking n'était pas une tenue habituelle pour Everett.

« Everett ! » appela Gladys Sorenson depuis la chambre.

Gladys et Everett étaient mariés depuis plus d'années qu'Everett ne souhaitait le reconnaître.

« Tu ferais mieux de te dépêcher, chéri, nous devons être chez les Mason dans une demi-heure !

— Un dernier coup de fil en vitesse ! » répondit Everett.

Il composa rapidement le numéro et on décrocha dès la première sonnerie.

« Daryl, c'est Everett Sorenson !

— Quelle surprise ! »

Les deux hommes n'avaient pas seulement fait des carrières parallèles, ils se ressemblaient aussi physiquement. Daryl était tout aussi puissant, avec un cou de taureau, des mains comme des battoirs et un gros visage rougeaud. La seule différence, c'était que Daryl avait une chevelure fournie et des oreilles de taille normale.

« Ma femme et moi allions passer la porte pour aller chez les Mason, dit Daryl.

232

— Gladys et moi sommes sur le point d'en faire autant, dit Everett, mais il s'est produit une chose dont je dois te parler. Tu sais, cette jeune inspectrice qui nous fait chier, Marsha Baldwin?

— Ouais, Henderson m'en a parlé. Une vraie emmerdeuse qui travaille en solo, si j'ai bien compris.

— Eh bien, elle s'est acoquinée avec ce médecin complètement dingue qui s'est fait arrêter l'autre soir à l'Onion Ring — Tu as vu ça dans le journal?

— On ne pouvait pas le rater! Ça m'a donné des sueurs froides qu'il parle de l'E. coli.

— À moi aussi. Mais on n'a pas fini: il y a quelques minutes, la fille s'est introduite dans mon usine avec le médecin. Elle semble avoir décidé de l'aider à remonter la filière jusqu'à l'origine de la viande.

— Avec analyses à l'appui...

— Sans aucun doute.

— Ça fait peur.

— Je suis bien d'accord. Surtout que Jack Cartwright les a entendus parler de Higgins & Hancock. On craint qu'ils se pointent chez toi dans la foulée.

— Je n'ai pas besoin de ça! s'affola Daryl.

— Ce soir, on va discuter d'une solution à long terme, lui rappela Everett. Tu as eu le message?

— Oui, Bobby Bo m'a appelé.

— En attendant, peut-être que tu devrais prendre quelques précautions.

— Merci de m'avoir prévenu. Je vais appeler la sécurité et la mettre en alerte.

— C'est exactement pour ça que je t'ai appelé. On se voit tout à l'heure. »

Daryl raccrocha et leva un doigt pour indiquer à sa femme, Hazel, qu'il devait passer un appel rapide. Hazel, sur son trente et un, attendait avec impatience devant la porte. Tandis qu'elle tapait du pied, Daryl composa le numéro de l'abattoir.

Marsha tourna dans l'allée de Kim et s'arrêta juste derrière sa voiture. Elle laissa le moteur tourner et les phares allumés.

« J'apprécie d'autant plus ce que vous avez fait que ça ne s'est pas déroulé aussi bien que prévu, dit Kim sans ouvrir sa portière.

— Ç'aurait pu être pire, dit Marsha d'une voix optimiste. Qui sait ce qui va arriver ? Il nous reste à voir comment les choses vont tourner.

— Voulez-vous entrer ? demanda Kim. Ma maison est dans un état lamentable, mais j'ai besoin d'un verre. Pas vous ?

— Merci, je crois que ce sera pour une autre fois. Vous m'avez lancée dans un combat que j'ai l'intention de mener jusqu'au bout. Quand vous aurez les résultats du labo, lundi, je remonterai la filière aussi loin que possible. De cette manière, nous aurons de l'avance sur les autres quand nous devrons plaider le rappel de certains lots.

— Avez-vous prévu de faire quelque chose avant ?

— Oui ! dit Marsha en jetant un coup d'œil à sa montre. Je vais filer directement chez Higgins & Hancock. Ce sera peut-être ma seule chance d'y trouver quelque chose. Comme je vous l'ai déjà dit, le directeur du district et moi ne nous entendons pas. Dès lundi, quand Jack Cartwright lui apprendra notre petite visite, il risque de me reprendre ma carte — et de me licencier.

— Seigneur ! Si vous perdez votre emploi, je me sentirai terriblement coupable. Ce n'est pas ce que je voulais.

— Inutile de vous sentir responsable. Je savais quels risques je prenais. Rétrospectivement, je crois que ça en valait la peine. Comme vous l'avez dit, je suis censée protéger les consommateurs.

— Si vous allez à l'abattoir maintenant, je viens avec vous. Je ne veux pas vous laisser y aller toute seule.

— Désolée, mais c'est hors de question. Je ne pensais pas qu'il y aurait de problème chez Mercer Meats, et il y en a eu. Ce sera différent chez Higgins & Hancock : je sais qu'il y aura des problèmes. Même moi, avec ma carte du ministère, je risque d'avoir du mal à entrer.

— Comment est-ce possible ? En tant qu'inspectrice du ministère de l'Agriculture, est-ce que vous ne pouvez pas vous rendre dans n'importe quel établissement traitant de la viande ?

— Pas si c'est hors de mon territoire, et surtout pas dans un abattoir. Ils ont leurs propres inspecteurs à plein temps. Vous voyez, les abattoirs, c'est comme les centrales nucléaires pour ce qui est de l'admission d'éléments extérieurs. Ils n'ont besoin de personne, et ils ne veulent personne du dehors. Les étrangers à l'entreprise ne peuvent causer que des ennuis.

— Qu'est-ce que les abattoirs ont à cacher ?

— Essentiellement leurs méthodes. Un abattoir n'est pas un très joli spectacle dans le meilleur des cas ; mais surtout, depuis la dérégulation des années quatre-vingt, les abattoirs ont augmenté leurs cadences, ce qui veut dire que certains abattent jusqu'à trois cents bêtes par heure. À cette cadence, on ne peut éviter la contamination. C'est imparable. En fait, c'est inévitable au point que l'industrie a fait un procès au ministère de l'Agriculture quand ses représentants ont envisagé officiellement de rappeler de la viande contaminée par l'E. coli.

— Vous ne pouvez pas parler sérieusement !

— Croyez-moi, c'est vrai.

— Vous voulez dire que l'industrie sait qu'il y a de l'E. coli dans la viande et qu'elle se satisfait de la situation parce qu'on n'y peut rien.

— Exactement. Il n'y en a pas dans toute la viande... seulement dans une partie...

— C'est scandaleux ! Il faut absolument que les

consommateurs le sachent. Ça ne peut continuer ainsi. Vous m'avez convaincu : je dois voir un abattoir en fonctionnement.

— Et c'est précisément pour cela que les abattoirs n'aiment pas les visites. Et c'est pour cela que vous n'entrerez jamais. Enfin... ce n'est pas tout à fait exact. L'abattage est un travail très dur et ils ont toujours eu des problèmes de main-d'œuvre. Je suppose que si vous en avez assez d'être chirurgien, vous pourriez vous faire embaucher. Évidemment, cela vous aiderait si vous étiez un étranger en situation irrégulière, pour qu'on vous paie moins que le salaire minimum autorisé.

— Vous ne brossez pas un tableau très flatteur !

— C'est la réalité. C'est un travail dur que personne ne voudrait choisir, et l'industrie s'est toujours lourdement reposée sur les immigrants. Avant, les ouvriers venaient d'Europe de l'Est ; maintenant, ils viennent d'Amérique latine, surtout du Mexique.

— C'est de pire en pire ! Je n'arrive pas à croire que jamais je n'y avais réfléchi. Je veux dire que... comme je mange de la viande, je suis responsable de la situation, d'une certaine manière.

— C'est le revers de la médaille du capitalisme. Je ne voudrais pas que vous me preniez pour une extrémiste de gauche, mais nous avons là un exemple particulièrement frappant du profit passant avant la morale : l'appât du gain sans aucun égard pour ses conséquences. C'est en partie ce qui m'a fait entrer au ministère de l'Agriculture parce que, de cette manière, je pouvais espérer changer les choses.

— À condition que le changement soit souhaité par le pouvoir...

— C'est vrai.

— En résumé, nous parlons d'une industrie qui exploite ses ouvriers et ne ressent aucun remords à l'idée de tuer des centaines de gosses chaque

236

année, dit Kim en hochant la tête tant il n'arrivait pas à croire ce qu'il venait de dire. Vous savez, le manque total de sens moral que cela représente m'inquiète d'autant plus pour vous.

— Que voulez-vous dire?

— Je veux parler du fait que vous allez vous rendre chez Higgins & Hancock sous un faux prétexte. En utilisant votre carte du ministère de l'Agriculture, vous essaierez de faire croire que vous êtes là en mission officielle.

— Bien sûr. C'est le seul moyen d'entrer.

— Eh bien, portés sur la sécurité comme ils le sont, est-ce que ce n'est pas prendre un grand risque? Et je ne parle plus maintenant du risque de perdre votre travail.

— Je vois ce que vous voulez dire. Merci de vous faire du souci pour moi, mais je ne m'inquiète pas pour ma sécurité. Le pire qui pourrait arriver est qu'ils se plaignent à mon patron, comme Jack Cartwright m'en a menacée.

— En êtes-vous certaine? S'il y a le moindre danger, je ne veux pas que vous y alliez. À dire vrai, après l'incident chez Mercer Meats, je suis mal à l'aise à l'idée que vous fassiez tout ça pour moi. Peut-être devriez-vous me laisser faire ce que je peux. Si vous y allez ce soir, je serai inquiet jusqu'à votre retour.

— Je suis flattée de votre intérêt pour moi, mais je crois que je dois y aller et voir ce que je peux voir. On ne me fera pas de mal, et on ne me mettra pas davantage dans les ennuis que je ne le suis déjà. Il est possible que je n'arrive même pas à entrer. Comme je vous l'ai dit, vous, vous ne pourriez rien faire du tout, parce que je suis certaine qu'on ne vous laisserait pas entrer.

— Peut-être pourrais-je me faire embaucher, comme vous l'avez suggéré...

— Eh, je plaisantais! Je voulais juste vous expliquer la situation.

— Je suis prêt à faire ce que je dois, dit Kim.

— Écoutez, que diriez-vous que je prenne mon téléphone portable avec moi et que je vous appelle tous les quarts d'heure ou toutes les vingt minutes ? Comme ça, vous n'aurez pas à vous inquiéter et je pourrai vous tenir au courant de mes découvertes. Qu'en dites-vous ?

— C'est mieux que rien », dit Kim sans grand enthousiasme.

Pourtant, plus il réfléchissait, plus il trouvait que c'était une bonne idée. Obtenir un emploi dans un abattoir ne lui disait pas grand-chose. Mais ce qui comptait surtout, c'était que Marsha l'assurait qu'elle ne courait pas de risque supplémentaire.

« Je vais vous dire ce qu'on va faire, ajouta Marsha. Cette visite ne me prendra pas très longtemps et, quand j'en aurai fini, je reviendrai et je boirai avec vous ce verre que vous m'avez offert — à condition que l'invitation tienne encore ?

— Bien sûr. »

Kim hocha la tête en réfléchissant une dernière fois au projet. Puis il serra une seconde l'avant-bras de Marsha avant de descendre de la voiture. Au moment où il allait refermer la portière, il se pencha à l'intérieur.

« Vous feriez mieux de prendre mon numéro de téléphone !

— Bonne idée, dit Marsha en cherchant un stylo et un morceau de papier.

— J'attendrai à côté du téléphone, dit Kim après lui avoir donné le numéro, alors vous avez intérêt à appeler.

— Ne vous en faites pas.

— Bonne chance.

— Je vous appelle très vite. »

Kim claqua la portière et regarda Marsha faire marche arrière, tourner et accélérer dans la rue. Il regarda les feux et leur reflet rouge sur la chaussée mouillée de pluie jusqu'à ce que la nuit les engloutisse.

Puis il se retourna et contempla sa maison sombre et déserte. Pas la moindre lumière pour alléger sa sinistre silhouette. Il frissonna. Soudainement livré à lui-même, il fut assailli par la réalité de la mort de Becky. La mélancolie écrasante qui l'avait envahi quelques heures plus tôt reprit possession de lui. Kim secoua la tête de désespoir. Comme son petit monde était fragile ! Il avait cru sa famille et sa carrière si solides, et maintenant, en un clin d'œil, tout s'était désintégré.

La maison de Bobby Bo Mason était illuminée comme un casino de Las Vegas. Afin de conférer à la fête en son honneur l'atmosphère de gala qui convenait, il avait loué les services d'un éclairagiste de théâtre et, pour que la fête soit complète, il avait engagé un orchestre de mariachis qui jouait sous une tente dressée sur la pelouse devant la maison. Ce n'était sûrement pas un peu de pluie qui allait gâcher son affaire.

Bobby Bo était un des plus gros barons de l'élevage du pays et il s'était fait construire une maison dont le style flamboyant était un monument au kitsch « Empire romain ». Les colonnes des portiques s'alignaient dans toutes les directions et des moulages en plâtre imitant des statures grecques et romaines de taille humaine parsemaient le jardin. On avait même peint certaines d'un rose très réaliste.

Des laquais en livrée attendaient l'arrivée des invités au bout de l'allée bordée de torches de deux mètres de haut qui crachotaient sous la pluie.

La Mercedes d'Everett Sorenson n'arriva que quelques secondes avant la Lexus de Daryl Webster, comme s'ils s'étaient concertés. En descendant de leurs voitures ils s'embrassèrent, de même que leurs épouses.

Des laquais emmenèrent les voitures, d'autres protégèrent les invités de leurs grands parapluies de golf sur le large escalier qui menait à la double porte d'entrée.

« J'espère que tu as alerté ton service de sécurité, dit Everett à voix basse.

— Dès que j'ai raccroché, répondit Daryl.

— Bon. On ne sera jamais assez prudents, surtout maintenant que nos affaires sont redevenues saines. »

Les deux couples arrivèrent à la porte et sonnèrent. Tandis qu'ils attendaient, Gladys remit en place le nœud papillon d'Everett.

La double porte s'ouvrit et la lumière de l'intérieur, réfléchie par le marbre blanc du dallage, éblouit les nouveaux arrivés. Devant eux, Bobby Bo s'encadrait entre les murs et le linteau de granite.

Bobby Bo était aussi massif qu'Everett et Daryl et, comme ses collègues, il croyait suffisamment dans sa marchandise pour dévorer d'énormes steaks. Il avait la mâchoire puissante et une poitrine comme un tonneau. Son smoking sur mesure, son nœud papillon souligné de fils d'or et ses boutons de manchettes en diamants ne pouvaient qu'impressionner les nouveaux riches. En matière de mode, son idole était « Dapper Don » avant qu'il ne soit condamné et incarcéré.

« Bienvenue, les gars ! s'exclama Bobby Bo de sa bouche aux molaires en or. Donnez vos manteaux à la petite dame et venez vous servir du champagne ! »

Musique et rires flottaient dans le salon. Les Sorenson et les Webster n'étaient pas les premiers arrivés, et le quatuor à cordes, à l'intérieur, jouait une musique plus douce que celle des mariachis du dehors.

Débarrassées de leurs manteaux, Gladys et Hazel partirent ensemble vers les autres invités. Bobby Bo retint Everett et Daryl.

« Sterling Henderson est le seul que ne soit pas

encore arrivé, leur dit-il. Dès qu'il sera là, nous nous réunirons brièvement dans mon bureau. Tous les autres sont prévenus.

— Jack Cartwright sera un peu en retard, dit Everett. J'aimerais qu'il soit là.

— Je n'ai rien contre, dit Bobby Bo. Devinez qui est là aussi ? »

Everett regarda Daryl, mais ni l'un ni l'autre ne voulurent tenter de deviner.

« Carl Stahl ! » triompha Bobby Bo.

Une ombre de peur tomba sur Everett et Daryl.

« Ça me gêne, dit Everett.

— Je dois dire que moi aussi, dit Daryl.

— Allez, les gars, plaisanta Bobby Bo. Au pire, il vous virera !

— Je ne crois pas que la perspective de perdre mon boulot me donne envie de plaisanter, dit Daryl.

— Moi non plus, renchérit Everett. Mais cette possibilité doit nous pousser à tuer le problème dans l'œuf. »

14

Samedi 24 janvier, le soir

Les essuie-glaces passaient et repassaient à un rythme monotone tandis que Marsha s'engageait dans le dernier tournant qui débouchait sur Higgins & Hancock. C'était un bâtiment étendu et bas, avec un vaste enclos à l'arrière. Il lui sembla presque menaçant dans la pluie froide.

Marsha pénétra dans le grand parking désert parsemé de quelques voitures. Quand l'équipe de nettoyage avait pris son travail à quinze heures, l'endroit était rempli par les véhicules des ouvriers de jour.

Comme on lui avait fait découvrir les lieux durant sa visite initiale du district, Marsha sut qu'il valait mieux passer par le côté, où elle repéra la porte indiquant l'entrée du personnel. Au-dessus, une unique lampe dans une applique grillagée projetait une faible lueur.

Marsha se gara, tira le frein à main et éteignit le moteur, mais elle ne descendit pas de voiture. Elle prit un moment pour mobiliser sa confiance en elle. Après sa conversation avec Kim, elle se sentait nerveuse à l'idée de ce qu'elle allait faire.

Avant que Kim ne mentionne un danger physique, Marsha n'y avait pas pensé. Maintenant, elle n'était plus si sûre d'elle. Elle avait souvent entendu parler de la façon dont les gros bras, dans cette branche, se chargeaient des employés immigrés et des sympathisants des syndicats. Elle ne pouvait donc s'empêcher de se demander quelle serait leur réaction au genre de menace que représentaient ses activités officieuses.

« N'en fais pas un mélodrame », dit Marsha à haute voix.

Avec une assurance soudaine, elle décrocha son téléphone du tableau de bord, vérifia les batteries...

« Et c'est parti ! » dit-elle en descendant de la voiture.

Il pleuvait plus fort qu'elle ne l'aurait cru, si bien qu'elle courut jusqu'à l'entrée du personnel. En y arrivant, elle tenta d'ouvrir la porte, mais la trouva verrouillée. Elle appuya donc sur la sonnette où était indiqué « heures de fermeture ».

Au bout de trente secondes sans réponse, Marsha sonna à nouveau et frappa même à la grosse porte avec son poing. Elle allait appeler l'abattoir au téléphone quand la porte s'ouvrit. Un homme en uniforme de sécurité brun et noir la regarda d'un air étonné. Il ne devait pas souvent avoir de la visite à cette heure.

Marsha lui montra sa carte du ministère de l'Agriculture et tenta d'entrer, mais l'homme ne bougea pas de l'embrasure de la porte, la forçant à rester sous la pluie.

« Laissez-moi un peu regarder ça », dit le gardien.

Marsha lui donna sa carte, qu'il inspecta soigneusement, lisant même ce qu'il y avait écrit au dos.

« Je suis inspectrice pour le ministère de l'Agriculture, dit Marsha en feignant une certaine irritation. Pensez-vous vraiment que ce soit une bonne idée de me laisser comme ça sous la pluie ?

— Qu'est-ce que vous faites ici ? demanda l'homme.

— Ce que font toujours les inspecteurs. Je viens m'assurer qu'on observe bien ici la réglementation nationale. »

L'homme recula finalement pour laisser entrer Marsha. Elle essuya l'humidité de son front et secoua sa main.

« Il n'y a que l'équipe de nettoyage, en ce moment, dit le gardien.

— Je sais, dit Marsha. Voudriez-vous me rendre ma carte ?

— Où est-ce que vous allez ? demanda le gardien en lui tendant sa carte.

— Je serai dans le bureau de mes collègues », dit Marsha en s'éloignant.

Elle marcha d'un pas ferme, sans se retourner, mais la réaction du gardien l'avait surprise et ajoutait à sa nervosité.

Bobby Bo Mason ferma la porte d'acajou de sa bibliothèque. Les bruits des réjouissances dans le reste de la maison se turent brutalement. Il se retourna vers ses collègues en tenue de soirée. La plupart des entreprises associées à l'industrie du bœuf étaient représentées : éleveurs, directeurs d'abattoirs, directeurs d'usines de transformation et chefs de distribution. Certains étaient assis dans des fauteuils en velours vert, d'autres, restés debout, tenaient leur flûte de champagne contre leur poitrine.

Sa bibliothèque était la pièce que Bobby Bo préférait dans sa maison. D'ordinaire, il y conduisait tous ses visiteurs pour qu'ils en admirent les proportions, les boiseries d'acajou du Brésil, le tapis de Tabriz. Curieusement, dans cette « bibliothèque », il n'y avait aucun livre.

« Faisons bref pour pouvoir retourner à des choses beaucoup plus importantes, comme boire et manger ! » dit Bobby Bo.

Certains rirent un peu. Bobby Bo aimait être au centre de l'attention et il se réjouissait d'avance de cette année où il présiderait l'Alliance américaine du bœuf.

« Il s'agit de Mlle Marsha Baldwin, dit Bobby Bo quand tout le monde l'écouta.

— Excusez-moi, dit une voix, j'aimerais dire quelque chose. »

Bobby Bo regarda Sterling Henderson se lever. C'était un homme grand, aux traits épais sous une masse impressionnante de cheveux argentés.

« J'aimerais m'excuser dès le départ, dit-il d'une voix triste. J'ai tout fait dès le premier jour pour museler cette femme, mais rien n'a marché.

— Nous comprenons tous que tu as les mains liées, dit Bobby Bo. Je peux t'assurer que cette petite réunion impromptue n'a pas pour but de rejeter la faute sur quiconque mais de résoudre un problème. Nous étions parfaitement satisfaits de la façon dont tu gérais la situation jusqu'à aujourd'hui. Mlle Baldwin n'est devenue un problème crucial que depuis qu'elle s'est associée à ce médecin cinglé qui a attiré l'attention des médias avec ses histoires à propos de l'E. coli.

— Et c'est une association qui promet de nous causer des ennuis, dit Everett. Il y a une heure, on l'a surprise, avec le médecin, dans notre salle de fabrication de galettes de viande. Ils fouillaient dans les registres.

— Elle a amené le médecin dans ton entreprise ? demanda Sterling, aussi horrifié que surpris.

— Je le crains, dit Everett. Cela vous donne une idée de ce à quoi nous devons faire face. Il s'agit d'une situation critique. À moins d'agir, nous allons devoir affronter un autre fiasco dû à l'E. coli.

— Cette connerie d'E. coli est un vrai boulet, dit Bobby Bo. Vous savez ce qui m'irrite le plus à ce sujet ? L'industrie de la volaille sort des produits qui nagent presque à cent pour cent soit dans les salmonelles, soit dans les campylobacters, et personne ne dit rien. Nous, nous n'avons qu'un petit problème d'E. coli, dans quoi ? Deux, trois pour cent de nos produits ? Et tout le monde crie au scandale. Est-ce que ce n'est pas une injustice flagrante ?... Vous croyez qu'ils ont un meilleur lobby que nous ? »

La sonnerie assourdie d'un téléphone portable fit vibrer le silence qui suivit la harangue passionnée de Bobby Bo. La moitié des occupants de la pièce plongèrent la main dans leur poche. Mais c'était l'appareil de Daryl qui sonnait. Il se replia dans un coin de la pièce pour répondre.

« Je ne sais pas comment les volaillers s'en sortent, dit Everett, mais cela ne devrait pas nous distraire pour le moment. Tout ce que je sais, c'est que la direction d'Hudson n'a pas survécu à la crise de l'E. coli. Il faut faire quelque chose, et vite. C'est dans ce sens que je veux intervenir, sinon, pourquoi, bon sang, est-ce que nous avons constitué cette Commission de prévention ? »

Daryl éteignit son téléphone et le remit dans la poche intérieure de sa veste avant de rejoindre le groupe, le visage plus rouge que jamais.

« Mauvaises nouvelles ? demanda Bobby Bo.

— Tu parles ! C'était mon agent de sécurité chez Higgins & Hancock. Marsha Baldwin est en ce moment même en train de consulter les archives du ministère de l'Agriculture. Elle est arrivée en brandissant sa carte officielle au nez du gardien et elle a prétendu qu'elle venait vérifier qu'on respectait bien la réglementation nationale.

— Elle n'a même pas le droit de se trouver dans cette entreprise ! affirma Sterling avec indignation. Et encore moins de consulter les archives.

— Nous y voilà, dit Everett. Je ne pense même pas qu'il y ait là sujet à débat. Je crois qu'on nous force la main.

— Je suis assez d'accord, dit Bobby Bo en regardant les autres tour à tour. Qu'en pensez-vous, tous ? »

Il y eut un murmure général d'approbation.

« Bien, dit Bobby Bo. Considérez que c'est fait. »

Ceux qui étaient assis se levèrent. Tout le monde gagna la porte, que Bobby Bo ouvrit. Les rires, la musique et une vague odeur d'ail flottèrent vers eux.

Tous sortirent et partirent à la recherche de leur moitié, sauf Bobby Bo, qui alla décrocher le téléphone pour un bref appel interne. Il avait à peine raccroché que Shanahan O'Brian entra dans la pièce. Shanahan était vêtu d'un costume noir et portait une cravate discrète. Il était muni d'une oreillette comme celles qu'on imagine aux agents des services secrets. C'était un grand Irlandais brun, qui avait fui les affrontements d'Irlande du Nord. Bobby Bo l'avait engagé sans hésiter, et depuis cinq ans Shanahan dirigeait la sécurité de Bobby Bo. Ils s'entendaient à merveille.

« Vous m'avez appelé ? demanda Shanahan.

— Entre et ferme la porte », dit Bobby Bo.

Shanahan fit ce qu'on lui disait.

« La Commission de prévention a décidé d'une première action, dit Bobby Bo.

— Parfait, dit Shanahan avec son doux accent gaélique.

— Assieds-toi. Je vais tout te dire. »

Cinq minutes plus tard, les deux hommes ressortirent de la bibliothèque. Dans l'entrée, ils se séparèrent. Bobby Bo gagna le seuil du salon, quelques marches plus bas, et regarda la foule des invités.

« Et pourquoi est-ce que tout est si calme, ici ? cria-t-il. On n'est pas à un enterrement ? Allez, amusez-vous ! »

Au garage, Shanahan monta dans sa Cherokee noire et partit dans la nuit. Il prit le périphérique, puis poussa sa voiture aussi vite qu'il pouvait se le permettre avant de prendre à l'ouest. Vingt minutes plus tard, il s'arrêta sur le parking recouvert de gravier d'une boîte de nuit à la mode, El Toro. Sur le toit brillait en rouge la silhouette grandeur nature de l'animal fétiche du lieu. Shanahan se gara à l'écart des autres véhicules, surtout des pick-up en piteux état. Il ne voulait pas qu'en ouvrant une portière, un type cabosse sa belle voiture neuve.

Avant même d'entrer, il entendit la musique hispanique. À l'intérieur, elle emplissait l'espace. L'endroit était plein d'hommes venus boire, de quelques femmes aux tenues voyantes, et de fumée. Il y avait un long bar d'un côté et une série de niches de l'autre. Au milieu, des tables et des chaises entouraient une petite piste de danse éclairée par un juke-box à l'ancienne. Au fond, par une arche, on apercevait une série de billards.

Shanahan regarda les hommes au bar et ne vit pas celui qu'il cherchait. Il longea les niches sans plus de succès. Il s'approcha donc du barman en jouant des coudes mais, malgré ses cris, ne parvint pas à attirer son attention avant d'agiter sous ses yeux un billet de dix dollars.

« Je cherche Carlos Mateo », cria Shanahan en laissant l'homme prendre le billet.

L'argent disparut comme par magie et le barman ne dit rien ; il se contenta de faire un signe de tête vers la salle des billards.

Shanahan se fraya un chemin jusqu'à la pièce du fond, qui n'était pas aussi surpeuplée que la première, et trouva son homme à la deuxième table.

Shanahan avait passé beaucoup de temps et accompli bien des efforts pour recruter celui qui convenait pour la Commission de prévention. Après avoir suivi de nombreuses pistes et interrogé une foule de gens, il avait choisi Carlos. Carlos s'était évadé de prison au Mexique et il était clandestin. Six mois plus tôt, il avait réussi à passer aux États-Unis, dès sa première tentative, et il était venu chez Higgins & Hancock, prêt à accepter n'importe quel travail.

Ce qui avait impressionné Shanahan chez cet homme, c'était son indifférence face à la mort. Même si Carlos n'était pas bavard concernant son passé, Shanahan avait appris qu'on l'avait emprisonné au Mexique pour avoir poignardé quelqu'un. Dans son travail chez Higgins & Hancock, Carlos participait à l'abattage de plus de deux mille animaux par jour. Sur le plan émotionnel, il semblait considérer que tuer n'était pas différent de nettoyer son camion.

Shanahan entra dans le cône de lumière qui éclairait la table. Carlos allait frapper une boule et ne répondit pas à Shanahan quand il le salua. Shanahan devrait attendre.

« *Mierda !* » s'exclama Carlos quand il rata son coup.

Il frappa le bord de la table du plat de la main et se redressa. Alors seulement il regarda Shanahan.

Carlos était un homme sec aux cheveux et à la peau sombres, et ses bras s'ornaient de tatouages multicolores. Il avait des sourcils broussailleux, une fine moustache, les joues creuses, des yeux comme du quartz. Il portait sans chemise un gilet de cuir noir qui montrait sa musculature fine et dense et ses tatouages.

« J'ai un boulot pour toi, dit Shanahan, un boulot comme celui dont on avait parlé. Ça t'intéresse toujours ? C'est pour tout de suite.

— Tu me paies, ça m'intéresse, dit Carlos avec un fort accent espagnol.

— Suis-moi », dit Shanahan en montrant la porte par-delà l'arche et la première salle.

Carlos donna sa queue de billard et quelques billets froissés à son adversaire mécontent et suivit Shanahan.

Les deux hommes n'essayèrent pas de parler avant d'être dehors.

« Je ne sais pas comment tu supportes ce bruit pendant plus de cinq minutes, dit Shanahan.

— Et pourquoi, vieux ? demanda Carlos. C'est de la bonne musique. »

Comme la pluie tombait toujours, Shanahan entraîna Carlos dans sa Cherokee.

« Je ne vais pas perdre de temps, dit Shanahan. Elle s'appelle Marsha Baldwin. Elle est jolie, blonde, grande, dans les vingt-cinq ans. »

Le visage de Carlos s'orna d'un sourire ravi qui ramena sa moustache à deux traits sous son nez.

« Et il faut que tu fasses vite, expliqua Shanahan, parce qu'à cet instant même elle se trouve sur ton lieu de travail.

— Chez Higgins & Hancock ?

— Précisément. Elle est dans les bureaux en train de fouiller dans des papiers qu'elle n'est pas censée voir. Tu ne pourras pas la rater. Si tu as du mal à la trouver, demande au gardien. Il la surveille.

— Tu payes combien ?

— Plus que ce dont on était convenus, si tu le fais tout de suite. Je veux que tu partes à la minute.

— Combien?

— Cent maintenant, et deux cents plus tard si elle a disparu sans laisser de traces. »

Shanahan prit dans sa poche de veste un billet de cent dollars tout neuf et le montra à Carlos dans la lumière rouge du taureau en néon.

« Et mon boulot?

— Comme je te l'ai promis. Tu auras quitté l'atelier d'abattage à la fin du mois. Tu veux aller où, à l'équarrissage ou au traitement des carcasses?

— À l'équarrissage.

— Alors, on est d'accord?

— On est d'accord! dit Carlos en prenant le billet qu'il plia et glissa dans une de ses poches de jean, avant d'ouvrir la portière comme si on lui avait demandé de ratisser des feuilles mortes ou de pelleter de la neige.

— Rate pas ton coup! dit Shanahan.

— Ce sera facile, si elle est chez Higgins & Hancock.

— C'est bien ce que je pensais. »

Marsha leva les bras au-dessus de sa tête et s'étira. Elle était penchée sur les tiroirs du classeur depuis assez longtemps pour que son dos lui fasse mal. D'un coup de fesses, elle referma le tiroir qui émit un clic définitif. Elle prit son téléphone et gagna la porte du bureau des contrôleurs du ministère de l'Agriculture. Tout en marchant, elle composa le numéro de Kim.

Pendant que ça sonnait, elle ouvrit la porte et regarda dans le couloir silencieux, où elle fut contente de ne voir personne. Elle avait entendu le gardien passer et même hésiter devant la porte à plusieurs reprises tandis qu'elle consultait les dossiers. Il ne l'avait pas ennuyée, mais sa présence avait augmenté l'angoisse de Marsha, qui se savait piégée dans ce bâtiment presque désert. Elle n'avait pas vu une seule des personnes de l'équipe de nettoyage qui étaient censées travailler là.

« Il y a intérêt à ce que ce soit vous ! dit Kim sans autre préambule.

— Curieuse manière de répondre au téléphone, dit Marsha avec un petit rire nerveux en refermant la porte du bureau du ministère de l'Agriculture pour s'engager dans le couloir.

— Il est temps ! dit Kim.

— Je n'ai pas eu de chance jusqu'ici, dit Marsha sans s'occuper des récriminations de Kim.

— Pourquoi n'appelez-vous que maintenant ?

— Eh, du calme. J'avais du travail. Vous n'avez aucune idée de la paperasse que demande le ministère. Il y a les rapports sanitaires quotidiens, les registres sur le stockage, les rapports sur l'abattage des bêtes, le signalement des incidents, les rapports sur les ordres d'abattage, ceux sur les achats... Il a fallu que je voie tout ça pour le 9 janvier.

— Qu'avez-vous trouvé ?

— Rien d'extraordinaire. »

Marsha était arrivée à la porte vitrée sur laquelle on avait sérigraphié : ARCHIVES. Elle tenta d'ouvrir la porte ; elle n'était pas fermée à clé. Elle entra, referma la porte et verrouilla derrière elle.

« Enfin, au moins vous avez cherché. Maintenant, sortez de là.

— Pas avant d'avoir consulté les archives de l'entreprise, dit Marsha.

Il est vingt heures quinze, dit Kim. Vous m'aviez dit que ce serait une visite rapide !

— Ça ne prendra pas longtemps. Je suis aux archives en ce moment. Je vous rappelle dans une demi-heure. »

Marsha coupa la communication avant que Kim ait une chance de protester. Elle posa le téléphone sur une longue table devant une rangée de meubles-classeurs qui couvraient tout un mur. En face, l'unique fenêtre était battue par la pluie, comme si on jetait dessus des grains de riz. Au fond de la pièce, il y avait une autre porte, dont Marsha alla vérifier la fermeture.

Se sentant assez en sécurité, elle revint vers les classeurs et ouvrit le premier tiroir.

Au bout de quelques minutes, Kim retira finalement sa main du combiné. Il avait espéré que Marsha le rappellerait tout de suite. La conversation s'était terminée de manière si abrupte qu'il voulait croire qu'ils avaient été coupés. Il dut finalement accepter le fait qu'elle avait raccroché.

Kim était dans le même fauteuil que celui où Marsha l'avait trouvé. Le lampadaire était la seule lumière de la maison. Sur la table basse, le verre de whisky pur qu'il s'était versé attendait, intact.

Kim ne s'était jamais senti aussi mal de sa vie. Des images de Becky ne cessaient d'envahir son esprit et d'amener de nouvelles larmes à ses yeux. Et l'instant d'après, il niait toute cette expérience horrible et l'attribuait à une prolongation du cauchemar où il avait vu Becky tomber dans les flots.

Le ronronnement du réfrigérateur dans la cuisine lui fit penser qu'il devrait essayer de manger. Il n'arrivait pas à se souvenir de la dernière fois qu'il avait introduit quelque chose dans son estomac. Pourtant, il n'avait pas du tout faim. Puis il songea à monter se doucher et se changer, mais c'était au-dessus de ses forces. Finalement, il décida de rester là pour attendre que le téléphone sonne à nouveau.

Le vieux pick-up Toyota n'était pas chauffé et Carlos frissonnait quand il tourna dans le chemin qui menait à l'enclos derrière Higgins & Hancock. Il éteignit le seul phare qui fonctionnait et avança de mémoire sur le sentier en suivant l'ombre de la clôture sur sa droite. Il ne s'arrêta qu'à l'endroit où l'enclos se rétrécissait en un plan incliné débouchant dans l'usine. Dans la journée, c'était par là qu'entraient tous les animaux condamnés.

Il se gara dans l'ombre du bâtiment, retira les grosses moufles qu'il utilisait pour conduire et les remplaça par des gants en cuir noir moulants. Puis, sous son siège, il prit un long couteau incurvé, le même que celui qu'il utilisait pendant sa journée de travail. Par réflexe, il en tâta le fil de son pouce. Même à travers le cuir, il sentit qu'il était aiguisé comme un rasoir.

Il descendit de son camion et, plissant les yeux à cause de la pluie, escalada la clôture et retomba dans la boue de l'enclos. Sans s'inquiéter des bouses de vache qui maculaient le plan incliné, il disparut dans ses sombres profondeurs.

Une fourchette à huîtres dans une main et un verre en cristal plein de bourbon dans l'autre, Bobby Bo monta sur la table basse devant lui et se redressa de toute sa hauteur. Ce faisant, il renversa un plateau de crevettes marinées, au grand délice de ses deux caniches tondus de manière identique par un professionnel.

Bobby Bo fit bruyamment sonner sa fourchette contre son verre. Personne ne l'entendit avant que le quatuor ne cesse de jouer.

« Très bien, tout le monde, cria Bobby Bo en toisant ses invités. Le dîner est servi dans la salle à manger. N'oubliez pas de prendre le numéro que vous avez tiré au sort, il indique celui de votre table. Si vous n'avez pas encore tiré de numéro, le seau est dans l'entrée. »

La foule sortit en masse du salon. Bobby Bo réussit à descendre de la table sans autre catastrophe que la frayeur d'un des chiens, qui s'enfuit vers la cuisine.

Bobby Bo allait suivre les autres quand il aperçut Shanahan O'Brian. Il s'excusa et s'approcha de son chef de la sécurité.

« Alors, murmura Bobby Bo. Comment ça s'est passé ?

— Pas de problème, dit Shanahan.

— C'est pour cette nuit ?

— Comme on l'a dit. Je crois qu'on devrait prévenir Daryl Webster pour qu'il dise à ses gardiens de ne pas gêner la procédure.

— Bonne idée. »

Bobby Bo sourit et tapota l'épaule de Shanahan avant de rattraper ses invités.

La cloche à la porte sortit brutalement Kim de sa stupeur mélancolique. Pendant un instant, il ne sut déterminer l'origine du bruit. Il faillit même décrocher le téléphone. C'était le téléphone qu'il s'attendait à entendre, certainement pas la porte. Quand il comprit de quoi il s'agissait, il regarda sa montre. Il était neuf heures moins le quart. Il n'arrivait pas à imaginer qui pourrait venir à une heure pareille un samedi soir.

La seule personne à qui il pensa fut Ginger, mais jamais elle ne venait sans appeler. Puis Kim se souvint qu'il avait oublié d'écouter ses messages sur le répondeur, alors elle avait pu laisser un message annonçant sa venue. Kim envisageait cette possibilité quand la cloche résonna à nouveau.

Il ne voulait pas voir Ginger, mais quand la cloche sonna pour la troisième fois, suivie de quelques coups, Kim se hissa hors du fauteuil. Il réfléchissait à ce qu'il pourrait dire quand, à sa plus grande surprise, il se retrouva face à Tracy, et non à Ginger.

« Comment ça va ? demanda Tracy d'une petite voix.

— Ça va, je crois, répondit Kim du même ton.

— Est-ce que je peux entrer ?

— Bien sûr, dit Kim en s'écartant de la porte. Désolé ! J'aurais dû t'y inviter tout de suite. Je suis surpris de te voir. »

Tracy entra dans le hall à peine éclairé par l'unique lampe au salon, près du fauteuil. Elle retira son manteau et son chapeau que Kim lui prit.

« J'espère que ça ne t'ennuie pas que je vienne comme ça, dit Tracy. J'en ai eu brusquement envie.

— Pas du tout.

— Je ne voulais voir personne, soupira Tracy. Et puis je me suis mise à penser à toi, et je me suis inquiétée, surtout après avoir vu ton agitation quand tu es sorti de l'hôpital en courant. Je me suis dit que puisque nous avons tous les deux perdu la même petite fille, nous étions les seuls à pouvoir imaginer ce que ressentait l'autre. Je crois que ce que je veux dire, c'est... que j'ai besoin d'aide et sans doute toi aussi. »

Les paroles de Tracy effacèrent en Kim les derniers vestiges de dénégation qu'il nourrissait. Il ressentit une vague amère de douleur qu'il avait tout fait pour endiguer. Il soupira lourdement et ravala ses larmes. Pendant un moment, il ne put parler.

« Tu es resté assis dans le salon ? » demanda Tracy.

Kim hocha la tête.

« Je vais chercher une chaise dans la salle à manger, dit Tracy.

— J'y vais », proposa Kim.

Il était soulagé d'avoir à faire quelque chose de physique. Il apporta la chaise qu'il plaça près du lampadaire.

« Tu veux boire quelque chose ? articula péniblement Kim. Je me suis servi du scotch.

— Non, merci. »

Elle s'assit lourdement puis se pencha en avant, le menton dans les mains, les coudes sur les genoux. Kim se rassit dans le fauteuil et regarda son ex-épouse. Ses cheveux noirs, toujours bouclés et gonflés, étaient aplatis contre sa tête. Du peu de maquillage qu'elle se mettait, il ne restait que quelques traînées. Elle souffrait visiblement, mais ses yeux étaient aussi brillants que dans le souvenir de Kim.

« Je voulais aussi te dire une chose, dit Tracy. Maintenant que j'ai eu un peu de temps pour y penser, je crois que ce que tu as fait aujourd'hui pour Becky demandait beaucoup de courage. Je sais..., commença-t-elle avant de se mordre la lèvre un moment. Je sais que je n'aurais pas pu le faire, même si j'avais été chirurgien.

— J'apprécie que tu me le dises. Merci.

— Sur le coup, j'ai été horrifiée, admit Tracy.

— Un massage cardiaque direct est un acte désespéré quelles que soient les circonstances. Le pratiquer sur sa propre fille c'est... enfin, je suis certain que l'hôpital n'a pas la même opinion que toi.

— Tu l'as fait par amour. Ce n'était pas de l'orgueil comme je l'ai pensé sur le coup.

— Je l'ai fait parce qu'il était clair que le massage externe ne servait à rien. Je ne pouvais laisser Becky s'en aller comme ça. Personne ne savait pourquoi son cœur ne repartait pas. Bien sûr, maintenant, je sais pourquoi, et pourquoi le massage externe ne donnait rien.

— Je ne savais pas que cet E. coli pouvait provoquer une maladie aussi horrible.

— Moi non plus. »

Le téléphone les fit sursauter tous deux. Kim bondit sur le combiné.

« Allô ! »

Tracy regarda son visage exprimer d'abord le trouble, puis l'irritation.

« Stop ! cria Kim. Ça suffit ! Je n'ai rien à faire de la carte de crédit de votre entreprise et je veux que vous libériez ma ligne ! »

Il raccrocha violemment.

« On dirait que tu attends un appel, dit Tracy en se levant. Peut-être devrais-je partir.

— Non, dit Kim avant de se corriger. Je veux dire que oui, j'attends un appel, mais non, il n'y a aucune raison pour que tu partes.

— Tu as une attitude étrange, dit Tracy en penchant la tête sur le côté. Que se passe-t-il ?

— Je suis un cas désespéré, avoua Kim, mais... »

La sonnerie du téléphone interrompit l'explication de Kim. À nouveau, il décrocha très vite et répondit nerveusement.

« C'est encore moi, dit Marsha, et cette fois j'ai trouvé quelque chose.

— Quoi ? demanda Kim en faisant signe à Tracy de s'asseoir.

— Quelque chose de potentiellement intéressant, dit Marsha. Le 9 janvier, il y a une différence entre les annotations du ministère de l'Agriculture et celles de Higgins & Hancock.

— C'est-à-dire ?

— Il y a eu un animal de plus abattu à la fin de la journée. Dans les registres de l'entreprise, il est désigné sous le numéro 36, tête 57.

— Oh ? Est-ce qu'un animal de plus, c'est important ?

— Je le crois : l'animal n'a pas été vu par le vétérinaire du ministère.

— Vous voulez dire qu'il aurait pu être malade ?

— C'est une possibilité évidente, que renforce la facture d'achat. Ce dernier animal n'était pas une bête à viande. C'était une vache laitière amenée par un certain Bart Winslow.

— Il va falloir que vous m'expliquiez ça.

— Eh bien, pour commencer les vaches laitières sont souvent transformées en hamburgers, dit Marsha ; ensuite, je connais ce nom, Bart Winslow. C'est un type du coin qui fait le tour des fermes et qui ramasse les bêtes devenues inutiles, qu'elles soient mortes, mourantes, malades ou blessées. Il est censé les amener à l'équarrissage pour qu'on les transforme en engrais ou en nourriture pour animaux.

— Je ne suis pas certain de vouloir entendre la suite, dit Kim. Ne me dites pas que parfois ils les vendent à l'abattoir au lieu de les transférer à l'équarrissage !

— Apparemment, c'est ce qui s'est produit pour ce dernier animal. Le lot 36 tête 57 devait être une bête malade.

— C'est répugnant.

— Il y a pire encore. J'ai trouvé un rapport interne sur le même animal qui n'avait rien à voir avec une maladie quelconque ni avec une inspection par un vétérinaire. Vous êtes prêt ? C'est révoltant.

— Dites-moi !

— Oh, quelqu'un arrive. Je dois remettre ces papiers dans leur tiroir ! »

Un coup puissant retentit. À l'arrière-plan, il entendit qu'on manipulait des papiers puis le claquement sec d'un tiroir de classeur.

« Marsha ! » cria Kim.

Marsha ne reprit pas la ligne. Kim entendit un bruit de verre brisé, assez fort pour qu'il sursaute. Pendant une fraction de seconde il écarta même le téléphone de son oreille, par réflexe.

« Marsha ! » cria-t-il de nouveau.

Mais elle ne répondit pas. Au lieu de sa voix, lui parvint le bruit caractéristique de meubles qu'on renverse et qui s'écrasent au sol. Puis ce fut le silence, très lourd.

Kim laissa retomber le combiné et regarda Tracy avec des yeux qui reflétaient la terreur qu'il ressentait.

« Que se passe-t-il ? demanda Tracy, inquiète. Était-ce Marsha Baldwin ?

— Je crois qu'elle est en danger ! bredouilla Kim. Mon Dieu !

— En danger ? Pourquoi ? demanda Tracy qui sentait bien la panique envahir Kim.

— Il faut que j'y aille ! s'écria Kim. C'est de ma faute.

— Qu'est-ce qui est de ta faute ? Je t'en supplie, qu'est-ce qui se passe ? »

Au lieu de répondre, Kim courut hors de la maison sans même refermer la porte. Tracy courut derrière lui, exigeant de savoir où il allait.

« Reste ici, lui cria Kim juste avant de sauter dans sa voiture. Je reviens tout de suite. »

La portière de la voiture claqua. Un instant plus tard, le moteur rugissait et Kim reculait jusqu'à la rue avant de filer dans la nuit.

Tracy se passa la main dans les cheveux. Elle n'avait aucune idée de ce qui arrivait ni de ce qu'elle devait faire. Au début, elle pensa rentrer chez elle. Mais la frénésie de Kim l'inquiétait, et elle voulait savoir ce qui se passait. De plus, l'idée de se retrouver chez elle ne la tentait pas : elle s'en était déjà enfuie.

La pluie glacée força finalement la décision de Tracy. Elle rentra dans la maison. Comme Kim l'avait suggéré, elle l'attendrait là.

Tout avait commencé par la vitre qu'on brisait violemment et une main gantée qui passait par l'ouverture pour faire jouer la serrure — la porte s'était ouverte d'un coup, heurtant le mur.

Marsha avait poussé un petit cri et s'était retrouvée face à un homme émacié et très brun qui brandissait un long couteau. L'homme avait fait un pas vers elle et, quand elle s'était détournée pour fuir, renversant des chaises derrière elle dans l'espoir de ralentir l'homme qui la poursuivait, elle avait su instinctivement qu'il était là pour la tuer.

Elle déverrouilla rapidement la porte du fond et entendit que derrière elle on jurait en espagnol et qu'on écrasait les chaises. Elle n'osa pas se retourner. Dans le couloir, elle courut tout droit dans l'espoir de rencontrer quelqu'un, même le gardien si intimidant. Elle tenta de crier à l'aide, mais l'effort de la fuite avait rendu sa voix rauque. Elle passa en courant devant des bureaux vides. Au bout du couloir, elle plongea dans la cantine. Sur une des longues tables se trouvaient une série de gamelles et de bouteilles Thermos, mais pas trace de leurs propriétaires. Derrière elle, elle entendait des pas lourds qui se rapprochaient.

Au bout de la salle, une porte était ouverte sur une volée de marches menant à une porte coupe-feu. Marsha n'avait pas grand choix. Elle traversa la salle en renversant autant de chaises qu'elle le put et monta les marches deux à deux. Une fois à la porte, elle était à bout de souffle et, derrière elle, elle entendait toujours son poursuivant s'empê-trant dans les chaises renversées de la cantine.

Marsha ouvrit la porte et s'enfonça dans une vaste salle froide. C'était la salle d'abattage et, dans la pénombre des rares veilleuses, elle présentait un aspect fantomatique très effrayant, surtout qu'on venait de tout nettoyer à la vapeur. Une brume froide et grise enveloppait les machines en acier poli et les sinistres crochets suspendus aux rails du plafond.

L'équipement gêna la progression de Marsha au point qu'elle dut ralentir sa course et se contenter de marcher. Elle appela désespérément à l'aide, mais seul lui répondit l'écho de sa voix rebondis-sant contre les froids murs de béton.

Derrière elle, la porte coupe-feu s'ouvrit brutale-ment. Elle en était encore assez près pour entendre le souffle haletant de son poursuivant. Elle se réfu-gia derrière une monstrueuse machine et se fondit dans l'ombre d'un escalier métallique. Elle tentait désespérément de contrôler sa respiration trop bruyante.

C'était le silence sauf que, de temps à autre, une

goutte tombait d'une machine, pas très loin d'elle. L'équipe de nettoyage ne pouvait pas être bien loin. Il lui suffisait de la trouver. Marsha jeta un coup d'œil à la porte coupe-feu. Elle était fermée. Elle ne vit pas l'homme.

Un « clic » sonore et bref fit sursauter Marsha et, un instant plus tard, la dure lumière des néons inonda la pièce. Le cœur de Marsha frissonna dans sa poitrine. La lumière allumée, elle n'avait plus aucun moyen de se cacher. Elle se décida : sa seule chance était de s'enfuir par où elle était arrivée.

Sortant de sa cachette, Marsha courut vers la porte, en saisit la poignée et l'abaissa. La lourde porte commença à pivoter mais, presque immédiatement, elle se retrouva dans l'impossibilité de l'ouvrir davantage. Marsha leva les yeux. Au-dessus de son épaule, un bras tatoué bloquait le battant.

Marsha se retourna, dos à la porte, et c'est avec une terreur incontrôlable qu'elle regarda les yeux noirs et froids de l'homme. Il tenait le monstrueux couteau de la main gauche.

« Que me voulez-vous ? » cria Marsha.

Carlos ne répondit pas, se contentant d'un sourire glacial. Il fit passer le couteau dans son autre main.

Marsha tenta à nouveau de fuir, mais dans sa hâte désespérée elle glissa sur le ciment mouillé et tomba sur le sol froid. Quand elle se retourna, elle vit Carlos au-dessus d'elle et tenta de lutter en saisissant le couteau à deux mains, alors la lame affûtée lui trancha les paumes jusqu'à l'os. Elle aurait crié si Carlos ne lui avait pas appliqué sa main gauche sur la bouche.

Quand Marsha tenta de repousser la main de Carlos, celui-ci leva son arme et lui porta un coup violent à la tête avec le manche. Marsha perdit conscience.

Carlos se redressa et respira profondément deux

fois, puis il replia les bras de Marsha de telle sorte que ses mains coupées reposent sur son ventre, la prit par les pieds et la tira sur toute la longueur de la salle d'abattage jusqu'à une grille, au pied du plan incliné par lequel entraient les animaux. En passant, il fit basculer un interrupteur et l'ensemble des machines se mit en marche.

Kim roula comme un fou, oubliant les rues glissantes de pluie, rongé d'inquiétude à l'idée de ce qui avait pu arriver à Marsha dans la salle des archives de Higgins & Hancock. Il se prit à espérer qu'elle ait été surprise par un gardien, même si cela avait entraîné son arrestation. Il ne voulait même pas penser à ce qui pourrait lui arriver de pire.

Alors qu'il entrait dans le parking devant l'immense entreprise, Kim remarqua qu'il n'y avait que peu de voitures disséminées sur le gravier, mais il vit bien celle de Marsha à une extrémité, loin de l'entrée.

Il s'arrêta juste devant la porte principale et bondit dessus. Elle était verrouillée. Il la cogna de son poing. Il mit ses mains autour de ses yeux et regarda à l'intérieur — et ne réussit à voir qu'un couloir désert et faiblement éclairé. Aucun gardien en vue.

Kim tendit l'oreille. Pas un son. Son angoisse monta. S'écartant de la porte, il examina la façade du bâtiment où s'ouvraient plusieurs fenêtres. Il longea alors le mur vers le nord pour essayer chacune d'elles. Toutes étaient fermées.

En regardant par la troisième fenêtre, il vit les meubles-classeurs, les chaises renversées, le téléphone de Marsha qu'il reconnut sur la table. Comme les autres, cette fenêtre était fermée. Sans hésiter une seconde, Kim se pencha et ramassa une des grosses pierres bordant le parking. Il la leva à hauteur des épaules et la projeta contre la fenêtre. Le bruit de verre brisé fut suivi d'un énorme fracas quand la pierre rebondit sur le plancher et heurta des chaises.

Carlos se figea et écouta. Dans la salle où il se trouvait, celle où l'on dépouillait les têtes des bovins de leurs joues et de leur langue, le son de la pierre lancée par Kim arriva très étouffé. Pourtant, en cambrioleur expérimenté, il savait qu'il ne pouvait ignorer les bruits inattendus ; ils signifiaient toujours un problème à venir.

Carlos éteignit la lumière, retira la blouse blanche tachée de sang et les longs gants en caoutchouc jaunes qu'il avait enfilés et jeta le tout sous un évier. Puis il reprit son couteau et passa rapidement, sans bruit, de la salle de désossage à la salle d'abattage. Là, il éteignit aussi avant de se figer pour écouter à nouveau. Il serait ressorti par la rampe, comme il était entré, mais il n'avait pas tout à fait terminé.

Kim était passé par la fenêtre en prenant garde d'éviter les restes de verre coupant, sans y réussir totalement. En se relevant, il dut ôter quelques petits éclats de ses mains, puis il regarda la pièce. Il vit une lampe rouge de détecteur de mouvement qui clignotait dans un coin mais ne s'en préoccupa pas.

Le téléphone portable abandonné, les chaises renversées, ainsi que le panneau vitré cassé de la porte donnant sur le hall d'entrée suffirent à convaincre Kim que Marsha se trouvait dans cette pièce quand elle l'avait appelé. Il remarqua aussi la porte ouverte au fond de la pièce et se dit qu'après qu'on l'eut surprise, elle avait dû fuir dans cette direction.

Il se précipita donc par cette porte et s'arrêta dans le couloir pour écouter. Pas un bruit — ce qui ne fit qu'accentuer son angoisse déjà croissante.

Kim s'engagea dans le couloir, ouvrant rapidement chaque porte. Il vit ainsi des bureaux, des placards à balais, des vestiaires et plusieurs salles de repos. Au bout du couloir, il arriva dans la cantine et s'arrêta sur le seuil. C'est la piste de chaises renversées qui attira son attention, et elle menait à une porte, au fond. Kim la suivit, passa la porte et monta les marches avant d'ouvrir la porte coupe-feu.

Kim s'arrêta de nouveau, ne sachant plus que faire. Il se retrouvait dans une pièce pleine d'un labyrinthe de machines et de plates-formes métalliques surélevées qui projetaient des ombres grotesques.

Kim remarqua une odeur fétide et écœurante qui lui était vaguement familière et il tenta de déterminer ce qu'elle était. En quelques secondes, il eut la réponse : cela lui rappelait une dissection, quand il était étudiant de seconde année. Il frissonna à ce souvenir déplaisant presque oublié.

« Marsha ! cria Kim de désespoir. Marsha ! »

Personne ne répondit. Kim n'entendit que les nombreux échos de sa propre voix affolée.

À sa droite, Kim trouva un poste d'incendie avec un extincteur, une longue lampe torche professionnelle et un placard dont les portes vitrées laissaient voir un tuyau d'incendie en tissu ainsi qu'une lourde hache. Kim arracha la torche de son support et l'alluma. Son rayon concentré illumina d'étroites sections coniques de la pièce et accentua le côté grotesque des ombres sur les murs.

Kim partit dans ce monde étrange, agitant la lampe en arcs rapides. Il progressa dans le sens des aiguilles d'une montre, contournant les machines pour explorer les lieux plus en détail.

Au bout de quelques minutes, il s'arrêta de nouveau et cria le nom de Marsha. En plus de l'écho, il entendit des gouttes qui tombaient.

Devant lui, la torche éclaira une grille. Kim vit, au centre, une traînée sombre. Il s'approcha et se pencha pour regarder la tache. Il tendit un index hésitant et la toucha. Un frisson le parcourut. C'était du sang!

Carlos s'était plaqué au mur de la salle de désossage des têtes, au seuil même de l'ouverture sans porte donnant sur la salle d'abattage. Il avait reculé au fur et à mesure que Kim avançait. Carlos avait vu Kim pour la première fois alors qu'il courait dans le couloir, visiblement à la recherche de quelque chose.

Carlos n'avait aucune idée de qui était cet étranger et au début il avait espéré que l'homme se contenterait de regarder dans les bureaux. Mais quand Kim était arrivé dans la salle d'abattage et avait crié le nom de Marsha, Carlos avait compris qu'il devait le tuer.

Il n'en était pas inquiet. Il fallait compter sur les imprévus dans ce genre de travail. De plus, Carlos se disait qu'on le paierait davantage, peut-être même le double. La taille et la force probable de l'étranger ne l'inquiétaient pas non plus. Carlos avait de l'expérience et l'avantage de la surprise et, surtout, il avait son couteau fétiche, qu'il tenait à cet instant dans sa main droite, dressé.

Avec précaution, Carlos glissa la tête par l'ouverture pour voir la salle d'abattage. Il était facile de savoir où se trouvait l'étranger maintenant qu'il avait une lampe torche. Il le vit se redresser près de la grille.

D'un seul coup, le rayon de lumière de la torche arriva droit sur Carlos. Il recula derrière la cloison, prenant garde que la lame de son couteau ne renvoie la lumière, et retint son souffle tandis que l'étranger s'approchait, balayant à nouveau de sa torche devant lui en mouvements semi-circulaires.

Carlos s'écrasa contre le mur et banda ses muscles. L'étranger allait entrer dans la salle de désossage, comme il l'avait prévu. Le cône de lumière devenait de plus en plus puissant. Carlos sentit son pouls partir comme une fusée tandis que l'adrénaline envahissait son corps. C'était une sensation qu'il adorait C'était comme prendre de la vitesse.

Kim savait que l'abattoir avait fonctionné toute la journée, si bien qu'y trouver du sang n'aurait pas dû le surprendre. Pourtant, ce sang n'était pas figé et semblait frais. Il détestait l'idée qu'il pût être celui de Marsha, mais cette possibilité fit resurgir en lui son habituelle fureur. Il était d'autant plus impatient maintenant de la trouver, et, si elle était blessée, il voulait trouver le responsable.

Après avoir fouillé la salle d'abattage, Kim décida d'élargir ses recherches à d'autres zones de l'immense entreprise. Il prit la direction de l'unique passage ouvert qu'il ait vu, sur ses gardes de crainte de tomber sur celui ou ceux qui avaient déjà versé le sang.

Un instant plus tard, c'est justement sa prudence qui le sauva. Du coin de l'œil, il détecta un mouvement soudain venant vers lui et, par réflexe, il bondit en avant et utilisa la grosse lampe torche pour parer ce qu'il ressentit comme une agression.

Carlos avait plongé hors de l'ombre dans l'espoir de frapper Kim d'un coup rapide de son couteau et de partir. Il avait prévu d'achever Kim quand celui-ci aurait été bien affaibli, mais le couteau rata sa cible, ne réussissant à produire qu'une petite coupure sur la main de Kim.

Tandis que Carlos tentait de retrouver son équilibre, Kim le frappa de sa lampe torche. Le coup l'atteignit à l'épaule, pas assez fort pour le blesser, mais assez pour lui faire perdre l'équilibre. Il tomba par terre. Avant que Carlos ait réussi à se relever, Kim partit en courant de la salle de désossage des têtes pour gagner la salle de désossage principale, presque de la taille de la salle d'abattage, et plus sombre encore, pleine d'un labyrinthe de longues tables en acier et de convoyeurs. Au-dessus, un réseau de passerelles métalliques à claire-voie servaient aux surveillants pour vérifier le dépeçage des carcasses en pièces de viande iden-tifiables.

Kim chercha frénétiquement une arme pour s'opposer au long couteau. Ayant éteint la lampe et redoutant de la rallumer, il ne pouvait que longer les tables à tâtons, et il ne trouva rien.

Un grand baril vide en plastique tomba quand Kim trébucha dessus. Il tenta désespérément de le stabiliser pour que son roulement ne trahisse pas l'endroit où il se trouvait. En regardant le passage vers la salle de désossage des têtes, Kim vit la sil-houette de l'homme au couteau. Il fut brièvement à contre-jour avant de se fondre en silence dans l'ombre.

Kim tremblait de peur. Il était poursuivi dans le noir par ce qui ne pouvait être qu'un tueur armé d'un couteau, dans un environnement qui lui était totalement étranger et sans moyen de se protéger. Il savait qu'il devait rester caché. Il ne pouvait lais-ser cet homme s'approcher de lui. Bien qu'il ait réussi à éviter le premier coup, Kim était assez intelligent pour comprendre qu'il n'aurait proba-blement pas autant de chance la seconde fois.

Le son aigu d'une machine électronique mise soudain en marche le fit sursauter. Tout autour de lui, le réseau des convoyeurs commença sa ronde bruyante, et simultanément la pièce fut inondée d'une lumière fluorescente trop brillante. Kim sen-tit son cœur battre dans sa gorge. Toute chance de rester caché dans la pièce labyrinthique s'évapora.

Kim s'accroupit de son mieux derrière le ton-neau en plastique. En regardant sous les tables d'équarrissage, il vit l'homme aux tatouages. L'étranger avançait lentement dans une allée, au fond, les deux mains levées, la droite serrant le couteau qui sembla à Kim de la taille d'une machette.

Kim s'affola. Carlos n'était qu'à une rangée de tables de lui, et il savait que l'homme le verrait à l'instant où il regarderait dans l'allée où il se trouvait — dans quelques secondes à peine.

Kim bondit sur ses pieds presque sans réfléchir, saisit le baril en plastique à deux mains et, hurlant comme un guerrier celte s'élançant dans la bataille, il chargea son agresseur, le baril en plastique en guise de bouclier. Il entra en collision avec le Mexicain au couteau.

Carlos fut renversé. Bien que désarçonné par cette charge inattendue et par le choc puissant, il avait eu la présence d'esprit de ne pas lâcher son couteau.

L'élan de Kim l'emporta bien au-delà de Carlos. Il jeta le baril en plastique et traversa toute la salle de désossage en courant. Il savait qu'il ne réussirait que s'il pouvait vaincre son poursuivant. Jamais il n'arriverait à le faire renoncer. Sentant que sa meilleure chance était à nouveau de fuir, il passa la seconde ouverture sans porte et se retrouva dans une forêt froide, brumeuse et faiblement éclairée de carcasses de bovins. Chacune avait été sciée en deux et pendait à un crochet attaché à un système de convoyage au plafond. La lumière ne venait que de plafonniers assez distants les uns des autres au-dessus de l'allée centrale.

Kim courut le long de cette allée centrale à la recherche désespérée d'un endroit où se cacher. La pièce était assez froide pour qu'il voie son souffle haletant. Il n'était pas allé bien loin quand il arriva à une allée transversale d'où il vit la lueur verte si accueillante indiquant une porte de sortie. Il courut vers elle — et se rendit compte que la porte était assurée par une chaîne fermée par un gros cadenas.

Découragé, Kim continua. La pièce était

immense. Coincé entre le mur extérieur et les carcasses suspendues, il fallut plusieurs minutes à Kim pour atteindre le coin où il tourna à quatre-vingt-dix degrés. Là, il put progresser plus vite. Il allait atteindre le couloir central qui traversait la salle sur toute sa longueur quand il trouva une porte. À son grand soulagement, elle s'ouvrit. Près de la porte, il y avait un interrupteur. Kim le fit basculer. Il était dans une grande salle de stockage avec des étagères métalliques.

Kim s'enfonça dans la pièce dans l'espoir fou de trouver quelque chose qui pourrait lui servir d'arme. En peu de temps, il en fit le tour, sans résultat. Il n'avait trouvé que de petites pièces de machines, dont des billes pour le roulement des convoyeurs au plafond, et des cartons pleins de tampons en caoutchouc qu'utilisaient les inspecteurs du ministère de l'Agriculture pour classer la viande en premier, deuxième ou troisième choix. Le seul objet de taille était un balai.

Il se dit que le balai valait mieux que rien et le prit avant de revenir dans la salle précédente. Il allait y pénétrer quand il entendit à nouveau les pas de son poursuivant. L'homme était tout près, à moins de dix mètres, dans l'allée centrale !

Pris de panique, Kim referma la porte de la salle de stockage aussi rapidement et silencieusement que possible. Il s'aplatit contre le mur juste à droite de la porte, tenant le balai à deux mains.

Le bruit de pas cessa. Kim entendit l'homme jurer, puis les pas reprirent, leur son se fit de plus en plus net jusqu'à ce qu'ils s'interrompent juste de l'autre côté de la porte.

Kim retint son souffle. Il s'agrippa au manche du balai et, pendant un moment atroce, rien ne se passa. Puis il vit la poignée tourner lentement. L'homme allait entrer !

Le cœur de Kim accéléra. La porte s'ouvrit. Dès que Kim sentit que l'homme entrait, il serra les dents et abattit le balai à hauteur de poitrine de toute la force dont il était capable. Par chance, il atteignit l'homme en plein visage, le faisant basculer hors de la pièce. La surprise et la force du coup lui firent lâcher son couteau, qui tomba par terre.

Sans lâcher le balai de sa main gauche, Kim bondit pour prendre le couteau et le saisit — découvrant alors qu'il s'agissait d'une lampe torche et non pas d'un couteau.

« Stop ! » ordonna une voix.

Kim se redressa et regarda le rayon aveuglant d'une autre lampe torche. Instinctivement, il leva la main pour se protéger les yeux. Il vit alors l'homme par terre. Ce n'était pas le Mexicain, mais un homme vêtu d'une chemise brune Higgins & Hancock : un gardien qui se tenait la tête à deux mains. Il saignait du nez.

« Lâchez ce balai », ordonna encore la voix derrière la lumière.

Kim lâcha tant le balai que la lampe et tous deux tombèrent par terre à grand bruit.

Le rayon de la lampe torche s'abaissa et, à son grand soulagement, Kim se rendit compte qu'il avait face à lui deux policiers en uniforme. Celui qui n'avait pas de lampe torche tenait son pistolet à deux mains, pointé droit sur Kim.

« Dieu merci ! » soupira Kim, bien que le canon de l'arme ne fût qu'à trois mètres de lui.

« Silence ! lança le policier qui tenait l'arme. Viens là, face au mur ! »

Kim ne fut que trop heureux d'obéir. Il sortit de la pièce et posa ses mains contre le mur comme il avait vu faire au cinéma.

« Fouille-le ! » dit le policier.

Kim sentit des mains qui lui tâtaient les bras, les jambes et le torse.

« Il n'a rien.

— Retourne-toi ! »

Kim fit ce qu'on lui demandait, les mains levées pour éviter toute erreur sur ses intentions. Il était assez proche des policiers pour lire leur nom sur leur poche de poitrine. Celui qui tenait l'arme s'appelait Douglas Foster, l'autre Leroy McHalverson. Le gardien s'était relevé et épongeait son nez avec son mouchoir. La portion métallique du manche l'avait frappé assez fort pour lui casser le nez.

« Mets-lui les menottes, dit Douglas.

— Eh, attendez ! dit Kim. Ce n'est pas à moi que vous devriez passer les menottes.

— Vraiment ? demanda Douglas en levant des sourcils ironiques. Et à qui alors ?

— Il y a quelqu'un d'autre ici, un type brun et maigre, avec des tatouages et un énorme couteau.

— Et un masque de hockey, sans doute, plaisanta Douglas, et il s'appelle Jason.

— Je suis sérieux, dit Kim. Je suis ici à cause d'une femme, Marsha Baldwin. »

Les deux policiers échangèrent des regards complices.

« Vraiment ! insista Kim. Elle est inspectrice pour le ministère de l'Agriculture. Elle était ici pour son travail et je lui parlais au téléphone quand quelqu'un l'a agressée. J'ai entendu des bruits de verre brisé et de lutte. Quand je suis arrivé ici pour la secourir, j'ai été attaqué par un homme tenant un couteau, sans doute l'homme qui a attaqué Mlle Baldwin. »

Les policiers restaient sceptiques.

« Écoutez, je suis chirurgien au CHU », dit Kim en fouillant dans la poche de sa blouse sale.

Douglas resserra ses mains sur son arme. Kim leur montra sa carte de l'hôpital et Douglas fit signe à Leroy de la prendre.

« Elle a l'air bonne, dit Leroy après avoir examiné la carte plastifiée.

— Bien sûr qu'elle est bonne ! dit Kim.

— Et est-ce que c'est normal pour un médecin d'être aussi sale? » demanda Douglas.

Kim passa la main sur son menton barbu et regarda sa blouse. Il ne s'était ni douché ni rasé ni changé depuis vendredi matin.

« Je sais que je suis en piteux état, dit-il. Mais je peux tout vous expliquer. Pour le moment, ce qui m'inquiète le plus, c'est Mlle Baldwin et l'endroit où peut se trouver l'homme au couteau.

— Qu'est-ce que t'en dis, Curt? demanda Douglas au gardien. Est-ce qu'il y a ici une inspectrice du ministère de l'Agriculture ou un homme brun, étrange et tatoué?

— Pas à ma connaissance, dit Curt. En tout cas, ils ne sont pas arrivés depuis que je suis de service. Je prends à quinze heures.

— Désolé, mon gars, dit Douglas à Kim. T'as eu raison d'essayer. Vas-y, dit-il à Leroy, passe-lui les menottes.

— Attendez un peu, dit Kim, il y a du sang dans l'autre salle, et je crains que ce ne soit celui de Mlle Baldwin.

— Où ça? demanda Douglas.

— Sur la grille, dit Kim. Je peux vous le montrer.

— On est dans un abattoir, dit Curt. Il y a toujours du sang.

— Celui-là m'a l'air frais, dit Kim.

— Passe-lui les menottes et on va voir », dit Douglas.

Kim se laissa lier les poignets dans le dos, puis on le fit passer devant sur toute la longueur de l'aile centrale de la chambre de refroidissement. Dans la salle de désossage, Curt demanda aux policiers d'attendre le temps qu'il éteigne les lumières et les convoyeurs.

« C'est l'homme au couteau qui a mis les machines en marche, dit Kim.

— Bien sûr », dit Douglas.

Kim ne tenta pas d'insister, de même qu'il ne montra pas le baril en plastique qui avait roulé contre une des tables. Il était certain que le sang convaincrait ces flics qu'il disait la vérité.

Il les conduisit à la grille. Quand Curt l'éclaira, Kim, à sa grande déception, vit que le sang avait disparu.

« Mais il y en avait! dit Kim en secouant la tête. Quelqu'un l'a nettoyé.

— Sûrement l'homme au couteau, dit Leroy avec un petit rire.

— Qui d'autre? demanda facétieusement Douglas.

— Attendez un peu! dit Kim, que son désespoir grandissant rendait nerveux et qui voulait absolument les convaincre. Le téléphone! Elle me parlait sur son portable. Il est dans la pièce des archives.

« Très distrayant, commenta Douglas. Je vous le concède. Tu crois qu'on peut aller voir? demanda-t-il à Curt. C'est sur notre chemin pour sortir.

— Bien sûr », dit Curt.

Tandis que Curt conduisait Kim et Douglas aux archives, Leroy regagnait sa voiture de patrouille pour prendre contact avec le poste. Au seuil de la salle des archives, Curt s'écarta pour que les autres entrent. Kim reçut un choc : on avait redressé les chaises et le téléphone avait disparu.

« Il était là, je vous le jure, dit-il. Et plusieurs de ces chaises étaient renversées.

— Je n'ai pas vu de téléphone quand je suis venu constater l'entrée par effraction, dit Curt. Et les chaises étaient où elles sont.

— Et la vitre brisée de la porte donnant sur le couloir? demanda Kim d'une voix surexcitée. Je suis certain que le bruit que j'ai entendu quand je parlais au téléphone à Mlle Baldwin était le bris de cette vitre.

— Je suppose que ça fait partie de l'entrée par effraction, dit Curt. Comme la fenêtre.

— Impossible », dit Kim. C'est moi qui ai cassé la fenêtre, mais le panneau de la porte était déjà brisé quand je suis entré. Regardez, tous les morceaux de verre de la porte sont à l'intérieur. Celui qui a fait ça venait du couloir.

— Humm ! dit Douglas en regardant les bouts de verre à ses pieds. Là, il a raison.

— Et sa voiture ! dit Kim en y repensant soudain. Elle est toujours sur le parking. C'est une Ford jaune. Elle est garée tout au bout du bâtiment. »

Avant que Douglas ne puisse répondre, Leroy revint, un sourire mauvais sur son large visage.

« Je viens de parler avec le poste, dit-il. Ils ont vérifié l'identité du bon docteur et devinez un peu ? Il a un dossier. On l'a arrêté hier pour violation de propriété privée, opposition à la force publique, coups et blessures envers un officier de police et un manager de restaurant. Il n'est qu'en liberté sous caution.

— Voilà, voilà ! dit Douglas. Un récidiviste ! D'accord, docteur, on en a assez entendu. On vous embarque. »

15

Dimanche 25 janvier en fin de matinée

Et tout recommença pour Kim. Il se retrouva dans le même tribunal, avec le même juge. La seule véritable différence était le temps dehors. Cette fois, le soleil ne brillait pas, c'était une journée nuageuse et il voletait même quelques flocons de neige. Quant à l'humeur du juge Harlowe, elle était en harmonie avec la grisaille du jour.

Kim était assis à une table de bibliothèque toute rayée, près de Tracy et derrière Justin Devereau, avocat et vieil ami de Kim qui se tenait juste sous la plate-forme surélevée du juge. D'allure aristocratique, ce diplômé de Harvard avait suivi le vieil adage : « Va vers l'ouest, jeune homme. » Et il avait fondé ce qui était devenu un des plus importants cabinets d'avocats de la ville, un cabinet qui ne comptait plus les succès dont maître Devereau était l'un des principaux pourvoyeurs. Pourtant, ce matin-là, il avait la mine préoccupée de celui qui venait de lutter bec et ongles contre le courroux du juge Harlowe.

Kim était plus pitoyable que jamais après cette nuit de plus en prison, et toujours vêtu de son pyjama de chirurgien vert et de sa blouse qui se voulait blanche. Il ne s'était toujours ni rasé ni douché. Lui aussi était visiblement angoissé à la perspective de la procédure en cours. Il voulait moins que tout retourner en prison.

Justin s'éclaircit la voix :

« Permettez-moi d'insister sur le fait que le Dr Kim Reggis a réellement été un élément irréprochable de notre société jusqu'aux événements tragiques qui ont affecté sa fille unique.

— La maladie de sa fille a déjà été l'excuse donnée lors de sa comparution devant cette cour hier, maître, dit le juge Harlowe avec impatience. Quand c'est mon tour d'assurer les audiences du week-end, je n'aime pas voir deux fois le même visage. C'est insulter ma manière de juger un individu à qui j'ai laissé la liberté après sa première infraction.

— La mort de sa fille a terriblement affligé le Dr Reggis, monsieur le Président, insista Justin.

— C'est évident. Ce que je me demande, c'est s'il est une menace pour la société dans son état d'esprit actuel.

— Il a commis des actes aberrants qui ne se

reproduiront plus, affirma Justin. Comme il vous l'a expliqué, le Dr Reggis éprouve de sincères remords pour ses actes inconsidérés. »

Le juge Harlowe abaissa ses lunettes. Ses yeux se posèrent sur ceux de Kim. Il devait admettre que cet homme avait l'air de se repentir. Et il faisait pitié. Le juge regarda Tracy. La présence et le témoignage de cette femme l'avaient impressionné.

« D'accord, dit le juge. Je vais le laisser en liberté, mais ce n'est pas votre arrogance de diplômé d'une grande école, maître, qui m'a fait changer d'avis, c'est plutôt le fait que l'ex-épouse du prévenu a consenti fort aimablement à venir à la barre témoigner sur la personnalité du docteur. Mon expérience me dit que ce témoignage est sincère. Cinq mille dollars de caution et le procès dans quatre semaines. Cas suivant ! »

Le juge Harlowe frappa de son marteau et prit un autre dossier.

« Excusez-moi, monsieur, dit Justin, mais mon client n'a aucune intention de fuir. Je trouve donc que cinq mille dollars, c'est tout à fait excessif. »

Le juge le regarda par-dessus ses lunettes de lecture et leva les sourcils.

« Je vais faire comme si je n'avais rien entendu, maître, dit-il. Et je vous conseille de ne pas forcer la chance de votre client ! Le suivant, s'il vous plaît ! »

Justin haussa les épaules et battit en retraite. Il rassembla ses affaires et entraîna Kim et Tracy hors de la salle du tribunal.

Justin les aida à régler rapidement le problème de la caution et, moins d'une demi-heure plus tard, le petit groupe sortait du tribunal dans l'air gris et froid du matin. Ils s'arrêtèrent en bas des marches, accueillis par quelques rares flocons qui flottaient lentement dans le ciel.

« Au début, j'ai eu peur qu'Harlowe ne te laisse

pas sortir, avoua Justin. Comme il l'a dit, considère que tu as eu de la chance.

— Étant donné les circonstances, j'ai un peu de mal à trouver que j'ai de la chance, dit Kim, mais merci de ton aide. Je m'excuse de t'avoir dérangé un dimanche matin.

— Pas de problème, dit Justin. Je suis affreusement triste pour Becky. Croyez bien que je sympathise sincèrement avec vous deux. »

Kim et Tracy le remercièrent.

« Bien, je vais y aller, dit Justin en touchant le bord de son chapeau. On se revoit bientôt. Tenez le coup ! »

Justin déposa un petit baiser sur la joue de Tracy et serra la main de Kim avant de partir. Au bout de quelques pas, il s'arrêta.

« Un petit conseil, Kim : ne te fais pas arrêter à nouveau, sinon, je peux t'assurer que tu iras en prison jusqu'au procès. Ces arrestations successives t'ont à l'évidence placé dans une catégorie spéciale.

— Je comprends, dit Kim. Je ferai attention. »

Kim et Tracy regardèrent Justin s'éloigner et, quand il fut assez loin pour ne pas les entendre, ils se tournèrent l'un vers l'autre.

« Maintenant, je veux que tu me dises ce qui s'est vraiment passé, dit Tracy.

— Je vais te dire tout ce que je sais, dit Kim. Mais il faut que j'aille chercher ma voiture. Tu veux bien m'emmener jusqu'à chez Higgins & Hancock ?

— C'est ce que j'avais prévu.

— On parlera dans la voiture. »

Ils traversèrent la rue en direction du parking.

« Je vis un cauchemar, avoua Kim.

— Comme je te l'ai dit hier soir, nous avons tous deux besoin d'aide, et nous sommes peut-être les deux seuls qui puissions nous aider l'un l'autre.

— Cela doit te sembler fou de me voir plonger ainsi la tête la première dans cette croisade contre l'E. coli. Notre fille est morte et je n'ai qu'une obsession : courir comme un justicier, sabre au clair. Durant toutes ces années, j'ai toujours été fier de ma force, maintenant je vois bien qu'en fait c'est toi qui possèdes le plus de force intérieure. Je sais que je ne pourrai pas refuser à jamais la mort de Becky, mais je ne peux l'affronter maintenant. J'espère que tu peux comprendre que je ne suis pas prêt à l'accepter. »

Tracy resta un moment silencieuse. Puis elle posa la main sur le bras de Kim.

« Je comprends, et je ne te forcerai à rien. Je vais même te soutenir dans ta quête. Mais tu ne pourras pas nier à jamais la mort de Becky.

— Je sais... merci. »

Pendant le court trajet, Kim donna à Tracy tous les détails sur ce qui s'était passé depuis le moment où Marsha était arrivée chez lui jusqu'à ce que la police l'enferme en prison. Quand il décrivit l'attaque de l'homme au couteau, Tracy fut atterrée. Il lui montra même la petite coupure sur le dos de sa main.

« À quoi ressemblait cet homme ? demanda Tracy en frissonnant devant l'horreur d'être attaqué dans un abattoir plongé dans l'obscurité.

— Tout s'est passé trop vite, dit Kim. Je ne saurais te le décrire précisément.

— Jeune, vieux ? Grand, petit ? »

Pour une raison inexplicable, elle voulait pouvoir se représenter cet individu.

« Très brun, dit Kim. La peau sombre, les cheveux noirs ; je crois qu'il était mexicain, ou d'Amérique latine en tout cas. Mince, mais très musclé. Et les bras couverts de tatouages.

— Pourquoi n'as-tu pas dit tout ça à Justin ?

— À quoi est-ce que ça aurait servi ?

— Il aurait pu en parler au juge.

— Mais cela n'aurait rien changé. En fait, ç'aurait pu aggraver les choses. Je veux dire que ça semble tellement incroyable que j'ai préféré assurer ma sortie de prison pour pouvoir réfléchir à ce que je devais faire.

— Alors tu crois que Marsha Baldwin est toujours chez Higgins & Hancock ? Et peut-être retenue contre sa volonté ?

— Ou pire encore. Si c'était du sang humain que j'ai vu, il est possible qu'elle ait été tuée.

— Je ne sais que dire, avoua Tracy.

— Moi non plus. Je continue à espérer qu'elle a pu sortir. Je devrais peut-être consulter mon répondeur. Si elle avait appelé ? »

Tracy sortit son téléphone portable de son logement sur le tableau de bord et le tendit à Kim. Il composa un numéro et écouta. Au bout de quelques minutes, il reposa le téléphone.

« Alors ?

— Rien d'intéressant, dit Kim en secouant la tête avec angoisse. Juste Ginger.

— Redis-moi exactement ce que tu as entendu quand tu lui parlais la dernière fois, demanda Tracy.

— J'ai entendu un bruit de verre brisé, répéta Kim. C'est arrivé juste après qu'elle a dit qu'il y avait quelqu'un à la porte. Et puis j'ai entendu une série de coups qui ressemblaient à des chaises qu'on renversait. Je crois que la personne qui est entrée par la porte l'a pourchassée dans la pièce.

— Et tu as dit tout cela à la police ?

— Bien sûr. Mais ça n'a servi à rien ! Enfin, je les comprends. Ils me prennent pour un dingue. Quand j'ai voulu leur montrer le sang, il avait été nettoyé. Quand j'ai voulu leur montrer le téléphone portable, il n'était plus là. Et même sa voiture n'était plus sur le parking alors qu'elle y était à mon arrivée.

— Aurait-elle pu prendre le téléphone et repartir en voiture ?

— Oh, combien je l'espère ! À l'idée de la seule

autre solution... Je me sens responsable de ce qui a pu lui arriver. Elle a fait ça à cause de moi.

— Tu ne l'a forcée à rien. Durant le peu de temps que j'ai passé avec elle, j'ai senti qu'elle n'était pas le genre de personne qu'on peut manipuler. Elle savait ce qu'elle voulait.

— J'aimerais trouver le gardien. Il savait forcément que Marsha était là, et pourtant il l'a nié.

— S'il a menti à la police, il ne va certainement pas se confier à toi.

— Il faut pourtant que je fasse quelque chose.

— Que sais-tu d'elle ? Sais-tu où elle habite, d'où elle vient, si elle a de la famille dans la région ?

— Je ne sais presque rien d'elle, admit Kim, sauf qu'elle a vingt-neuf ans et qu'elle a fait l'école vétérinaire.

— Dommage. Cela nous aurait aidés à établir ou non sa disparition. Si elle a disparu, il faudra bien que la police t'écoute.

— Tu viens de me donner une idée, dit Kim en se redressant. Et si on demandait son aide à Kelly Anderson ?

— Pourquoi pas ? Encore faudrait-il qu'elle accepte de nous aider.

— On ne risque rien d'essayer.

— Elle t'a causé assez de soucis, dit Tracy. Il me semble qu'elle te doit bien ça.

— Les médias pourraient être un soutien considérable, non seulement pour régler le problème de Marsha, mais aussi pour parler de la contamination de la viande.

— Plus j'y pense, plus je trouve que c'est une bonne idée... dit Tracy. Je pourrais peut-être t'aider à la convaincre. »

Kim regarda son ex-épouse avec reconnaissance. Après tout ce que le divorce avait entraîné comme amertume et comme rancœur à propos de la garde de leur fille, il avait oublié combien Tracy était attirante.

« Tu sais, Tracy, je te suis vraiment reconnaissant d'être venue au tribunal ce matin, et pas seulement parce que tu as réussi à faire lever la sanction. Je te suis reconnaissant de vouloir être avec moi après tout ce qui s'est passé. »

Tracy regarda Kim. Cette remarque lui ressemblait si peu, et pourtant, à voir ses yeux, elle sut qu'il était sincère.

« C'est très gentil de me le dire.

— Je le pense.

— Eh bien, j'apprécie que tu me le dises. Je ne me souviens pas de la dernière fois où tu m'as remerciée. En fait, je crois que ça date d'avant notre mariage.

— Je sais, admit Kim. Tu as raison. J'ai eu le temps de penser, pendant cette nuit en prison, et je dois dire que les événements des dernières vingt-quatre heures, surtout en ce qui concerne Becky, m'ont ouvert les yeux.

— T'ont ouvert les yeux sur quoi ?

— Sur ce qui compte vraiment dans la vie. J'imagine que ça a un air mélodramatique, mais je me suis rendu compte des terribles erreurs que j'ai commises. Je me suis trop concentré sur ma carrière, sur la lutte pour la suprématie, aux dépens de la famille... Et de nous.

— Je suis très impressionnée de t'entendre dire de telles choses, dit Tracy qui ne reconnaissait plus le Kim dont elle avait divorcé.

— Je crains bien d'avoir été égoïste toute ma vie d'adulte. C'est un peu ironique puisque je me suis toujours caché derrière une façade de médecin charitable et altruiste. Comme un enfant, j'avais constamment besoin qu'on me félicite et qu'on me rassure, et le métier de chirurgien est parfait pour ça. Alors, j'ai honte et je suis triste, et je voudrais aussi m'excuser auprès de toi. J'aimerais pouvoir effacer toutes les années gâchées.

— Je suis surprise et un peu dépassée, dit Tracy,

mais j'accepte. La profondeur de ta remise en cause m'impressionne.

— Merci. »

Kim regarda droit devant lui. Ils venaient de tourner dans la rue qui menait chez Higgins & Hancock. Le bâtiment apparut, paisible et propre sous la fine couche de neige.

« C'est là ? demanda Tracy.

— Oui, l'entrée du parking n'est pas loin. Ma voiture doit être devant la porte principale. C'est en tout cas là que je l'ai laissée. »

Tracy progressa selon les indications de Kim, et ils virent tout de suite sa voiture, toute seule devant la porte. Il n'y avait que deux autres voitures sur le parking, mais elles se trouvaient à une extrémité du bâtiment.

« La voiture de Marsha était garée où sont ces deux voitures, dit Kim. Il y a peut-être une entrée pour les employés, là-bas. »

Tracy s'arrêta près de la voiture de Kim, éteignit le moteur et serra le frein à main.

Kim montra la fenêtre des archives qu'il avait cassée pour pénétrer dans le bâtiment. On l'avait condamnée avec des planches. Il expliqua à Tracy qu'il l'avait cassée à l'aide d'une des grosses pierres bordant le parking.

« Quels sont tes projets ? demanda Tracy.

— Il faut que j'aille à l'hôpital, soupira Kim. Tom a accepté de veiller sur mes malades, mais je dois les voir aussi. Ensuite, je rendrai visite à Kelly Anderson. Il se trouve que je sais où elle habite.

— Nous avons des dispositions à prendre pour Becky », dit Tracy.

Kim hocha la tête, mais son regard se perdit au loin.

« Je sais combien c'est difficile, dit Tracy, pourtant nous devons penser aux funérailles. Cela pourrait même nous aider à accepter sa mort. »

Kim se mordit la lèvre.

« La colère et la dénégation font partie du processus de deuil, dit Tracy devant le silence de Kim. J'ai honte de les utiliser, comme toi, mais nous avons des responsabilités. »

Kim regarda Tracy. Des larmes perlaient aux coins de ses yeux.

« Tu as raison, admit-il, malgré tout, comme je te l'ai dit, il me faut un peu plus de temps, à cause de ce qui est arrivé. Est-ce que ce serait trop te demander de prendre les dispositions sans moi ? Je sais que je t'en demande beaucoup. J'accepte d'avance tout ce que tu décideras, et bien sûr je serai là pour la cérémonie. J'aimerais seulement mettre tout de suite en application cette idée à propos de Kelly Anderson. »

Tracy tapotait le volant des doigts tandis qu'elle réfléchissait à la demande de Kim en le regardant. Elle eut d'abord envie de dire non, de lui dire qu'il se montrait égoïste à nouveau, puis elle se ravisa. Si elle n'avait aucune envie d'organiser seule les funérailles, elle savait aussi que la cérémonie serait beaucoup plus importante que les préparatifs. Elle dut donc admettre que, pour le moment, elle était probablement plus capable que lui de s'en charger.

« Tu as une préférence pour le jour ? Ou le lieu de la cérémonie ?

— Aucune. Tout ce que tu décideras sera bien.

— D'accord. Mais tu vas me promettre de m'appeler dès que tu rentreras.

— Je te le promets, dit Kim en tendant la main pour serrer l'avant-bras de Tracy avant de sortir de la voiture.

— J'attends jusqu'à ce que je sois certaine que ta voiture démarre, dit Tracy.

— Bonne idée. Et merci. »

Il claqua la portière et fit un signe de la main avant de gagner sa propre voiture.

Tracy répondit à son signe et se demanda si elle agissait au mieux.

Kim ouvrit la portière de sa voiture, mais n'y monta pas tout de suite. Il regarda Higgins & Hancock et frissonna au souvenir de la soirée de la veille. La terreur qu'il avait ressentie face à l'homme au couteau l'envahit à nouveau et il comprit que c'était une expérience qu'il n'oublierait jamais.

Il hésita à nouveau un bref instant à monter en voiture et caressa l'idée de parler au gardien afin de découvrir comment joindre Curt, le gardien de la veille. Mais les admonestations de Tracy lui revinrent en mémoire et Kim décida qu'elle avait raison. Si Curt était prêt à mentir à la police à propos de la présence de Marsha, il n'allait certainement pas dire la vérité à Kim. Et le fait qu'il mentait signifiait que l'affaire était plus grave qu'elle pouvait le paraître de prime abord.

La voiture de Kim démarra sans problème et il fit signe à Tracy, qui répondit de la main avant de le précéder hors du parking. Kim la suivit en repensant à leur récente conversation. Il trouva ironique que les horribles événements des derniers jours — la mort de Becky et le fait qu'il ait failli être assassiné — allaient peut-être le rapprocher de Tracy, qu'ils allaient être plus proches que jamais, sans doute.

Ils se séparèrent sur l'autoroute. Kim klaxonna pour dire au revoir, et Tracy klaxonna en réponse en accélérant vers son quartier. Kim prit la sortie pour le centre médical.

Le dimanche, le parking des médecins était presque vide et Kim réussit à se garer tout près de l'entrée. Alors qu'il descendait de voiture, il se dit qu'il irait directement au vestiaire de chirurgie. Il voulait se laver, se raser, et mettre les vêtements qu'il portait vendredi matin et qu'il avait laissés là.

À soixante-dix ans passés, Martha Trumbull et George Constantine étaient tous deux des volontaires si dévoués au CHU qu'on leur avait décerné la prestigieuse médaille des Amis de l'Hôpital. Martha la portait fièrement sur le devant de sa blouse rose de volontaire, alors que George l'avait placée sur le revers de son blazer bleu ciel de volontaire.

Ce que Martha et George préféraient, c'était tenir le bureau d'information dans le hall de l'hôpital. Ils aimaient particulièrement y travailler le dimanche, quand ils y étaient seuls. Les autres jours, un employé rémunéré de l'hôpital était aux commandes.

Ils prenaient leur rôle très au sérieux, et non seulement ils connaissaient le plan de l'hôpital aussi bien que celui de leur propre maison, mais ils connaissaient aussi le nom de tous les employés. Quand Kim passa la porte et gagna l'ascenseur, ils crurent le reconnaître, mais ils n'en furent pas certains à cent pour cent.

« Est-ce que c'est le Dr Reggis ? demanda Martha à George dans un murmure.

— Je crois, mais je ne vois pas ce qu'il a bien pu faire dans cette blouse blanche, à moins qu'il ait dû changer un pneu, répondit George d'une voix sourde.

— Je crois que sa barbe est pire encore que sa blouse. Quelqu'un devrait le lui dire ; c'est un si bel homme !

— Attends une seconde, Martha... Est-ce que nous ne devions pas prévenir le Dr Biddle si nous voyions le Dr Reggis ?

— C'était hier, rectifia la vieille dame. Tu crois que ça vaut aussi pour aujourd'hui ?

— Pourquoi courir le risque de se tromper ? » demanda George en décrochant le téléphone.

Au grand soulagement de Kim, l'ascenseur était vide quand il le prit au rez-de-chaussée, et il put monter seul jusqu'en chirurgie. Il n'eut pas autant de chance lors de sa traversée de la salle de repos. Il y avait là bon nombre d'infirmières et d'anesthésistes qui prenaient un café. Si personne ne dit rien, les yeux se posèrent sur lui avec curiosité.

Kim fut content de pénétrer dans le vestiaire, loin de ces visages interrogateurs — et particulièrement content de le trouver vide. Il ne perdit pas un instant. Après avoir récupéré dans ses poches sa carte d'identification de l'hôpital et quelques papiers et stylos, sans oublier un rouleau de sparadrap chirurgical, il retira sa blouse, son pyjama et même ses sous-vêtements. Tout partit dans le sac à linge sale.

Complètement nu, il eut un choc à la vue de son reflet dans le miroir. Son visage était plus marqué qu'il ne l'aurait cru. Il n'avait plus maintenant l'air mal rasé des bruns à cinq heures du soir — mais les poils qui envahissaient le bas de son visage n'avaient rien non plus d'une véritable barbe. Ses cheveux dégoûtants lui collaient au front et se dressaient tout droit à l'arrière de sa tête, comme lorsqu'on sort du lit.

Il ouvrit son verrou et sortit de son casier ses affaires de toilette. Puis il se rasa et passa sous la douche avec un flacon de shampooing.

Kim était sous le jet d'eau quand il crut entendre appeler son nom. Il sortit la tête, les yeux fermés pour éviter la mousse du shampooing et écouta. On répéta son nom. La voix était nettement plus autoritaire qu'amicale.

Kim se rinça et regarda vers l'entrée de la douche collective avec ses quatre jets. Sur le seuil carrelé se tenaient le Dr Forrester Biddle, chef de la chirurgie cardiaque, et le Dr Robert Rathborn, directeur exécutif du personnel. Ils formaient un drôle de couple. Contrairement à Forrester, ascétique et raide, Robert proposait l'image même de l'obésité acceptée.

« Docteur Reggis ! répéta Robert quand il fut

certain que Kim l'entendait. En tant qu'actuel chef du personnel, il est de mon devoir de vous informer que vos privilèges hospitaliers ont été temporairement révoqués.

— C'est un drôle d'endroit pour tenir cette conversation, dit Kim, ou bien avez-vous délibérément choisi de me surprendre nu?

— Jamais votre insolence n'a été moins de mise, cracha Forrester. Je vous avais prévenu, docteur Reggis.

— Ne pouviez-vous attendre cinq minutes?

— Nous avons considéré que l'affaire était suffisamment importante pour vous en informer dès que possible.

— Sur quoi est-elle fondée?

— Sur votre attitude durant la tentative de réanimation cardiaque de votre fille, exposa Robert. Trois médecins et deux infirmières ont déposé officiellement plainte : vous les auriez intimidés physiquement et vous les auriez empêchés de faire leur travail.

— Et j'ai été personnellement horrifié, déclara Forrester que vous ayez décidé un massage cardiaque direct sur votre propre fille. À mon avis, vous avez dépassé là les limites du comportement professionnel acceptable.

— Elle était en train de mourir! dit Kim entre ses dents. Le massage cardiaque thorax fermé ne servait à rien. Ses pupilles se dilataient.

— Il y avait d'autres personnes qualifiées sur place, dit Robert d'un ton moralisateur.

— Ils étaient nuls! Ils ne savaient pas ce qui se passait. Moi non plus, jusqu'à ce que je voie son cœur », dit Kim dont la voix se brisa.

Il détourna un moment les yeux.

« Il va y avoir une réunion, dit Robert, dans le but de décider si vous constituez ou non une menace pour les malades, voire pour vous-même. Vous aurez la possibilité d'exposer votre version de ce malheureux épisode. Jusque-là, vous ne devez plus pratiquer aucun acte médical au sein de cet établissement, et il vous est tout spécifiquement interdit d'opérer, quelles que soient les circonstances.

— Bien, c'était très gentil de votre part, messieurs, de venir ainsi dans mon bureau avec d'aussi bonnes nouvelles, dit Kim.

— Je ne serais pas aussi arrogant, à votre place, menaça Forrester.

— Moi non plus, dit Robert. Cet incident et vos actes seront communiqués au Conseil de l'ordre. Il se pourrait qu'on vous retire le droit d'exercer. »

Kim se retourna afin de présenter à ses hôtes la partie de son anatomie qu'il trouvait la plus appropriée en ces circonstances. Penché en avant, il termina son shampooing.

De jour, le bar El Toro avait un aspect tout à fait différent. Sans la lueur rouge du taureau en néon, sans le son vivant et lancinant de la musique latine, le bâtiment en piteux état semblait abandonné. Seule preuve que ce n'était pas le cas : les boîtes de bière récemment jetées sur le parking.

Shanahan secoua la tête devant cette scène affligeante tandis que sa Cherokee noire parcourait l'aire de stationnement jonchée de détritus. Le temps pluvieux et brumeux qui recouvrait l'endroit d'une sorte de linceul épais n'arrangeait rien. Shanahan s'arrêta à côté du camion de Carlos, dont l'état était en harmonie avec l'ensemble.

Carlos descendit de son camion et vint à la fenêtre de Shanahan. La vitre était fortement teintée, si bien que Carlos ne put voir que son propre reflet jusqu'à ce que Shanahan la baisse.

Sans salutations, sans explications, Shanahan tendit à Carlos un billet de cent dollars.

Carlos regarda l'argent, puis à nouveau Shanahan.

« Qu'est-ce que c'est ? demanda-t-il. T'avais promis deux cents. Je me suis occupé de la femme comme on l'avait dit.

— T'as merdé, dit Shanahan. C'est pas du boulot propre. On sait pour le docteur. T'aurais dû t'en occuper aussi. Tu savais qu'il était venu à la recherche de la femme.

— J'ai essayé !

— Qu'est-ce que ça veut dire, "essayé"? demanda Shanahan avec mépris. Je te croyais champion au couteau, et ce type était pas armé.

— J'ai pas eu le temps. Il a déclenché l'alarme quand il est entré, et la police est arrivée avant que je le bute. J'ai eu de la chance de tout nettoyer avant qu'ils voient le sang.

— Et la voiture, qu'est-ce que t'en as fait ?

— Elle est dans le garage de mon cousin.

— On va aller la chercher. Il faut que personne s'en serve. Il faut la détruire.

— Personne va s'en servir.

— Et son téléphone ?

— Je l'ai dans mon camion.

— Donne ! »

Obéissant, Carlos retourna à son véhicule. Une minute plus tard, il était de retour sous la fenêtre de Shanahan et lui tendait le téléphone portable.

Le garde du corps le lança sur le siège à côté de lui.

« J'espère qu'il est inutile de te demander si tu as passé des appels. »

Carlos leva ses sourcils noirs d'un air innocent, mais ne répondit pas.

Shanahan ferma les yeux, posa une main sur son front et secoua la tête de désespoir.

« Je t'en supplie, dis-moi que tu n'as pas utilisé ce téléphone », dit-il entre ses dents serrées — bien qu'il connût déjà la réponse.

Comme Carlos ne répondait pas, Shanahan

ouvrit les yeux et regarda son complice, abasourdi.
Il tenta de contrôler sa rage.

« D'accord. Qui t'as appelé? Tu sais pas qu'on
peut identifier les appels? Comment peut-on être
bête à ce point !

— J'ai appelé ma mère au Mexique », admit
Carlos.

Shanahan leva les yeux au ciel et commença à
s'inquiéter maintenant d'avoir à se débarrasser de
Carlos. Le problème, avec ce genre de travail,
c'était que, lorsque les choses commençaient à mal
tourner, elles pouvaient très vite devenir incontrô-
lables.

« Mais ma mère a pas le téléphone, dit Carlos.
J'ai appelé dans un magasin où travaille ma sœur.

— Quel genre de magasin?

— Un grand magasin. On y vend plein de
choses.

— Comme un supermarché?

— Oui, très grand.

— Quand est-ce que t'as appelé?

— Hier soir. Le magasin reste ouvert tard le
samedi, et ma mère vient toujours chercher ma
sœur pour qu'elle rentre pas seule à la maison.

— Où au Mexique?

— À Mexico. »

Shanahan se sentit soulagé. Un appel anonyme
dans un grand magasin de la ville la plus peuplée
du monde ne pourrait être le point de départ d'une
piste.

« Et t'as passé que cet appel-là? demanda-t-il.

— Oui, vieux, c'est le seul.

— Bon. Revenons au docteur. Est-ce qu'il sait ce
qui est arrivé à la femme?

— Probablement. Il a vu le sang.

— En tout cas, il est une menace. Il faut qu'on
s'en débarrasse. Je te donnerai les cent dollars qui
restent et trois cents de plus pour le boulot,
qu'est-ce que t'en dis?

— Quand ?

— Ce soir. On sait où il habite, et il vit seul, dans le quartier de Balmoral.

— C'est un grand type...

— Avec ta réputation, je ne pensais pas que ça te poserait un problème.

— J'aurais pas de problème pour le tuer, dit Carlos. C'est pour me débarrasser du corps et du sang que ce sera plus difficile.

— T'en fais pas pour ça. Fais ton boulot et va-t-en. Tu pourrais même faire passer ça pour un cambriolage en prenant l'argent et des choses de valeur. Mais évite de prendre des trucs dont on pourrait retrouver la trace.

— Je sais pas... La police aime pas que des Mexicains se baladent dans le quartier de Balmoral. On m'y a déjà arrêté.

— Écoute, Carlos, dit Shanahan dont la patience s'épuisait. Il se trouve que t'as pas vraiment le choix. T'as merdé hier soir. Si j'ai bien compris, t'aurais eu le temps de tuer le docteur. Et t'as pas de carte verte... »

Carlos déplaça son poids d'un pied sur l'autre et se frotta les avant-bras à cause du froid. Il ne portait pas de veste sur son gilet de cuir à même la peau.

« L'adresse, c'est quoi ? demanda-t-il avec résignation.

— J'aime mieux ça » dit Shanahan en lui tendant une carte de visite.

En dépit de la révocation qui le frappait dans l'hôpital et qui lui avait été signifiée en personne par Robert Rathborn, Kim fit le tour de ses malades. Il passa surtout du temps auprès de ses opérés du vendredi. Comme il l'avait promis, Tom Bridges les avait très bien suivis. Kim fut heureux que tous se remettent sans complications. Quand il quitta l'hôpital, on était déjà au milieu de l'après-midi.

Kim avait envisagé d'essayer d'appeler Kelly Anderson afin d'organiser un rendez-vous, mais il décida qu'il valait mieux passer la voir. Et puis, il n'avait pas son numéro de téléphone et il se dit qu'elle était très certainement sur liste rouge.

Kelly Anderson vivait dans une sorte de corps de ferme sur Christie Heights, un quartier qui dominait la ville, presque aussi chic que Balmoral. Kim s'arrêta au bord du trottoir, éteignit le moteur et regarda la maison. Il lui fallut un moment pour rassembler son courage. Pour Kim, venir voir Kelly Anderson, c'était comme s'allier au diable en personne. Il avait besoin d'elle, mais il ne l'aimait pas.

En sonnant à l'entrée, il se rendit compte qu'il y avait toutes les chances pour qu'on ne lui laisse même pas passer le seuil.

Caroline, la fille de Kelly, ouvrit la porte. Devant la petite fille au regard vif, Kim crut ne pas pouvoir parler. Elle lui rappelait trop Becky à la patinoire.

À l'intérieur, une voix d'homme demanda à Caroline qui c'était.

« Je ne sais pas, répondit Caroline, il ne veut pas parler.

— Je suis le Dr Reggis », réussit à articuler Kim.

Edgar Anderson apparut derrière sa fille. Il avait un air d'intellectuel derrière ses grosses lunettes et portait un pull boutonné trop grand avec du tissu aux coudes. Une pipe pendait au coin de sa bouche.

« Que puis-je pour vous ? » demanda Edgar.

Kim répéta son nom et demanda à parler à Kelly Anderson.

Edgar se présenta comme étant le mari de Kelly et invita Kim à entrer. Il l'introduisit au salon, que personne n'avait l'air de jamais utiliser.

« Je vais lui dire que vous êtes là, dit Edgar. Je vous en prie, asseyez-vous. Puis-je vous offrir quelque chose ? Une tasse de café ? »

« — Non, merci. »

Kim se sentait intimidé comme s'il était un mendiant. Il prit place dans un canapé immaculé.

Edgar disparut, mais Caroline, debout derrière un fauteuil, resta à regarder Kim. Kim ne pouvait la regarder sans penser à Becky. Il fut soulagé quand Kelly entra dans la pièce.

« Que vois-je ! chantonna Kelly. Le renard qui vient jusque dans la niche du chien. Asseyez-vous, je vous en prie ! dit-elle à Kim qui s'était levé à son arrivée. Et à quoi dois-je le plaisir de cette visite inattendue ? demanda-t-elle en se laissant tomber dans le fauteuil.

— Pourrions-nous parler seul à seul ? » demanda Kim.

Réagissant comme si elle n'avait pas vu Caroline dans la pièce, Kelly dit à sa fille de trouver quelque chose d'amusant à faire ailleurs.

Dès que Caroline fut partie, Kim commença par annoncer la mort de Becky. L'attitude ironique de Kelly changea immédiatement. Il était évident que la nouvelle la bouleversait profondément.

Kim raconta toute l'histoire à Kelly, y compris les détails de ses discussions avec Kathleen Morgan et Marsha Baldwin. Il lui parla de sa visite et de son arrestation à l'Onion Ring. Il lui parla même de l'épisode éprouvant chez Higgins & Hancock, terminant par sa seconde arrestation.

Quand il se tut, Kelly soupira et s'adossa au fauteuil. Elle secoua la tête.

« Quelle histoire ! Et quelle tragédie pour vous. Mais qu'est-ce qui vous amène ici ? J'imagine que vous attendez quelque chose de moi.

— En effet. J'aimerais que vous fassiez un sujet sur tout cela. Il faut que les gens sachent. Et je veux aussi faire passer le message à propos de Marsha Baldwin. Plus j'y pense, plus je suis convaincu qu'il y a là une conspiration. Si elle est en vie, plus tôt on la trouvera, mieux cela vaudra. »

Kelly se mordait l'intérieur de la joue en réfléchissant à la demande de Kim. Il y avait bien certains éléments curieux dans cette histoire, mais aussi plusieurs problèmes. Au bout de quelques instants, elle secoua la tête.

« Merci d'être passé me faire ce récit, mais cela ne m'intéresse pas d'un point de vue professionnel, du moins pas pour l'instant. »

Le visage de Kim se décomposa. Pendant qu'il lui racontait tout, il s'était peu à peu convaincu de la valeur de ses découvertes, et la rapide réponse négative de Kelly le surprenait et le décevait.

« Pouvez-vous me dire pourquoi ? demanda-t-il.

— Bien sûr. Même si je compatis à la perte tragique de votre petite fille, si adorable et si talentueuse, ce n'est pas mon genre de journalisme télévisé. Je traite des affaires plus dures et plus importantes, si vous voyez ce que je veux dire.

— Allons, c'est un problème capital ! Becky est morte de l'E. coli 0157 : H7, et c'est devenu un problème international.

— C'est vrai, mais il ne s'agit que d'un cas isolé.

— Justement ! Un seul cas jusqu'ici. Je suis convaincu qu'elle l'a attrapé à l'Onion Ring sur Prairie Highway, et je crains fort qu'elle ne soit que le premier cas de ce qui pourrait être une importante épidémie.

— Mais il n'y a pas eu d'épidémie. Vous avez dit vous-même que votre fille est tombée malade il y a plus d'une semaine. S'il devait y avoir d'autres cas, ils seraient déjà connus.

— Il y en aura. J'en suis persuadé.

— Très bien. Quand d'autres cas se présenteront, je ferai un sujet. C'est impossible avec un cas unique. Comment puis-je vous le dire plus clairement ?

— Écoutez, des centaines de gosses meurent chaque année de cette bactérie, dit Kim, et personne ne le sait !

— C'est peut-être vrai, mais on ne sait rien de ces centaines d'autres cas.

— Ils existent pourtant, dit Kim d'un ton exaspéré. Presque tous ont été provoqués par du bœuf haché. L'industrie de la viande qui produit ces hamburgers est une menace pour tous ceux qui mangent de la viande hachée. C'est une situation qu'il faut faire éclater au grand jour.

— Enfin, où vivez-vous ? demanda Kelly sur un ton tout aussi exaspéré. On en a déjà parlé, surtout avec l'épidémie soudaine et le rappel des viandes de chez Hudson. On parle de l'E. coli presque tous les mois !

— On en parle, mais les médias ne font pas passer le bon message.

— Ah, vraiment ? Je suppose qu'en plus d'être un cardiologue célèbre vous êtes aussi un expert en communication ?

— Je ne prétends pas être un expert en communication, mais je sais que la couverture de ce problème par la presse a donné deux importantes fausses impressions : la première, c'est que la présence de ce dangereux E. coli dans la viande hachée est une exception, et la deuxième, c'est que le ministère de l'Agriculture s'attache vraiment à inspecter la viande pour garantir qu'elle est saine. Ces deux messages sont faux, comme le prouve la mort de près de cinq cents gosses par an.

— Ouah ! Maintenant vous vous engagez sur une couche de glace très fine. Je veux dire que vous portez là deux accusations graves. Quelles preuves pouvez-vous apporter ?

— La mort de ma fille, enragea Kim, et les rapports du Centre de contrôle des maladies concernant les autres morts.

— Je parle des accusations selon lesquelles l'E. coli est si courant et le ministère si négligent dans son travail d'inspection.

— Je n'ai pas de preuves précises pour le

moment. Et c'est justement ce que je voulais que vous trouviez au cours de votre investigation. Mais autant de gosses ne mourraient pas si ce n'était pas vrai. Et tout cela m'a été confirmé par Marsha Baldwin.

— Ah, bien sûr, dit Kelly d'un ton ironique. Comment ai-je pu oublier? La mystérieuse inspectrice du ministère de l'Agriculture qui, d'après vous, a disparu depuis moins de vingt-quatre heures. Celle dont vous prétendez qu'elle a été victime d'un complot.

— Exactement, dit Kim. Il fallait qu'ils la fassent taire. »

Kelly pencha la tête de côté. Elle n'était pas tout à fait certaine de ne pas craindre Kim, surtout après qu'on l'eut arrêté deux fois. Elle avait l'impression que la mort de sa fille avait affecté son entendement. Il semblait paranoïaque, et elle voulait qu'il parte.

« Redites-moi clairement, demanda-t-elle, la raison pour laquelle vous pensez que Mlle Baldwin a disparu est qu'elle a coupé court à votre conversation téléphonique et que vous avez vu du sang dans les abattoirs, c'est ça?

— Exactement, répéta Kim.

— Et vous l'avez dit aux policiers qui vous ont arrêté?

— Bien sûr! Mais ils ne m'ont pas cru. »

« Et j'imagine pourquoi », se dit Kelly. Elle se leva soudain.

« Excusez-moi, docteur Reggis, dit-elle à voix haute. Je crois que nous tournons en rond. Il n'y a là que des on-dit, de la fumée et des reflets dans des miroirs, en ce qui me concerne. J'aimerais vous aider, mais je ne peux rien pour le moment, du moins pas tant que vous ne m'apportez pas quelque chose de tangible, quelque chose sur quoi fonder mon sujet. »

Kim se leva du canapé. Il sentait revenir sa

colère, mais il lutta contre. Même s'il n'était pas d'accord avec Kelly, il devait admettre qu'il fallait la comprendre, et cela ne fit que renforcer sa détermination.

« D'accord, dit-il d'un ton résolu. Je vais vous trouver des preuves solides et je reviendrai.

— Faites-le, et je ferai le sujet.

— Je vous prends au mot.

— Je tiens toujours parole, dit Kelly. Bien sûr, ce sera à moi de décider si les preuves sont suffisantes.

— Je m'assurerai qu'il n'y ait aucune ambiguïté », l'assura Kim.

Il sortit de la maison et courut jusqu'à sa voiture. Il ne courait pas à cause de la pluie, bien qu'elle ait redoublé d'intensité pendant qu'il était chez les Anderson. Il courait parce qu'il avait déjà décidé ce qu'il allait faire pour satisfaire la demande de preuves de Kelly. Ce ne serait pas facile, mais Kim s'en moquait. Il avait une mission.

Kim fit demi-tour et écrasa l'accélérateur. Il ne remarqua pas Kelly, sur le seuil de sa maison, ni son ultime hochement de tête alors qu'il s'éloignait.

Dès que Kim se retrouva sur l'autoroute, il composa le numéro de Tracy sur son téléphone portable.

« On peut se retrouver au centre commercial ? » demanda Kim sans préambule quand elle décrocha.

Il y eut un silence. Kim crut d'abord que la liaison avait été interrompue, mais à l'instant où il allait réitérer son appel, la voix de Tracy se fit entendre :

« J'ai fait comme convenu. J'ai tout organisé pour les funérailles. »

Kim soupira. Il y avait des moments où il arrivait à effacer totalement Becky de son esprit. Dieu merci, Tracy était forte. Comment aurait-il pu affronter cette tragédie sans elle ?

« Merci, finit-il par dire. J'apprécie que tu l'aies fait sans moi.

— Ce sera aux pompes funèbres de River Street, dit Tracy, mardi.

— Très bien, dit Kim qui n'arrivait pas plus à trouver les mots justes qu'à penser trop fort ou trop longtemps à l'évènement. J'aimerais qu'on se retrouve à la galerie marchande.

— Tu ne veux pas en savoir plus ?

— Pour le moment, il est plus important que tu me retrouves là-bas, dit Kim tout en espérant ne pas avoir l'air trop froid. Ensuite, j'aimerais te demander si tu voudrais bien rentrer avec moi dans notre ancienne maison.

— En quoi le fait d'aller à la galerie marchande peut-il être plus important que les funérailles de ta propre fille ? demanda Tracy d'un ton exaspéré.

— Fais-moi confiance. Tu pourras me donner tous les détails quand on se verra.

— Kim, que se passe-t-il ? demanda Tracy, qui avait perçu dans la voix de son ex-mari une sorte d'excitation.

— Je t'expliquerai tout plus tard.

— Où, dans la galerie ? demanda Tracy avec un soupir résigné. C'est plutôt grand.

— À la pharmacie Connolly, dit Kim. Dans la boutique.

— Quand ?

— J'y vais. Rejoins-moi dès que tu peux.

— Ce ne sera pas avant une demi-heure, et tu sais que ça ferme à six heures ce soir.

— Je sais. On a tout le temps. »

Tracy raccrocha. Elle se demandait si cela n'avait pas été nocif pour Kim de ne pas participer à l'organisation des funérailles, alors qu'elle avait voulu l'aider. Mais elle n'avait guère le loisir de s'attarder sur ce problème pour l'instant.

En dépit de leur divorce et de toute l'amertume qu'il avait entraînée, penser à Kim réveillait la mère en Tracy. Elle se surprit en train de se demander quand Kim avait mangé pour la dernière fois. Elle n'avait pas faim, mais elle se dit qu'il vaudrait mieux que tous deux mangent quelque chose. Alors, avant de partir pour le centre commercial, Tracy mit quelques provisions dans un sac qu'elle emporta dans sa voiture.

En chemin, elle décida d'insister pour que Kim participe aux décisions finales concernant la messe pour Becky. Ce serait mieux pour tous les deux.

C'était une fin d'après-midi de dimanche froide et pluvieuse, et il y avait peu de circulation. Tracy arriva plus vite qu'elle ne l'avait annoncé. Même le parking était presque vide. Jamais auparavant Tracy n'avait réussi à trouver une place près de l'entrée principale.

À l'intérieur, la galerie était plus peuplée que Tracy ne l'aurait cru au vu du petit nombre de voitures. À peine les portes passées, elle dut affronter un groupe de personnes âgées qui la toisèrent d'un air conquérant. Tracy se réfugia même un instant dans l'entrée d'une boutique pour éviter d'être piétinée. En progressant dans la galerie, elle fit tout pour éviter de regarder la patinoire de crainte que ne la submergent les souvenirs qu'elle évoquerait immanquablement.

La pharmacie Connolly était pleine, comme toujours, surtout au comptoir des ordonnances, où vingt personnes au moins attendaient. Tracy fit rapidement le tour de la boutique mais ne vit pas Kim. Quand elle reprit une ronde plus systématique, elle le repéra près des produits pour cheveux. Il tenait une boîte contenant deux tondeuses et un sac d'un des magasins de vêtements à la mode.

« Ah, Tracy, dit-il, juste à l'heure. Je voulais que

tu m'aides à choisir une teinture. J'ai décidé de devenir blond. »

Tracy ficha ses poings sur ses hanches et regarda son ancien mari avec stupéfaction.

« Est-ce que tu vas bien ? demanda-t-elle.

— Oui, très bien, dit Kim en analysant le contenu du rayon des produits de coloration.

— Et qu'est-ce que tu veux dire par devenir blond ?

— Juste ça. Et pas blond sale, vraiment blond.

— Kim, c'est une idée démente. Tu dois bien le savoir. Sinon, c'est très inquiétant.

— Inutile de t'inquiéter. Je ne perds pas la raison, si c'est ce que tu crois. Je veux me déguiser. Je prends le maquis. »

Tracy tendit le bras et saisit Kim par l'épaule pour l'immobiliser. Elle se pencha, soudain paralysée par la vue de son lobe d'oreille.

« Qu'est-ce que c'est que ça ? Tu portes une boucle d'oreille !

— Ravi que tu l'aies remarqué. Je n'ai eu que peu de temps avant que tu arrives, alors j'ai juste pris une boucle d'oreille. Je me suis dit que c'était suffisamment loin de ma personnalité. Et j'ai aussi acheté une tenue en cuir, dit-il en soulevant le sac à hauteur de poitrine.

— Et les tondeuses, c'est pour quoi ?

— Pour que tu me coupes les cheveux.

— Jamais je n'ai coupé les cheveux de personne, dit Tracy, tu le sais.

— Aucune importance, dit Kim en souriant. Je veux un air louche.

— C'est trop bizarre, gémit Tracy.

— Plus c'est bizarre, mieux c'est. Je ne veux pas qu'on me reconnaisse.

— Pourquoi ?

— Parce que j'ai rendu visite à Kelly Anderson : elle refuse de nous prêter ses talents de journaliste d'investigation avant que je lui fournisse une preuve incontestable.

— Une preuve de quoi ?

— Une preuve des allégations de Kathleen Morgan et Marsha Baldwin concernant l'industrie de la viande et le ministère de l'Agriculture.

— Et en quoi un déguisement va-t-il t'aider ?

— Ça va me permettre d'obtenir un travail. Marsha Baldwin m'a dit que les abattoirs comme Higgins & Hancock n'autorisent aucune visite des lieux, mais elle a suggéré que je pourrais m'y faire embaucher, surtout si j'étais un étranger en situation irrégulière. Je ne veux pas dire que j'essaie d'avoir l'air d'un étranger en situation irrégulière, mais juste d'un marginal qui a besoin de gagner un peu d'argent.

— Je n'arrive pas à le croire, dit Tracy. Tu veux dire que tu vas te présenter pour un emploi chez Higgins & Hancock juste après que quelqu'un a essayé de te tuer dans leurs locaux ?

— J'espère que le type chargé de l'embauche n'est pas le type au couteau, c'est tout.

— Kim, il ne s'agit pas d'une plaisanterie. Je n'aime pas du tout cette idée, surtout si tes craintes concernant Marsha sont fondées.

— Ça peut être un peu délicat s'ils me reconnaissent. C'est pourquoi je veux un bon déguisement. Marsha disait qu'on avait toujours besoin de nouveaux chez Higgins & Hancock parce que les gars ne restaient pas longtemps, alors je compte sur le fait qu'ils ne seront pas particulièrement regardants.

— Je n'aime pas ça du tout. Je trouve que c'est trop risqué. Il doit bien y avoir un autre moyen. Et si j'allais parler à Kelly Anderson, moi aussi ?

— Elle ne lèvera pas le petit doigt. Elle a été très claire. Il faut que j'aille chez Higgins & Hancock, que ce soit risqué ou non. Et même si je cours un risque réel, je crois que je dois bien ça à Becky. Pour moi, c'est un moyen de faire que sa mort soit moins absurde. »

Kim sentit des larmes lui piquer les yeux.

« De plus, réussit-il à ajouter, j'ai tout mon temps, maintenant que je suis au chômage. Je suis en congé temporaire forcé de l'hôpital.

— À cause de ce qui s'est passé aux soins intensifs ?

— Oui. Apparemment tu es la seule à avoir trouvé mon geste courageux.

— C'était courageux », confirma Tracy.

Elle était impressionnée. Kim avait changé du tout au tout. Il voulait vraiment faire quelque chose au nom de Becky, il était prêt à risquer sa carrière et sa réputation pour elle. Tracy ne pouvait discuter ni ses raisons ni son but. Sans un mot de plus, elle se tourna vers les étagères et choisit ce qu'elle considéra comme le meilleur décolorant.

Carlos avait attendu le crépuscule avant d'engager son vieux pick-up dans le quartier de Balmoral. Il aimait que les rues soient sombres. Il n'y avait de réverbères qu'aux carrefours, au-dessus des feux de signalisation. Après avoir consulté le plan, il ne lui fallut pas longtemps pour trouver Edinburgh Lane et finalement la maison de Kim.

Carlos éteignit l'unique phare qui fonctionnait à l'avant de sa camionnette et s'arrêta dans l'ombre d'un des arbres qui bordaient la rue. Il éteignit aussi le moteur et attendit. De l'endroit où il était garé, il voyait la silhouette de la maison de Kim se détacher sur le ciel de plus en plus sombre. Carlos était content. Comme il n'y avait aucune lumière, cela signifiait que Kim n'était pas chez lui. Une fois de plus, Carlos pourrait profiter de l'effet de surprise, sauf que cette fois il serait plus grand encore, car Kim ne serait pas du tout sur ses gardes.

Carlos attendit vingt minutes dans son véhicule avant de se sentir assez à l'aise pour en sortir. Il se figea quand un chien aboya. Mais quand il entendit à nouveau l'aboiement, il se rendit compte que le chien était loin et il se détendit. Il se pencha et sortit de sous le siège un de ses longs couteaux d'abattoir qu'il glissa sous sa veste. Puis il fit le tour de son vieux Toyota et s'enfonça sous les arbres qui séparaient la maison de Kim de celle des voisins. En veste de cuir noir et pantalon noir, Carlos, tout à fait invisible, progressa en silence le long des buissons.

Il fut heureux, en arrivant à l'arrière de la maison, de constater que, comme sur la façade, il n'y avait de lumière à aucune fenêtre. Il était certain maintenant que la maison était vide.

Penché en avant, Carlos quitta la protection des arbres et traversa le jardin avant de se coller au mur, à l'arrière de la maison de Kim. Il attendit à nouveau, tentant de déceler le moindre indice prouvant que sa présence était découverte. Le quartier était parfaitement silencieux. Maintenant, même le chien s'était tu.

Dans l'ombre de la maison, il glissa jusqu'au porche de la porte de service. Le couteau réfléchit un instant le peu de lumière du soir quand Carlos, de la lame, coupa la moustiquaire juste assez pour pouvoir se glisser à l'intérieur. L'intrusion était un talent inné chez lui. Ses capacités de tueur ne lui étaient venues que par nécessité.

Kim quitta la route principale et s'engagea, par-delà le portail, dans la rue qui s'enfonçait dans le quartier de Balmoral. Dans le rétroviseur, il vit que Tracy le suivait. Il était content qu'elle ait bien voulu l'aider pour ses cheveux, non pas tant pour ses services que parce qu'elle resterait avec lui. Il était content aussi qu'elle ait proposé de leur faire à manger. Kim ne se souvenait pas de la dernière fois où il avait pris un vrai repas — jeudi soir, peut-être ?

Après s'être arrêté devant son garage, Kim rassembla ses paquets et rebroussa chemin pour aider Tracy à descendre de sa voiture. Il pleuvait plus dru que jamais. Dans une obscurité totale, ils pataugèrent dans les flaques sombres qui s'étaient formées sur l'allée menant à la porte.

Quand ils atteignirent le porche et se trouvèrent abrités de la pluie, Tracy proposa de tenir les paquets pendant que Kim cherchait sa clé.

« Inutile, dit Kim, la porte n'est pas fermée.

— Ce n'est pas très prudent...

— Pourquoi ? Il n'y a pas grand-chose à prendre dans la maison, et c'est plus simple pour l'agent immobilier.

— Peut-être », dit Tracy d'un air dubitatif.

Elle ouvrit la porte et ils pénétrèrent dans l'entrée, retirèrent leurs manteaux et se passèrent les mains sur le front pour que l'eau de pluie cesse de leur goutter dans les yeux. Puis ils emportèrent leurs paquets dans la cuisine.

« Tu sais, dit Tracy en déposant son sac de provisions sur le plan de travail, je serais ravie de nous faire à manger et de t'aider pour tes cheveux, mais d'abord, j'aimerais vraiment prendre une douche et me réchauffer. Ça t'ennuie ?

— Si ça m'ennuie ? pas du tout, l'assura Kim. Fais comme chez toi.

— C'est triste à dire, la douche est la seule chose que je regrette dans cette maison.

— Je te comprends très bien. C'est la seule chose que nous ayons faite pour nous. Il y a un peignoir avec les serviettes, si tu veux. Et il reste quelques vêtements à toi, mais je les ai mis dans le placard du couloir.

— Ne t'en fais pas, je trouverai quelque chose.

— Je me suis douché à l'hôpital, alors je vais faire un feu dans la cheminée du salon. Peut-être que ça rendra cette maison vide un peu moins déprimante. »

Pendant que Tracy montait, Kim prit une lampe

torche dans un tiroir de la cuisine et partit chercher du bois au sous-sol. Jamais Kim ne s'était senti à l'aise dans un sous-sol à cause d'une expérience traumatisante qu'il avait eue dans la cave de sa maison, quand il avait six ans : son grand frère l'y avait enfermé et l'y avait oublié. Comme c'était une cave à vin dont on avait isolé la porte, personne n'avait entendu ses cris désespérés ni ses coups frénétiques. Ce n'est qu'après que sa mère se fut inquiétée de ne pas le voir arriver pour le dîner que son frère s'était souvenu de l'endroit où il l'avait abandonné.

Jamais Kim ne pouvait descendre l'escalier sans se souvenir de sa terreur, trente-huit ans plus tôt. Quand il entendit un bruit dans la resserre, à côté, il se figea et écouta, les bras chargés de bois. Il entendit à nouveau un bruit et en eut la chair de poule.

Luttant contre l'envie de fuir, Kim posa le bois par terre et, à la lueur de sa torche, il gagna la porte de la resserre. Il lui fallut une énorme volonté pour l'ouvrir du pied et éclairer l'intérieur. Une demi-douzaine de petits points rouge rubis le fixèrent avant de détaler.

Kim soupira de soulagement et retourna à la pile de bois pour reprendre son chargement.

Tracy, en montant, avait ressenti un petit pincement de nostalgie. Cela faisait longtemps qu'elle ne s'était pas rendue à l'étage de la maison. Elle s'arrêta devant la porte fermée de la chambre de Becky, se demanda si elle aurait la force d'entrer et trouva un moyen terme : elle se contenta d'ouvrir la porte et de rester sur le seuil.

Rien n'avait changé. Comme Tracy et Kim avaient la garde conjointe de Becky, Tracy avait acheté de nouveaux meubles pour sa fille et laissé les anciens où ils étaient. Becky avait été contente que ce qui avait entouré son enfance reste à sa place. Elle n'avait même pas emporté sa collection d'animaux en peluche.

L'idée que Becky n'était plus demeurait inconcevable pour Tracy. Son enfant était le centre de sa vie, surtout depuis que ses relations avec Kim s'étaient détériorées.

Tracy inspira profondément et referma la porte. Elle essuya ses larmes du dos de la main en progressant dans le couloir jusqu'aux appartements des parents. Son expérience professionnelle ne lui laissait aucun doute : les mois à venir allaient être très difficiles pour Kim et elle.

Tracy entra dans la salle de bains directement du couloir au lieu de passer par la chambre. Elle alluma la lumière, referma la porte derrière elle et regarda la pièce. Elle n'était plus aussi propre que lorsque Tracy vivait dans la maison, mais elle restait belle, avec sa coiffeuse au-dessus en granite et la douche en marbre.

Elle se pencha dans la cabine de douche et ouvrit l'eau, tournant la pomme pour obtenir un jet pulsé. Puis elle ouvrit le grand placard et en sortit une serviette de bain et un peignoir qu'elle posa sur la coiffeuse. Alors seulement elle entreprit de retirer ses vêtements mouillés.

Carlos entendit la douche et sourit. Son travail allait être plus facile qu'il ne l'avait imaginé. Il était dans le vaste placard de la chambre où il avait décidé d'attendre que Kim ouvre la porte en toute innocence. Mais le bruit de la douche lui fit penser qu'il ferait mieux de coincer le docteur dans ce lieu confiné si pratique. Il lui serait impossible de fuir.

Carlos entrouvrit la porte et un filet de lumière pâle éclaira son visage. Il regarda la chambre encore sombre, la seule lumière venant de la salle de bains, ce qui réjouit aussi Carlos. Cela signifiait qu'il n'aurait pas à craindre d'être vu alors qu'il s'approchait. Pour ce qu'il avait à faire, la surprise était un élément capital.

Son couteau dans la main droite, Carlos ouvrit la porte juste assez pour passer dans la chambre. Comme un chat approchant de sa proie, il progressa lentement, découvrant progressivement de plus en plus l'intérieur de la salle de bains. Il vit une main qui laissa tomber des vêtements par terre.

Un pas de plus et Carlos vit toute la pièce. Il se figea. Ce n'était pas Kim. Il y avait une femme superbe et sexy en train de dégrafer son soutien-gorge. Dans un instant, sa douce poitrine blanche s'offrirait à sa vue. Puis la femme passa les pouces dans la ceinture élastique de sa culotte et la baissa.

Paralysé par ce spectacle inattendu mais bien agréable, Carlos regarda Tracy lui tourner le dos et monter dans la cabine déjà pleine de buée. Elle referma la porte en verre et jeta sa serviette sur la barre prévue à cet effet, au fond de la cabine.

Carlos s'avança, comme attiré par une sirène. Il voulait en voir plus.

Tracy passa la main sous le jet et la retira. C'était bien trop chaud, comme elle s'y attendait. Elle avait voulu que la cabine de douche devienne une sorte de bain de vapeur.

Elle glissa sa main derrière le jet d'eau et tourna le mitigeur. Tandis qu'elle attendait que la température de l'eau change, elle constata que le porte-savon était vide. Le savon était sur le lavabo.

Tracy ouvrait la porte pour aller le chercher quand un éclat lumineux attira son attention. Il venait de la chambre. Au début, elle ne put en croire ses yeux, qu'elle plissa pour observer une sorte d'image spectrale d'un homme en noir debout dans la pénombre. L'éclat lumineux venait de la lame d'un énorme couteau dans la main droite de l'homme.

Pendant une seconde, tous deux se regardèrent sans bouger, Tracy horrifiée, Carlos excité.

Tracy fut la première à réagir. Elle poussa un cri horrible et referma la porte de la douche. Puis elle arracha le porte-serviettes tubulaire de ses attaches et le passa dans la poignée de la porte en verre épais pour qu'on ne puisse l'ouvrir.

La réaction de Carlos fut d'entrer dans la salle de bains. Il voulait atteindre la femme avant que son cri n'alerte Kim. Il passa le couteau dans sa main gauche et tenta d'ouvrir la porte de la douche de la main droite. Comme il n'y arrivait pas, il posa un pied sur la porte pour se donner plus de force. Le porte-serviettes commença à s'incurver sous la pression qu'il exerçait.

Quand le cri de Tracy retentit dans la maison, Kim remontait de la cave, les bras chargés de bûches. Déjà sur les nerfs depuis l'épisode des souris, Kim sentit son cœur lui sauter dans la gorge. Il laissa tomber le bois dans un vacarme énorme tandis que les bûches dégringolaient l'escalier, renversant toutes sortes de choses imprudemment déposées sur les marches.

Kim ne se souviendrait même pas d'avoir traversé la cuisine, la salle à manger, l'entrée, d'avoir monté l'escalier. En arrivant à l'étage, il entendit à nouveau Tracy crier, et il redoubla d'efforts. Il se précipita de telle manière sur la mince porte de la salle de bains qu'il la fit éclater et la traversa.

Il se retrouva dans la pièce et glissa sur le tapis-éponge avant de s'immobiliser et de voir la lame. Immédiatement, il se dit qu'il aurait dû apporter quelque chose pour se défendre.

Carlos se retourna d'un bloc en faisant un grand geste du bras avec son couteau. La lame coupa Kim entre les yeux alors qu'il reculait.

Carlos passa le couteau dans sa main droite et accorda toute son attention à Kim. Les yeux de

Kim étaient fixés sur l'arme tandis qu'il reculait vers la porte brisée donnant sur le couloir.

Tracy essayait maintenant de toutes ses forces de retirer la barre qui bloquait la poignée de la porte et, quand elle y réussit, Kim et Carlos avaient disparu dans le couloir. La barre du porte-serviettes à la main, elle sortit de la cabine et, toute nue, partit à la poursuite des deux hommes.

Carlos repoussait toujours Kim en le menaçant de son couteau. Kim avait ramassé au passage un morceau de la porte cassée et l'utilisait pour parer les coups de Carlos. Le sang de sa blessure au nez lui coulait sur le visage.

Sans hésiter, Tracy courut derrière Carlos et le frappa de plusieurs coups à la tête avec son porte-serviettes. Le tube creux ne suffit pas à blesser Carlos, qui dut pourtant se défendre contre les coups répétés. Il se retourna pour fendre l'air de son couteau en direction de Tracy, qui recula à temps.

Kim utilisa ce répit pour se saisir d'une petite console qu'il arracha du mur et cogna contre la rampe de l'escalier pour en libérer le pied. Quand Carlos se retourna vers lui, Kim brandissait le pied de la console comme une matraque.

Avec Kim d'un côté et Tracy de l'autre, Carlos décida que son plan était faussé et descendit précipitamment l'escalier, suivi par le couple.

Il ouvrit la porte d'un geste brusque et partit en courant sur la pelouse. Kim n'était pas loin derrière lui, mais il s'arrêta quand Tracy l'appela. Il se retourna. Elle était sur le seuil.

« Reviens, criait-elle, ça n'en vaut pas la peine. »

Kim regarda derrière lui et vit Carlos monter dans une camionnette garée dans l'ombre. Un instant plus tard, de la fumée sortit du pot d'échappement et le véhicule bondit en avant et prit de la vitesse.

Kim se dépêcha de revenir dans la maison. Tracy l'attendait dans l'entrée, son manteau couvrant sa nudité.

« Est-ce que ça va ? lui demanda Kim en l'enveloppant dans ses bras.

— C'est toi qui es blessé ! »

L'estafilade, qui allait du haut du nez jusqu'à un sourcil, était ouverte et saignait toujours.

Kim lâcha Tracy et se regarda dans le miroir du vestiaire. Il fut surpris par la quantité de sang qui s'écoulait. Par-dessus son épaule, il vit le visage de Tracy qui l'avait suivi.

« Bon sang, c'est pas passé loin, dit Kim en examinant à nouveau sa blessure. Ç'aurait pu être grave. Il commence par me couper à la main, et maintenant entre les yeux !

— Est-ce que tu veux dire que c'était le même homme qui t'a attaqué hier au soir ? demanda Tracy, stupéfaite.

— Ça ne fait aucun doute. J'ai peut-être eu du mal à le décrire, mais je n'ai eu aucun mal à le reconnaître. »

Tracy se mit à trembler sans pouvoir s'arrêter. Kim le vit dans le miroir.

« Qu'est-ce qu'il y a ? Tu vas bien, hein ? Je veux dire : il ne t'a pas blessée, ni rien ?

— Physiquement, je vais bien, articula péniblement Tracy, c'est la réalité de ce qui vient de se produire que je viens seulement de comprendre. Cet homme voulait nous tuer.

— Il voulait me tuer, moi. J'ai l'impression que tu l'as surpris, et la surprise a été assez grande pour me sauver la vie. Dieu merci, tu n'as pas été touchée !

— Je vais appeler la police », dit Tracy en partant vers la salle à manger.

Kim la rattrapa et lui saisit le bras pour l'arrêter.

« Inutile de prendre cette peine », dit-il.

Tracy regarda la main de Kim serrée sur son bras, puis elle le regarda dans les yeux, incrédule.

« Que veux-tu dire ?

— Allons, dit Kim en l'attirant doucement vers

l'escalier. On va prendre mon revolver. Il ne fait aucun doute que ce type va revenir, et ce serait de la folie de ne pas nous y préparer.

— Pourquoi ne veux-tu pas appeler la police? demanda Tracy en lui résistant. Ça n'a aucun sens.

— Elle ne fera rien. On perdra un temps précieux. Elle ne manquera pas d'attribuer cet incident à une tentative de cambriolage, alors que nous savons de quoi il s'agit.

— Ah oui?

— Bien sûr. Je t'ai dit que c'était le même homme que chez Higgins & Hancock. À l'évidence, Marsha a subi le sort que je craignais, et les responsables, qu'ils soient de chez Higgins & Hancock ou de l'industrie de la viande en général, ont peur de moi.

— Cela me semble une raison supplémentaire pour appeler la police.

— Non! Non seulement, elle ne fera rien, mais elle pourrait nous créer des ennuis. Et surtout, je ne veux pas qu'elle se mette en travers de mes tentatives visant à trouver des preuves pour Kelly Anderson. Aux yeux de la police, je suis déjà un criminel. Et elle me croit cinglé.

— Elle ne pense pas ça de moi.

— Cela se pourrait, dès qu'elle saura que tu as passé du temps avec moi.

— Tu crois? demanda Tracy qui n'y avait pas pensé.

— Viens, allons prendre mon arme. »

Tracy suivit Kim dans l'entrée. Ils commencèrent à monter l'escalier. Elle était troublée, mais pour le moment elle laissait la détermination de Kim prendre le pas sur sa volonté. Pourtant, l'attaque par l'homme au couteau la terrifiait.

« Je me pose vraiment des questions sur l'opportunité de te voir t'impliquer plus avant dans tout cela, dit Tracy.

— Pas moi. Je me sens plus engagé encore. Tous

les doutes qui me restaient se sont envolés maintenant que je sais ce qu'ils sont prêts à faire pour se protéger. »

Ils entrèrent dans la salle de bains par la porte brisée. Tracy entendit la douche qui coulait toujours, et elle frissonna en voyant la simple vitre qui l'avait séparée du tueur.

Elle suivit Kim dans la chambre. Il se dirigea droit vers la table de nuit et en sortit un petit Smith & Wesson calibre 38. Il vérifia le barillet : il était chargé. Kim glissa l'arme dans sa poche de veste et regarda la porte ouverte du placard.

« Ce salaud a dû se cacher là-dedans », dit-il en s'approchant pour allumer la lumière.

Presque tous les tiroirs avaient été vidés par terre. Kim tira celui où il rangeait ses quelques bijoux.

« Formidable ! continua-t-il, il a pris la montre Piaget de mon père.

— Kim, je crois que nous devrions tout laisser tomber. Je ne crois pas que tu devrais essayer d'obtenir un emploi chez Higgins & Hancock.

— Je n'ai plus le choix. Je ne vais pas renoncer à la montre de mon père sans combattre.

— Ne plaisante pas. Je suis sérieuse. C'est trop dangereux.

— Et que veux-tu que nous fassions ? Que nous partions dans quelque contrée étrangère ?

— C'est une bonne idée.

— Attends un peu, dit Kim avec un rire amer. Je plaisantais. Et où voudrais-tu partir ?

— Quelque part en Europe. J'ai eu une autre conversation avec Kathleen après que nous avons parlé tous les trois. Elle m'a dit qu'il y a des pays, comme la Suède, où les aliments ne sont pas contaminés.

— Vraiment ?

— C'est ce qu'elle a dit. On y paie peut-être un peu plus cher pour l'attention particulière portée à la chaîne alimentaire, mais on a décidé que ça en valait la peine.

— Et tu penses sérieusement aller vivre dans un autre pays ?

— Je n'y avais pas pensé avant que tu en parles, mais... Oui, je pourrais l'envisager. Étant donné ce qui est arrivé à Becky, j'aimerais pouvoir m'exprimer publiquement sur le sujet, utiliser cette expatriation pour faire une déclaration concernant la situation alimentaire dans ce pays. Ce serait certainement beaucoup moins risqué.

— Je suppose que oui, dit Kim d'un air songeur avant de secouer la tête. Je pense que partir, c'est se défiler. Pour Becky, je vais aller jusqu'au bout de cette horreur.

— Es-tu certain de ne pas faire cela juste pour éviter d'avoir à affronter la réalité de la mort de Becky ? »

Tracy inspira nerveusement. Elle savait qu'elle touchait un point sensible. L'ancien Kim aurait explosé. Il ne répondit pas immédiatement. Quand il le fit, ce fut sans colère :

« Je l'ai déjà admis, mais je crois que je le fais aussi en mémoire de Becky. En un sens, elle nous aura légué le moyen d'empêcher que d'autres enfants subissent son sort. »

Tracy fut émue. Elle s'approcha de Kim et l'enlaça. Il semblait être vraiment devenu un autre homme.

« Bon, dit-il d'une voix pressée. Remets des vêtements. On va reprendre nos achats et ficher le camp d'ici.

— Et où irons-nous ?

— D'abord à l'hôpital. Il faut que je me fasse suturer cette estafilade si je ne veux pas la voir toute ma vie dans le miroir. Cela fait, on pourra aller chez toi, si tu le veux bien. Je crois que nous y serons beaucoup plus en sécurité qu'ici. »

« Qui est-ce que ça peut bien être ? » rugit Bobby Bo Mason.

Sa femme, leurs deux enfants et lui prenaient un dîner léger ce dimanche soir, avec côte de bœuf, pommes de terre au four, petits pois et muffins au maïs. Ils mastiquaient consciencieusement quand leur concentration avait été troublée par le carillon de la porte.

Bobby Bo s'essuya le coin des lèvres avec sa serviette glissée dans l'encolure de sa chemise, juste sous son énorme pomme d'Adam. Il regarda l'horloge. Il était presque dix-neuf heures.

« Tu veux que j'y aille, chéri ? » demanda Darlene, la troisième épouse de Bobby Bo, mère de ses plus jeunes enfants.

Il avait deux autres enfants au lycée agricole de l'État.

« J'y vais », grogna Bobby Bo.

Il repoussa sa chaise, retira sa serviette, redressa les épaules et se dirigea vers la porte. Il se demandait qui avait le culot de venir à l'heure du dîner, mais il soupçonnait que ce devait être important, parce que sinon cette personne n'aurait pas pu passer la sécurité au portail.

Bobby Bo ouvrit la porte. C'était Shanahan O'Brian. L'homme était tout penaud.

« Tu n'as pas l'air très heureux, dit Bobby Bo.

— Je ne le suis pas, admit Shanahan. Je n'ai pas de bonnes nouvelles. »

Bobby Bo regarda par-dessus son épaule pour s'assurer que Darlene ne l'avait pas suivi.

« Viens dans la bibliothèque », dit Bobby Bo en s'écartant pour laisser entrer Shanahan.

Puis il précéda son chef de la sécurité dans sa pièce préférée et referma la porte derrière eux.

« Bon, dit Bobby Bo, quelle est la nouvelle ?

— Carlos vient de m'appeler. Il a pas eu le docteur.

— Je croyais que ce type était une sorte d'as du couteau ! protesta Bobby Bo.

314

— C'est aussi ce que je croyais, dit Shanahan. Carlos prétend que ce type a une chance incroyable. Il est entré chez lui. On lui avait dit qu'il vivait seul, mais quand le docteur est revenu, apparemment il y avait cette fois une femme avec lui.

— Et alors ? Ce Carlos est un tueur, oui ou non ? En quoi la présence de cette femme changeait quelque chose ?

— Il semble qu'elle l'ait troublé. Il l'a vue à poil et...

— Ça suffit ! dit Bobby Bo en levant une main autoritaire. Je ne veux pas connaître les détails. Le fait est que cet amateur libidineux a tout foiré.

— En résumé, c'est ça.

— Merde ! »

Bobby Bo frappa le plateau de son bureau de ses mains et se mit à faire les cent pas en jurant de toute la force de ses poumons.

Shanahan laissa son patron se calmer un peu. Il avait appris au fil des années qu'il valait mieux en dire aussi peu que possible quand Bobby Bo était en colère.

« Bon, dit soudain Bobby Bo tout en continuant à marcher de long en large devant la cheminée. Tout cela montre à quel point il est stupide de s'adresser à un novice pour économiser quelques dollars. Au temps pour la grande Commission de prévention. On va s'en remettre au professionnel de Chicago et on va le faire venir ici dès que possible pour remettre les choses en ordre. Comment il s'appelle, déjà ?

— Derek Leutmann, dit Shanahan. Mais il est très cher. Je crois que nous devrions donner une dernière chance à Carlos.

— Cher à quel point ?

— Au moins cinq mille dollars.

— Au diable ! Cinq mille, c'est rien si ça peut nous éviter un autre grand rappel de viande ! dit

Bobby Bo. Ce sont des centaines de millions de dollars, voire tout le mode de fonctionnement de l'industrie tel que nous le connaissons qui sont en jeu, si le public apprend l'étendue réelle de ce problème d'E. coli.

— J'ai peur que ce docteur nous cause des ennuis pour l'histoire Marsha Baldwin, dit Shanahan.

— Oui, il y a ça, aussi.

— Alors, pour Carlos ? Il est vraiment en colère, maintenant, et il est prêt à le faire pour rien. C'est devenu une question d'honneur.

— Quelles ont été les suites de son dernier fiasco ? demanda Bobby Bo. Est-ce que la police est au courant ? Faut-il s'attendre à ce que les médias s'emparent de l'affaire ?

— Apparemment, non. On a scanné tous les appels de l'après-midi et de la soirée, et on n'a rien eu.

— Merci, mon Dieu, pour Vos bontés ! Je vais te dire : Organise tout pour la venue de Leutmann mais, si la situation se présente bien, que Carlos tente encore sa chance. Qu'est-ce que t'en dis ?

— Leutmann va demander une avance juste pour venir ici, dit Shanahan. Et on ne la récupérera jamais.

— On aura simplement économisé deux mille cinq cents dollars, dit Bobby Bo. Et on se sera couverts. D'une façon ou d'une autre, on sera débarrassés de ce docteur qui nous empoisonne.

— D'accord, dit Shanahan, je m'y mets tout de suite.

— Bon. Et que la prochaine fois que tu viens, ce soit avec de bonnes nouvelles.

— J'en fais une affaire personnelle, dit Shanahan.

— Encore une chose, dit Bobby Bo. Renseigne-toi sur ce docteur. Quand Leutmann arrivera, je veux qu'il sache comment le trouver sans merder. »

La salle des urgences du CHU était aussi surchargée que d'habitude. Kim et Tracy, dans la salle d'attente, étaient assis sur des sièges très proches de ceux qu'ils avaient occupés avec Becky. Kim tenait une gaze stérile sur sa plaie.

« Cela me donne une très désagréable impression de déjà-vu, dit Kim.

— Il me semble que c'était il y a un an, soupira Tracy. Je n'arrive pas à croire que tant de choses aient pu se produire en si peu de jours.

— On a l'impression à la fois qu'il s'est passé un temps très long et que ça n'a été qu'une fraction de seconde, dit Kim en serrant la mâchoire. Je ne peux m'empêcher de me demander si les choses n'auraient pas tourné autrement si on avait examiné Becky plus tôt et si on avait fait la culture dès le premier jour.

— J'ai posé la question au Dr Morgan, dit Tracy. Elle a dit que ça n'aurait pas changé grand-chose.

— J'ai du mal à le croire.

— Pourquoi n'as-tu pas voulu appeler un de tes amis chirurgiens pour te recoudre ? demanda Tracy.

— Pour la même raison qui m'empêche d'appeler la police. Je veux juste qu'on me mette des agrafes pour me débarrasser du problème. Je ne veux pas en faire toute une histoire. Un ami poserait des questions, et j'aurais honte de mentir.

— Même ici, on va sûrement te demander comment c'est arrivé. Est-ce que tu vas le dire ?

— Je n'en sais rien. Je vais trouver quelque chose.

— Combien de temps crois-tu que nous devrons attendre ?

— Pas longtemps, à ce que prétend David Washington. »

Ils avaient par hasard croisé le chef des urgences à leur arrivée. Il avait appris la mort de Becky et il leur avait présenté ses sincères condoléances. Il avait aussi promis à Kim de le prendre dès que possible, inquiet aussi de voir qu'il n'avait pas voulu donner son vrai nom.

Pendant un moment, ils restèrent assis en silence, contemplant sans vraiment y penser la parade pathétique des malades et des blessés qui tournoyait dans le service. C'est Tracy qui brisa le silence.

« Plus j'ai de temps pour penser à ce que nous venons de vivre, moins je suis prête à te laisser exécuter tes projets. Je veux dire que tu as là une attitude clairement autodestructrice quand tu envisages de te rendre chez Higgins & Hancock après tout ce qui s'est passé.

— Que veux-tu dire par là ? demanda Kim avec une certaine irritation, parce qu'il était en train de revivre son attente aux urgences avec Becky. Qu'est-ce que tu vas faire ? Te mettre physiquement en travers de mon chemin ?

— S'il te plaît, Kim, j'essaie d'avoir une vraie conversation avec toi. Après ce qui est arrivé à Becky, je m'inquiète de savoir si tu es capable de prendre des décisions raisonnables. Il me semble clair que travailler chez Higgins & Hancock est trop risqué.

— C'est peut-être risqué, dit Kim, mais je n'ai pas le choix. C'est le seul moyen d'impliquer les médias dans cette affaire, et les médias sont notre seul espoir d'agir contre cette situation inadmissible.

— Que peux-tu espérer obtenir chez Higgins & Hancock qui justifie une telle prise de risque ? Précisément.

— Je ne peux le dire avant d'y être, admit Kim. Comme je n'ai jamais travaillé dans un abattoir, je ne sais pas à quoi m'attendre. Mais je sais ce qui m'intéresse et quels sont les enjeux. Mon premier souci est de savoir comment Becky est tombée malade. Marsha Baldwin avait découvert quelque chose à propos de la tête du dernier animal abattu le 9 janvier. Je veux trouver ce que c'était. Mon second souci est la disparition de Marsha Baldwin. Quelqu'un sait forcément quelque chose. Et enfin, il y a la manière dont l'E. coli prolifère dans la viande. Marsha a suggéré que ç'avait un rapport avec la manière dont ils abattent les animaux. Je veux le voir de mes propres yeux et l'analyser. Cela fait, je mettrai Kelly Anderson dans le coup. Réfuter les allégations du ministère de l'Agriculture, ce sera son travail. »

Tracy avait le regard fixe.

« Tu ne réponds rien ? demanda Kim après un court silence.

— Si, dit Tracy comme si elle se réveillait d'une transe. À t'entendre, tout semble si raisonnable. Mais je vais te dire une chose : je ne te laisserai pas y aller tout seul. Il faut que j'y participe d'une façon ou d'une autre, pour pouvoir t'apporter mon aide, si nécessaire, même si cela veut dire pour moi aussi de me faire embaucher.

— Tu parles sérieusement ? s'étonna Kim.

— Bien sûr ! Becky était aussi ma fille. Je ne pense pas que tu doives être le seul à prendre des risques.

— Voilà une idée intéressante, dit Kim en laissant à son tour son regard se perdre dans l'espace.

— Et je n'aurai même pas à m'inquiéter d'un déguisement, ajouta Tracy, parce qu'ils ne m'ont jamais vue.

— Je ne sais pas si tu pourrais obtenir un emploi. Pas aussi facilement que moi, en tout cas.

— Pourquoi pas ?

— Marsha a dit qu'ils avaient toujours besoin de main-d'œuvre, mais pour l'abattage, et je te vois mal...

— Je pourrais peut-être me faire employer dans les bureaux. Je ne risque rien à essayer.

— J'ai une meilleure idée, dit Kim. Tu te souviens de Lee Cook, qui travaillait pour moi au Samaritain ?

— Je crois, dit Tracy. Est-ce que ce n'était pas ce technicien de génie qui pouvait réparer n'importe quel appareil électronique et tous les équipements de pointe de l'hôpital ?

— Exactement. Après la fusion, il a pris sa retraite. Il se construit un avion dans son sous-sol et il fait des petits boulots. Mais je suis sûr qu'il pourrait me poser un micro espion, comme ça tu pourrais savoir tout ce qui se passe depuis une voiture sur le parking. Alors, en cas de besoin, tu pourrais utiliser ton portable et appeler la cavalerie.

— Tu veux dire que je pourrais t'entendre tout le temps ?

— Oui, en temps réel.

— Est-ce qu'on pourra se parler ?

— Ça, je n'en sais rien, ça voudrait dire m'équiper d'une oreillette, et ça pourrait me trahir. Je ne vois pas bien un employé de Higgins & Hancock avec un appareillage acoustique.

— En tout cas, je pourrais même enregistrer ce que j'entendrais, dit Tracy.

— Très juste !

— Et pourquoi pas une caméra ?

— Eh, pourquoi pas ! La miniaturisation a fait d'énormes progrès. Ça pourrait même servir de documents pour Kelly Anderson.

— Monsieur Billy Rubin ! » appela une voix par-dessus le brouhaha de la salle d'attente.

Kim brandit sa main libre et se leva. Tracy fit de même. Un interne tout de blanc vêtu les vit et s'approcha d'eux. Il tenait un registre avec la fiche d'inscription de Kim.

« Monsieur Billy Rubin ? » répéta l'interne.

La plaque sur sa blouse disait : DR STEVE LUDWIG, INTERNE EN MÉDECINE D'URGENCE. C'était un jeune homme musclé au sourire facile et aux cheveux blond foncé coupés court pour dissimuler une calvitie naissante.

« Savez-vous que "bilirubin" est un terme médical ? demanda-t-il.

— Non, répondit Kim. Jamais on ne me l'a dit.

— C'est le produit de la dégradation de l'hémoglobine. Enfin bon, voyons un peu cette estafilade. »

Kim écarta le carré de gaze de son front. Avec l'inflammation, la plaie était plus ouverte que jamais.

— Ouah ! dit Steve. C'est une méchante coupure. On ferait mieux de la recoudre. Comment est-ce arrivé ?

— En me rasant », dit Kim.

Tracy ne put retenir un sourire.

16

Lundi 26 janvier

Tracy se tortillait d'impatience. Elle avait les bras croisés et s'appuyait contre le mur du couloir, à l'étage, juste en face de la porte donnant dans la salle de bains d'amis. Elle attendait depuis presque cinq minutes.

« Alors ? cria Tracy à travers la porte.

— Tu es prête ? demanda la voix de Kim.

— Depuis longtemps. Ouvre la porte ! »

La porte s'ouvrit en grinçant et la main de Tracy monta vers sa bouche tandis qu'elle laissait échapper un gloussement involontaire.

Kim était méconnaissable. Les cheveux irrégulièrement coupés court dressaient tout droit, grâce au gel, leur blondeur platine. Les sourcils étaient aussi clairs que les cheveux et faisaient paraître d'autant plus noire la barbe mal rasée. La plaie suturée qui passait sur le haut du nez et coupait le sourcil blond lui donnait un air à la Frankenstein. Il était tout vêtu de noir, avec une chemise en velours côtelé à poches sur un T-shirt et un pantalon en cuir. Sa ceinture de cuir noir répondait au bracelet clouté au poignet. Le déguisement était complété par un clou d'oreille en faux diamant au lobe gauche et le tatouage d'un loup et du mot « *lobo* » sur le biceps droit.

« Qu'en penses-tu ? demanda Kim.

— C'est si bizarre ! Surtout avec les points de suture en soie noire. Je détesterais te rencontrer dans une ruelle sombre.

— Il semble donc que j'aie réussi mon effet.

— Tu n'as sûrement pas l'allure de quelqu'un que j'aimerais connaître, ajouta Tracy.

— Dans ce cas, peut-être devrais-je faire un tour à l'hôpital, suggéra Kim. Qui sait si, dans cette tenue, ils me restaureraient dans mes privilèges sans autre forme de procès !

— Jamais on ne pourrait croire que tu es médecin, dit Tracy en riant à nouveau. J'aime tout particulièrement le tatouage. »

Kim leva son bras pour admirer son œuvre.

— Réussi, hein ? Les instructions de pose garantissent qu'il tiendra trois ou quatre jours, à condition de ne pas se doucher, tu te rends compte ?

— Où est le micro ?

— Là, sous mon col. »

Kim retroussa le col de sa chemise et Tracy vit le minuscule micro fixé par une épingle de nourrice.

« Dommage qu'il ait été impossible d'avoir une caméra, dit-elle.

— Oui, mais n'oublie pas que ce n'est pas encore définitif. Lee a dit qu'il allait y travailler et, quand il dit ça, neuf fois sur dix il y arrive. Ça risque juste de prendre quelques jours.

— Si on faisait un essai du système audio ? Je voudrais être certaine qu'il marche aussi bien qu'hier soir dans le garage de Lee.

— Bonne idée. Prends ta voiture et va au coin de la rue. Ça devrait être bon. Lee a dit que ça porterait à deux cents mètres.

— Et toi, où vas-tu te mettre ?

— Je vais me déplacer dans la maison, dit Kim. J'essaierai même du sous-sol. »

Tracy hocha la tête et descendit prendre son manteau dans le placard de l'entrée. Elle cria en direction de l'escalier :

« N'oublie pas non plus de mettre ton oreillette !

— C'est déjà fait », cria Kim.

Tracy sortit dans le froid du petit matin. Le vent s'était levé pendant la nuit, entraînant les nuages d'orage vers l'est. Un ciel bleu pâle les avait remplacés. Tracy monta dans sa voiture et démarra pour aller, comme prévu, au coin de la rue. Elle se gara au bord de la route et arrêta le moteur. Puis elle ouvrit sa vitre et posa sur le toit une sorte d'antenne. Elle mit ensuite un petit casque branché à un vieux magnétophone à bandes. Le magnétophone était relié à un amplificateur, à son tour connecté à un transformateur posé sur une batterie de voiture.

Une lampe rouge sur le devant de l'amplificateur s'alluma quand Tracy tourna le bouton. Elle entendit brièvement des parasites dans ses écouteurs, mais le son devint vite clair. Sur l'amplificateur, Tracy prit le micro, et après avoir vérifié qu'aucun des voisins ne la regardait, elle demanda :

« Kim, tu m'entends ? »

La voix de Kim lui parvint si forte qu'elle grimaça.

« Je t'entends comme si tu étais près de moi », dit-il.

Tracy baissa le volume et enclencha le magnétophone.

« Au point de vue volume, c'est comment ? demanda Tracy. Pour moi, c'est beaucoup trop fort.

— Parfait.

— Où es-tu ?

— Je suis au fond du sous-sol, dit Kim. Si ça marche là, je suis certain que ça marchera n'importe où.

— Le son est d'une clarté surprenante, admit Tracy.

— Alors, reviens, dit Kim. Le rideau va s'ouvrir. C'est l'heure du spectacle. »

Tracy retira son casque et arrêta le magnétophone, le rembobina et écouta. Elle fut heureuse de constater que la conversation avait été parfaitement enregistrée des deux côtés.

Quand Tracy fut de retour à la maison, Kim avait rassemblé près de la porte tout ce qu'il avait l'intention d'emporter. Ils avaient préparé le déjeuner et des bouteilles Thermos, comptant sur le fait que Kim serait engagé sur-le-champ. Ils avaient aussi prévu une couverture et un pull supplémentaire pour Tracy. Kim était certain qu'elle aurait froid assise toute la journée dans la voiture.

Ils jetèrent le tout sur le siège arrière, où Kim s'installa lui aussi, parce que la place à l'avant était occupée par l'équipement électronique.

Tracy se glissa derrière le volant et elle allait démarrer quand elle pensa à quelque chose d'autre.

« Où est ton revolver ? demanda-t-elle.

— En haut, dans la chambre d'amis.

— Je crois que tu devrais le prendre.

— Je ne peux pas emporter une arme aux abattoirs !

— Pourquoi pas ? Et si, Dieu t'en préserve, tu te retrouves encore face au type au couteau ? »

Kim réfléchit à cette suggestion. Il y avait des arguments contre le revolver : d'abord, Kim avait peur qu'on le découvre. Ensuite, jamais il ne s'en était servi et il ne savait pas s'il serait vraiment capable de tirer sur quelqu'un. Mais il se souvint de la panique qu'il avait ressentie quand l'homme le pourchassait avec le couteau et combien il avait regretté de ne pas disposer d'une arme.

« D'accord », dit-il.

Il rouvrit la portière, prit les clés de Tracy et retourna dans la maison. Quelques minutes plus tard, il remonta dans la voiture et rendit ses clés à Tracy.

Elle démarra et elle allait partir en marche arrière quand Kim l'arrêta :

« Attends une seconde. Il y a quelque chose d'autre. »

Tracy coupa le contact et le moteur toussa avant de s'arrêter. Avec une expression interrogative, elle se tourna vers Kim.

« Qu'est-ce qu'il y a ?

— Je pensais à ce salaud qui m'attendait chez moi quand on est rentrés hier soir, dit Kim en regardant la maison. Je ne veux pas qu'il nous surprenne à nouveau de cette manière. Il n'est pas totalement inconcevable qu'il ait pu suivre notre trace jusqu'ici.

— Que proposes-tu de faire ? demanda Tracy avec un frisson.

— Est-ce qu'un de tes voisins est particulièrement curieux ? demanda Kim. Ces maisons sont assez proches les unes des autres.

— Il y a Mme English de l'autre côté de la rue. C'est une vieille veuve qui, je le jurerais, passe toutes ses journées à regarder par la fenêtre.

— C'est un bon point de départ. Ça t'ennuierait d'aller lui demander de surveiller la maison jusqu'à notre retour ?

— Pas du tout.

— Mais ça ne suffit pas. Il faut qu'on assure nos arrières. Il faut être sûrs à cent pour cent Combien la maison a-t-elle de portes ?

« — Juste la porte d'entrée sur le devant et celle de service à l'arrière.

— Et le sous-sol ?

— On ne peut y accéder que par l'intérieur de la maison.

— Hier, le type est rentré par la moustiquaire de la porte de derrière.

— Il n'y en a pas ici.

— Bien. »

Il descendit de la voiture et Tracy fit de même.

« Pourquoi ne pas faire quelque chose aux portes pour savoir si elles ont été ouvertes ? suggéra Tracy. Si quelqu'un veut entrer, il faudra qu'il casse une fenêtre ou passe par une des portes. À notre retour, nous pourrions vérifier.

— Bonne idée. Mais dans ce cas, que ferons-nous ?

— Nous n'entrerons pas dans la maison !

— Et où irons nous ? Il ne faudrait pas qu'on nous suive.

— Dans un motel, sans doute.

— Je sais ce qu'on va faire, dit Kim. En partant pour Higgins & Hancock, on va s'arrêter à la banque, et on va retirer toutes nos économies. S'il faut vraiment éviter qu'on nous suive, utiliser les cartes de crédit n'est pas une bonne idée.

— Tu prévois tout ! Dans ce cas, nous pourrions aussi prendre nos passeports.

— Écoute, je ne plaisante pas, gémit Kim.

— Moi non plus. Si on en arrive à ce point, je veux pouvoir choisir de partir loin.

— D'accord. »

Il leur fallut une demi-heure pour faire tout ce qu'ils avaient en tête dans la maison et une demi-heure de plus pour le détour par la banque. Ils se rendirent à des guichets séparés pour accélérer les choses, mais cela ne servit à rien. L'employé qui accueillit Kim fut à tel point déconcanté par son allure qu'il alla demander au directeur d'authentifier la signature.

« J'ai presque l'impression d'avoir attaqué une banque, dit Tracy tandis qu'ils regagnaient la voiture. Jamais je n'ai transporté autant d'argent liquide.

— J'ai eu peur qu'ils ne me donnent pas mon argent, dit Kim. Peut-être ai-je un peu exagéré avec ce déguisement.

— Le fait qu'ils ne t'aient pas reconnu est tout ce qui compte. »

La matinée était déjà bien avancée quand ils se retrouvèrent sur l'autoroute en direction de Higgins & Hancock. De hauts cirrus commençaient déjà à voiler la journée si claire à l'aube. Dans le Midwest, en hiver, il est rare que l'on voie le soleil pendant de longues heures.

« Qu'as-tu dit à Mme English ? demanda Kim du siège arrière.

— Pas grand-chose. Elle était ravie de cette mission. C'est méchant de le dire, mais je crois que nous avons donné un nouveau sens à sa vie.

— Tu lui as dit quand nous rentrerions ?

— Non.

— Révisons notre espagnol », dit soudain Kim.

Surprise par cette suggestion, Tracy regarda le reflet de Kim dans le rétroviseur. Depuis vingt-quatre heures, elle n'arrivait pas à savoir quand il plaisantait et quand il était sérieux.

« J'aimerais essayer de comprendre ce que diront les autres, expliqua Kim, et Marsha a dit que beaucoup d'ouvriers de l'abattoir sont de langue espagnole. Il y a surtout des Mexicains. »

Pendant les quelques minutes qui suivirent, ils comptèrent en espagnol et construisirent des phrases simples. Ni l'un ni l'autre ne réussirent à retrouver beaucoup de vocabulaire, si bien que le silence finit par tomber.

« Dis-moi quelque chose, dit Tracy après quelques kilomètres.

— Quoi ?

— Si tout se passe bien, si nous arrivons à rapporter à Kelly Anderson de quoi faire un vrai reportage, qu'espères-tu qu'il se produise?

— Je voudrais qu'il n'y ait plus de marché pour les treize milliards de kilos de viande hachée qu'on produit chaque année.

— Et ensuite?

— Eh bien... Je voudrais que les consommateurs exigent que la viande ainsi que la nourriture des bovins, des ovins et de la volaille soient réellement inspectées par le ministère de l'Agriculture. Mais pas le ministère de chaque État, le ministère fédéral, qui ne subirait pas de conflits d'intérêts locaux. Mieux encore, j'aimerais voir le système privatisé de telle sorte qu'il y ait une véritable compétition entre les diverses entreprises pour déceler et éliminer toute contamination.

— Tu n'as pas confiance dans ce nouveau procédé d'irradiation de la viande?

— Sûrement pas. C'est juste le subterfuge qu'a trouvé l'industrie pour éluder le problème. Autoriser l'irradiation de la viande, c'est inviter l'industrie à autoriser plus de contamination encore pendant le processus de transformation dans l'espoir que tout disparaîtra au bout du compte sous les rayons gamma. Tu remarqueras que même avec l'irradiation, l'industrie insiste sur le fait que tout dépend du respect par le consommateur des modes de manipulation et de cuisson recommandés par le fabricant.

— C'était aussi l'avis de Kathleen Morgan.

— Ce devrait être l'avis de toute personne qui réfléchit. Nous devons amener les médias à faire comprendre aux gens que la contamination ne doit pas être tolérée, même si cela signifie que le produit coûtera un peu plus cher.

— L'ambition est grande, commenta Tracy.

— Autant viser haut, dit Kim. Et ce n'est pas impossible. Après tout, la viande n'a pas toujours été contaminée. C'est un phénomène assez récent. »

Au loin, ils aperçurent les prés de stockage où, en ce jour ouvrable, attendaient des troupeaux de bovins qui piétinaient dans la boue.

« C'est si triste, dit Tracy en regardant la mer d'animaux. Ils attendent tous dans le couloir de la mort, et ils ne le savent pas. »

Tracy s'engagea sur le parking de Higgins & Hancock. Contrairement au matin précédent, il était presque plein, surtout de vieilles camionnettes.

« Dépose-moi devant l'entrée, dit Kim. Ensuite, tu iras tout au bout du bâtiment. On t'y remarquera moins et l'ensemble de l'entreprise sera à moins de deux cents mètres de toi. »

Tracy s'arrêta contre le trottoir, et Kim et elle regardèrent le bâtiment. La fenêtre des archives que Kim avait cassée n'était plus condamnée par des planches, et on voyait la vitre brisée maintenue par-derrière par un contreplaqué. Devant, piétinant un parterre de fleurs, un homme en salopette et chemise écossaise à dominante rouge prenait des mesures.

« Je crois que je devrais lui proposer de l'aider, dit Kim.

— Ne sois pas idiot. »

La porte principale s'ouvrit et Tracy et Kim s'enfoncèrent dans leurs sièges. Deux hommes sortirent, engagés dans une conversation, et s'éloignèrent. L'entreprise fonctionnait à plein régime.

Tracy et Kim se redressèrent et se regardèrent avec un petit sourire nerveux.

« On dirait deux adolescents qui préparent une grosse blague, dit Kim.

— Peut-être devrions-nous en parler un peu plus, dit Tracy.

— Non, l'heure des discussions est passée, dit Kim en se penchant vers Tracy pour l'embrasser pour la première fois depuis si longtemps qu'aucun des deux ne voulait faire le calcul. Souhaite-moi bonne chance!

— Je ne sais pas pourquoi j'ai accepté tout ça, dit Tracy en regardant les abattoirs avec méfiance.

— Parce que tu sais prendre tes responsabilités de citoyenne, dit Kim avec un sourire canaille. Te rends-tu compte que si nous réussissons, le nombre de gens que j'aurais pu sauver dans toute une vie de chirurgien sera multiplié par des millions!

— Tu sais ce qui m'étonne le plus, chez toi? En quelques jours, l'homme narcissique que tu étais est devenu altruiste, tu es passé d'un extrême à l'autre. J'avais toujours cru qu'on ne pouvait pas changer de personnalité.

— Je vais te laisser à tes réflexions de psychologue, dit Kim en ouvrant la portière.

— Sois prudent!

— Je le serai, dit Kim en descendant de voiture. N'oublie pas que je ne mettrai mon oreillette qu'en de rares occasions. La plupart du temps, ce ne sera qu'une conversation à sens unique.

— Je sais. Bonne chance.

— Merci. À bientôt! » dit-il avec un signe de la main.

Tracy regarda Kim partir vers la porte d'une démarche en accord avec son déguisement scandaleux. En dépit de ses craintes, elle sourit. Il avait l'allure insouciante et assurée d'un vagabond punk-rock.

Tracy partit vers l'extrémité du bâtiment, comme Kim le lui avait suggéré, et se gara derrière un minibus. Après avoir baissé sa fenêtre, elle plaça l'antenne sur le toit de la voiture, mit ses écouteurs et tourna le bouton de l'amplificateur. Instruite par l'expérience du matin, elle régla le volume assez bas et le monta très lentement. Elle entendit immédiatement la voix de Kim et sa gouaille surfaite.

« J'ai besoin d'un boulot, n'importe quoi, disait Kim en traînant sur les voyelles. Je suis complètement fauché. On m'a dit en ville que vous embauchez. »

Tracy enclencha le magnétophone et essaya de s'installer confortablement

Kim avait été aussi impressionné qu'encouragé par la vitesse à laquelle on l'avait escorté dans le bureau du surveillant de la salle d'abattage. L'homme, sans caractéristique particulière, au petit ventre un peu rond sous sa longue blouse blanche tachée de sang, s'appelait Jed Street. Sur le coin de son bureau, il avait posé un casque de chantier jaune. Devant lui s'empilaient les reçus d'achats de bestiaux.

Jed avait regardé Kim d'un œil scrutateur quand il avait passé la porte, mais, au bout de quelques instants, il avait semblé accepter son aspect et n'en avait pas dit mot.

« T'as déjà travaillé dans des abattoirs ? demanda Jed en se balançant sur sa chaise et en jouant avec un crayon.

— Non, répondit Kim sans s'émouvoir, mais il y a toujours une première fois.

— T'as un numéro de Sécurité sociale ?

— Non, mais on m'a dit que j'en avais pas besoin.

— Et tu t'appelles ?

— Billy, Billy Rubin.

— D'où tu viens ?

— Brownsville, Texas, dit Kim avec l'accent traînant du Sud.

— Et moi je suis de Paris, en France, dit Jed. Bon, c'est un travail dur et salissant. T'es prêt à le faire ?

— Je suis prêt à tout.

— Tu veux commencer quand ?

— Eh, je suis là pour commencer tout de suite !
J'ai rien mangé depuis presque deux jours.

— Ça vaut probablement mieux, étant donné
que t'as jamais travaillé dans des abattoirs avant.
Je vais d'abord te mettre au nettoyage du sol de la
salle d'abattage. C'est cinq billets de l'heure, cash.
Sans carte de Sécurité sociale, je peux pas faire
mieux.

— Ça me va, dit Kim.

— Encore une chose. Si tu veux travailler, tu
devras aussi assurer l'équipe de quinze à vingt-
trois heures, mais seulement cette nuit. Un des
types est malade. C'est bon ?

— J'ai dit que ça me va.

— Bien, dit Jed en se levant. Allons te trouver
une tenue.

— Vous voulez dire qu'il faut que je me change ?
demanda Kim avec angoisse, car il sentait le revolver contre sa cuisse et les piles du système d'écoute
contre sa poitrine.

— Non. Il te faut juste une blouse blanche, des
bottes, un casque, des gants et un balai. T'as seulement à retirer tes chaussures pour mettre les
bottes. »

Kim suivit Jed hors de son bureau et ils prirent
le couloir jusqu'aux salles de stockage que Kim
avait vues le samedi soir. On donna à Kim tout ce
que Jed avait mentionné, à l'exception du balai.
Pour les bottes, il dut prendre du 44. Il n'y avait
plus de 43. C'étaient des bottes jaunes en caoutchouc qui lui arrivaient à mi-cuisse. Elles n'étaient
pas neuves et sentaient mauvais.

Jed donna à Kim un numéro de verrou,
l'emmena aux vestiaires, près de la cantine, et
attendit tandis que Kim mettait les bottes et rangeait ses chaussures. Quand Kim eut mis son
casque, les gants jaunes qui montaient presque
aux coudes et la blouse blanche, il fit enfin couleur
locale.

« C'est une sacrée coupure que t'as là, sur le nez, dit Jed. Comment c'est arrivé ?

— Une porte en verre s'est cassée en claquant juste devant moi, dit Kim d'une voix évasive.

— Désolé, dit Jed. Bon, prêt pour le grand plongeon ?

— Faut bien », dit Kim.

Jed lui fit traverser la cantine et l'entraîna vers les quelques marches conduisant à la porte coupe-feu, devant laquelle il s'arrêta pour sortir de sa poche quelque chose qu'il tendit à Kim.

« J'allais oublier les boules, dit Jed en laissant tomber deux petits objets légers dans la paume de Kim.

— C'est quoi ?

— Des boules pour les oreilles, dit Jed. Il y a beaucoup de bruit dans la salle d'abattage, à cause des convoyeurs au plafond, des machines à écorcher et des scies. »

Kim examina un des objets coniques d'une matière spongieuse et caoutchouteuse jaune.

« Écoute, dit Jed, ton boulot est de circuler dans la salle et de pousser la merde dans les grilles du sol.

— La merde ?

— Ouais. Ça te pose un problème ?

— De la vraie merde ?

— Enfin, un mélange de bouse, de pisse, de sang et de boyaux. Tout ce qui tombe le long de la chaîne. C'est pas un salon de thé, ici. À propos, fais gaffe aux carcasses qui progressent, suspendues aux rails et, bien sûr, fais gaffe à pas glisser par terre. C'est pas marrant de tomber », dit Jed en riant.

Kim hocha la tête et avala sa salive. Il faudrait vraiment qu'il s'endurcisse contre les aspects les plus répugnants de ce travail.

Jed regarda sa montre.

« Il reste moins d'une heure avant qu'on arrête la

chaîne pour la pause déjeuner, dit-il. Mais ça fait rien, t'auras juste le temps de t'acclimater. Des questions ? »

Kim secoua la tête.

« S'il t'en vient, tu sais où se trouve mon bureau.

— Oui, dit Kim parce que Jed semblait attendre une réponse.

— Tu vas pas te boucher les oreilles ?

— Oh, oui, j'avais oublié. »

Kim enfonça les petits cônes spongieux dans ses oreilles et leva le pouce à l'intention de Jed, qui ouvrit la porte.

Même les oreilles bouchées, Kim fut agressé par la cacophonie qui explosa dans l'escalier. Il suivit Jed dans la salle. L'endroit lui sembla très différent du samedi soir. Il s'était cru prêt pour l'expérience qui l'attendait, mais il ne l'était pas. Il verdit immédiatement au spectacle du convoyeur qui emportait les carcasses de plus de six cents kilos suspendues encore chaudes, à l'odeur fétide qui flottait, aux gémissements des machines. Dans l'air lourd, épais, flottait la puanteur de la chair crue, du sang et des déjections.

Les puissants aérateurs installés sous le toit luttaient vainement pour maintenir dans la salle une température supportable, ce qui faisait fumer la cinquantaine de bêtes écorchées suspendues au rail. Une centaine d'ouvriers en blouse tachée de sang se tenaient sur une plate-forme de métal à claire-voie, au coude à coude, et travaillaient sur les carcasses qui passaient devant eux. De gros câbles électriques traversaient l'espace de manière surprenante, comme les fils d'une énorme toile d'araignée. C'était une vision surréaliste, dantesque, de l'enfer sur terre.

Jed tapota l'épaule de Kim et lui montra le sol. Kim baissa les yeux. C'était presque une mer de sang, de morceaux de boyaux, de vomissures et de diarrhée de vache. Jed tapa à nouveau et Kim leva les yeux. Il allait lui tendre un balai quand il vit la couleur du visage de Kim et ses joues qui, involontairement, se gonflaient.

Jed fit par précaution un pas en arrière et désigna en toute hâte un point de la salle.

Kim eut un haut-le-cœur mais réussit à presser la main sur son visage avant de suivre la direction montrée par le doigt de Jed et de voir une porte où était grossièrement écrit à la peinture : « Messieurs ».

Kim fila vers les toilettes, ouvrit la porte d'un geste et se précipita vers le lavabo. Penché en avant sur la porcelaine froide, il vomit convulsivement le petit déjeuner qu'il avait partagé avec Tracy ce matin-là.

Quand les spasmes cessèrent, il rinça le lavabo et sa bouche, leva la tête pour se regarder dans le miroir craquelé et sale. Il était plus pâle que jamais, avec des yeux congestionnés et rouges. Des gouttes de sueur perlaient sur son front.

Appuyant son torse contre le lavabo, il récupéra l'oreillette sous sa chemise et, de ses doigts tremblants, il sortit un des cônes que Jed lui avait donnés pour le remplacer par ce petit appareil.

« Tracy, tu es là ? demanda Kim d'une voix rauque. J'ai mis mon oreillette. Tu peux parler.

— Que s'est-il passé ? demanda Tracy. Pourquoi est-ce que tu as toussé ?

— J'ai plus que toussé, avoua Kim. Je viens de rendre mon petit déjeuner.

— Tu as une voix terrible. Est-ce que ça va ?

— Pas vraiment. Je suis gêné d'avoir eu une telle réaction en dépit de tout ce que j'ai vu en médecine. Je ne pensais pas réagir de manière aussi violente. Cet endroit est... indescriptible. »

Il regarda autour de lui les toilettes les plus répugnantes où il s'était jamais trouvé, avec leurs murs couverts de taches et de graffitis, le plus souvent en espagnol. On aurait dit que jamais on n'avait lavé le sol couvert de sang et d'autres débris apportés sous les bottes de la salle d'abattage.

« Si tu veux tout arrêter, je suis d'accord, dit Tracy.

— Pas encore. Mais je peux te dire une chose : je n'ai été dans la salle d'abattage que vingt secondes, mais je crois que je suis devenu végétarien à vie. »

Kim entendit soudain qu'on tirait une chasse d'eau dans une des deux cabines et il sursauta. Il n'avait pas pris la peine de vérifier s'il était seul. Il retira son oreillette, la rangea sous sa chemise et se tourna vers le lavabo pour faire semblant de se laver. Derrière lui, il entendit la porte s'ouvrir.

Il craignait que l'homme l'ait entendu et, pendant un moment, il ne regarda pas dans sa direction. Dans le miroir, il vit l'homme passer lentement derrière lui et l'observer avec attention. La gorge de Kim se serra. C'était celui qui l'avait attaqué, d'abord ici, chez Higgins & Hancock, puis à nouveau chez lui !

Lentement, Kim se retourna. L'homme s'était approché de la porte pour sortir mais ne l'avait pas ouverte, et il regardait toujours Kim d'un visage impassible.

Pendant un instant, leurs yeux se croisèrent. Kim tenta de sourire et de faire comme s'il cherchait des serviettes en papier. Il y avait bien un distributeur, mais cassé et vide. Kim osa un autre regard en direction de l'homme. Son expression énigmatique n'avait pas changé. La main droite de Kim alla toucher le revolver dans sa poche pour se rassurer.

Les secondes passaient aussi lentement que des minutes. Les yeux noirs, froids et impénétrables de l'homme restaient rivés sur lui. Il avait l'air d'une statue. Il fallut que Kim rassemble toute sa volonté pour ne rien dire afin de briser ce silence inconfortable.

Au grand soulagement de Kim, l'homme

détourna soudain le regard, ouvrit la porte et disparut.

Kim soupira. Il n'avait même pas eu conscience de retenir son souffle. Penchant la tête, il murmura dans son micro :

« Seigneur ! le fou au couteau était dans les toilettes ! Je ne sais pas ce qu'il a entendu. Il m'a regardé, mais il n'a rien dit. J'espère qu'il ne m'a pas reconnu ! »

Après s'être aspergé le visage d'eau froide et avoir remis le cône dans son oreille, Kim inspira profondément et sortit des toilettes pour retourner dans la salle. Il tenta de ne respirer que par la bouche pour éviter l'odeur. Il avait les jambes en coton. Craignant que l'homme au couteau ne l'attende, il mit la main dans sa poche, près du petit revolver.

Jed était toujours là. Kim regarda autour de lui et crut voir l'homme au couteau disparaître derrière une lointaine machine.

« Ça va ? » cria Jed par-dessus le vacarme.

Kim hocha la tête et tenta de sourire.

Jed lui adressa en retour un sourire sarcastique et lui tendit le balai à long manche.

« T'avais sûrement plus dans ton estomac que tu le croyais », dit-il en donnant à Kim une tape dans le dos.

Et il partit.

Kim avala sa salive et se secoua afin d'enrayer une autre nausée. Il baissa la tête pour éviter de voir la rangée de carcasses sans tête et sans peau qui circulait rapidement devant lui vers le refroidisseur. Il prit le balai à deux mains, et tenta de se concentrer sur son travail, poussant autant de déchets qu'il le pouvait vers une des nombreuses grilles.

« Je ne sais pas si tu peux m'entendre dans tout ce bruit, dit Kim en plaçant sa bouche tout près du micro. À l'évidence, le type au couteau travaille ici, ce qui, finalement ne me surprend pas. Je crois que je ferais mieux de le localiser. »

Kim se pencha pour éviter une des carcasses fumantes qui allait le frôler. Comme il ne regardait pas où il allait, il s'était placé par inadvertance sous le convoyeur. Maintenant, sa blouse blanche était tachée de sang comme toutes les autres dans la vaste pièce.

Kim se redressa et, après avoir jugé de la vitesse de déplacement des carcasses, il sortit de la ligne dangereuse. Il voulait suivre le chemin pris par l'homme qui l'avait attaqué.

« On m'a à l'évidence donné le pire boulot de l'endroit, commenta Kim dans l'espoir que Tracy le comprendrait en dépit du vacarme général. Je suis au plus bas du plus bas, mais du moins ça me donne l'occasion de me déplacer. Tous les autres sont au travail à la chaîne. Ils restent au même endroit tandis que les carcasses défilent devant eux. »

Kim fit le tour de la machine monstrueuse derrière laquelle il avait vu disparaître l'homme. Le sol de cette zone était plutôt propre. Il n'y avait qu'un peu de sang qui s'écoulait des machines. Un mur s'élevait à la gauche de Kim.

Il poursuivit son exploration. Devant lui, dans une zone plus sombre de la salle où il n'y avait pas de néons au plafond, il vit plusieurs hommes au travail. Un son nouveau se détachait du brouhaha général, un bruit intermittent, comme de percussion, qui rappela à Kim les pistolets à air comprimé utilisés par les menuisiers pour planter les clous.

Kim continua de promener son balai dans le peu de débris au sol. Au bout de vingt pas et au détour d'une autre machine, il comprit dans quelle section il se trouvait.

« Je suis où les animaux vivants entrent dans le bâtiment, dit Kim dans son micro. On les amène en file indienne. Quand le premier animal arrive devant une plate-forme surélevée, un homme presse ce qui ressemble à un marteau-piqueur sur le haut de sa tête. On dirait un pistolet à clous, mais ça doit transpercer le crâne, parce qu'il y a de la cervelle qui sort. »

Kim détourna un instant les yeux. Lui qui avait voué sa vie à en sauver d'autres supportait mal ce carnage ininterrompu. Au bout d'un moment, il se força à regarder à nouveau.

« Les vaches s'effondrent immédiatement sur un grand tapis roulant qui les entraîne et les redresse. Après, un ouvrier les accroche par une patte arrière et elles sont soulevées et entraînées sur la chaîne du convoyeur qui court au plafond. Si nous avons ici aussi la maladie de la vache folle, ou plutôt quand nous l'aurons, tuer les animaux de cette manière ne sera pas une bonne idée, parce que ça dissémine des tissus cérébraux dans tout le corps de la vache, puisque le cœur bat encore. »

En dépit des haut-le-cœur que provoquait ce dont il était témoin, Kim se força à avancer jusqu'à ce que plus rien ne soit caché à sa vue.

« Tu sais, ces malheureux animaux savent ce qui va leur arriver. Ils doivent sentir la mort, ici, et ils défèquent les uns sur les autres en descendant le plan incliné. Ce n'est certainement pas comme ça que la contamination... »

Kim se tut. À sa droite, à sept mètres au plus, l'homme était au travail, et Kim comprit sur l'instant pourquoi il aimait tant les couteaux. Il était un des deux hommes qui, passant sous les animaux fraîchement tués tandis qu'on les soulevait, leur tranchaient la gorge d'un geste habile du poignet avant de s'écarter pour éviter d'être douchés par la quarantaine de litres de sang chaud qui s'échappait alors à flots de la plaie. Le sang jaillissait en gerbes projetées par le cœur de l'animal qui perdait peu à peu ses forces, et il disparaissait sous une grille dans le sol.

Kim sursauta soudain. Déjà tendu par le fait que son agresseur soit si près de lui, il réagit trop violemment quand quelqu'un lui tapa sur l'épaule. Sans réfléchir, il leva un bras protecteur.

Heureusement pour lui, c'était Jed, et il n'avait pas l'air content. La réaction de peur de Kim l'avait effrayé lui aussi.

« Mais qu'est-ce que tu fous là ? » cria Jed dans le tumulte.

Les chocs répétés de l'instrument d'abattage à haute pression résonnaient comme un métronome diabolique.

« J'essaie juste de me repérer », cria Kim.

Il jeta un coup d'œil à son agresseur, mais soit l'homme ne l'avait pas vu, soit il se moquait de sa présence : il se mit de côté et entreprit d'affûter son couteau sur une pierre tandis que son partenaire prenait son tour pour trancher les gorges. Kim vit bien le couteau. C'était le même que celui que l'homme avait utilisé pour l'attaquer.

« Hé, je te parle ! cria Jed d'une voix irritée en enfonçant un doigt accusateur dans son épaule. Je veux que tu ailles par là, où ils éviscèrent. C'est là qu'il y a le plus de merde, et c'est ça que je veux que tu nettoies. »

Kim hocha la tête.

« Viens, je vais te montrer », dit Jed.

Il lui fit signe de le suivre, et Kim jeta un dernier regard à son agresseur. Il levait le couteau pour en inspecter le fil et un éclat lumineux jaillit soudain. L'homme ne regarda pas en direction de Kim, qui frissonna et courut pour rattraper Jed.

Ils se retrouvèrent bientôt dans la zone où circulaient les carcasses sans tête et sans peau. Kim fut impressionné par la nonchalance de Jed. Quand il se baissait pour passer sous les animaux, il les écartait de la main, comme des vêtements sur un cintre, plutôt que d'attendre le moment où il pourrait se glisser entre deux d'entre eux. Kim répugnait à toucher ces corps chauds. Il hésita donc, comme un enfant qui attend d'entrer dans le cercle d'une corde que deux amis font tourner rapidement.

« C'est là que je veux te voir, cria Jed en faisant un geste du bras quand Kim le rejoignit. C'est ici qu'on fait le sale boulot, et c'est ici que toi et ton balai vous êtes les plus utiles. Compris ? »

Kim hocha la tête de mauvais gré, parce qu'il luttait contre une nouvelle vague de nausée. Il était dans la zone où l'on éviscérait les bêtes. D'énormes boucles d'intestins, comme des serpents, dégringo-laient des carcasses suspendues sur des tables en acier, ainsi que la masse tremblotante du foie, des reins pareils à des pamplemousses, et des bandes friables de pancréas.

Il semblait que presque tous les intestins étaient liés, mais pas tous. Soit on ne les avait pas atta-chés, soit le lien s'était desserré. En tout cas, il y avait aussi beaucoup de déjections sur les tables et par terre, mêlées aux flots de sang.

Kim abaissa son balai et entreprit de pousser les déchets vers une des nombreuses grilles à travers lesquelles tout disparaissait. Tandis qu'il travail-lait, il se souvint du mythe de Sisyphe, et du ter-rible destin du roi cruel. Kim n'avait pas plus tôt nettoyé une zone qu'elle était souillée à nouveau d'un autre déluge de sang et de déchets.

La seule consolation de Kim était que son dégui-sement devait être efficace, parce qu'il était presque certain que l'homme au couteau ne l'avait pas reconnu.

Kim fit de son mieux pour ignorer les aspects les plus répugnants de cet endroit cauchemardesque et pour se concentrer sur sa tâche. Il attendrait l'heure du déjeuner pour passer à l'étape suivante de son enquête.

Par la fenêtre, Shanahan vit le jumbo-jet avancer laborieusement sur la piste puis relever son nez comme en hésitant. Beaucoup trop lentement, semblait-il, il prit l'air et s'orienta vers sa lointaine destination.

Shanahan attendait le vol de Chicago à la porte 32, hall B. Il ne lui avait pas été facile d'arriver jusque-là. La sécurité lui refusait l'accès à l'aire de départ s'il ne détenait pas de billet. Mais comme il avait tout organisé pour retrouver Leutmann à la porte, Shanahan savait qu'il fallait qu'il entre. Malheureusement, aucun argument, aucune supplication n'avait fléchi les responsables de la sécurité et, pour résoudre le problème, Shanahan avait dû acheter un billet sur un vol qu'il n'avait aucune intention de prendre.

Jamais Shanahan et Derek ne s'étaient rencontrés. Afin de surmonter cette difficulté et que Derek puisse le reconnaître, Shanahan s'était décrit. Et, pour s'assurer que Derek l'identifierait, Shanahan avait dit aussi qu'il tiendrait une bible. Derek avait répondu que la bible était une charmante idée. Il avait ajouté qu'il porterait une serviette noire.

La porte du vol en provenance de Chicago s'ouvrit et un agent se positionna immédiatement à côté pour assurer la sécurité des passagers qui commençaient à débarquer. Shanahan prit la bible dans une main et la tint sur sa poitrine, les bras croisés, observant chaque passager.

La dixième personne lui sembla la bonne, bien que l'individu n'ait en rien l'allure à laquelle s'attendait Shanahan. La trentaine, mince, blond et très bronzé, l'homme était vêtu d'un costume trois-pièces à rayures, tenait une serviette en autruche noire et avait perché des lunettes de soleil sur ses cheveux bien coiffés. L'homme s'arrêta au seuil de la salle, qu'il parcourut de ses yeux bleus. Dès qu'il eut repéré Shanahan, il s'approcha de lui.

« Monsieur O'Brian ? demanda Derek avec un léger accent anglais.

— Monsieur Leutmann », dit Shanahan.

Il n'en revenait pas. Après avoir parlé à Derek au téléphone, il s'attendait à voir arriver un individu très brun, fort, au physique imposant. L'homme devant lui ressemblait plus à un aristocrate anglais qu'à un tueur à gages.

« Vous avez certainement apporté l'argent, dit Derek.

— Naturellement.

— Voudriez-vous me le donner ?

— Ici, en plein aéroport ? » s'étonna Shanahan.

Il jeta un coup d'œil nerveux par-dessus son épaule. Il avait espéré discuter discrètement des problèmes d'argent dans sa voiture, sur le parking couvert. Il était censé négocier à la fois l'avance et le tarif.

« Soit nous sommes en affaires, soit nous ne le sommes pas, dit Derek. Il vaut mieux le savoir immédiatement pour éviter les ressentiments. »

Shanahan retira de la poche intérieure de sa veste l'enveloppe qu'il avait apportée et la tendit à Derek. Elle contenait cinq mille dollars, la moitié des dix mille que le tueur avait exigés. Shanahan n'avait aucun moyen de négocier en public.

Au grand dam de Shanahan, Derek posa sa serviette, déchira l'enveloppe et compta les billets. Shanahan regardait autour de lui avec anxiété, bien que personne ne semblât leur prêter la moindre attention. Il était terriblement gêné.

« Excellent, déclara Derek avant d'empocher l'argent. Nous sommes en affaires. Quels sont les détails que vous devez me fournir ?

— Pourrions-nous au moins commencer à marcher ? bredouilla Shanahan — l'agaçante nonchalance de Derek avait rendu sa gorge râpeuse et sèche.

— Bien sûr, dit Derek. Pourquoi ne pas aller chercher mes bagages ? »

Heureux de bouger enfin, Shanahan suivit Derek, qui avançait légèrement sur des semelles de crêpe.

« Vous avez des bagages ? s'étonna Shanahan.

— Bien sûr. Les compagnies d'aviation n'aiment pas qu'on ait des armes à feu en cabine. Mon travail ne me donne pas le choix. »

Ils avançaient avec le flot des autres passagers, croisant un autre flot de gens, billet à la main, qui se dépêchaient de gagner leur porte d'embarquement. N'importe qui pouvait les entendre.

« Nous avons une voiture pour vous, dit Shanahan.

— Excellent. Mais, pour le moment, ce qui m'intéresse le plus, c'est l'identité du gibier. Comment s'appelle-t-il ?

— Reggis. Le Dr Kim Reggis, dit Shanahan en regardant à nouveau nerveusement autour de lui des gens qui fort heureusement ne montraient aucun intérêt pour leur conversation. Voici une photo récente, continua Shanahan en la tendant à Derek. Elle n'est pas très bonne. Nous l'avons reprise d'un article de journal.

— Le grain est plutôt gros. Il faut que j'en sache davantage.

— J'ai établi une fiche de renseignements, dit Shanahan en tendant un papier à Derek. Vous verrez, il y a une description physique de l'homme, la marque, le modèle et l'année de sa voiture ainsi que son numéro de plaque minéralogique. Vous avez aussi son adresse, mais nous avons des raisons de croire qu'il n'y demeure pas en ce moment.

— Ce n'est pas mal, dit Derek en parcourant le dossier. Oui, vraiment, c'est très complet.

— Nous pensons que le Dr Reggis a passé la nuit dernière chez son ex-femme. Elle a payé sa caution pour le sortir de prison hier matin.

— De prison ? Le docteur s'est-il mal conduit ?

— C'est un euphémisme, en ce qui nous concerne. »

Ils arrivèrent au tapis roulant sur lequel les bagages défilaient le long d'une haie de passagers anxieux. Ceux du vol de Derek commençaient juste à apparaître.

« Il y a une chose que vous devez savoir, dit Shanahan. Nous avons raté le docteur hier soir.

— Merci de votre franchise. C'est en effet un détail important. Cela signifie, bien sûr, que l'homme va être sur ses gardes.

— En quelque sorte. »

Une sonnerie stridente fit sursauter Shanahan. Il lui fallut un moment pour comprendre que c'était son bip. Cela le surprit, parce que Bobby Bo savait où il était et ce qu'il faisait. Shanahan arrêta la sonnerie et regarda le petit écran. Il fut d'autant plus intrigué qu'il ne reconnut pas le numéro.

« Cela vous ennuie-t-il que j'aille téléphoner ? demanda Shanahan en montrant une rangée de cabines contre un mur.

— Pas du tout », dit Derek, qui étudiait toujours les informations sur Kim.

Shanahan trouva quelques pièces dans sa poche en gagnant une des cabines et composa rapidement le mystérieux numéro. On répondit dès la première sonnerie. C'était Carlos.

« Le docteur est ici ! dit-il d'une voix surexcitée mais très basse.

— Où ça ?

— Ici, chez Higgins & Hancock, murmura Carlos. J'utilise le téléphone de la cantine. Il faut faire vite. Le docteur travaille ici comme balayeur. Il a l'air complètement fou.

— Qu'est-ce que c'est que cette histoire ?

— Il s'est déguisé en vieux chanteur de rock, avec les cheveux courts et blonds.

— C'est une blague !

— Pas du tout, insista Carlos. Il a aussi des points au visage, là où je l'ai coupé. C'est lui, je le sais, même si j'ai dû le regarder un bon moment avant d'en être certain. Et puis il est venu jusqu'à mon poste de travail pour m'observer. Il a même fallu que le patron vienne le chercher.

— Quel patron ?

— Jed Street.

— Le docteur t'a reconnu ?

— Bien sûr, pourquoi il m'aurait pas reconnu ? Il me regardait. Pendant une minute, j'ai cru qu'il allait me foncer dessus. Mais non. S'il l'avait fait, je l'aurais achevé. Tu veux que je le fasse quand même ? Je peux l'avoir tant qu'il est là.

— Non ! » cria Shanahan qui s'affolait.

Il savait que si Carlos tuait Kim en plein jour devant une centaine de témoins, ce serait un désastre. Shanahan inspira profondément et reprit d'un ton calme et lent :

« Ne fais rien. Fais comme si tu ne l'avais pas reconnu. Garde ton calme. Je reprendrai contact avec toi, compris ?

— Compris », affirma Carlos.

Shanahan raccrocha et laissa la main sur le combiné jusqu'à ce qu'il ait repéré Derek Leutmann. Dans une telle situation, il ne savait que faire.

Un tapotement inattendu à sa vitre fit sursauter Tracy. Pendant tout le temps où elle avait été garée au bout du bâtiment de l'abattoir, elle avait vu des gens qui arrivaient ou repartaient avec leur véhicule, mais aucun ne s'était approché d'elle. En toute hâte, Tracy retira ses écouteurs et se tourna vers sa fenêtre.

Un homme hirsute en tenue de travail souillée et col roulé sale se tenait là, la tête couverte d'une casquette de base-ball avec la visière sur la nuque. Une cigarette éteinte pendait de sa lèvre inférieure et frémissait à chaque souffle de l'homme, qui respirait la bouche ouverte.

Tracy eut envie de démarrer et de partir, mais

elle abandonna cette idée en se souvenant de l'antenne qui ornait son toit. Comme elle n'avait guère le choix, elle descendit la vitre.

« Je vous ai vue de mon camion, dit l'homme en montrant un minibus de l'épaule.

— Oh, vraiment ? répondit Tracy qui ne savait pas quoi dire à cet homme balafré de l'œil au cou.

— Qu'est-ce que vous écoutez ?

— Rien de très intéressant, dit Tracy en regardant le magnétophone qui tournait toujours. Juste de la musique.

— Moi, j'aime la musique country, dit l'homme. Vous écoutez de la country ?

— Non, plutôt New Age. En fait, j'attends mon mari. Il travaille ici.

— Je suis venu m'occuper de la plomberie. Il y a plus de siphons et de tuyaux ici que n'importe où ailleurs dans le pays. Enfin, bon, je me demandais si vous auriez du feu. J'arrive pas à retrouver mon briquet.

— Désolée, dit Tracy. J'aurais aimé vous aider, mais je ne fume pas, et je n'ai pas d'allumettes.

— Merci quand même. Désolé de vous avoir dérangée.

— Je vous en prie », dit Tracy.

L'homme s'éloigna et Tracy soupira de soulagement. Elle remonta sa vitre. Elle se rendit alors compte à quel point elle était tendue. Elle était angoissée depuis l'instant où Kim avait disparu à l'intérieur, mais cette angoisse n'avait fait que monter depuis la rencontre de Kim avec le tueur, aux toilettes. Le fait qu'elle n'ait pas pu discuter avec Kim ne l'aidait pas à se rassurer. Elle aurait voulu lui dire de sortir de là, que ça n'en valait pas la peine.

Après un coup d'œil furtif pour s'assurer que personne d'autre ne la regardait, Tracy remit les écouteurs sur ses oreilles et ferma les yeux. Le problème, c'était qu'elle devait se concentrer pour entendre ce que disait Kim. Le vacarme ambiant l'avait forcée à baisser le volume.

Kim avait fait tout le tour de la zone d'éviscération, et maintenant il avait une vision d'ensemble du processus d'abattage. Il avait vu comment on étourdissait les bêtes, comment on les suspendait, comment on les saignait. Puis il avait vu comment on les écorchait, comment on les décapitait, la tête partant accrochée à un autre convoyeur. Après l'éviscération, les carcasses étaient fendues sur toute leur longueur par une scie effrayante qui dépassait de loin les fantasmes des producteurs de films d'horreur de Hollywood.

Kim regarda sa montre pour minuter la rapidité avec laquelle les pauvres animaux étaient tués. Il en fut stupéfait. Le menton contre sa poitrine, il dit dans le micro :

« Espérons que Lee Cook pourra nous fournir un système vidéo utilisable. Ce sera essentiel pour étayer la thèse de Marsha. Elle affirmait que la contamination de la viande se produisait dans les abattoirs, que c'était tout simplement une question de profits passant avant la sécurité. Je viens de minuter : on tue les animaux à la vitesse incroyable d'un toutes les douze secondes. À ce rythme, il n'y a aucun moyen d'éviter une contamination de masse... Et à propos de la collusion entre le ministère de l'Agriculture et l'industrie de la viande : elle est évidente, même au niveau opérationnel. Il y a quelques inspecteurs sur les passerelles. On les distingue comme des moutons noirs grâce à leur casque rouge et non jaune et à leur blouse plus propre que les autres. Ils passent plus de temps à rire et plaisanter avec les ouvriers qu'à inspecter. Je veux dire que l'inspection, c'est de la frime. Non seulement la chaîne circule trop vite, mais ces types regardent à peine les carcasses qui passent près d'eux. »

Kim surprit soudain Jed Street qui venait voir ce qui se passait sur les tables d'éviscération. Il reprit son balayage et s'éloigna de Jed en décrivant une courbe dans le sens inverse des aiguilles d'une montre, si bien qu'il se retrouva dans la zone de décapitation, opération exécutée par une autre scie à peine moins horrible que celle qui fendait les carcasses en deux. Juste avant que la colonne vertébrale soit complètement sciée par un des hommes, un autre saisissait la tête de plus de cinquante kilos à l'aide d'un crochet qui pendait d'un autre convoyeur réservé aux têtes. Ce processus nécessitait coordination et travail d'équipe.

Continuant ses efforts de nettoyage, Kim suivit la rangée de têtes. Sans les paupières, les yeux sans vie donnaient aux têtes un regard curieusement surpris.

Kim suivit le convoyeur de têtes jusqu'à un point où il disparaissait dans une ouverture donnant sur une salle adjacente. Kim reconnut immédiatement la salle où on l'avait attaqué le samedi soir. Il jeta un coup d'œil par-dessus son épaule pour repérer Jed, qu'il ne vit pas. Il prit alors le risque de passer par l'ouverture sans porte donnant sur la salle de désossage des têtes.

« Je suis dans la salle où passent les têtes, dit Kim dans son micro. C'est potentiellement important pour savoir comment Becky a pu tomber malade. Marsha avait trouvé quelque chose dans les papiers à propos de la tête du dernier animal le jour où la bête qui a fourni le hamburger de Becky a probablement été tuée. Elle a dit que c'était "révoltant" — ce que je trouve curieux, dans la mesure où tout le processus me révolte. »

Kim regarda un moment le convoyeur déposer toutes les douze secondes une tête sur une table où l'attaquait une équipe de bouchers. Avec des couteaux semblables à ceux utilisés pour trancher la gorge des animaux, ils retiraient rapidement les énormes joues et les langues et jetaient ces morceaux dans un récipient d'une tonne similaire à celui que Kim avait vu chez Mercer Meats.

« J'apprends quelque chose à chaque minute, dit Kim. Il doit y avoir beaucoup de joue de bœuf dans les hamburgers. »

Kim remarqua qu'après qu'on avait retiré les joues et les langues, les têtes étaient poussées sur un tapis roulant qui les laissait tomber de manière ignoble dans un trou noir, donnant probablement dans le sous-sol.

« Il faudra peut-être que je visite le sous-sol », dit Kim d'une voix très hésitante.

Il avait le sentiment que sa peur enfantine des sous-sols allait être mise à rude épreuve.

Jusque-là, la journée avait été bonne pour Jed Street, bien que ce fût un lundi. Il avait pris un splendide petit déjeuner, il était venu au travail assez tôt pour se permettre une seconde tasse de café avec quelques autres surveillants, et il n'avait eu que peu d'absents à l'appel par rapport à d'habitude. Trouver et garder une main-d'œuvre fiable restait le principal souci de Jed.

La présence de tous ses employés clés lui donnait l'assurance que l'équipe traiterait pas loin de deux mille bêtes avant le déjeuner. Cela rendait Jed heureux, parce qu'il savait que cela rendrait heureux son patron immédiat, Lenny Striker.

Jed retira sa blouse et l'accrocha. Comme il voulait rattraper son retard sur la paperasse, il s'était retiré dans son bureau avec sa troisième tasse de café de la journée. Il contourna son bureau, s'assit et, stylo à la main, se mit au travail. Il avait un nombre considérable de formulaires à remplir chaque jour.

Jed ne travaillait pas depuis longtemps quand son téléphone sonna. Il prit une gorgée de café avant de décrocher. Il ne voyait pas qui d'important pourrait l'appeler si tard dans la matinée, et il ne pouvait pas imaginer que ce fût particulièrement grave. Mais il savait qu'il y avait toujours un risque ; quand on était responsable d'une machine aussi dangereuse potentiellement qu'un abattoir, une catastrophe n'était jamais loin.

« Allô, dit Jed d'un ton décidé avant de reprendre une autre gorgée de café.

— Jed Street, c'est Daryl Webster. Puis-je vous parler un moment ? »

Jed faillit s'étouffer et recracha le café, puis se leva pour nettoyer les formulaires tachés.

« Bien sûr, monsieur Webster », bafouilla-t-il.

Cela faisait quatorze ans qu'il travaillait pour Higgins & Hancock, et jamais le grand patron ne l'avait encore appelé.

« J'ai reçu un appel des gens de Bobby Bo, expliqua Daryl, qui m'ont dit que nous avons engagé un nouveau balayeur aujourd'hui.

— C'est exact », dit Jed.

Il se sentit rougir parce qu'engager des hommes en situation irrégulière était tacitement admis, mais la politique officielle de l'entreprise l'interdisait. Jed espérait qu'il n'allait pas servir de bouc émissaire.

« Quel est le nom de cet homme ? » demanda Daryl.

Jed fouilla nerveusement dans les papiers qui jonchaient son bureau. Il avait noté le nom, mais pas sur une fiche d'embauche, et il soupira de soulagement quand il le trouva.

« Billy Rubin, monsieur, dit-il.

— Vous a-t-il montré des papiers officiels ?

— Je ne crois pas, dit Jed d'un ton évasif.

— De quoi avait-il l'air ?

— Un peu bizarre, dit Jed qui ne pouvait imaginer où son patron voulait en venir.

— Pouvez-vous me le décrire ?

— Un peu punk, dit Jed en pensant à la manière

dont son fils adolescent décrirait l'homme. Cheveux décolorés, boucle d'oreille, tatouage, pantalon de cuir noir.

— Un type assez grand?

— Oui, plus d'un mètre quatre-vingts, en tout
cas.

— Et est-ce qu'il a une plaie suturée au visage?

— Oui. Comment le savez-vous, monsieur?

— Est-ce qu'il a donné une adresse?

— Non, et je ne lui en ai pas demandé. Je dois
dire qu'il avait l'air assez content d'obtenir le boulot. Il a même accepté de faire une équipe et demie
d'affilée.

— Vous voulez dire qu'il travaille cette nuit,
avec l'équipe de nettoyage?

— Oui. On en a qui se sont fait porter pâles ce
matin.

— Très bien. Très bien. Bon boulot, Jed.

— Merci, monsieur. Y a-t-il quelque chose que
vous voudriez que je fasse ou que je dise à
M. Rubin?

— Non, rien du tout. En fait, j'aimerais que
cette conversation reste entre nous. Puis-je
compter sur vous?

— Absolument, monsieur. »

Jed n'en était toujours pas revenu quand Webster eut raccroché. Tout s'était déroulé si vite. Il
regarda le téléphone d'un air interrogateur pendant une seconde avant de raccrocher à son tour.

Comme il ne voulait pas qu'on le surprenne dans
la salle de désossage des têtes où il n'y avait rien à
nettoyer, Kim revint dans la salle principale. Il ne
savait toujours pas de quoi Marsha parlait quand
elle avait fait allusion à la dernière tête, même
après avoir suivi toute la chaîne. La seule
inconnue était ce qui arrivait aux têtes une fois
qu'elles disparaissaient dans le trou noir.

Kim retourna dans la zone d'éviscération et

balaya à nouveau le sol, qu'il avait déjà nettoyé plusieurs fois. Le côté le plus frustrant du travail était qu'à certains endroits, il ne fallait qu'un quart d'heure pour que le sol ait l'air de n'avoir jamais été nettoyé.

En dépit des cônes dans les oreilles, il entendit soudain un long sifflement rauque. Il se redressa et regarda autour de lui. Il remarqua immédiatement qu'on avait arrêté l'arrivée des bêtes par le plan incliné. On n'en tuait plus. Les vaches pitoyables les plus proches de leur bourreau s'étaient vu accorder un sursis momentané. Le bourreau avait posé son arme et enroulait le tuyau à haute pression.

Les animaux qu'on avait déjà tués avancèrent en file jusqu'à ce que le dernier soit éviscéré. Le convoyeur s'immobilisa alors et le vacarme fut remplacé par un silence irréel.

Il fallut quelques instants à Kim pour se rendre compte qu'une partie de ce silence était dû aux cônes dans ses oreilles. Quand il les retira, il entendit le bruit qu'on faisait en rangeant les outils et le brouhaha de conversations animées. Des ouvriers sautaient des passerelles, d'autres utilisaient les échelles et les escaliers.

Kim arrêta un des ouvriers et lui demanda ce qui se passait.

« Parle espagnol », dit l'ouvrier avant de s'éloigner très vite.

Kim en arrêta un autre :

« Tu parles un peu ma langue ? demanda-t-il.

— Un peu, répondit l'homme.

— Qu'est-ce qui se passe ?

— Pause déjeuner », dit l'homme avant de courir derrière le premier.

Kim regarda la centaine d'ouvriers s'écouler des passerelles et passer par la porte coupe-feu, en route vers la cantine et les vestiaires. Un nombre tout aussi grand d'employés arrivait de la salle de désossage des carcasses et de celle des têtes. En dépit de l'ombre de la mort, de la puanteur, la camaraderie était évidente. On riait et on plaisantait amicalement.

« Je n'arrive pas à comprendre comment on peut manger dans un tel endroit », dit Kim dans son micro.

Il vit l'homme qui l'avait attaqué, avec son partenaire, qui rejoignait les autres sans un regard vers lui. Kim se sentait de plus en plus confiant en son déguisement.

Il arrêta un des éviscérateurs, dont la blouse humide était plus rose et rouge que blanche, et lui demanda comment aller au sous-sol. En retour, Kim fut gratifié d'un regard qui laissait entendre qu'il était fou.

« T'as compris ma question ? demanda Kim.

— Bien sûr, vieux !

— J'aimerais aller en bas. Comment on fait ?

— Non, tu n'aimeras pas du tout. Mais si tu y tiens, tu dois passer par cette porte », dit l'ouvrier en lui montrant une porte sans signalisation surmontée d'un blunt.

Kim continua à balayer jusqu'à ce que le dernier ouvrier ait passé la porte coupe-feu. Après tout le bruit et l'activité chaotique quand la chaîne fonctionnait, Kim trouvait étrange d'être seul avec quarante ou cinquante carcasses suspendues toute fumantes. Pour la première fois depuis qu'il était arrivé, Kim vit le sol sans souillures.

Il posa son balai et gagna la porte que l'homme lui avait montrée. Après un regard rapide pardessus son épaule pour s'assurer qu'on ne l'observait pas, il ouvrit la porte et entra. La porte se referma derrière lui.

La première chose dont Kim prit conscience fut l'odeur. Elle était dix fois pire que celle qui, dans la salle d'abattage, l'avait rendu malade au bout de quelques secondes. Ce qui la rendait tellement atroce, c'était que s'y ajoutait l'odeur de la putré-faction. Kim eut quelques haut-le-cœur, mais ne vomit pas. Il se dit que c'était parce que son esto-mac était vide.

Il était sur une plate-forme en haut d'une volée de marches en ciment qui s'enfonçaient dans l'obs-curité totale. Il n'y avait qu'une seule ampoule nue au-dessus de sa tête. Au mur, à sa droite, étaient accrochés un extincteur et une lampe torche de forte puissance.

Kim arracha la torche de son support, l'alluma et dirigea le faisceau de lumière concentrée vers le bas des marches qui s'enfonçaient dans une cave profonde. Les murs étaient tachés d'énormes traî-nées brunes qui lui rappelèrent un test de Rors-chach. Le sol, au loin, semblait lisse et noir comme une flaque de pétrole brut.

Kim sortit une main d'un des gants en caout-chouc et trouva son oreillette.

« Est-ce que tu m'entends, Tracy? demanda Kim. Si oui, dis quelque chose. Je viens de mettre mon oreillette.

— Il est temps! dit Tracy avec irritation d'une voix qui parvint, forte et claire, à Kim en dépit de l'épaisseur des murs de béton. Je veux que tu sortes immédiatement de là.

— Ouille! Qu'est-ce qui te met dans cet état?

— Tu es dans un abattoir avec quelqu'un qui a déjà essayé de te tuer deux fois. C'est ridicule. Je veux que tu renonces à cette folie!

— Il me reste quelques vérifications à faire, répondit Kim. Et puis le type au couteau ne m'a pas reconnu, alors calme-toi!

— Où es-tu? Pourquoi n'as-tu pas mis ton oreil-lette plus tôt? Ça me rendait folle de ne pas pou-voir te parler.

— Je ne peux pas prendre le risque de mettre l'oreillette quand d'autres m'entourent, dit Kim en s'engageant sur les marches. Et, si tu veux le savoir, je suis en train de descendre au sous-sol, ce qui, je dois l'admettre, n'est pas une partie de plaisir. C'est comme s'enfoncer dans les cercles les plus profonds de l'enfer. Je n'arriverai jamais à te décrire l'odeur.

— Je ne crois pas que tu devrais descendre. J'aime pouvoir te parler, mais tu serais plus en sécurité au milieu d'un groupe. Et puis tu n'es probablement pas censé te trouver là, et si quelqu'un te surprend, tu auras certainement des ennuis.

— Tout le monde déjeune, dit Kim, alors je ne crains pas qu'on me surprenne. »

Respirant superficiellement par la bouche pour tenter d'échapper au plus gros de l'odeur, Kim arriva en bas des marches et promena sa lampe sur un vaste espace du noir le plus profond. C'était une réserve d'énormes conteneurs, chacun relié au plafond par un gros tuyau incliné, sous les grilles, pour recueillir les déchets, le sang et les os dont on ne voulait pas.

« C'est là qu'ils se débarrassent de tout ce qui doit ensuite partir en camion à l'usine de retraitement. À l'évidence, vu l'odeur, tout ça est à divers stades de décomposition. Il n'y a aucune réfrigération. Bien que j'aie du mal à l'imaginer, ça doit sentir plus mauvais encore en été.

— Ça a l'air répugnant, dit Tracy. J'ai du mal à croire que ce genre de déchets soient ensuite réutilisés.

— On en fait des fertilisants, et pire encore, de la nourriture pour le bétail. L'industrie a contraint nos animaux innocents à devenir des cannibales. Oh! Oh...

— Qu'est-ce qu'il y a? demanda anxieusement Tracy.

— Je viens d'entendre un bruit.

— Alors, sors de là! »

Kim dirigea sa torche en direction du bruit. De manière étonnamment semblable à ce qui s'était

356

produit dans son propre sous-sol la veille au soir, un certain nombre de paires d'yeux d'un rouge rubis diabolique le regardèrent. Une seconde plus tard, les yeux avaient disparu, mais Kim aperçut un groupe d'animaux de la taille de chats domestiques qui détalaient. Contrairement à la veille, ce n'étaient pas des souris.

« Tout va bien, dit Kim, ce n'étaient que des rats monstrueusement gros.

— Oh, c'est tout, dit Tracy avec un petit rire étranglé. Juste un groupe de gentils rats monstrueusement gros ! »

Kim posa le pied sur le sol de la cave et découvrit que non seulement sa surface avait l'aspect du pétrole brut, mais qu'elle en avait aussi approximativement la consistance. Ses bottes faisaient un drôle de bruit de succion chaque fois qu'il levait un pied.

« C'est en tout cas une image cauchemardesque de la post-industrialisation, dit Kim.

— Arrête de philosopher ! rétorqua Tracy. Voyons, Kim, sors de là ! Qu'est-ce que tu y fais, de toute façon ?

— Je veux trouver où tombent les têtes. »

Kim pataugea entre les conteneurs afin d'estimer l'endroit où pouvait se trouver la salle de désossage des têtes, au-dessus. Il arriva à un mur de béton dont il se dit qu'il devait soutenir le mur d'en haut. Cela signifiait que ce qu'il cherchait se trouvait de l'autre côté.

Kim dirigea le faisceau de lumière sur le mur jusqu'à ce qu'il localise l'ouverture, qu'il passa en se baissant avant d'éclairer le second espace, plus petit et plus propre que le premier. Il contenait bien ce qu'il s'attendait à y trouver. Juste à sa droite, un plan incliné était relié à un conteneur particulièrement grand.

« C'est prometteur, dit Kim. Je crois que j'ai trouvé. C'est un conteneur de la taille de ceux qu'on utilise pour les gravats dans le bâtiment. »

Il suivit le tuyau incliné de sa torche jusqu'au plafond et estima que le diamètre de l'ouverture était le même que celui dont il se souvenait à l'étage au-dessus.

« D'accord. Formidable ! dit Tracy. Maintenant, sors de là !

— Dans une seconde. Je vais voir si je peux regarder à l'intérieur. »

Kim s'avança vers le conteneur rouillé et crasseux. Dans cette zone du sous-sol, il n'entendait plus de bruit de succion en marchant. Sur le côté du conteneur, près du plan incliné, il y avait une petite plate-forme métallique accessible par quatre marches. Kim les monta et vit le haut du conteneur. Devant lui, il y avait une trappe fermée par un loquet métallique. Il ouvrit le loquet, mais ne put soulever la trappe, du moins pas d'une seule main.

Il mit la torche entre ses genoux et glissa les deux mains sous la trappe qui se souleva avec un grincement. Il la tint ouverte de sa main gauche et reprit la torche de sa main droite pour voir l'intérieur — un spectacle pas très beau : le conteneur était presque plein de crânes de bovins en pleine putréfaction. Contrairement aux têtes sanglantes des animaux fraîchement tués, ici, les yeux étaient ratatinés et les lambeaux de chair noirs. On voyait très bien le trou que faisait le pistolet à air comprimé pour tuer la bête.

Dégoûté par le spectacle autant que par l'odeur, Kim allait remettre la trappe en place quand un cri involontaire d'horreur franchit ses lèvres. Le rayon lumineux était tombé sur un spectacle particulièrement horrible : à demi enfouie sous les crânes des animaux les plus récents se trouvait la tête coupée de Marsha !

Le choc fit lâcher la trappe à Kim et elle claqua avec un bruit assourdissant dans l'espace confiné. Le bruit résonna en écho contre les murs de béton.

« Que s'est-il passé ? » demanda Tracy d'une voix affolée.

Avant que Kim ait pu répondre, un affreux grincement tortura tant les oreilles de Kim que celles de Tracy. La chute de la trappe avait mis en action une machine automatique quelconque.

Kim dirigea le faisceau de sa lampe en direction de l'horrible bruit et vit une porte métallique qui se soulevait.

Il entendait Tracy qui insistait sans relâche pour savoir ce qui se passait, mais il ne pouvait lui répondre, parce qu'il n'en savait rien. Derrière la porte qui montait apparut un véhicule crasseux, comme précédé d'une énorme fourchette, et il s'anima soudain telle une horrible créature mécanique futuriste. Des phares rouges s'allumèrent sur le devant, inondant la pièce d'une lumière de sang.

Dès que la porte fut entièrement relevée, le véhicule sans chauffeur se mit à émettre des sifflements suraigus intermittents en avançant de manière saccadée dans un bruit de tonnerre. Terrifié par l'imminence de la collision, Kim sauta de la plate-forme et se colla au mur.

La grosse fourchette s'enfonça dans le conteneur, causant un énorme vacarme et faisant trembler le conteneur qui se souleva. Tandis que la machine reculait maintenant, le tuyau incliné reliant le conteneur à la salle de désossage des têtes se détacha. Dès que le conteneur eut libéré l'espace, un autre, vide, qui attendait près du premier, glissa à sa place avec un autre grondement de tonnerre. Le tuyau se remit automatiquement en place.

La machine qui emportait le conteneur plein s'arrêta, pivota, puis s'enfonça dans l'obscurité d'encre.

« Kim, je ne sais pas si tu peux m'entendre ou non, hurla Tracy, mais j'arrive !

— Non ! cria Kim dans le micro. Je vais bien.

J'ai activé par inadvertance une machine automatique. Je sors, alors ne viens pas !

— Tu veux dire que tu reviens à la voiture ? demanda Tracy sans trop y croire.

— Oui, j'ai besoin d'air. »

Ce n'était pas que Derek Leutmann n'avait pas confiance en Shanahan O'Brian, mais il savait qu'il s'agissait d'une histoire plus grave que ce qu'on lui en avait dit. Et puis, Derek avait ses méthodes. Tuer les gens était un métier où l'on ne se montrait jamais assez prudent. Plutôt que d'aller directement chez l'ex-épouse de Kim, comme Shanahan le lui avait suggéré, Derek se rendit chez Kim. Il voulait vérifier la fiabilité des informations de Shanahan et en apprendre plus sur sa proie supposée.

Il pénétra donc dans le quartier de Balmoral et se retrouva sans hésitation devant la maison de Kim. Il savait par expérience que ce genre de comportement était beaucoup moins suspect que faire lentement, et à plusieurs reprises, le tour du pâté de maisons.

Derek se gara dans l'allée, devant le garage, ouvrit la valise métallique Zero Halliburton qu'il avait posée sur le siège du passager près de lui et sortit un automatique neuf millimètres de sa niche de mousse sur mesure. Avec l'aisance que donne l'habitude, il fixa un silencieux sur l'arme, qu'il glissa dans la poche droite de son manteau en poil de chameau — une poche modifiée pour contenir le pistolet sur toute sa longueur sans attirer l'attention.

Derek descendit de voiture, sa serviette en autruche à la main, et regarda rapidement dans le garage. Il était vide. Puis il s'engagea sur l'allée vers la porte avec l'air d'un homme d'affaires ou d'un élégant assureur. Il sonna. Ce n'est qu'alors qu'il regarda le voisinage. Du porche de Kim, il ne pouvait voir que deux autres maisons, toutes deux semblant inoccupées à cet instant.

Il sonna à nouveau. Comme personne ne répondait, il saisit la poignée et fut surpris, mais ravi, de trouver la porte ouverte. Sinon, ça n'aurait pas posé un gros problème. Derek avait les outils et les capacités pour ouvrir presque n'importe quelle serrure.

Sans hésiter, Derek entra et referma la porte derrière lui. Il resta un moment immobile dans le hall pour écouter. Il n'y avait pas un bruit.

Sa serviette toujours à la main, Derek fit un tour rapide et silencieux du rez-de-chaussée. Il remarqua dans l'évier de la vaisselle sale, qui semblait être là depuis un moment.

Il monta à l'étage et vit la porte de la salle de bains défoncée ainsi que la console dont le pied avait servi de matraque. Dans la salle de bains, il toucha les serviettes. Elles étaient trop sèches pour que quiconque les ait utilisées récemment. Cette partie au moins des informations de Shanahan semblait correcte.

Dans le placard de la chambre, il regarda les vêtements qui jonchaient le sol. Il ne put s'empêcher de se demander ce qui s'était réellement passé durant la tentative ratée à laquelle Shanahan avait fait allusion.

De retour au rez-de-chaussée, Derek s'assit au bureau de Kim. Sans ôter ses gants, il parcourut le courrier pour en apprendre davantage sur l'homme qui valait qu'on le fasse venir de Chicago.

Tracy recula pour voir l'ensemble de la façade de Higgins & Hancock. Elle avait pensé retourner près de l'entrée, mais elle avait peur de faire une erreur parce que Kim et elle n'en avaient pas parlé. Elle avait peur que Kim sorte par une des autres portes et qu'il doive la chercher.

Mais bientôt elle le vit émerger par la porte centrale et adopter un petit pas de course pour la rejoindre. Il portait une longue blouse blanche et un casque de chantier jaune. Après un regard pardessus son épaule, il monta sur le siège arrière.

« Tu es plus pâle que jamais, dit Tracy en se retournant vers lui autant que le volant le lui permettait, mais je pense que les cheveux blonds accentuent ta mine.

— Je viens de voir une des pires choses de ma vie.

— Quoi ? s'enquit Tracy avec inquiétude.

— La tête de Marsha Baldwin ! C'est probablement tout ce qui reste d'elle, avec quelques os. Aussi répugnant que ça puisse paraître, je crains que presque toute sa personne ne soit retrouvée dans des hamburgers.

— Oh, Seigneur ! » murmura Tracy.

Ses yeux se fixèrent sur ceux de Kim. Elle le vit pleurer et fit de même.

« D'abord Becky, et maintenant ça, bredouilla Kim. Je me sens tellement responsable ! C'est à cause de moi qu'une tragédie en a entraîné une autre.

— Je comprends ce que tu ressens, mais comme je te l'ai déjà dit, Marsha faisait ce qu'elle voulait faire, ce qu'elle trouvait juste. Si cela ne justifie pas sa mort, ce n'est pas de ta faute. »

Tracy tendit une main vers Kim, qui la prit et la serra. Pendant quelques instants une communication muette mais puissante passa entre eux deux.

Tracy soupira, secoua la tête de désespoir puis reprit sa main. Elle se retourna sur son siège et lança le moteur. Avant que Kim monte dans la voiture, elle avait déjà retiré l'antenne du toit.

« Une chose est certaine, dit Tracy en passant la marche avant, tu quittes cet endroit.

— Non ! dit Kim en posant sur l'épaule de Tracy une main ferme. Il faut que j'y retourne. Je veux aller jusqu'au bout. Maintenant c'est pour Becky *et* pour Marsha.

362

— Kim, nous avons une preuve de meurtre! dit lentement Tracy. Il est temps d'appeler la police.

— Un seul meurtre, dit Kim, et ce n'est pas grand-chose comparé au meurtre de cinq cents gosses par an dont l'industrie est coupable au nom du profit maximum.

— Il risque d'être difficile de prouver au tribunal la responsabilité de la filière de la viande vis-à-vis des enfants, mais trouver la tête de quelqu'un constitue une affaire d'une clarté indéniable.

— J'ai trouvé la tête, mais je ne sais pas où elle est maintenant. Elle était au milieu des têtes de bovins, et, quand j'ai claqué la trappe pour refermer, ça a activé un système qui a emporté le conteneur, vers l'usine de retraitement, je suppose. Si bien qu'il n'y a plus de *corpus delicti*, même si nous voulons donner l'alarme à propos de la mort de Marsha. Et il reste certain que ma parole ne vaut rien pour la police.

— Elle pourrait ouvrir sa propre enquête, dit Tracy, et peut-être trouver d'autres os.

— Même dans ce cas, l'important ici n'est pas de poursuivre un gros bras sans grade comme le type qui a essayé de me tuer. C'est l'industrie que je veux atteindre.

— Mais pourquoi y retourner maintenant? soupira Tracy en éteignant le moteur. Tu as accompli les tâches que tu t'étais fixées. Tu as appris qu'il serait facile de montrer, faits à l'appui, comment la viande est contaminée. Cet enregistrement à lui seul, dit-elle en désignant le magnétophone pourrait être presque aussi accablant qu'un film. Je peux te dire que la manière dont tu décris ce qui se passe là-dedans est très convaincante. Je suis certaine que Kelly Anderson va sauter dessus.

— Je veux y retourner surtout parce que je vais travailler dans l'équipe de quinze à vingt-trois heures pour nettoyer, comme tu l'as entendu. J'espère qu'à un moment, pendant ce laps de temps, je pourrai entrer dans la pièce des archives. Marsha avait trouvé ce qu'elle avait appelé un "rapport d'incident" où était impliquée la tête d'un animal malade. Elle a dit qu'elle le remettait dans le classeur et je l'ai entendue le faire. Je veux retrouver ce papier.

— Tu prends un trop grand risque, dit Tracy en secouant la tête. Si Kelly Anderson se saisit de l'affaire, elle le trouvera, ce rapport.

— Pour le moment, je ne crois pas prendre le moindre risque. Le type au couteau m'a longuement regardé dans les yeux aux toilettes. S'il avait dû me reconnaître, ce serait fait. Donc, je ne veux même plus m'occuper de lui. »

Kim se contorsionna pour sortir le revolver de sa poche de pantalon et il le tendit à Tracy.

« Garde au moins le revolver! protesta Tracy.

— Non, je n'en veux pas.

— Je t'en supplie!

— Tracy, je suis déjà assez chargé avec ces piles. Et je crois qu'exagérer l'équipement pourrait être plus risqué que réconfortant.

— Je n'ai donc aucun moyen de te convaincre de ne pas y retourner, dit Tracy en déposant l'arme à côté d'elle sur le plancher de la voiture.

— Je veux suivre la piste. C'est le moins que je puisse faire.

— J'espère que tu comprends que rester assise ici pendant que tu prends tous ces risques me rend folle.

— Je le comprends. Pourquoi ne rentres-tu pas à la maison? Tu pourrais venir me reprendre à onze heures?

— Oh, que non! Ce serait pire. Du moins, de cette manière, je peux entendre ce qui se passe.

— D'accord, dit Kim. Maintenant, il faut que j'y retourne. La pause déjeuner est presque terminée. »

Kim sortit les jambes de la voiture avant de se pencher à nouveau à l'intérieur.

« Est-ce que je peux te demander de faire une chose dans le courant de l'après-midi ?

— Bien sûr, dit Tracy, tant que ça ne suppose pas que je quitte la voiture.

— Est-ce que tu pourrais appeler les laboratoires Sherring sur ton portable ? Demande-leur les résultats concernant la viande que je leur avais déposée. Ils devraient être prêts.

— Sans problème. »

Kim lui serra l'épaule.

« Merci », dit-il avant de descendre.

Il ferma la portière, fit un signe de la main et s'éloigna.

Derek Leutmann ralentit en approchant de la maison de Tracy. Les numéros de certaines des maisons voisines n'étaient pas très visibles et il ne voulait pas la dépasser. Quand il la vit, il vit aussi la Mercedes garée en haut de l'allée. Il ne voulait pas la bloquer, si bien qu'il fit demi-tour et se gara de l'autre côté de la rue.

Sortant la feuille d'informations que Shanahan lui avait donnée, Derek vérifia le numéro minéralogique de la Mercedes. Ses soupçons se confirmèrent : c'était bien la voiture du docteur.

Après avoir pris les mêmes précautions que devant la maison de Kim, Derek sortit dans la pluie fine qui avait commencé à tomber. Il ouvrit d'un geste un petit parapluie pliable avant de sortir sa serviette. La serviette dans une main et le parapluie dans l'autre, il traversa la rue et regarda dans la voiture. Il fut surpris de la voir là, car Kim aurait dû la prendre pour gagner son cabinet. Cela lui laissa entendre, bien sûr, que Kim n'était pas à son cabinet.

Derek en savait maintenant beaucoup plus sur Kim. Il savait qu'il était un cardiologue et un chirurgien de grande renommée, il savait qu'il avait divorcé et qu'il payait une pension alimentaire considérable à son ex-épouse pour elle et leur fille. Ce qu'il ne savait pas, c'était pourquoi O'Brian et son patron, dans l'industrie de la viande, voulaient la mort de cet homme.

Derek avait très précisément posé cette question à Shanahan et n'avait obtenu qu'une réponse vague. Derek ne voulait jamais connaître trop de détails sur les différends entre ses clients et ses cibles potentielles, mais il voulait connaître le problème général. C'était un moyen de réduire les risques non seulement pendant l'exécution du contrat mais après. Il n'avait pas réussi à faire parler Shanahan qui lui dit seulement que c'était en rapport avec les affaires. Chose curieuse : Derek n'avait trouvé aucun lien entre le médecin et l'industrie de la viande, et pourtant il ne manquait pas d'informations sur son bureau.

La plupart des contrats de Derek étaient motivés par des problèmes d'argent sous une forme ou sous une autre : des histoires de concurrence, de jeu, de divorce et de dettes impayées. La plupart des gens concernés étaient des salauds, qu'ils soient clients ou cibles, et cela plaisait à Derek. Cette affaire-là semblait très différente, et Derek sentit la curiosité s'ajouter à d'autres émotions fortes plus habituelles. Ce que Derek aimait le moins, c'était qu'on le sous-estime et qu'on l'utilise. Il était entré dans le métier comme tant d'autres, par ses liens avec la mafia. Il avait été mercenaire en Afrique à l'époque où il y avait les bons et les méchants, avant qu'une armée nationale quelconque ait reçu un entraînement suffisant.

Derek monta les marches du perron et sonna. Comme la voiture de Kim était là, il s'attendait à ce qu'on réponde, mais ce ne fut pas le cas. Derek sonna à nouveau. Il se retourna, observa les environs. C'était très différent de chez Kim. D'où Derek se tenait, il voyait parfaitement cinq maisons et assez bien quatre autres. Mais il ne semblait pas qu'il y eût beaucoup d'activité. La seule personne qu'il vit était une femme avec une poussette qui s'éloignait.

En dépit de ses minutieuses recherches dans la correspondance de Kim et dans ses autres papiers, Derek n'avait rien trouvé indiquant que le médecin ait des problèmes de jeu, si bien que ça ne pouvait être la raison du contrat passé avec Shanahan. Il ne s'agissait pas non plus du divorce, car son ex-épouse avait obtenu un accord très favorable. De plus, l'ancien couple semblait entretenir des relations correctes, sinon la femme ne l'aurait certainement pas sorti de prison. Il n'y avait pas non plus de dettes, car rien dans les papiers n'indiquait que Kim ait jamais eu besoin d'argent; et sinon, pourquoi en emprunter à un éleveur? Restait la concurrence — le mobile le moins probable de tous. Kim n'avait même pas d'actions dans l'industrie du bœuf, hormis quelques parts dans une chaîne de restauration rapide. C'était un vrai mystère.

Derek se retourna et examina la porte. Elle était fermée par une serrure normale et un verrou, bien petit inconvénient étant donné son expérience. Mais il ne savait pas s'il y avait une alarme.

Il posa sa serviette et se protégea les yeux de ses mains pour regarder par la vitre. Il ne vit aucun dispositif à l'intérieur. Sortant ses outils de serrurier de sa poche gauche, il fit rapidement jouer les serrures. La porte s'ouvrit toute grande. Il regarda l'intérieur du chambranle, où il ne vit aucun point de contact. Dans la petite entrée, il chercha un boîtier sur les portions de murs qu'il n'avait pu voir du porche. Il n'y en avait pas. Puis il regarda en l'air pour repérer d'éventuels détecteurs de mouvements et se détendit. Il n'y avait pas de système d'alarme.

Derek récupéra sa serviette avant de refermer la

porte, fit un tour rapide du rez-de-chaussée et monta à l'étage. Dans la chambre d'amis il trouva un petit sac avec des affaires de toilette et quelques vêtements dont il se dit qu'ils devaient appartenir à Kim. Dans l'unique salle de bains, il trouva plusieurs serviettes humides.

Derek redescendit et s'installa au salon. La voiture de Kim devant le garage et ses affaires dans la chambre d'amis lui disaient qu'il reviendrait. Il lui suffisait d'attendre.

Carlos bouscula Adolpho pour glisser avant son partenaire sa carte dans la pointeuse. C'était une plaisanterie qui durait entre eux depuis des mois.

« Je t'aurai la prochaine fois », dit Adolpho en riant.

Il mettait un point d'honneur à parler anglais parce que Carlos lui avait dit qu'il voulait mieux apprendre la langue.

« Il faudra que tu me passes sur le corps », répondit Carlos, très fier d'avoir appris cette nouvelle expression.

C'était Adolpho qui avait fait embaucher Carlos chez Higgins & Hancock, puis qui l'avait aidé à faire venir sa famille. Adolpho et Carlos se connaissaient depuis leur enfance, à Mexico, mais Adolpho était venu aux États-Unis plusieurs années avant Carlos.

Les deux amis sortirent bras dessus, bras dessous sous la fine pluie de l'après-midi, entourés d'une armée d'autres ouvriers qui regagnaient leurs véhicules.

« On se retrouve ce soir à El Toro ? demanda Adolpho.

— Bien sûr, dit Carlos.

— Amène plein de fric, dit Adolpho, parce que tu vas en perdre un paquet ! dit-il en mimant une partie de billard.

— Jamais ! » dit Carlos en donnant une claque dans le dos de son partenaire.

C'est à cet instant que Carlos vit la Cherokee noire aux vitres teintées garée à côté de son véhicule et la fumée qui sortait en douces volutes de son pot d'échappement.

Carlos donna à Adolpho une dernière claque dans le dos et il regarda son partenaire monter dans sa camionnette avant de gagner la sienne. Carlos prit son temps et salua Adolpho de la main tandis qu'il s'éloignait. Il fit alors le tour de la Cherokee et s'approcha de la fenêtre du conducteur. Elle descendit et Shanahan lui sourit.

« J'ai de bonnes nouvelles. Fais le tour et monte. »

Carlos fit ce qu'on lui disait et claqua la portière derrière lui.

« Tu vas avoir une autre chance de buter le docteur.

— J'en suis ravi, dit Carlos en souriant lui aussi. Quand ?

— Ce soir. Il travaille de nuit.

— Je te l'avais dit, exulta Carlos. Je savais que c'était lui !

— On a de la chance, dit Shanahan en hochant la tête. Non seulement tu l'as reconnu, mais il travaille au nettoyage, ce soir. On va s'arranger pour qu'il nettoie les toilettes à côté de la salle des archives. Tu sais où ça se trouve ? Pas moi. Je ne suis jamais entré dans ces abattoirs.

— Oui, je sais où ça se trouve. On n'est pas censés utiliser ces toilettes-là. C'est pour les bureaux.

— Eh bien, ce soir, tu vas les utiliser, dit Shanahan avec un sourire mauvais. Ce sera tard, probablement après dix heures. Assure-toi d'y être.

— J'y serai, promit Carlos.

— Ça devrait être facile. Tu auras affaire à un type désarmé, confiant, dans une petite pièce. Assure-toi juste que le corps disparaisse comme celui de Marsha Baldwin.

— Je le ferai.

— Et foire pas, cette fois! J'ai pris des risques pour toi, et je ne veux pas me retrouver à nouveau dans l'embarras.

— Pas de problème! Ce soir, je le tuuuuue! »

17

Lundi 26 janvier au soir

Kim se redressa en gémissant et étira son dos. Il abandonna son lourd balai à franges et appliqua ses mains sur ses hanches pour s'étendre au maximum.

Kim était seul en train de nettoyer le sol du hall d'entrée, autour de la réception. Il avait mis son oreillette depuis dix minutes, et s'était plaint à Tracy de son épuisement. Tracy avait compati.

Il s'agissait d'un nettoyage complet. Toute l'équipe avait commencé avec de la vapeur sous pression dans la salle d'abattage. C'était un travail éreintant, car il fallait hisser sur les passerelles les tuyaux de plus de cent kilos.

Après la salle d'abattage, ils étaient passés dans les salles de désossage, ce qui les avait amenés à la pause du dîner, à dix-huit heures — Kim était alors ressorti et avait même réussi à manger un peu du repas que Tracy avait préparé le matin.

Après le dîner, on avait envoyé Kim tout seul dans divers secteurs du bâtiment. Tandis que les autres tiraient au flanc, il s'était porté volontaire pour nettoyer le hall.

« Plus jamais je ne dirai que la chirurgie est un travail pénible, après ça, dit-il dans le micro.

— Maintenant que tu as acquis tant d'expérience, je vais t'embaucher pour nettoyer ma maison, plaisanta Tracy. Tu sais aussi faire les vitres?

— Quelle heure est-il? demanda Kim, qui n'avait plus envie de plaisanter.

— Un peu plus de dix heures. Il te reste moins d'une heure. Tu y arriveras?

— J'y arriverai. Je n'ai vu aucun collègue depuis une heure. Il est temps de gagner les archives.

— Fais vite. Ta présence dans cette pièce va m'angoisser à nouveau, et je ne crois pas pouvoir en supporter beaucoup plus. »

Kim plongea son balai à franges dans le seau et poussa l'ensemble dans le couloir vers les archives. Le panneau central brisé de la porte était maintenant couvert d'un contreplaqué.

Kim ouvrit la porte sans peine et alluma. Un contreplaqué plus grand couvrait la fenêtre donnant sur le parking. Sinon, la pièce semblait normale. Le verre brisé et les meubles cassés avaient été retirés.

Du côté gauche de la pièce s'alignaient des meubles-classeurs. Au hasard, Kim ouvrit un tiroir. Il était si plein de dossiers qu'on n'aurait pu y ajouter une feuille de papier.

« Bon sang, dit Kim, ça ne manque pas de paperasserie, ce genre d'entreprise! Ça ne va pas être aussi facile que je l'espérais. »

L'extrémité d'un cigare El Producto rougissait un temps puis s'éteignait. Elmer Conrad retenait la fumée dans sa bouche quelques délicieux instants, puis la soufflait avec ravissement vers le plafond.

Elmer était le surveillant de l'équipe de nettoyage de quinze à vingt-trois heures, et ce depuis huit ans. Sa conception de son travail était de suer comme un fou pendant la première demi-heure de travail, puis de récupérer. Et pour l'instant, il récupérait, les pieds sur une table de la cantine, en regardant travailler Sony Watchman.

« Tu voulais me voir, patron ? » demanda Harry Pearlmuter en passant la tête dans la pièce.

Harry surveillait le couloir du fond pour Harry.

« Ouais. Où est le drôle de type décoloré ?

— Je crois qu'il est en train de nettoyer le hall d'entrée, dit Harry. En tout cas, c'est ce qu'il est parti faire.

— Tu crois qu'il a nettoyé les deux toilettes, là-bas ? demanda Elmer.

— J'en sais rien. Tu veux que j'aille vérifier ? »

Elmer laissa tomber à grand bruit par terre ses pieds lourdement chaussés et se redressa de toute sa hauteur, c'est-à-dire de ses deux mètres et cent quarante kilos.

« Merci, je vais le faire moi-même, dit Elmer. Je lui ai dit deux fois qu'il devait les nettoyer avant onze heures. S'il ne l'a pas encore fait, il faut qu'il sache qu'il ne partira pas avant que ce soit terminé. »

Elmer posa son cigare, prit une gorgée de café et partit à la recherche de Kim. Il était motivé par des instructions précises des bureaux pour que Kim nettoie les toilettes en question, et seul ! Elmer ne savait pas pourquoi il avait reçu un ordre pareil, mais il s'en moquait. Tout ce qu'il voulait, c'était que les ordres soient exécutés.

« Ce ne sera pas si difficile, après tout, dit Kim dans le micro. J'ai trouvé tout un tiroir de rapports d'incidents. Ils vont de 1988 à aujourd'hui. Il ne me reste plus qu'à trouver le 9 janvier.

— Dépêche-toi, Kim, je recommence à être nerveuse.

— Relaxe-toi, Tracy, je t'ai dit que je n'ai pas vu âme qui vive depuis une heure. Je crois qu'ils sont tous retournés dans la salle de cantine pour regarder le match de base-ball... Ah, le voilà, 9 janvier. Hum. Le dossier est plein. »

Kim retira la liasse de papiers du dossier et se retourna pour les poser sur la table.

« Nom de Dieu! exulta-t-il, ce sont les papiers dont parlait Marsha. Voilà la facture d'achat au nom de Bart Winslow, continua-t-il après avoir dispersé les feuilles sur la table pour les avoir toutes sous les yeux en même temps, celui qui a dû vendre la vache malade. »

Kim regarda les autres feuilles et en prit finalement une.

« Voilà ce que je cherchais : le rapport d'incident concernant cette même vache.

— Qu'est-ce qu'il dit?

— Je le lis, dit Kim avant d'ajouter au bout d'un moment : Voilà! le mystère est résolu : la dernière tête de vache est tombée de la chaîne par terre. Bien sûr, je sais ce que ça veut dire après le travail que j'ai exécuté toute la journée. Elle est probablement tombée dans les déjections, et elle est ensuite repartie pour faire de la viande à hamburger. Cette vache a pu être porteuse de l'E. coli. C'est cohérent avec ce qu'on t'a dit aux laboratoires Sherring cet après-midi — que la galette de viande provenant du paquet daté du 12 janvier était très fortement contaminée. »

L'instant suivant, Kim fut si surpris qu'il sursauta avec un petit cri : on était en train de lui arracher la feuille des mains. Il se retourna et vit Elmer Conrad. Il n'avait pas entendu l'homme entrer parce qu'il parlait.

« Qu'est-ce que tu fous avec ces papiers? » demanda Elmer dont la large face avait tourné au rouge betterave.

Kim sentit son cœur accélérer. Non seulement on l'avait surpris en train de lire des documents confidentiels, mais il portait son oreillette. Afin qu'Elmer ne puisse voir le fil, il garda la tête tournée vers la droite et considéra son chef avec un regard en coin.

« Tu ferais mieux de me répondre, mon gars, gronda Elmer.

— Ils étaient tous par terre, dit Kim qui tentait désespérément de trouver une réponse plausible. J'essayais de les ranger. »

Elmer regarda le tiroir ouvert du meuble-classeur puis revint sur Kim.

« À qui tu parlais ?

— Je parlais ? s'étonna Kim d'un air innocent.

— Te fous pas de moi, vieux ! »

Kim posa une main sur sa tête puis fit un geste vague à l'intention d'Elmer, sans qu'un mot sorte de sa bouche. Il essayait de trouver quelque chose de malin sans y parvenir.

« Dis-lui que tu parlais tout seul, murmura Tracy.

— Ben... voilà, j'ai cette habitude idiote de parler tout seul. »

Elmer regarda Kim de côté, presque comme Kim le regardait.

« On aurait bien dit que tu tenais une conversation, dit Elmer.

— Oui, je faisais les questions et les réponses. C'est tout le temps comme ça quand je suis seul.

— T'es un drôle de type. Qu'est-ce qui va pas avec ta tête ? »

Kim se frotta le cou.

« J'ai le cou un peu raide. À cause du travail.

— Eh bien, il te reste encore du boulot à faire. Tu te souviens des toilettes juste à côté ? N'oublie pas que je veux que tu les nettoies.

— Ça m'était sorti de l'esprit, désolé, mais je m'y mets tout de suite.

— Et je veux pas un boulot salopé ! Alors prends ton temps, même si tu dois travailler au-delà de onze heures, compris ?

— Elles seront nickel », promit Kim.

Elmer jeta le rapport sur la table et rassembla grossièrement tous les papiers. Pendant qu'il était occupé, Kim retira son oreillette et la glissa sous sa chemise. Cela lui sembla bon de pouvoir détendre son cou.

« On va laisser ces papiers à ranger aux secrétaires, dit Elmer en refermant le tiroir. Maintenant, sors d'ici. Tu n'aurais jamais dû entrer. »

Kim précéda Elmer dans le couloir. Elmer s'arrêta sur le seuil pour jeter un dernier regard dans la pièce, et alors seulement il éteignit et referma la porte. Sortant un gros trousseau de clés, il prit même la peine de la verrouiller.

Kim s'occupait à rincer le balai à franges quand Elmer se tourna vers lui.

« Je vais te surveiller, mon gars, dit Elmer. Et je vais revenir inspecter ces toilettes quand tu les auras terminées, alors n'oublie pas d'aller bien dans les coins.

— Je ferai de mon mieux. »

Elmer adressa à Kim un dernier regard réprobateur avant de retourner à la cantine. Dès qu'il eut disparu de sa vue, Kim replaça l'oreillette.

« Tu as tout entendu ?

— Bien sûr ! Est-ce que tu ne trouves pas que ça suffit ? Sors de là !

— Non, je veux essayer de prendre ces papiers. Le problème, c'est que le surveillant a verrouillé la porte.

— Pourquoi est-ce que tu les veux ? demanda Tracy d'une voix exaspérée.

— Pour les montrer à Kelly Anderson.

— On a déjà les résultats du labo. Ça devrait lui suffire pour engager une campagne de rappel de la viande. C'est bien ce que tu attendais d'elle, n'est-ce pas ?

— Bien sûr, mais c'était un minimum. Il faut rappeler toute la production de Mercer Meats pour cette date. De plus ces papiers montrent aussi que l'industrie de la viande n'hésite pas à acheter des vaches malades, peut éviter l'inspection, et ensuite laisse une viande souillée continuer sur la chaîne de production.

— Crois-tu que c'est ainsi que Becky est tombée malade ? demanda Tracy la gorge serrée.

— C'est plus que probable, répondit Kim avec la même émotion. À cause de cette viande, et à cause du fait que le hamburger n'était pas assez cuit.

— Ça vous fait comprendre à quel point la vie est fragile, si elle peut être soufflée par un incident aussi mineur qu'une tête de vache qui tombe par terre et un hamburger pas assez cuit.

— Ça souligne aussi l'importance de ce que nous faisons ici.

— Comment crois-tu pouvoir récupérer les papiers, maintenant que la porte est fermée à clé ?

— Je ne sais pas précisément; un trou dans cette porte a été superficiellement réparé avec du contreplaqué. Ce ne devrait pas être trop difficile de le faire sauter. Mais il faudra attendre que j'aie nettoyé ces toilettes. Je crains qu'Elmer ne repasse par là dans quelques minutes, alors je ferais mieux de m'activer. »

Kim regarda les deux portes qui se faisaient face dans le couloir. Il ouvrit celle des toilettes des hommes. Attentif à ne pas renverser son seau, il le fit passer par-delà le seuil surélevé et le posa sur le carrelage avant de le pousser du pied et de laisser la porte se refermer derrière lui.

La pièce était de taille respectable, avec deux cabinets fermés en face de la porte, deux urinoirs à droite et deux lavabos surmontés de miroirs à gauche. Une série de portemanteaux était fixée derrière la porte. Seuls autres objets dans la pièce : un distributeur de serviettes en papier et une boîte à ordures.

Au milieu du mur le plus éloigné, une fenêtre s'ouvrait sur le parking.

« Au moins, ça n'est pas trop sale, dit Kim. J'avais craint que ce soit aussi répugnant que la salle d'abattage.

— J'aimerais venir t'aider, dit Tracy.

— Ça ne me dérangerait pas. »

Kim saisit le manche de son balai et appuya sur la pédale qui enclenchait les rouleaux essoreurs du seau, puis il gagna la fenêtre et commença son nettoyage.

La porte s'ouvrit soudain avec assez de force pour que la poignée casse un carreau au mur. Le bruit et le mouvement firent sursauter Kim qui leva la tête. Atterré, il se retrouva face à l'homme qui l'avait déjà attaqué deux fois, et, à nouveau, l'homme brandissait son couteau.

Les lèvres de l'homme se retroussèrent en un sourire cruel.

« Voilà qu'on se retrouve, docteur ? Seulement cette fois, il n'y aura ni policier ni femme pour vous aider.

— Qui êtes-vous ? demanda Kim dans l'espoir que l'homme continuerait à parler. Pourquoi me poursuivez-vous ainsi ?

— Je m'appelle Carlos, et je suis venu vous tuer.

— Kim, Kim ! hurla Tracy dans l'oreille de Kim. Qu'est-ce qui se passe ? »

Kim retira l'oreillette, si bien que maintenant la voix affolée de Tracy semblait venir de très loin. Carlos fit un pas dans la pièce en levant son couteau de telle sorte que Kim put apprécier sa taille et sa forme incurvée. La porte maltraitée se referma. Comme Kim tenait le balai, instinctivement, il le leva.

Carlos rit. Pour lui, l'idée d'un balai contre un couteau d'abattoir était parfaitement ridicule.

Sans autre choix, Kim se précipita dans un des cabinets et en ferma la porte. Carlos fonça et donna un formidable coup de pied dans la porte, qui vibra sous l'impact, mais tint bon. Kim recula et monta sur le cabinet. Sous la porte, il voyait les pieds de Carlos qui se préparaient à frapper à nouveau.

Tracy fut envahie par la panique. Il lui fallut un moment pour mettre le moteur en route, puis, passant la marche avant, elle appuya sur l'accélérateur avec une telle violence que la voiture fit un bond qui la colla au dossier de son siège. L'antenne qu'elle avait posée en équilibre sur le toit glissa jusqu'à l'arrière et rebondit sur le sol, traînée par son fil.

Tracy s'acharna sur le volant pour que sa voiture trop rapide prenne un tournant serré et n'évalua pas bien la proximité d'un véhicule qu'elle heurta sur le côté. Sa propre voiture se retrouva une fraction de seconde sur deux roues et retomba avec un bruit mat tandis que les pneus crissaient le long de la façade de Higgins & Hancock.

Tracy n'avait rien planifié. Elle n'avait qu'une idée : aller dans les toilettes où Kim était agressé, apparemment par l'homme qui les avait terrorisés la veille dans la maison de Kim. Elle savait que le temps lui était compté. Elle revit dans sa tête le visage horrible de l'homme tandis qu'il essayait d'entrer dans la cabine de douche, couteau à la main.

Pendant un moment, Tracy envisagea de fracasser la porte avec l'avant de sa voiture, mais elle se dit que ça ne marcherait pas forcément. Il fallait qu'elle entre dans les toilettes directement. C'est alors qu'elle se souvint du revolver et en voulut à Kim de ne pas l'avoir gardé sur lui.

Elle écrasa le frein et s'arrêta devant la fenêtre des archives. Elle récupéra l'arme par terre et descendit de la voiture pour gagner la fenêtre.

Elle se rappelait comment Kim était entré, si bien qu'elle posa l'arme et prit une des grosses pierres qui bordaient la chaussée et, à deux mains, la lança contre le contreplaqué. Il fallut deux coups, mais cela suffit à déloger les quelques clous qui tenaient en place le panneau provisoire. Elle le poussa vers l'intérieur, puis elle ramassa le revolver, le lança dans la pièce et le suivit, tête la première. Une fois dans la pièce sombre, elle dut chercher l'arme par terre à tâtons, cependant qu'elle entendait, dans la pièce voisine, des coups intermittents, comme si on cognait une porte métallique. Le bruit augmenta sa détermination.

Quand enfin ses doigts sentirent l'arme contre le pied d'une table, elle s'en saisit et se précipita, aussi vite que le lui permettait l'obscurité, vers la porte vaguement auréolée de la lumière du couloir.

Tracy déverrouilla la porte. D'après la conversation qu'elle avait entendue entre Kim et Elmer, elle savait que les toilettes des hommes ne devaient pas être loin. Elle décida de suivre le bruit des coups, tourna à droite et, après quelques pas, elle vit le pictogramme sur la porte.

Sans une seconde d'hésitation, Tracy enfonça la porte de l'épaule. Elle tenait le revolver à deux mains et le pointait vers le fond de la pièce.

Elle ne savait pas du tout à quoi s'attendre, mais elle vit Carlos, à moins de trois mètres d'elle, une jambe levée pour frapper à nouveau la porte déjà défoncée d'un cabinet.

Dès qu'il la vit, Carlos vola presque vers elle. Comme la veille, il brandissait un grand couteau.

Tracy n'eut pas le temps de réfléchir. Fermant les yeux pour occulter la vision de l'homme au couteau, elle pressa la détente plusieurs fois. Deux coups retentirent avant que Carlos s'abatte sur elle et la fasse tomber par terre, où elle lâcha l'arme. Elle ressentit une forte douleur à la poitrine sous le poids de l'homme qui l'écrasait.

Elle tenta désespérément de respirer, de se dégager, mais l'homme refusait de bouger, la clouant au sol.

Soudain, Tracy fut surprise de sentir que le tueur s'écartait d'elle. Elle leva les yeux, s'attendant à le voir brandir son couteau, mais elle découvrit le visage désemparé de Kim.

« Oh, Seigneur, s'écria Kim, Tracy ! »

Il avait enlevé le tueur de sur elle et l'avait projeté sur le côté comme si l'homme n'était rien d'autre qu'un sac de pommes de terre. Affolé par la quantité de sang sur la poitrine de Tracy, il tomba à genoux et ouvrit son chemisier d'un geste. En tant que chirurgien, il était souvent amené à soigner des blessures par arme blanche à la poitrine, mais il ne trouva qu'un soutien-gorge imbibé de sang ; la peau de Tracy était intacte ; aucune plaie rentrant dans le thorax pour aspirer l'air, comme il l'avait craint.

Kim se pencha plus près du visage de Tracy. Elle n'arrivait toujours pas à reprendre son souffle.

« Est-ce que ça va ? » demanda Kim.

Tracy hocha la tête sans pouvoir encore parler.

Kim se tourna vers le tueur. L'homme se tordait et gémissait ; il s'était mis à plat ventre. Kim le retourna et recula d'horreur.

À bout portant, les deux balles tirées par Tracy avaient bien atteint leur but. Une était entrée par l'œil droit de Carlos avant de ressortir à l'arrière du crâne, et l'autre l'avait atteint à la poitrine, ce qui expliquait le sang sur Tracy.

L'homme avait de la mousse aux lèvres et s'agitait sans aucune coordination. Pour Kim, c'étaient les sursauts qui annonçaient la mort.

« Est-il blessé ? articula péniblement Tracy en s'asseyant et en grimaçant tant sa poitrine la faisait souffrir.

— Il est pratiquement mort, dit Kim en se levant pour chercher l'arme.

— Oh, non ! gémit Tracy. Je n'arrive pas à le croire. Je ne peux pas croire que j'ai tué quelqu'un !

— Où est le revolver ?

— Oh, Seigneur ! continua de gémir Tracy sans pouvoir détacher ses yeux de Carlos qui étouffait dans son agonie.

— L'arme ! » cria Kim.

Il se mit à quatre pattes et trouva le couteau de Carlos, mais pas le revolver. Il s'approcha des cabinets et se pencha : le revolver s'était arrêté derrière le premier. Kim le prit et s'approcha des lavabos où, à l'aide d'une serviette en papier, il essuya l'arme.

« Qu'est-ce que tu fais ? demanda Tracy à travers des larmes d'angoisse.

— Je retire tes empreintes, dit Kim. Je ne veux que les miennes sur ce truc.

— Pourquoi ?

— Parce que, quelles que soient les conséquences de ce merdier, j'en assumerai l'entière responsabilité, dit-il en prenant l'arme en main avant de la jeter par terre. Viens ! Sortons d'ici !

— Non, dit Tracy en voulant reprendre le revolver. Je suis là-dedans jusqu'au cou, moi aussi !

— Ne sois pas idiote, dit Kim en lui saisissant les bras pour la relever. C'est moi le récidiviste, ici. Partons !

— C'était de la légitime défense, gémit Tracy. C'est terrible, mais c'était justifié.

— On ne peut pas savoir quel tour les avocats feront prendre à cette affaire. Tu es entrée sans autorisation et je suis ici sous un faux prétexte. Viens ! On n'a pas le temps d'en discuter maintenant !

— Est-ce qu'on ne devrait pas rester jusqu'à l'arrivée de la police ?

— Pas question. Je ne vais pas attendre en prison pendant que d'autres essaient de démêler toute l'affaire. Viens, maintenant, avant que quelqu'un n'arrive. »

Si Tracy doutait de la sagesse d'une telle fuite, elle sentait aussi que rien ne ferait changer Kim d'avis. Elle se laissa entraîner dans le couloir, où Kim fut surpris de voir que les coups de feu n'avaient alerté personne.

« Comment es-tu entrée ? murmura Kim.

— Par la fenêtre des archives, celle que tu as cassée.

— Parfait ! » dit Kim.

Il prit la main de Tracy et l'entraîna vers les archives. À l'instant où ils y pénétraient, ils entendirent des voix qui se rapprochaient d'eux.

Kim fit signe à Tracy de se taire et il referma doucement la porte des archives derrière eux avant d'en faire jouer le verrou. Dans l'obscurité, ils se retrouvèrent devant la table et Kim s'empara des papiers accusateurs, puis ils se dirigèrent vers la fenêtre. De l'autre côté du mur, ils entendirent des cris dans les toilettes, et de lourds bruits de pas de course dans le couloir.

Kim sortit le premier, puis il aida Tracy à enjamber la fenêtre. Ensemble ils coururent vers la voiture.

« Laisse-moi conduire », dit Kim en sautant derrière le volant tandis que Tracy montait à l'arrière. Il fit démarrer le moteur et, en un rien de temps, ils furent hors du parking.

Ils roulèrent un moment en silence.

« Qui aurait pu croire que les choses tourneraient ainsi, finit par dire Tracy. Que crois-tu que nous devrions faire ?

— Peut-être avais-tu raison, là-bas, dit Kim. Nous aurions peut-être dû appeler nous-mêmes la police et affronter les conséquences. Il n'est sans doute pas trop tard pour nous rendre, mais je crois que nous devrions d'abord appeler Justin Devereau.

— J'ai changé d'avis. Je crois que ton instinct a été le bon. Tu serais certainement jeté en prison, et moi aussi, probablement, et un an passerait avant que s'ouvre le procès. Et alors, qui sait ce qui pourrait arriver ! Depuis l'affaire O. J. Simpson, je n'ai plus la moindre confiance dans le système judiciaire américain. Et je n'ai pas un million de dollars à offrir à des grands ténors du barreau.

— Que veux-tu dire? demanda Kim que Tracy ne cessait de surprendre.

— Ce dont nous avons parlé hier soir, dit Tracy en croisant le regard de Kim dans le rétroviseur. Partons loin d'ici et réglons cette affaire de l'étranger. Nous devons trouver un pays qui assure la qualité des aliments et continuer notre combat de là.

— Tu es sérieuse?

— Tout à fait. »

Kim secoua la tête. Ils avaient évoqué cette éventualité, et ils s'étaient même munis de leurs passeports, mais il ne l'avait pas vraiment prise au sérieux. Dans son esprit, ça n'avait été qu'une solution désespérée, un dernier recours à n'envisager que dans le pire des cas. Bien sûr, avec la mort de Carlos, il devait admettre que les choses n'auraient guère pu tourner plus mal.

« Et naturellement, il faut qu'on appelle Justin, ajouta Tracy. Il saura sûrement nous conseiller. Il l'a toujours fait. Peut-être saura-t-il où nous pourrions nous rendre. Il y a probablement des histoires d'accord d'extradition, et tout ça.

— Tu sais ce que je préfère dans cette idée de départ vers un pays étranger? demanda Kim au bout de quelques minutes de silence.

— Quoi? demanda Tracy en croisant à nouveau le regard de Kim dans le rétroviseur.

— Que tu suggères que nous le fassions ensemble.

— Mais bien sûr!

— Tu sais, peut-être n'aurions-nous jamais dû divorcer.

— Je dois admettre que cette idée m'a traversé l'esprit.

— Peut-être que quelque chose de positif sortira de cette tragédie, marmonna Kim.

— Si nous nous remarions... je sais que nous ne pourrions pas avoir une autre Becky, mais... ce serait merveilleux d'avoir un autre enfant.

— Tu le penses vraiment ?

— J'aimerais essayer. »

Le silence retomba tandis que les anciens amants luttaient pour opérer un tri dans leurs émotions.

« Combien de temps crois-tu que nous ayons avant que les autorités nous rattrapent ? demanda Tracy.

— C'est difficile à dire. Si tu me demandes combien de temps nous avons pour prendre une décision sur la suite, je dirai que nous avons très peu de temps. Pas plus de vingt-quatre ou quarante-huit heures, je le crains.

— Ça nous laisse au moins le temps d'assister aux funérailles de Becky, demain », dit Tracy en fondant en larmes.

Kim sentit les larmes lui piquer les yeux à l'idée des funérailles imminentes de Becky. En dépit de ses efforts pour éviter d'affronter cette réalité, il ne pouvait plus nier le fait que sa fille bien-aimée n'était plus.

« Oh, Seigneur, gémit Tracy, quand je ferme les yeux, je vois le visage de l'homme que j'ai abattu. C'est un événement que je n'oublierai jamais. Il me hantera le reste de ma vie. »

Kim essuya les larmes sur ses joues et inspira par saccades dans l'espoir de se reprendre.

« Il faut nous concentrer sur ce que tu as dit là-bas, dans les toilettes : c'était de la légitime défense. Si tu n'avais pas pressé la détente, si tu ne l'avais pas touché, il t'aurait certainement tuée. Et ensuite, c'est moi qu'il aurait tué. Tu m'as sauvé la vie. »

Tracy ferma les yeux.

Il était plus de onze heures quand ils s'arrêtèrent dans l'allée derrière la voiture de Kim. Ils étaient tous deux complètement épuisés, tant physiquement que mentalement et émotionnellement.

« J'espère que tu as prévu de rester ici cette nuit, dit Tracy.

— J'espérais que tu m'y inviterais. »

Ils sortirent de la voiture et, bras dessus, bras dessous, remontèrent l'allée vers la maison.

« Tu crois que nous devrions appeler Justin ce soir ? demanda Tracy.

— On peut attendre le matin, dit Kim. Tendu comme je le suis, je ne sais pas si je pourrais dormir, mais j'ai besoin d'essayer. Et j'ai vraiment envie d'une longue douche chaude.

— Je sais ce que tu veux dire... »

Ils montèrent les marches du perron. Tracy sortit sa clé et ouvrit la porte. Elle entra et laissa passer Kim avant de refermer à clé derrière eux. Ce n'est qu'alors qu'elle alluma.

« Ouah, que c'est éblouissant ! » dit Kim en plissant les yeux.

Tracy tourna le variateur d'intensité du lustre.

« Je suis bon à jeter ! admit Kim en retirant sa blouse blanche de chez Higgins & Hancock, qu'il tint au bout de son bras tendu. Et ce truc, on devrait le brûler. Il est probablement couvert d'E. coli.

— Je préférerais que tu le jettes directement dans la boîte à l'extérieur, dit Tracy. Je n'ose pas imaginer l'odeur qui s'en dégagera au matin. »

Elle retira son manteau et grimaça de douleur. Quelque chose l'avait touchée juste à gauche du sternum quand Carlos s'était effondré sur elle. Sur le coup, la douleur avait été aussi vive que s'il l'avait poignardée.

« Est-ce que tu vas bien ? demanda Kim en voyant sa réaction.

— Y a-t-il quelque chose qui peut se casser par là ? demanda Tracy en montrant sa poitrine.

— Bien sûr. Une côte ou le sternum.

— Formidable ! Et que dois-je faire, docteur ?

— De la glace ne peut pas te faire de mal. Je t'en rapporterai dès que je me serai débarrassé de ma blouse. »

Kim partit vers la porte de la cuisine et Tracy ouvrit le placard de l'entrée pour y accrocher son manteau et y abandonner ses chaussures. Aussitôt la porte refermée, elle se dirigea vers l'escalier, mais à mi-chemin, elle laissa échapper un cri.

Kim était sur le seuil de la cuisine quand il entendit le cri de Tracy et il revint en courant. Il fut soulagé de la découvrir indemne au centre de l'entrée. Elle était calme, mais curieusement paralysée par quelque chose au salon. Kim tenta de suivre son regard. Au début, il ne vit rien et s'étonna. Pourtant il vit bientôt ce qu'elle regardait et il en resta stupéfait.

Dans l'ombre de la pièce un homme était assis dans le fauteuil, près de la cheminée, vêtu d'un costume noir avec une cravate. Un manteau en poil de chameau était soigneusement plié sur le dossier du fauteuil. L'homme avait les jambes croisées et semblait très à son aise. Il leva un bras et alluma le lampadaire.

Tracy laissa échapper un gémissement plaintif. Sur la table basse, bien en vue, et à la distance parfaite pour que l'homme s'en saisisse, reposait un pistolet automatique noir muni d'un silencieux.

L'homme était l'image même de la sérénité, ce qui ne le rendait que plus terrifiant. Après avoir allumé, il reposa la main sur l'accoudoir. Il arborait une expression grave, presque cruelle.

« Vous m'avez fait attendre beaucoup plus longtemps que je ne l'avais prévu », dit-il soudain.

Sa voix exprimait la colère et l'autorité.

« Qui êtes-vous ? demanda Tracy dans un bredouillement.

— Venez par ici et asseyez-vous ! » ordonna l'homme.

Kim regarda à sa gauche, évaluant la vitesse à laquelle il pourrait pousser Tracy derrière l'arche du mur de l'entrée pour la protéger. Mais il ne vit pas comment il pourrait être assez rapide, surtout que de là, il faudrait encore qu'elle sorte par la porte.

Derek répondit à leur hésitation en prenant le pistolet qu'il pointa sur eux.

« Ne m'énervez pas plus ! les prévint-il. J'ai passé une très mauvaise journée et je suis d'humeur exécrable. Je vais vous donner deux secondes pour venir ici et vous asseoir sur le canapé. »

Kim avala sa salive, et quand il parla sa voix n'était qu'un murmure rauque.

« Je crois que nous devrions aller nous asseoir », dit-il en poussant Tracy.

Il se maudit de ne pas avoir vérifié que la maison était sûre à leur arrivée. Il avait fait tant d'efforts le matin pour pouvoir déceler la présence de quelqu'un, et puis, avec tout ce qui s'était passé depuis, avec la mort de Carlos, aussi, il avait tout à fait oublié.

Tracy s'assit la première et Kim la rejoignit, juste en face du fauteuil.

Derek se pencha calmement pour replacer son arme sur la table basse et se radossa. Ses mains revinrent sur les accoudoirs capitonnés du fauteuil, les doigts légèrement repliés, comme s'il se tenait prêt à dégainer. On aurait dit qu'il mettait les autres au défi de tenter de fuir ou de prendre l'arme — lui fournissant là une parfaite excuse pour les abattre.

« Qui êtes-vous ? répéta Tracy. Que faites-vous chez moi ?

— Mon nom est sans importance, répondit Derek. La raison de ma présence, c'est autre chose : on m'a fait venir dans cette ville pour tuer le docteur. »

Kim et Tracy eurent comme un vertige. La déclaration terrifiante de Derek les assomma momentanément. Ils étaient muets de terreur. Cet homme était un tueur à gages.

« Mais quelque chose ne va pas, dit Derek. On

m'a fait venir jusqu'à ce patelin pourri et on a ensuite annulé mon contrat sans véritable explication. On m'a juste dit que, finalement, quelqu'un d'autre se chargeait du boulot. On a même eu le culot de me réclamer l'avance qu'on m'avait versée à mon arrivée. Alors, non seulement je ne vais pas vous tuer, docteur Reggis, continua Derek en se penchant en avant pour fixer sur ceux de Kim ses yeux flamboyants, mais je vais vous rendre un service. Jusqu'ici, je n'ai pas été capable de découvrir pourquoi ces gens de l'industrie du bœuf vous veulent mort.

— Moi, je peux vous le dire, proposa Kim, très anxieux de coopérer.

— Inutile de me donner tous les détails pour l'instant, le coupa Derek en levant une main. J'ai essayé de le découvrir, mais j'ai renoncé. C'est votre affaire. Ce que vous devez savoir, c'est que ces gens veulent votre mort avec assez de détermination pour avoir engagé quelqu'un comme moi. Ma façon de leur rendre la monnaie de leur pièce pour avoir profité de moi est de vous dire que vous courez un réel danger d'être tué. Ce que vous ferez de cette information ne dépend que de vous. Est-ce que je suis clair ?

— Tout à fait, dit Kim. Merci.

— Vous n'avez pas à me remercier, dit Derek. Je ne le fais pas par gentillesse. La seule chose que je vous demanderai en échange, continua Derek en se levant, c'est de garder cette conversation confidentielle. Sinon, je risquerais de devoir revenir m'occuper d'un de vous, et j'espère que c'est aussi très clair dans votre tête. Je dois vous prévenir que je suis très bon dans mon travail.

— N'ayez pas d'inquiétude, dit Kim. Nous n'en parlerons à personne.

— Excellent, dit Derek. Maintenant, si vous voulez bien m'excuser, je vais essayer de rentrer chez moi. »

Kim allait se lever du canapé quand Derek lui fit signe de ne pas bouger.

« Ne prenez pas cette peine, dit-il. J'ai su entrer, je saurai trouver la sortie. »

Kim et Tracy regardèrent, stupéfaits, l'homme enfiler son manteau en poil de chameau, prendre son pistolet et le glisser dans sa poche, puis récupérer sa serviette.

« Je n'aurais pas été aussi désagréable si vous étiez rentrés à une heure décente, dit Derek. Bonne nuit.

— Bonne nuit », dit Kim.

Derek sortit du salon. Kim et Tracy entendirent la porte s'ouvrir, puis claquer. Pendant plusieurs minutes, ni l'un ni l'autre ne dirent mot.

« Tout cela est tellement incroyable que j'ai l'impression de vivre un cauchemar et de ne pas réussir à me réveiller, dit Tracy.

— Oui, c'est un cauchemar qui n'en finit pas, admit Kim, mais nous devons faire notre possible pour y mettre fin.

— Penses-tu toujours que nous devons nous rendre dans un pays étranger ? demanda Tracy.

— Moi, oui, en tout cas, dit Kim en hochant la tête. Il semblerait que ma tête soit mise à prix. En fait, nous ne devrions même pas dormir ici ce soir.

— Où irons-nous ?

— Dans un hôtel, ou un motel, quelle importance ? »

18

Mardi 27 janvier

Dès que les premières lueurs du jour commencèrent à filtrer à travers le rideau bon marché, Kim renonça à se rendormir. Il se glissa hors du lit pour ne pas déranger Tracy, prit ses vêtements et se dirigea vers la salle de bains du Sleeprite Motel. Il en referma la porte aussi doucement que possible et alluma la lumière.

Kim se regarda dans le miroir et fit la grimace. Entre ses cheveux blonds ridicules et l'estafilade suturée entourant ses yeux enfoncés et rouges, il se reconnaissait à peine. En dépit de l'épuisement, il avait eu un sommeil agité et s'était réveillé pour la dernière fois juste après cinq heures. Il avait revécu toute la nuit les événements horribles des jours précédents et s'était torturé sans savoir quoi faire. L'idée d'être poursuivi par des tueurs à gages lui était presque trop étrangère pour qu'il la comprenne.

Kim se rasa et prit une douche, heureux que ces simples tâches le distraient pour quelques instants. Tandis qu'il aplatissait ses cheveux, il se dit qu'il était déjà beaucoup plus présentable.

Après avoir mis ses vêtements, Kim entrouvrit la porte et fut heureux que Tracy n'ait pas bronché. Il savait qu'elle avait aussi mal dormi que lui, et il était heureux que maintenant, enfin, elle jouisse d'un véritable sommeil. Kim appréciait sa présence, mais il s'interrogeait sur l'opportunité de la laisser partager les risques qui pesaient sur lui.

Kim gagna le bureau et utilisa les fiches de téléphone pour gribouiller un mot disant à Tracy qu'il était allé chercher quelque chose pour déjeuner. Il posa la fiche sur la couverture de son côté du lit, puis prit les clés de la voiture.

Il eut plus de mal à ouvrir sans bruit la porte d'entrée que celle de la salle de bains, parce qu'elle était en métal, avec chaîne et verrou en plus de la serrure normale.

Une fois dehors, Kim se souvint qu'il était poursuivi par des tueurs à gages et cela le rendit paranoïaque, bien qu'il se sût en sécurité pour le moment. Tracy et lui avaient utilisé des noms d'emprunt en arrivant au motel, et ils avaient payé en liquide.

Kim monta dans la voiture et lança le moteur, mais il ne bougea pas tout de suite. Il regarda l'homme qui les avait inscrits six heures plus tôt. Il avait vu Kim sortir de la chambre, mais il était retourné à sa tâche. Il balayait le bureau. Avant de laisser Tracy seule, Kim voulait s'assurer que l'homme ne faisait rien de suspect, comme courir vers le téléphone.

Il reconnut là un trait de paranoïa et rit de lui-même. Il devait se ressaisir, sans quoi il courrait le risque de prendre de mauvaises décisions. Il passa la marche arrière et recula avant de sortir du parking.

Quelques kilomètres plus loin, il y avait une échoppe à beignets où Kim demanda deux cafés, deux jus d'orange et un assortiment de viennoiseries. L'endroit était presque plein de camionneurs et d'ouvriers du bâtiment. Tandis que Kim faisait la queue à la caisse, beaucoup d'entre eux le regardèrent d'un air curieux. Pour eux, nul doute, il avait une allure particulière.

Kim fut content de partir. Alors qu'il mettait le pied sur le trottoir pour regagner sa voiture, son œil fut attiré par un gros titre à la une du journal derrière la vitre du distributeur : LE MÉDECIN FOU SE VENGE PAR UN MEURTRE ! Puis, au bas de la page, en plus petits caractères : *L'éminent chirurgien est maintenant recherché par la justice.*

Un frisson de peur parcourut la colonne vertébrale de Kim. Il se précipita dans la voiture où il déposa ses victuailles et retourna au distributeur en cherchant une pièce dans sa poche. D'une main tremblante, il sortit un exemplaire. La trappe du distributeur claqua.

Tout reste d'espoir que ce titre n'ait rien à voir avec lui disparut quand Kim vit sa photo sous le titre. C'était une photo assez ancienne où il avait encore sa masse habituelle de cheveux bruns.

Dans la voiture, Kim ouvrit le journal pour lire l'article en page 2 :

EN EXCLUSIVITÉ
POUR LE *MORNING SUN TIMES*

Le Dr Kim Reggis, chirurgien éminent et respecté, ancien chef du département de chirurgie cardiaque à l'hôpital du Samaritain, actuellement membre du personnel du Centre hospitalier universitaire, a décidé de se faire justice dans le pur style gangster. En réaction à la mort tragique de sa fille samedi, il se serait déguisé en se décolorant les cheveux pour obtenir un emploi sous un faux nom chez Higgins & Hancock et il aurait alors brutalement assassiné un autre ouvrier, Carlos Mateo. On pense que le mobile de ce crime gratuit est que le Dr Reggis croit la viande provenant des abattoirs Higgins & Hancock responsable de la mort de sa fille.

M. Daryl Webster, P.-D.G. de Higgins & Hancock, a dit au *Times* qu'il s'agit là d'une accusation scandaleuse. Il a également déclaré que M. Mateo était un ouvrier de grande valeur, catholique pratiquant, qui laisse une femme invalide et six jeunes enfants...

Kim jeta le journal sur le siège à côté de lui. Il n'avait pas besoin d'en lire davantage pour être écœuré — et inquiet. Il retourna au motel et entra dans la chambre avec les victuailles et le journal.

En l'entendant entrer, Tracy passa la tête par la porte de la salle de bains. Elle sortait juste de la douche et frottait ses cheveux mouillés avec une serviette.

« Tu es réveillée, commenta Kim en déposant ce qu'il apportait sur le bureau.

— Je t'ai entendu partir, dit Tracy. Je suis contente que tu sois de retour. J'ai eu un peu peur que tu me laisses ici dans le but de me protéger. Promets-moi que tu ne le feras pas !

— L'idée m'a traversé l'esprit, admit Kim en s'effondrant dans l'unique fauteuil.

— Qu'est-ce qu'il y a ? » demanda Tracy.

Même si elle savait que les raisons ne lui manquaient pas pour être effondré, Kim lui semblait bien plus abattu qu'elle ne s'y attendait. Il lui tendit le journal.

« Lis ça ! dit-il.

— C'est à propos de l'homme chez Higgins & Hancock ? demanda Tracy avec tant de crainte qu'elle n'était pas certaine de vouloir lire les détails.

— Oui, et de moi aussi.

— Oh, non ! s'écria Tracy. On t'a déjà associé au meurtre ? »

Elle entra dans la pièce en s'enveloppant dans une serviette, prit le journal et lut les titres. Lentement, elle s'assit au bord du lit avant de tourner la page pour lire la suite. Il ne lui fallut pas longtemps. Quand elle eut terminé, elle referma le journal et le mit de côté.

« C'est un véritable assassinat médiatique, dit-elle sombrement. Ils mentionnent même tes récentes arrestations et le fait que tes privilèges hospitaliers ont été suspendus.

— Je ne suis pas allé jusque-là, dit Kim. Je n'ai lu que les deux premiers paragraphes. Ça m'a suffi.

— Je n'arrive pas à croire que tout cela soit arrivé si rapidement Quelqu'un a dû te reconnaître chez Higgins & Hancock.

— C'est évident. L'homme que nous avons tué n'essayait pas de tuer Billy Rubin. Et comme il n'a pas réussi à me tuer, ses patrons ont choisi de détruire ma crédibilité et probablement de m'envoyer en prison pour le reste de mes jours, dit Kim avec un rire amer. Et dire que j'étais inquiet des ramifications légales ! Jamais je n'avais pensé aux médias. Qu'ils aient réussi à fausser ainsi la vérité te donne une idée de l'argent et du pouvoir de cette industrie dans cette ville. Il n'y a pas trace de journalisme d'investigation dans cet article. Il n'est que la reproduction fidèle de ce qu'a dit l'industrie de la viande. Ils me font tuer de sang-froid un père de famille craignant Dieu, juste pour me venger.

— Cela veut dire que nous n'avons plus quarante-huit heures, ni même vingt-quatre heures, pour décider ce que nous allons faire.

— En effet. Cela veut dire que nous aurions dû prendre notre décision hier soir. Pour moi, cela veut dire qu'il n'y a plus à m'interroger : je vais combattre cette distorsion des faits, mais de loin.

— La question ne se pose pas pour moi non plus, dit Tracy. Nous partirons ensemble et mènerons notre combat ensemble.

— Bien sûr, cela veut dire que nous ne serons pas aux funérailles de Becky...

— Je sais.

— Je crois qu'elle comprendrait.

— Je l'espère, dit Tracy d'une voix étranglée. Elle me manque tant !

— À moi aussi. »

Kim et Tracy se regardèrent dans les yeux, puis Kim tendit les bras et Tracy vint se blottir contre lui. Ils se serrèrent l'un contre l'autre comme s'ils avaient involontairement été séparés depuis des années. Un autre long moment passa avant que Kim se recule pour regarder à nouveau Tracy dans les yeux.

« Être si proche de toi me rappelle le bon vieux temps.

— C'est très loin, approuva Tracy, comme dans une autre vie. »

Kelly Anderson regarda sa montre. Il était presque treize heures trente. Elle secoua la tête.

« Il ne viendra pas, dit-elle à Brian Washington.

— Tu ne croyais quand même pas qu'il viendrait ? demanda Brian en rectifiant l'équilibre de sa Betacam sur son épaule.

— Il adorait sa fille, et ce sont ses funérailles.

— Mais il y a un flic juste dehors. Il se ferait arrêter avant même d'entrer. Il faudrait qu'il soit fou pour venir.

— Je crois qu'il est un peu fou. Quand il est passé me voir chez moi pour m'entraîner dans sa croisade, il avait un regard de fou. Il m'a même fait un peu peur.

— Ça, j'en doute ! Je ne t'ai jamais vue avoir peur. En fait, je crois que tu as de la glace dans les veines. Ce doit être à cause de tout ce thé glacé que tu bois.

— Toi mieux que quiconque devrais savoir que ce n'est qu'une façade. J'ai peur chaque fois que je passe à l'antenne.

— Tu parles ! »

Kelly et Brian se tenaient dans l'entrée des pompes funèbres Sullivan au milieu d'autres gens qui murmuraient discrètement. Bernard Sullivan, le propriétaire, attendait près de la porte. Il était visiblement anxieux et regardait sans cesse sa montre. Le service avait été prévu pour treize heures et il avait un emploi du temps serré pour le reste de la journée.

« Tu crois vraiment que le Dr Reggis était assez

fou pour tuer quelqu'un comme ils l'ont dit dans le journal? demanda Brian.

— Disons que... je crois qu'on l'a poussé au-delà de ses limites.

— Je crois qu'on ne saura jamais, dit Brian en haussant les épaules avec philosophie.

— Peut-être que l'absence du docteur est compréhensible, dit Kelly, mais pour l'amour du ciel, je n'arrive pas à comprendre où est Tracy. Becky était sa fille, enfin! Et elle n'a aucune raison de craindre la police. Je vais te dire une chose : c'est ça qui m'inquiète.

— Que veux-tu dire?

— Si le bon docteur a vraiment perdu l'esprit, il ne serait pas absurde d'envisager que, d'une manière totalement biscornue, il rejette sur son ex-épouse la responsabilité de la mort de leur fille.

— Oh, mon Dieu! Je n'y avais pas pensé.

— Écoute! dit Kelly, qui venait soudain de prendre une décision. Appelle la chaîne pour connaître l'adresse de Tracy Reggis. Je vais aller parler à M. Sullivan et lui demander de nous appeler si elle arrive.

— D'accord », dit Brian.

Il gagna le bureau des pompes funèbres, tandis que Kelly s'approchait du directeur et attirait son attention d'une tape sur le bras. Vingt minutes plus tard, Kelly et Brian, dans la voiture de Kelly, s'arrêtaient devant chez Tracy.

« Oh! Oh! dit Kelly.

— Qu'est-ce qu'il y a? demanda Brian.

— Cette voiture, dit Kelly en montrant la Mercedes. Je crois que c'est celle du docteur. Du moins c'est celle qu'il conduisait quand il est venu chez moi.

— Que devrions-nous faire? Je ne voudrais pas qu'un fou sorte de la maison avec une batte de base-ball ou un fusil. »

Brian n'avait pas tort. Si elle suivait son raisonnement jusqu'au bout, Kim pouvait très bien se trouver dans la maison et retenir son ex-épouse en otage — ou pire encore.

« Nous devrions aller interroger les voisins, suggéra Kelly. Quelqu'un a peut-être vu quelque chose. »

Personne ne répondit quand ils sonnèrent aux deux premières maisons. La troisième était celle de Mme English, et elle vint ouvrir immédiatement.

« Vous êtes Kelly Anderson ! s'exclama Mme English après avoir regardé la journaliste. Vous êtes merveilleuse. Je vous vois tout le temps à la télé ! s'enthousiasma la petite dame aux cheveux argentés, l'archétype de la grand-mère.

— Merci, dit Kelly. Cela vous ennuierait-il que nous vous posions quelques questions ?

— Est-ce que je vais passer à la télé ?

— C'est possible. Nous enquêtons sur une affaire.

— Posez toutes les questions que vous voulez !

— Nous nous interrogeons sur votre voisine d'en face, dit Kelly, Tracy Reggis

— Il se passe des choses étranges chez elle, dit Mme English, c'est sûr.

— Oh ? Et quoi, précisément ?

— Tout a commencé hier matin. Tracy est venue et m'a demandé de surveiller sa maison. Je le fais toujours, mais elle me l'a demandé avec beaucoup d'insistance. Elle voulait que je lui dise si des étrangers étaient venus. Eh bien, il y en a eu un.

— Quelqu'un que vous n'aviez jamais vu auparavant ? demanda Kelly.

— Jamais, affirma Mme English.

— Qu'a-t-il fait ?

— Il est entré.

— Alors que Tracy était absente ?

— C'est exact.

— Et comment est-il entré ?

— Je n'en sais rien. Je crois qu'il avait une clé, parce qu'il a ouvert la porte du perron.

— Était-ce un homme grand et brun ?

— Non, il était de taille moyenne et blond. Très bien habillé. Comme un banquier ou un avocat.

— Et ensuite, qu'est-il arrivé ?

— Rien. L'homme n'est pas ressorti, et quand la nuit est tombée, il n'a même pas allumé. Tracy n'est rentrée que très tard avec un autre homme blond, plus grand, celui-là, avec une blouse blanche.

— Vous voulez dire, comme un docteur ?

— Plutôt comme un boucher. Enfin, Tracy n'est pas venue me voir comme elle l'avait dit. Elle est entrée chez elle avec le deuxième homme.

— Et ensuite, qu'est-il arrivé ?

— Ils sont restés à l'intérieur un moment, et puis le premier homme est sorti, et il est parti dans sa voiture. Un peu plus tard, Tracy et l'autre homme sont sortis aussi, avec des valises.

— Des valises comme pour partir en voyage ?

— Oui, mais c'était une drôle d'heure pour partir en voyage. Il était presque minuit. Je le sais parce que jamais je ne suis restée debout aussi tard.

— Merci, madame English, vous nous avez été d'une aide précieuse, dit Kelly en faisant signe à Brian de partir.

— Est-ce que je vais passer à la télé ? demanda à nouveau Mme English.

— Nous vous le ferons savoir », dit Kelly.

Elle lui adressa un signe de la main en regagnant sa voiture. Elle s'installa derrière le volant, Brian à côté d'elle.

« Cette histoire prend de l'ampleur, dit Kelly. Jamais je ne l'aurais cru, mais Tracy Reggis a apparemment décidé de prendre le large avec son ex-mari fugitif. Et pourtant, elle m'a toujours paru si raisonnable ! Je n'en reviens pas. »

Vers quinze heures, le chaos du déjeuner commença à s'apaiser à l'Onion Ring de Prairie Highway, et l'équipe de jour, épuisée, ramassa ses affaires pour partir — tous sauf Roger Polo, le directeur. Consciencieux comme il l'était, il ne voulait pas partir avant de s'assurer que la transition se faisait sans heurts avec l'équipe du soir. Alors seulement, il laisserait ses responsabilités à Paul, le cuisinier, qui remplaçait Roger dans son rôle de direction en son absence.

Roger était en train d'installer un nouveau rouleau dans une des caisses quand Paul arriva à son poste derrière le gril et se mit à réorganiser les ustensiles selon ses habitudes.

« Beaucoup de circulation aujourd'hui ? demanda Roger en refermant le couvercle de la caisse.

— Pas trop. Et ici, il y a eu du monde ?

— Beaucoup. Il devait y avoir vingt personnes qui attendaient avant même qu'on ouvre les portes et ça n'a pas arrêté.

— T'as vu le journal, ce matin ?

— Tu parles ! Je n'ai même pas eu le temps de m'asseoir pour manger.

— Tu ferais mieux de le lire, dit Paul. Ce docteur cinglé qui est venu ici, il a tué un type chez Higgins & Hancock hier soir.

— Sans blague ! s'exclama Roger, qui resta abasourdi.

— Un pauvre Mexicain avec six gosses. Il lui a tiré dans l'œil, tu te rends compte ? »

Non, Roger ne pouvait imaginer ça. Il s'appuya au comptoir, les jambes en coton. Il avait été en colère que le docteur le frappe au visage, et maintenant il se disait qu'il avait eu de la chance. Il frissonna à l'idée de ce qui aurait pu arriver si le docteur était venu armé à l'Onion Ring.

« Quand ton heure a sonné, elle a sonné, dit Paul avec philosophie en se tournant vers le réfrigérateur ouvert pour regarder la boîte de galettes de viande qu'il trouva presque vide.

« Skip ! cria Paul qui avait vu l'homme sortir du restaurant pour vider les poubelles.

— Tu as le journal ? demanda Roger.

— Oui, dit Paul, il est sur la table dans la salle des employés. Vas-y.

— Qu'est-ce qu'il y a ? demanda Skip en arrivant près du comptoir.

— J'ai besoin de viande du grand congélo, dit Paul. Et tant que tu y es, apporte aussi deux paquets de petits pains.

— Est-ce que je peux terminer d'abord ce que je fais ? demanda Skip.

— Non, il me les faut maintenant, rugit Paul. Il ne me reste que deux galettes de viande ! »

Skip ronchonna dans sa barbe en contournant le comptoir pour gagner le fond du restaurant. Il aimait terminer une tâche avant de passer à une autre, et puis ça commençait à l'agacer que tout le monde ici lui donne des ordres.

Skip ouvrit la lourde porte du congélateur et entra dans son froid arctique. La porte se referma automatiquement derrière lui. Il ouvrit le premier carton et le trouva vide. Il poussa un juron : son collègue de la journée lui laissait toujours des choses à faire. Ce carton vide aurait dû être déchiré pour le recyclage.

Skip ouvrit le deuxième carton et le trouva vide aussi. Il les prit et ouvrit la porte pour les jeter hors du congélateur, puis il s'enfonça dans les profondeurs glacées pour trouver les cartons de galettes de viande en réserve. Il essuya le givre sur l'étiquette du premier et lut : VIANDES MERCER. HAMBURGERS NORMAUX DE 60 G, VIANDE MAIGRE. LOT 6, BOÎTES 9-14. FABRICATION : 12/1, À CONSOMMER AVANT LE 12/04.

« Ça me rappelle quelque chose », dit Skip à haute voix. Il vérifia le dessus, et constata que le carton avait été ouvert.

Pour s'assurer qu'il n'y avait pas de viande plus ancienne, Skip nettoya l'étiquette du dernier carton. La date était la même.

Skip saisit le premier carton et l'emporta sur le devant du congélateur. Ce n'est qu'alors qu'il en préleva une des boîtes. Comme il s'y attendait, cette boîte avait été ouverte, elle aussi.

Skip apporta la boîte dans la cuisine, et après être passé derrière Paul qui nettoyait le gril, il plaça la boîte dans le réfrigérateur.

« On va enfin utiliser ces galettes que j'avais ouvertes par erreur il y a une semaine, dit Skip en claquant la porte du réfrigérateur.

— Parfait, tant que les autres sont terminées, dit Paul sans lever les yeux de son travail.

— J'ai vérifié, dit Skip. Il n'y en a pas de plus anciennes. »

La grosse horloge au mur de la salle de presse donna à Kelly l'heure exacte : 18 : 07. Les nouvelles locales duraient depuis dix-sept heures trente. Son sujet devait passer à 18 : 08, et le technicien réglait encore son micro. Comme d'habitude, le pouls de Kelly battait follement.

Une des grosses caméras de plateau roula soudain en place juste face à elle. Le cameraman hochait la tête et parlait doucement dans son micro. Du coin de l'œil, elle vit le réalisateur prendre son micro et se diriger vers elle. En arrière-plan, elle voyait la présentatrice, Marilyn Wodinsky, qui terminait les nouvelles nationales.

« Bon sang ! » s'exclama Kelly.

Elle repoussa le technicien et mit rapidement le microcravate en place elle-même. C'était une bonne idée, car quelques secondes plus tard, le réalisateur leva cinq doigts et commença le compte à rebours, terminant par un doigt pointé sur Kelly. Simultanément, la caméra devant elle s'alluma.

« Bonsoir à tous, dit Kelly. Nous vous présentons ce soir un reportage concernant un triste évènement local, une histoire qui a des accents de tragédie grecque. Il y a un an, l'image d'une famille parfaite s'offrait à l'admiration de tous : le père était un des chirurgiens les plus éminents du pays en matière de cardiologie ; la mère, psychothérapeute, s'était fait une réputation d'excellence dans sa partie ; quant à leur adorable fille de dix ans, on la considérait comme l'étoile montante du patinage artistique. Pour comprendre le drame qui a touché cette famille, il faut sans doute remonter à la fusion du Centre hospitalier universitaire et du Samaritain. Apparemment, elle exerça une trop forte pression sur le mariage et, peu après, le couple traversa un divorce pénible et une lutte amère pour la garde de l'enfant. Il y a quelques jours, samedi après-midi, la petite fille est morte, infectée par l'Escherichia coli, ce bacille qui frappe de temps à autre dans notre pays. Le Dr Kim Reggis, le père, poussé au-delà des limites de la triste désintégration de sa vie, a décidé que la filière locale du bœuf était responsable de la mort de sa fille. Il est convaincu que sa fille a ingéré la toxine dans un Onion Ring de la région. La chaîne Onion Ring achète ses hamburgers à Mercer Meats, entreprise de transformation qui se fournit presque essentiellement aux abattoirs Higgins & Hancock. Bouleversé, le Dr Reggis s'est déguisé en zonard blond, a obtenu une embauche sous un faux nom chez Higgins & Hancock, et il a abattu un autre employé. Il s'agit de Carlos Mateo, qui laisse une femme handicapée et six jeunes enfants.

« Notre chaîne a appris des autorités que l'arme du crime, laissée sur place, avait été enregistrée au nom du médecin, et qu'on y avait retrouvé ses empreintes digitales.

« Le Dr Reggis est maintenant un fugitif activement recherché par la police. Le plus curieux dans cette affaire, c'est que son ex-épouse, Tracy Reggis, l'accompagne apparemment dans sa fuite. À l'heure où nous parlons, on ne sait si elle y est contrainte ou si elle agit de sa propre volonté.

« Afin de suivre l'évolution de cette affaire, nous avons interrogé M. Carl Stahl, P.-D.G. de Food-smart, Inc. J'ai demandé à M. Stahl si Becky Reggis aurait pu ingérer le bacille dans un Onion Ring. »

Kelly poussa un soupir de soulagement. Une maquilleuse arriva et rajusta les quelques mèches de cheveux qui s'étaient déplacées et lui poudra le front pendant que le visage de Carl Stahl apparaissait sur les moniteurs du studio.

« Je vous remercie, Kelly, de me donner cette occasion de parler à vos téléspectateurs, dit solennellement Carl. Tout d'abord, permettez-moi de dire que je connaissais personnellement Tracy et Becky Reggis, et que cette triste affaire me brise le cœur. Mais pour répondre à votre question, il est absolument impossible que Mlle Reggis ait pu contracter sa maladie dans un Onion Ring. Nous cuisons nos viandes à 81 degrés, température intérieure, ce qui est plus chaud même que ce que recommande le ministère de la Santé, et nous insistons pour que nos chefs vérifient cette température deux fois par jour. »

Le réalisateur montra de nouveau Kelly et la lampe rouge sur la caméra face à elle s'alluma.

« J'ai posé la même question à Jack Cartwright, de chez Mercer Meats », dit Kelly en regardant droit dans l'objectif.

Une fois de plus Kelly se détendit visiblement tandis que le moniteur montrait cette fois l'image de Jack Cartwright.

« Mercer Meats fournit ses hamburgers à la chaîne Onion Ring, dit Jack. Les galettes de viande sont constituées du meilleur bœuf haché maigre, si bien qu'il est impossible qu'on tombe malade à

cause d'un de ces hamburgers. Non seulement Mercer Meats se conforme à la réglementation du ministère de l'Agriculture pour le traitement des viandes en terme de qualité et de stérilisation, mais elle les surpasse. Les Onion Ring reçoivent les meilleurs ingrédients que l'argent et la technologie peuvent procurer. »

Sans hésiter, Kelly intervint à la conclusion de l'interview enregistrée de Jack Cartwright :

« Et enfin, j'ai posé la même question à M. Daryl Webster, actuel directeur de Higgins & Hancock. »

« L'Onion Ring fabrique ses hamburgers à partir de la meilleure viande du monde, et je mets quiconque au défi de prouver le contraire, dit Daryl d'un air satisfait en pointant un index vers la caméra. Ici, chez Higgins & Hancock, nous sommes fiers d'offrir à son fournisseur, Mercer Meats, la viande la plus fraîche. Et laissez-moi ajouter une chose : je trouve que c'est une tragédie qu'un de nos meilleurs employés ait été assassiné ainsi de sang-froid. Tout ce que j'espère, c'est que ce cinglé sera traîné en justice avant de tuer quelqu'un d'autre. »

Kelly leva les sourcils quand la caméra s'alluma de nouveau devant elle.

« Comme vous le voyez, l'émotion est forte après ce meurtre et la mort affreuse d'une petite fille. C'était donc l'histoire de la famille Reggis et ses conséquences tragiques. Nous vous tiendrons au courant des suites de l'affaire dès que nous aurons d'autres informations. À toi, Marilyn. »

Kelly soupira bruyamment et décrocha son micro. En arrière-plan, on entendit la voix de Marilyn.

« Merci, Kelly, pour cette histoire bouleversante et troublante. Passons à d'autres nouvelles locales... »

Kelly activa la porte automatique du garage, puis descendit de sa voiture alors que la porte se refermait. Elle jeta la bandoulière de son sac sur son épaule et monta les trois marches qui reliaient le garage à l'habitation.

La maison était silencieuse. Elle s'attendait à voir Caroline sur le canapé en train de regarder sa demi-heure chérie de télévision autorisée, mais le téléviseur était éteint, et pas de Caroline en vue. Kelly n'entendit que le cliquetis discret d'un clavier d'ordinateur dans la bibliothèque.

Kelly ouvrit le réfrigérateur et se servit du jus de fruits. Verre à la main, elle traversa la salle à manger et passa la tête dans la bibliothèque. Edgar était devant l'ordinateur. Elle entra et lui donna un petit baiser sur la joue, qu'il accepta sans quitter le moniteur des yeux.

« Intéressant, ce reportage sur le Dr Reggis, dit Edgar en faisant un double clic de sa souris et en levant les yeux.

— Tu trouves ? dit Kelly, sans enthousiasme. Merci.

— Triste histoire pour tous ceux qui s'y sont trouvés mêlés.

— C'est le moins qu'on puisse dire. Il y a un an, il aurait pu faire la couverture des magazines pour symboliser la réussite américaine. En tant que chirurgien, il avait tout pour lui : le respect, une merveilleuse famille, une belle maison, tous les avantages financiers.

— Mais c'était un château de cartes, dit Edgar.

— Apparemment, soupira Kelly. Et Caroline ? Elle a fait ses devoirs ?

— Presque tous, mais elle ne se sentait pas bien et elle a voulu se coucher.

— Qu'est-ce qu'elle a ? s'étonna Kelly tant il était rare que Caroline renonce à regarder la télévision.

— Rien de spectaculaire, la rassura Edgar. Juste des crampes d'estomac. Elle a probablement trop mangé, et trop vite. Elle a insisté pour que nous

nous arrêtions à l'Onion Ring après son cours de patinage, et l'endroit était bourré à craquer. J'ai peur qu'elle n'ait eu les yeux plus grands que le ventre. Elle a demandé deux hamburgers, un milk-shake et une grosse portion de frites. »

Kelly sentit un pincement désagréable au creux de son estomac.

« Quel Onion Ring ? demanda-t-elle après une hésitation.

— Celui de Prairie Highway, dit Edgar.

— Tu crois qu'elle dort déjà ?

— Je ne sais pas, mais elle n'est pas montée depuis très longtemps. »

Kelly posa son verre et quitta la pièce pour grimper l'escalier. L'anxiété se lisait sur son visage. Elle s'arrêta devant la chambre de Caroline et tendit l'oreille. À nouveau, elle n'entendit rien d'autre que le cliquetis du clavier de l'ordinateur, en bas.

Tout doucement, Kelly entrouvrit la porte. La pièce était plongée dans l'obscurité. Elle ouvrit davantage et entra, s'approchant silencieusement du lit de sa fille.

Caroline dormait à poings fermés, le visage particulièrement angélique, la respiration profonde et régulière.

Kelly résista à la tentation de prendre sa fille dans ses bras. Elle se contenta de rester là, dans la pénombre, à se dire combien elle aimait Caroline, et combien l'enfant était importante pour elle. Elle se sentit soudain dangereusement vulnérable. La vie n'était vraiment qu'un château de cartes.

Elle ressortit de la pièce et referma la porte avant de descendre reprendre son verre dans la bibliothèque et s'asseoir sur le canapé en cuir. Elle se racla la gorge.

Edgar tourna la tête. Connaissant Kelly comme il la connaissait, il savait qu'elle voulait parler. Il éteignit son ordinateur.

« Qu'est-ce qu'il y a ? demanda-t-il.

— C'est mon sujet sur le Dr Reggis. Je n'en suis pas contente. Je l'ai dit au rédacteur en chef, mais il m'a rétorqué que c'était un fait divers, pas une nouvelle sur laquelle j'étais censée perdre davantage de temps. Mais je vais le faire quand même.

— Pourquoi t'y sens-tu obligée ?

— Il y a beaucoup de questions lancinantes sans réponses, et la plus importante concerne une inspectrice du ministère de l'Agriculture qui s'appelle Marsha Baldwin. Quand Kim Reggis est passé ici dimanche, il m'a dit qu'il pensait que cette femme avait disparu. Il a sous-entendu qu'elle aurait pu être victime d'un complot.

— Je présume que tu l'as recherchée.

— Superficiellement. Je n'ai pas pris Kim Reggis très au sérieux. Comme je te l'ai dit, j'ai cru que la mort de sa fille l'avait rendu fou. Je veux dire qu'il agissait de manière si bizarre... et puis cette femme n'avait disparu que depuis quelques heures. Enfin, bon : j'ai attribué ses allégations à une crise de paranoïa.

— Alors, tu n'as pas retrouvé cette femme ?

— Non, je ne l'ai pas retrouvée. Lundi, j'ai passé quelques appels, sans pousser les choses très loin. Mais aujourd'hui, j'ai appelé le bureau du district du ministère de l'Agriculture. Quand j'ai mentionné son nom, ma correspondante a insisté pour que je parle au directeur du district en personne. Bien sûr, ça ne m'ennuyait pas de parler au grand chef, mais il ne m'a donné aucune information. Il a juste dit qu'il ne l'avait pas vue. Après avoir raccroché, j'ai trouvé curieux qu'on m'ait passé le patron pour obtenir ce genre d'information.

— C'est curieux, en effet, admit Edgar.

— J'ai rappelé plus tard et j'ai demandé où elle devait se rendre, et devine où ?

— Je n'en ai pas la moindre idée.

— Chez Mercer Meats !

— Intéressant. Alors comment vas-tu t'y prendre pour enquêter sur tout ça ?

— Je n'en sais rien encore. Bien sûr, j'adorerais trouver le docteur. J'ai l'impression de l'avoir toujours pourchassé.

— J'ai appris à respecter tes intuitions, dit Edgar, alors vas-y.

— Encore une chose, dit Kelly. Ne laisse plus Caroline manger dans un Onion Ring, surtout pas dans celui de Prairie Highway.

— Et pourquoi ? Elle adore ça !

— Disons que c'est juste une intuition.

— Il faudra que tu le lui dises toi-même.

— Sans problème. »

Le carillon de la porte les surprit tous deux. Kelly regarda sa montre.

« Qui peut bien venir sonner à vingt heures un mardi ? demanda-t-elle.

— Je n'en sais rien, dit Edgar en se levant. J'y vais.

— Merci. »

Kelly se frotta les tempes et réfléchit davantage à la question d'Edgar sur la manière dont elle allait procéder pour enquêter sur cette affaire. Sans le docteur, ce ne serait pas facile. Elle tenta de se souvenir de tout ce que Kim lui avait dit lors de sa visite, le dimanche.

Dans l'entrée, elle entendit Edgar parler à quelqu'un qui lui disait où signer. Quelques minutes plus tard, il revint avec à la main une grosse enveloppe jaune.

« Un paquet pour toi, dit-il en le secouant parce que quelque chose bougeait à l'intérieur.

— De qui ? demanda Kelly, qui n'aimait pas les envois mystérieux.

— Aucune adresse, juste les initiales KR.

— KR... répéta Kelly. Kim Reggis ?

— C'est possible, dit Edgar avec un haussement d'épaules.

— Fais voir ! »

Edgar lui tendit l'enveloppe, qu'elle tâta.

408

« Ça n'a pas l'air dangereux. On dirait un rouleau dans du papier.

— Vas-y, ouvre ! »

Kelly déchira l'enveloppe et sortit une liasse de formulaires à l'aspect officiel et une bande magnétique. Sur la bande, un Post-it disait : *Kelly, vous m'aviez demandé des preuves documentées, les voilà. Je prendrai contact avec vous. Kim Reggis.*

« Ce sont des papiers de chez Higgins & Hancock, dit Edgar, avec des explications jointes. »

Kelly secoua la tête en regardant le dossier.

« J'ai l'impression que mon enquête vient de prendre un nouveau départ ! »

ÉPILOGUE

Mercredi 11 février

La vieille camionnette de la poste toussa et cracha, mais le moteur continua de ronronner. Le véhicule recyclé monta la pente après avoir traversé un petit cours d'eau.

« Bon sang, c'est le ruisseau le plus profond que j'aie passé dans la région », dit Bart Winslow.

Son partenaire, Willy Brown, et lui avaient emprunté une route de campagne isolée dans l'espoir de rejoindre la route principale après avoir ramassé un cochon mort. Il pleuvait depuis presque deux jours, et les creux de la route étaient pleins d'eau boueuse.

« Je me disais, dit Bart après avoir craché son jus de chique par la fenêtre, qu'il va pas rester grand-chose comme ferme à Benton Oakly si ses vaches continuent à avoir la courante comme celle qu'on est venus prendre avant le cochon.

— C'est sûr, dit Bart. Le problème c'est qu'il faut qu'on aille jusqu'à l'abattoir VNB de Loudersville.

— Je sais, dit Willy. Cette nana à la télé a fait fermer Higgins & Hancock pour deux semaines pour je sais pas quelle enquête.

— Le bon côté des choses, c'est que VNB est bien moins regardant que Higgins & Hancock, dit

Bart. Tu te souviens de la fois où on leur a vendu ces deux vaches plus mortes qu'une dinde de Noël sortant du four ?

— Tu parles que je m'en souviens ! Quand est-ce que tu crois que Higgins & Hancock va rouvrir ?

— Lundi prochain, à ce qu'on dit, parce qu'ils ont rien trouvé d'autre qu'une poignée d'étrangers en situation irrégulière, dit Bart.

— Logique. Alors qu'est-ce que tu penses de cette vache qu'on a prise ?

— On y va. Cinquante billets, c'est toujours plus gros que vingt-cinq, dans n'importe quel porte-monnaie ! »

POSTFACE

Une des conditions fondamentales de la quête du bonheur, droit que garantit la Constitution des États-Unis, est une bonne santé, et le minimum qu'on puisse exiger pour une bonne santé, c'est de l'eau propre et des aliments non contaminés. La civilisation humaine s'est confrontée au problème de l'eau depuis les débuts de l'urbanisation, et ce n'est que récemment que les ingénieurs ont trouvé des solutions fiables. Mais, tragiquement, c'est l'inverse qui se produit avec les aliments. Après d'énormes progrès technologiques dans la conservation des aliments, en particulier la réfrigération, nous avons perdu pied à cause des pressions exercées pour augmenter la production d'aliments à des prix de plus en plus bas. L'agriculture et l'élevage intensifs ont créé une nouvelle forme effrayante de contamination et menacent d'en créer d'autres.

C'est un problème qui exige qu'on s'y attelle. À ceux qui voudraient en savoir plus sur la gravité de la situation et ses conséquences dramatiques, je recommande la lecture de :

FOX, Nicols, *Spoiled : What is Happening to Our Food Supply and Why We Are Increasingly at Risk*, Basic Books, 1997, Penguin, 1998.

J'aimerais remercier :

Bruce Berman, pour m'avoir donné l'idée de ce livre
ainsi que pour ses critiques pertinentes sur la première
ébauche de *Toxine;*

Nikki Fox, pour avoir partagé avec moi ses connais-
sances approfondies sur les recherches en matière
d'intoxications alimentaires ;

Ron Savenor, pour m'avoir aidé à franchir un obstacle particulièrement difficile au cours de mes propres
recherches ;

et Jean Reeds, pour ses suggestions et ses commentaires précieux au fur et à mesure que je progressais
dans cet ouvrage.

Du même auteur

Aux Éditions Albin Michel

Composition réalisée par EURONUMÉRIQUE

IMPRIMÉ EN ALLEMAGNE PAR ELSNERDRUCK
Dépôt légal Édit. : 8715-02/01
Librairie Générale Française - 43, quai de Grenelle - 75015 Paris.
ISBN : 2-253-17168-9   ✛ 31/7168/3